青溪先正遺集七種

張良 整理

浙江古籍出版社

本書為二〇二二年國家社會科學基金青年項目『《元史》纂修與版本研究』（項目批准號：22CTQ003）階段性成果。

整理者弁言

青溪，淳安舊名，歷來爲人文淵藪。自唐以降，迄於明清，詩人輩出。在文學史上附麗於『睦州詩派』，名揚後世。歷代詩文頗有選本，南宋末年，時人肇編《睦州詩派》一書。明嘉靖四十五年（一五六六），徐楚編訂《青溪詩集》；後七十餘年，李高在徐楚基礎上續有增訂。前述選本，惟徐楚《青溪詩集》存世，然葉面斷爛，内文頗殘缺不完。至清康熙年間，則有餘杭人鮑楹編訂的《青溪先正詩集》，搜求不傳者三十九人，堪稱完備。

鮑楹，字覺庭，浙江餘杭人。頗擅書法，於詩教亦有造詣。康熙十四年（一六七五）蒞職淳安訓導，期間專事搜集當地遺詩，編爲《青溪先正詩集》若干卷。〔《〔乾隆〕淳安縣志》卷六。〕康熙三十年（一六九一），自作《序》述其本末云：

楹猥以庸虛，司訓是邑，山高水深，景仰前哲，興千載之思。然其遺文舊集多半不存，又或傳刻失真，移易面目，幾令聲光闇然，風流頓盡，僕甚惜焉。課讀之餘，勤心采輯，於是故家子孫間出所藏以相示，而道原、玄同、大年諸集一皆覆醬瓶、障緯蕭之餘，漆汙油漬，編絶紙弊，不可竟讀。爲手自謄寫，正其訛謬，不可意解者，則仍其舊本以闕疑，不敢輒爲删改。久之，稍稍成帙，而官寒俸薄，乏貲鋟刻，以廣其傳。……彙集所得，總爲一部，題目《青溪先正詩集》。卷帙不多，印本差易。或者存什一於千百，因其詩以見其人，則前哲之性情風概，猶可以不盡泯也。〔鮑楹《青溪先正詩集序》，《厚屏福派徐氏宗譜》卷十，淳安縣圖書館藏民國十三年活字印本；並收入《乾隆淳安縣誌》卷十四，文字略有

刪節。〕

又康熙三十一年（一六九二），周召所撰《青溪先正詩集序》云：

覺庭甫下車，即與二三都講抱琴載酒，日于沙村梅嶺錦石素波之間搜求遺跡，久之，得其先正十五家詩，手自繕録，正其訛謬，共若干卷裒爲一集。集成，皆爲之序，且捐俸以付梓人，稱善本焉。〔周召《青溪先正詩集序》，《厚屏福派徐氏宗譜》卷十。華東師範大學圖書館所藏《青溪玄同子雪舟脞詩》書前見有此篇殘葉，重合部分文字一致。〕

惟周召所見允非全本。《乾隆淳安縣誌》卷六載：『公力事搜羅，得不傳者三十九人，輯其遺詩，總題曰《青溪詩集》，復次小傳以冠篇端，捐俸刊佈。秀水朱太史竹垞先生亟稱之，其選《明詩綜》多采掇焉。』此書編訂後曾進呈御覽，除《明詩綜》之外，清初幾種重要的官定詩選，如《元詩選》《御選宋金元明四朝詩》均予採擇。《四庫全書總目》云：『是編采淳安之詩，合爲一編。以淳安古青溪地，故以爲名。凡唐一人，宋六人，元五人，明十人，國朝二人。……《總目補遺》又有宋方有開等六人，元汪雲留等二人，明余溥等七人。』合《總目》並《總目補遺》，恰爲三十九人，與志書所記相符。至於《總目補遺》所載人數，也與周召《序》中所陳十五人之數相契。然鮑楹編録本存世極少，不少滄海遺珠僅此一見，爲官定詩選刪落的大量篇目，又再次没入時間之河。進呈本僅僅收入《四庫》存目，未經館臣謄抄；其後歷經劫火，原本已難覓其蹤跡，三十九人之目亦無由確知。

幸運的是，尚有零種存於天壤間，分藏二處，謹備列其目如左：

華東師範大學圖書館藏有邵桂子《青溪玄同子雪舟脞詩》一卷、何景福《青溪何介夫詩集》一卷，魯淵《青溪魯道原先生詩集》六卷，各爲一册，均爲清初鮑楹原刻。其中邵桂子集後附方有開、錢大椿、胡朝頴、盧珏、汪雲留、洪震老、夏溥七人零篇若干。諸書行款一致，半頁十行，每行二十一字，卷首鈐『愚齋圖書館藏』朱文大方印，爲盛宣懷舊藏。

天一閣博物院收藏了徐尊生《青溪贅翁詩集》、徐晅《青溪巢松詩集》、商輅《青溪素庵詩集》、徐楚《青溪萬花草堂詩集》各一種，裝爲一册，爲朱鼎煦舊藏。卷首題署契合鮑刻本原式，且刻本『佳』『佳』二字多混，抄本一仍其舊，顯然屬於鮑刻本之遞抄本。其中，商輅集後附洪璵、胡拱辰、徐貫、徐鑑、程愈、王宥、王子言、程文楷八人零篇，也同於邵桂子集樣式。另外，徐楚集以吾溪、鳳谷合傳冠首，選詩則不見鳳谷篇什，宜有脱漏。

考慮到鮑楹輯本具有不可替代的價值，其中所收不少遺詩尚鮮爲人知，故有必要加以連綴整理，俾重光於世。

此次整理，以華東師範大學所藏三種刻本，以及天一閣博物院四種遞抄本爲底本，依作者生年排列次序。全書題『青溪先正遺集七種』，既體現出與鮑楹原本的傳承關係，亦示區别，不致同前修混淆。正文凡鮑楹所輯，其結構、順序一仍其舊，首題因襲鮑楹所擬，惟略作序次。先賢詩文頗有流傳於外者，亦有代筆成文而見諸載籍者，凡此類文字，均廣稽正史、地志、譜牒、文集諸書，略爲輯録，並贅於原編之後，以示區分。

整理本嚴格遵循底本校原則，凡文字增删修訂，均出校標明，俾回溯底本、校文原貌；凡校文有誤而底本不誤者，則不出校。參校本文字多有異於定本者：凡文意兩通，於校勘記標識文字差異；雖於義無乖然非一字者（如余、予，同、仝之屬），亦出校標識；若向來刊印傳録不甚判分者（如已、己、巳，偏旁扌、木之屬），則揆諸文意釐作正體，並酌情出校；凡一字二體（如淒、悽，階、堦之屬），互爲假借且習焉爲常者（如鐘、鍾之屬），則兩存之，不出校；凡遇時諱變體（如淳、湻，玄、元，弘、宏，丘、邱之屬），或上下左右無別者（如峰、峯，鄰、隣之屬），則徑作本字或通行字體，不予標識。校勘記旨在廓清源流先後爲要；如有充分把握，方據以修訂正文。注釋採取正文夾注，並以『整理者按』四字起首，俾與底本舊注相區隔；按斷務求簡明克制，避免喧賓奪主、過度發揮。

張良

二〇二四年六月五日

目録

何景福集

何景福集補遺卷第二

魯淵集

青溪魯道原先生詩集卷首

青溪魯道原先生詩集卷第一

青溪魯道原先生詩集卷第二

青溪魯道原先生詩集卷第三

青溪魯道原先生詩集卷第四

徐尊生集

青溪贅翁詩集卷首

青溪贅翁詩集卷第一

青溪贅翁詩集卷第二

徐尊生集補遺卷第三

徐尊生集補遺卷第四

徐暄集

青溪巢松詩集卷首

青溪巢松詩集卷第一

徐咂集補遺卷第二

商輅集

洪璵詩補遺 三七四
送盧太守希正 三七四
過錢塘 三七五
釣臺 三七五
胡拱辰字共之，號敬所。正統己未進士，工部尚書。謚莊懿。 三七六
松濤軒 三七八
胡拱辰詩補遺 三七八
三月燕子來 三七八
和拱璧弟九日口占韻 三七九
野菜薦新 三七九
徐貫字原一，號□□。天順丁丑進士，工部尚書。謚康懿。 三七九
贈別張世禎 三八〇
同上虞陳若無飲 三八一
送吴天保侍御 三八一
徐鑑字克明，號鈍齋。天順庚辰進士，廣東參議。 三八二
山寺 三八二
程愈字節之，號味道。成化辛丑進士，山東參議。 三八三
溪山秋霽圖 三八四
程愈詩補遺 三八五
題應廣文古城書屋 三八五
王宥字敬之，號約菴。成化辛丑進士，湖廣參政。 三八五
和林尚書瀚同甲會詩爲邵大參復初余兄静庵公作用文潞公原韻邵大參名新，成化己丑進士。静菴公名寘，成化丙戌進士，韶州太守。約菴公即徐吾溪外祖也。 三八六
王宥詩補遺 三八七
黄光潭 三八七
送外甥徐楚進京會試 三八七
王子言字如行，號琴山。弘治丙辰進士，廣東左布政使。静菴公子。 三八七
蛟池書院成示諸孫 三八八

徐楚集

青溪萬花草堂詩集卷首

青溪萬花草堂詩集卷第一

青溪萬花草堂詩集卷第二

青溪萬花草堂詩集卷第三

附録

參考文獻

青溪先正詩集原序

青溪先正詩集序

鮑楹

青溪割歙之東偏，而邑爲浙上游，〔一〕其地崇山邃嶺，千蹊萬隧，〔二〕泄雲雨而饒産殖，固扶輿清淑之氣，所磅礴鬱積之區也。〔三〕故多英傑魁偉之士出乎其間。〔四〕自宋南轍，迨明盛時，二百年間，鴻儀豹蔚之徒駢肩累跡，指不勝數。彬彬焉擅六藝之長，應四科之目，蔚乎盛矣。〔五〕於時沈酣道術，枕漱經籍，崇先而啓後，則融堂、蛟峰爲之魁；詞宗册府，含章吐藻，秀發而挺生，則警齋、潛齋、山房、玄同、〔六〕介夫之屬爲之長；至於脱屣榮利，違俗高踏，〔七〕則道原、愚泉、大年、〔八〕仲由諸公氣節狷潔，固罕及也；奮躡風雲，乘時利見，〔九〕則素菴、敬所、原一、許村、吾溪諸公勳猷炳曜，〔一〇〕尤難跂也。

楹猥以庸虛，〔一一〕司訓是邑，山高水深，〔一二〕景仰前哲，興千載之思。然其遺文舊集多半不存，〔一三〕又或傳刻失真，移易面目，幾令聲光闇然，〔一四〕風流頓盡，僕甚惜焉。課讀之餘，勤心採輯，於是故家子孫間出所藏以相示，而道原、玄同、大年諸集一皆覆醬瓶、〔一五〕障緯薰之餘，漆污油漬，編絶紙弊，不可竟讀。爲手自謄寫，〔一六〕正其譌謬，不可意解者，則仍其舊本以闕疑，〔一七〕不敢輒爲删改。久之，稍稍成帙，而官寒俸薄，乏貲鋟刻，以廣其傳。

竊以爲詩也者，性情所寄，且或不經意思，偶然流露，最足以得其人之真。所以古者卿大夫交於列國，嘗誦詩以觀志，而天子省方，亦必陳詩而觀之，以騐民俗之得失。其人人也深于是，〔一八〕彙集所得，總爲一部，題目《青溪先正詩集》。〔一九〕卷帙不多，印本差易。或者存什一於千百，因其詩以見其人，則前哲之性情風概，猶可以不盡泯也。

且夫天之生材於時與地，豈有所擇哉。今天子興道右文，清明開泰，正海内才俊聲應氣求、雲蒸飈起之會，而青溪又素所稱多才之區。然而陋儒小生，或不免耑殘守缺，湟之以時文括帖之塵，開之以捷得倖致之竇，學殖愈卑，志趨益下。昔奚以盛，今奚以衰，其所以蓄積成就，必有自矣。試取是集讀之，〔二〇〕鴻文駿業，昔之聲施不朽者，吾之高曾族黨姻戚也；〔二一〕某水某丘，昔人之所賦詠釣游出入杖履者，〔二二〕吾之里居巷陌也；歲時風物，禽魚藹木，昔人之所俯仰寄托者，吾之寢沐宴嬉、耳縈目擊也。詩可以興而教人之法，必自近而與競者始，此邦之士，其有讀而思、感而奮者乎。〔二三〕庶幾先哲之爲懸鵠，而茲集之爲嚆矢也。是爲序。〔二四〕

康熙三十年歲次辛未嘉平八日，禹航鮑楹書於黌序之奎樓。《厚屏福派徐氏宗譜》卷十；並收入《〔乾隆〕淳安縣志》卷十四。

【校勘記】

〔一〕青溪至上游：《〔乾隆〕淳安縣志》卷十四作「青溪邑爲浙上游」。

〔二〕千蹊萬隧：《〔乾隆〕淳安縣志》卷十四作「千溪萬隧」。

〔三〕泄雲至區也：《〔乾隆〕淳安縣志》卷十四作「蓄洩雲雨」。

〔四〕英傑魁偉：《〔乾隆〕淳安縣志》卷十四作「瑰偉」。

〔五〕自宋盛矣：《〔乾隆〕淳安縣志》卷十四作『蓋自皇甫持正以韓門弟子導其源，沿宋迨明』。
〔六〕玄同：底本誤作『京同』，據《〔乾隆〕淳安縣志》改。本文後句『而道原玄同大年諸集一皆覆醬瓿』同誤，並改正。
〔七〕高踏：《〔乾隆〕淳安縣志》卷十四作『高蹈』。
〔八〕大年：《〔乾隆〕淳安縣志》卷十四無。
〔九〕乘時利見：《〔乾隆〕淳安縣志》卷十四作『争光日月』。
〔一〇〕炳曜：《〔乾隆〕淳安縣志》卷十四作『炳爛』。
〔一一〕猥以庸虚：《〔乾隆〕淳安縣志》卷十四無。
〔一二〕山高水深：《〔乾隆〕淳安縣志》卷十四無。
〔一三〕然其：《〔乾隆〕淳安縣志》卷十四作『而其』。
〔一四〕聲光闇然：《〔乾隆〕淳安縣志》卷十四無。
〔一五〕於是至醬瓶：《〔乾隆〕淳安縣志》卷十四作『大抵覆醬瓿』。
〔一六〕謄寫：《〔乾隆〕淳安縣志》卷十四作『寫録』。
〔一七〕仍其舊本：《〔乾隆〕淳安縣志》卷十四作『仍之』。
〔一八〕不敢至于是：《〔乾隆〕淳安縣志》卷十四無。
〔一九〕題目：《〔乾隆〕淳安縣志》卷十四作『題曰』。
〔二〇〕卷帙至矣試：《〔乾隆〕淳安縣志》卷十四作『或者後生小子』。
〔二一〕族黨：《〔乾隆〕淳安縣志》卷十四作『族鄙』。

〔二二〕杖履：《〔乾隆〕淳安縣志》卷十四作『杖屨』。
〔二三〕此邦之士其有：《〔乾隆〕淳安縣志》卷十四作『毋亦有』。
〔二四〕庶幾至爲序：《〔乾隆〕淳安縣志》卷十四作『前哲令德，繼序不忘，或以兹爲嚆矢也夫』。
〔二五〕康熙至奎樓：《〔乾隆〕淳安縣志》卷十四無。

青溪先正詩集序

周召

司馬子長作《史記》，自謂『藏之名山，副在京師，以俟後之聖人君子』。是言也，以身後不可知之事望之後起之人，似近於迂而不可必，而亦不然。文章聲氣，千載一時，雖歲月山川未嘗謀面，固有肝腸相映，一朝邂逅，而已陳之迹遂藉其力以傳于世者，不可謂天下竟無其人也。

吾鄉方孟旋先生以制義名海内，而古文詞不甚著，則有李庚生夫子蒐遺稿并刻之，〔一〕而青來閣始有全書。元延祐間，三衢文會之盛，至舉浙西、建康、浙東、海右四道六路之人才咸彙焉，而他書未嘗見，獨見於汪苕文先生一《記》，而六十六人，二百十二卷之文章始顯。即是以觀，是昔之文人固多不遇其人而不傳；亦有間遇其人而後傳者，則禹航鮑覺庭之於青溪諸先正，亦猶是也。

覺庭幼有大志，卓犖不群，世其大父侍御公、父臨漳公家學。以綺歲中副車，而暫借苜蓿齋頭爲讀書學道之地。其在衢也，正容範士，兒輩資其切磨，受益尤深。不以老生形穢，移寓荒園，風雨之夕，紙窗竹屋，一燈熒然，相與啜苦茗、談往事。余偶出宋何欽聖投蘇子瞻長篇、毛仲升叙尤延之《書目》共讀之，覺庭謂：『二公固衢産也，文最工而名不顯，所不遂至於泯滅者，賴有陶家一甕耳。』爲嘆息者久之，蓋其珍惜古人著作之念久已蓄於胸中矣。無何，覺庭以讀禮歸，服除，補睦之淳安。淳安，古青溪地，浙東名勝之區，〔二〕而偉人高士文章之淵藪也。覺庭甫下車，即與二三都講抱琴載酒，日於沙村梅嶺錦石素波之間搜求遺跡，久之，得其先正十五家詩，手自繕録，正其譌謬，共若干卷裒爲一集。集成，皆爲之序，且捐俸以付梓人，稱善本焉。今春，有事於衢，携以見示，而屬以序。余老矣，掩扉兀坐，殘書破硯，僅足自娱，豈能爲役。顧性喜未見之書，爲之躍起，拭眵而讀。讀未竟，而嘆青溪諸先正之於覺庭，何其相須之殷，而相遇之巧也。諸先正皆負夢花吐鳳之才，採掇菁華，牢籠物態，其情真，其意遠，其風韻體格在三唐兩宋間，固已價重雞林，名馳虎觀矣。但二三百年以來，滄桑疊變，所經鼠饞蠹嚙，覆瓶障壁之餘，重以兵燹。而闡發無人，則當陽之碑版徒沉，所南之鐵函不現。雖有賢子孫，不能保其無恙。覺庭求之篋衍不遺餘力，而又於寒煙敗礫中細拾其斷簡零篇，重開生面，俾聲光久閟之人一旦筆墨如新，呼之欲出，此其爲德更有難於往事者。世路悠悠，誰能辨此。君子謂：是舉也，諸先正得覺庭而文始彰，覺庭爲諸先正而名益顯矣。雖然，揣覺庭之意，尚不止此。覺庭垂髫力學至於今，學愈茂，道愈隆，飛鳴在邇。他日給札蘭臺，必盡搜名山大澤蕉園汲冢未出之書，〔三〕獻之當寧，以佐右文之治，其藉覺庭以傳於世者，又豈僅《青溪》一集而已哉。遂忘其老拙而謬爲之叙。

旹康熙三十一年壬申夏六月太末，周召書於受書堂，時年政八十。《厚屏福派徐氏宗譜》卷十；並見《青溪玄同子雪舟脞詩》卷首。

【**校勘記**】

〔一〕李庚生：《青溪玄同子雪舟脞詩》卷首同。李際期，字庚生。宜爲李維楨，字本寧。著者記憶有誤。

〔二〕浙東：宜爲『浙西』之誤。

〔三〕蕉園：底本作『焦園』，據文意改。

【附】《青溪玄同子雪舟脞詩》卷首：

青溪先正詩集序

司馬子長作《史記》，自謂『藏之名山，副在京師，以俟後之聖人君子』。是言也，以身後不可知之事望之後起之人，似近於迂而不可必，而亦不然。文章聲氣，千載一時，雖歲月山川未嘗謀面，固有肝膽相映，一朝邂逅，而已陳之迹遂藉其力以傳于世者，不可謂天下竟無其人也。吾鄉方孟旋先生以制義名海内，而古文詞不甚著，則有李庚生夫子蒐遺稿并刻之，而青來閣始有全書。元延祐間，三衢文會之盛，至舉浙西、建康、浙東、海右四道六整理者按：後葉闕。

青溪先正詩集序〔一〕

方象瑛

禹杭鮑君覺庭司訓淳安，〔二〕葺青溪先正詩數卷，以屬予叙。〔三〕予受而讀之，輒嘆君之用心爲勤且厚也。

夫古人往矣，性情所發，寄於詩歌，其精光靈氣自歷久而不可泯。然世遠則言易湮，非有心者表而出之古人，亦何賴有今人哉。丁敬禮曰：『文之佳惡，吾自知之，後世誰相知定吾文者。』其言似倨，已不能無和寡知希之感。昌黎文起衰八代，百餘年間，未有知而好之者。歐文忠得之漢東李氏，繕寫傳誦，而其文遂以不朽。然則古人之精光靈氣必待後人而始傳。後人之心思不能與古人相遇於幽渺之中，則亦淡漠焉而已。

青溪，文獻之邦，夙鍾魁人傑士。〔四〕以予所聞，唐之皇甫持正，宋之融堂、潛齋、蛟峰兄弟，元之魯道源，〔五〕明之徐大年，以及商、徐諸公，或以理學，或以勳名，而風雅一道，亦往往有以自見。顧遠者數百年，近亦百十餘載，後裔衰微，篇帙淪失。間有藏本，亦漫漶殘缺，不可辨讀。〔六〕士大夫未有顧而問焉者。君獨於遺編斷簡中，慨然想見其人，亟取而表章焉，可謂勤矣。君之言曰：『青溪素稱才藪，比來汩没於時文括帖，〔七〕學殖愈卑，志趨愈下。試取是集讀之，今昔盛衰之故，當必有感而思奮者。』嗟乎！詩與制義，無二道也。善爲詩者，何嘗不工制義。惟一意揣摩父兄師友之教，習久成風，遂茫然不解詩爲何物。一二有志之士相與揚扢風雅，而力不足以奪之。司文教者又隨俗俯仰，無以發其蒙而作其氣。於是先輩之流風餘韻澌滅盡矣。君以表章前哲者，興起後學，其用心又何厚歟。

吾睦踞浙江上游，錦峰綉嶺，向多詩人。李唐之世，吾家白雲處士洎皇甫湜、徐凝、李頻、章孝標之徒先後皆以詩名。〔八〕宋元迄明，代有作者。《睦州詩派》一書至今傳焉。嘗擬合全郡詩人之詩，正其訛舛，補其缺略，以廣《詩派》所未備，苦久病未遑也。君所葺雖止青溪，而蒐採如此其勤，用心如此其厚，儻更舉歷朝全睦之詩彙爲一編，使古人精光靈氣常不泯於天地之間，表章之力詎出廬陵下乎。予不敏，〔九〕且樂觀其盛已。

康熙癸酉仲春既望，遂安方象瑛渭仁撰。〔一〇〕《厚屏福派徐氏宗譜》卷十；並收入方象瑛《健松齋續集》卷一。

【校勘記】

〔一〕青溪先正詩集序：底本無『序』字，據《健松齋續集》卷一補。

〔二〕禹杭：《健松齋續集》卷一作『餘杭』。

〔三〕叙：《健松齋續集》卷一作『序』。

〔四〕夙鍾魁人傑士：《健松齋續集》卷一無。

〔五〕道源：《健松齋續集》卷一同。魯淵之字他處多作『道原』。魯淵亦有『道原』私印。日本高島槐安藏《元人次韻楊維楨草玄閣詩》册第六幅鈐有『魯淵』白文方印、『道原』朱文方印、『本齋』白文方印。則稱『道原』當是。鮑楹刻魯淵《青溪魯道原先生詩集》，書前《魯道元先生自序》云：『淵字道源。』鮑刻何景福《青溪何介夫詩集》收録《和魯道源保真道院有作韻》。又《詞綜》卷三三有何景福《虞美人》一首，題下注云『别魯道源』。

〔六〕漫漶殘缺不可辨讀：《健松齋續集》卷一作『殘缺不可讀』。

〔七〕素稱至括帖：《健松齋續集》卷一作『學者没溺於時文帖括』。

〔八〕章孝標之徒：《健松齋續集》卷一作『章孝標、施肩吾之徒』。

〔九〕不敏：《健松齋續集》卷一無。

〔一〇〕康熙至仁撰：《健松齋續集》卷一無。

邵桂子集

附方有開、錢大椿、胡朝潁、盧珏、汪雲留、洪震老、夏溥。

青溪玄同子雪舟脞詩卷首

雪舟脞詩序

鮑楹〔一〕

《雪舟脞詩》，青溪邵桂子德芳所作也。德芳自謚曰玄同，以太學上舍登咸淳辛未張鎮孫榜進士，任處州府學教授。未幾，宋運訖録，風塵澒洞，輒解組賦歸。而鄉郡擾亂，復避地雲間，贅曹氏，居泖湖之蒸溪。嘗瀕湖搆亭，形如舟，成於雪間，故名『雪舟』。每著述其間，有《脞藳》十卷，《脞譚》二十卷，皆以『雪舟』名之。預爲生壙，號曰『玄宅』，觴詠其中，著《玄宅七銘》《後七銘》《續七銘》《别七銘》，銘冠巾、衣、履帶、杖、唾壺、麈尾、鶴氅、香奩、茶具及幎絞之屬，凡二十八事。摹《周易》，作忍、默、恕、退四卦。

余來青溪，聞先生風，訪尋《脞藳》不可得。久之，方生邦佐出所藏録本一卷相示，蓋先生嗣孫永平貳守逵字弘道，於嘉靖間所掇拾成帙者也，其中詩詞凡十餘篇。急爲刊録，以永其傳。詩雖不多，然前修之風味，藉是以想像一二。楮墨間具有謦欬，不可泯也。先生子祖厚字又玄，孫安貞字吉孺，俱有文藻。其留雲間諸孫，亨貞字復孺，號貞溪，瞻於文詞，工篆隸。明初，訓導松江，年九十三卒，有《蛾術文集》。〔三〕詩見錢牧齋《列朝詩甲集》中，今不具録。

康熙辛未冬至後三日，損菴鮑楹書于浣蘭軒。〔二〕

〔校勘記〕

〔一〕鮑楹：姓名爲整理者所加。

〔二〕于：底本作『子』，據文意改。

〔三〕蛾術：底本作『術蛾』，按《欽定天禄琳琅書目》卷六作『術蛾』，揆諸文意當是，據改。

〔附〕《雍正浙江通志》卷一八二『邵桂子』條：

鮑楹《雪舟詩序》：青溪邵桂子，字德芳，太學上舍，登咸淳進士，任處州府學教授。宋運訖録，解組賦歸，避地雲間，贅曹氏，居泖湖之蒸溪。嘗瀕湖構亭，名『雪舟』，著述其間。有《脞稿》十卷，《脞談》二十卷，皆以『雪舟』名之。預爲生壙，號曰『元宅』，著《元宅七銘》《後七銘》《續七銘》《別七銘》，凡二十八事。摹《周易》，作忍、默、恕、退四卦。

〔附〕《〔嘉靖〕淳安縣志》卷十二：

邵桂子，字德芳，太平鄉人，號玄同，吴攀龍之子也。鞠於所養，因從其姓。博學宏詞，文聲大著。登咸淳七年進士第，任處州教授。棄官歸隱，鑿池構軒其上，名曰『雪舟』。所著有《雪舟脞録》《雪舟脞談》《雪舟脞藁》，傳於世。又嘗作忍、默、恕、退四卦以自警。晚年遊松江，遂家於脩竹鄉。及終，乃歸柩淳安之諫坡葬焉。

〔附〕《兩宋名賢小集》卷三五四《慵菴小集》：

邵桂子，字德芳，淳安人。咸淳間，以博學宏詞登進士第，教授處州。國亡，不仕，娶華亭曹澤之女，因家小蒸，爲斯文領袖者四十年。八十二，卒。所著有《脞談稿》，又作忍、默、恕、退四卦以自警。子祖義，孫亨貞，俱有文名。

〔附〕《欽定天禄琳琅書目》卷六：

東坡集〔一函十二册。〕

……

元邵桂子藏本。明邵亨貞、文徵明亦經收藏，翠竹齋、玉蘭堂諸印見前。按鮑楹《雪舟詩序》，青溪邵桂子，字德芳，太學上舍，登咸淳進士，任處州府教授。宋亡，避地雲間，贅曹氏，居泖湖之蒸溪。嘗瀕湖構亭，名『雪舟』，著述其間。有《脞稿》十卷，《脞談》二十卷，皆以『雪舟』名之。摹《周易》，豫爲生壙，號曰『元宅』，著《元宅七銘》《後七銘》《續七銘》《别七銘》，凡二十八事。又作忍、默、恕、退四卦。又《松江志》載邵桂子之孫亨貞，字復儒，博通經史，贍於文辭，凡陰陽、醫卜、佛老之學，莫不究其奥。洪武間，爲府學訓導，尋戍潁州。後歸，卒，年九十三。著有《蛾術集》。

青溪玄同子雪舟脞詩卷第一

元邵桂子德芳著
後學禹航鮑楹選録
姚江族人弘堂，後裔蕚、人峬仝訂

詩

疏屋詩爲曹雲西作并序。

《語》曰：『飯疏食。』《説文》曰：『草菜可食者，通謂之疏。』前輩有言：『士大夫不可一日不知此味。』〔一〕又言：『人能咬菜根，何事不可做。』皆名言也。雲西處士結茅疏圃間，取老杜『畦疏繞屋』之句，〔二〕名之『壽樂老玄』，爲作隸扁，系以銘。詩曰：

草菜可食，總名曰疏。品題有圃，〔三〕樹藝有書。衡縱町畦，周繞屋廬。繚以樊垣，經以浜渠。〔四〕晨出抱甕，夕歸荷鋤。有蔓必薅，有蝗必驅。風披雨沐，日烜露濡。穲甲怒生，嘉苗蔚敷。芥薑杞菊，韭薤蒜葫。薇蕨藜藿，瓜瓞匏瓠。楮雞桑鵝，籜龍樓魚。〔五〕馬齒鹿角，鼠尾虎鬚。薯蕷蔓菁，杜蘅蘼蕪。茵陳莪蘿，芄蘭茹藘。赤莧銀茄，翠荇墨菰。酸漿辣䓘，甘薺苦荼。庖人調胹，園丁拮据。錡釜鬵煠，〔六〕筐筥貯儲。椒橙内交，醝醘効劬。〔七〕以芼以湘，可茹可葅。維昔尼父，瓜祭齋如。〔八〕飲水曲肱，其樂只且。召南蘋藻，韓奕笋蒲。知味羨黄，咬根歎胡。葵蓼飫顒，葱韮厭徐。火芋明瓚，山菌接輿。庾郎三種，〔九〕石生一盂。劉參玉版，蘇傳冰壺。巢字元修，鮒姓豆盧。菘羔抱孫，蹲鴟將雛。絲滑露葵，練浄土酥。野薺餛飩，水苔脯膴。餅炊菠薐，鮓釀苞蘆。胡麻饋餾，罌粟醍醐。萍虀西晉，蓴羹東吳。芹擷泥坊，藤采豊湖。沼沚有蘩，江漢有蔞。岡有常枲，洲有接余。雁門天花，黄河磨茹。〔一〇〕大宛苜蓿，〔一一〕太華芙蕖。環滁野蔌，盤谷山茹。地饒所産，天茁此徒。菲葑是采，口腹以娱。落英未莎，初篁未箹。霜根旋挑，露葉半舒。烹泉石鼎，養火地爐。色炫匕箸，〔一二〕香浮枓杅。氣含土膏，味逾天厨。肥生華池，響鳴輔車。商顔饑解，〔一三〕文園渴甦。前招麯生，後引酪奴。饌非膻葷，餉非苞苴。園無羊踏，壤有鼠餘。彼哉肉食，俎列豢芻。心炙椎牛，項臠割豬。春羔秋麛，冬鱻夏朐。猩唇豹胎，麋臡蟹胥。緇裙解黿，銀絲膾鱸。羊尾截肪，〔一四〕錦襖脱膚。山殺雉兔，澤羞雁凫。北饌潼酪，南烹黿蜍。嗜鼠則鴟，甘帶則蛆。迺笑鄭老，爛蒸瓠觚。乃笑坡翁，夢餐雞蘇。屬厭饕餮，飽死侏儒。語以疏味，能知否乎。予雅嗜之，日不可無。乃顔茲屋，羞供是須。寧疏而癯，毋肉而腴。易牙司味，敢告膳夫。並收入《御選宋金元明四朝詩·宋詩》卷三、《兩宋名賢小集》卷三五四《慵菴小集》。

【校勘記】

〔一〕士大至此味：語出《鶴林玉露》卷二：『真西山論菜云：「百姓不可一日有此色，士大夫不可一日不知此味。」』

〔二〕畦疏繞屋：語出杜甫《園》：『畦蔬繞茅屋，自足媚盤飧。』

〔三〕品題有圃：《御選宋詩》卷三、《名賢小集》卷三五四同；《名賢小集》四庫底本、文淵閣本附注稱圃『疑當作譜』。

〔四〕浜渠：《御選宋詩》卷三同；《名賢小集》卷三五四作『溝渠』。

〔五〕櫻魚：《御選宋詩》卷三同；《名賢小集》卷三五四作「梭魚」。

〔六〕鬻煠：《御選宋詩》卷三、《名賢小集》卷三五四作「鬵煠」。

〔七〕醝醘：《御選宋詩》卷三、《名賢小集》卷三五四作「鹺醘」。

〔八〕齋如：《御選宋詩》卷三、《名賢小集》卷三五四作「齊如」。

〔九〕庾郎：底本作「廋郎」，據《御選宋詩》《名賢小集》改。

〔一〇〕磨茹：《御選宋詩》卷三、《名賢小集》卷三五四作「磨菇」。

〔一一〕大宛：《名賢小集》卷三五四同；《御選宋詩》卷三作「大菀」。

〔一二〕匕箸：底本、《名賢小集》作「七箸」，據《御選宋詩》改。

〔一三〕商顏：底本作「商顏」，據《御選宋詩》《名賢小集》改。

〔一四〕截肪：底本作「截昉」，據《御選宋詩》《名賢小集》改。

效遊仙詩用擬挽詩韻

上界足官府，散仙住空同。左携浮丘伯，右挹洪厓翁。晞髮崑崙嶺，濯足咸池中。丹成功行滿，藹雲歸太空。

何許蓬萊山，清風可一席。悟此玄之玄，翛然適其適。汗漫九垓期，扶摇六月息。雙丸任升沈，五緯從遲疾。

先天得此心，後天生此身。欠伸桑由變，俛仰黄河清。保養嬰兒壽，媾合姹女親。寸田無荆棘，自然梨棗生。

雲輦駕瑶象，乘風從所如。前驅役豐隆，右御挾望舒。鼂與溟涬遊，稷與鴻濛俱。珥節太華峰，手攬金芙蕖。

仙關從悟入，仙才本生知。參同無高論，黄庭多費辭。冥心誦陰符，了不喻殺機。至道在無言，何思亦何爲。

鸞鶴羽毛輕，逈異介鱗倮。衣裳非組織，服食不煙火。瓊田擷紫芝，琪樹拾丹果。淩霞飲沆瀣，朵頤任觀我。

神仙何渺茫，昌黎所輕視。紫陽欲從之，亦恐逆天理。蝶既非莊周，龍亦非李耳。但讀三聖書，了了知生死。

送竹深赴新安學正

泱泱淛河水，巍巍紫陽山。蜿蜒清淑氣，聖哲生其間。道統接千載，教雨沾百蠻。此郡爲闕里，池清玉半環。子來分坐氊，傲兀似抗顔。柯樵前舉録，頓已窺豹斑。徽嚴水衣帶，生飲清泠灣。升堂拜遺像，袖有香一瓣。嫡孫信己翁，内譜非援攀。手澤幾繙閲，遺書重定删。於焉出豪末，亦足砭愚頑。佩衿和侃侃，絃歌樂閑閑。正心先正己，正物殊非艱。蜚英騰茂實，解褐衣青殷。子行典米廩，修程可躋攀。世年前冷掾，老我嗟痌瘝。贈言宛丘弟，未覺坡筆孱。勿言愛官職，異論醒塵寰。我將返玄宅，子往何時還。澗溪風雨夜，對牀聽潺湲。

遺興

無家欲何爲，有酒亦竟醉。况接故人歡，譚諧起余意。〔一〕結交三十年，心事兩不貳。坦率無町畦，議論絶同異。盆菊傲晚黄，泉蒲濯寒翠。含芳自貞潔，抱節誰嫵媚。於人豈不然，巖壑從棄置。守道苟有得，安貧實易事。山雲促還歸，溪月苦邀致。去住任自然，吾生等如寄。並收入《御選宋金元明四朝詩·宋詩》卷二三。

【**校勘記**】

〔一〕余意：《御選宋詩》卷二三作『予意』。

海蟾

三足老蟇太陰精，夜載阿姮朝帝庭。澡形不假桂花露，背負金輪浴滄溟。騰騰躍起幾萬尺，癡腹一團露圓白。睍目光射鮫宮寒，海若天吴難遁跡。腹中萬斛蝌蚪藏，吐作列緯森光芒。曉驂六龍駕羲馭，騰踏未必輸飛黄。並收入《御選宋金元明四朝詩·宋詩》卷三四、《兩宋名賢小集》卷三五四《慵菴小集》。

寄劉楳溪

鶗啼竹裂來□□，正如昔居子午今東蒙。舊家已爲千秋觀，老筆尚挾三蘇風。江南耆舊凋落盡，近世人類文涪翁。文翁未識過愛我，時寄文字多清雒。文今已矣但公在，語言不殊氣味同。不才三年牧海上，恨無良藥醫民癃。政拙宜爲下下考，敢望姓字稱諸公。聞公行年八十一，内丹外丹俱有功。新詩鋪張錦綉段，西風吟隨湖泖東。孤高可仰不可及，長空萬里飛冥鴻。

餞魏州判鵬舉〔一〕

松下吟哦幾唱酬，却携螃蟹餞監州。穩挑書擔去環碧，頻寄詩筒來雪舟。異姓弟兄千里月，故山泉石一天秋。葛峰隱者如相問，爲道瓜侯已白頭。並收入《御選宋金元明四朝詩·宋詩》卷五五。

〔**校勘記**〕

〔一〕餞魏州判鵬舉：《兩宋名賢小集·慵菴小集》收録同名詩一首，惟正文全然不同：「搜出指鑛遺其沙。鄉

〔原注：疑是卿。〕雲褒武皆蜀秀，虎豹各自雄鬚牙。兩京得人廣數路，忍使丘中留子嗟。不然題名百許輩，無一顯者何謂耶。我亦典學老從事，試向座中尋孟嘉。』首韻僅餘半句，尤爲不協。按，此詩實爲李石所作，僅餘後半，其全詩爲：『蜀地雖遠天之涯，蜀人只隔一水巴。自從文翁建此學，此俗化爲齊魯家。頖林春風桑椹熟，集鼓坎坎聞晨撾。諸生堂奥分左右，相比以立如排衙。九牧之金充歲貢，搜出精鑛遺其沙。卿雲褒武皆蜀秀，虎豹各自雄鬚牙。兩京得人廣數路，忍使丘中留于嗟！不然題名百許輩，無一顯者何謂耶？我亦典學老從事，試向坐中尋孟嘉。』又《名賢小集》詩題、内文分屬兩葉，前後銜接。行款半葉九行，每行二十一字，李石《府學十詠》脱去之前半部分，恰好湊足三行。又該詩後附《古柏行》《到夔門呈王待制》二首，皆爲李石手筆，則抄本誤將李石詩之一葉附於《慵菴小集》之末。查《名賢小集》所收《方舟集》，李石詩前半赫然鋪滿首葉之末三行，第二葉收《餞魏州判鵬舉》《題環碧亭》，則全屬邵桂子筆墨。抄本裝訂時失察，乃有此張冠李戴之誤，而文淵閣《四庫全書》本居然一仍其舊。

贈方式叟携乃翁遺文相過

一過黄壚一慘神，巫陽招不返英魂。遺書半稿傳真跡，寒夜孤燈憶細論。相見極知稽紹美，縱談定似叔孫存。浪遊湖海成何事，歸浚家山活水源。

題環碧亭

十里漣漪陸瑁湖，〔一〕一亭幽絶仲先居。雲根數朵排青闥，泉沫雙流濺緑裾。竹鎖斷橋飛雁鶩，荷侵凉檻蔭黿魚。洛園還許人同樂，時向林間望小車。並收入《御選宋金元明四朝詩·宋詩》卷五五。

【校勘記】

〔一〕瑁湖：底本作『瑁瑚』，據《御選宋詩》改。

次方虛谷賀遷居韻〔一〕

家住千峰落照邊，舟移三泖白鷗前。東陵舊業秦侯隱，〔二〕西洛新窩衛叟還。〔三〕當日釣遊頻入夢，何時婚嫁遂歸田。會須共跨青溪隺，點《易》寒窗伴老仙。並收入《青溪詩集》卷五、《〔嘉靖〕淳安縣志》卷十七、《〔順治〕淳安縣志》卷四、《〔康熙〕淳安縣志》卷二十及《〔乾隆〕淳安縣志》卷十五。

【校勘記】

〔一〕次方虛谷賀遷居韻：《〔嘉靖〕淳安縣志》卷十七同；《青溪詩集》卷五、《〔順治〕淳安縣志》卷四、《〔康熙〕淳安縣志》卷二十及《〔乾隆〕淳安縣志》卷十五題『次方虛谷遷居韻』。

〔二〕舊業：《青溪詩集》卷五、《〔嘉靖〕淳安縣志》卷十七、《〔順治〕淳安縣志》卷四、《〔康熙〕淳安縣志》卷二十及《〔乾隆〕淳安縣志》卷十五作『舊圃』。

〔三〕西洛新窩衛叟還：《〔嘉靖〕淳安縣志》卷十七作『西洛新巢衛叟還』；《青溪詩集》卷五、《〔順治〕淳安縣志》卷四、《〔康熙〕淳安縣志》卷二十及《〔乾隆〕淳安縣志》卷十五作『西路新巢衛叟還』。

和天台陳天瑞韻二首

咸淳年作噩，漕棘共衡文。海變魚龍逝，林空鳥雀分。知心桐瀨月，矯首赤城雲。尺素來千里，故人情重勤。

其二

壯歲取科第，通材爲吏師。元龍豪邁氣，無己謹嚴詩。翠竹天寒倚，蒼松歲晚知。合并定何日，來世以爲期。

自況

青青水中蒲，挺挺水中居。蕭散風露姿，清苦山澤癯。移恨托頑石，朝夕可自娱。長生豈易學，或能迴霜鬚。幽吟共孤寂，清氣亦與俱。東風桃李花，灼灼青陽舒。自甘抱枯槁，肯效競華敷。盆罌固云小，亦足容此軀。

悼側室高氏

七年巾櫛此專房，彈指巫山夢一場。通德願偕伶子老，朝雲竟逐幹兒亡。樓前採藥宫韡濕，亭畔簪花翠袖香。總是舊時携手處，春風回首淚淋浪。

君方而立少年時，加我三年恰古稀。强壯夭亡老羸在，死生契闊願心違。絲毫點染空遺墨，纖指縫紉尚故衣。隃想西湖荒草地，一函香骨已灰飛。

寒喘呴呴最可憐，不嫌衰病與周旋。湯滲共辦心常切，肩背摩娑夜不眠。雲散雪消渾是夢，瓶沉簪折奈何天。老翁不作多時别，更結來生未了緣。

附：古上人和前韻

餘芳猶滿舊蘭房，歡會終當有散場。破鏡分光難聚合，空花過眼易銷亡。凡桃誰見千年實，殘菊空存一蒂香。載雪舟邊古松樹，獨留老影照滄浪。

悼亡却在燕來時，燕未來時樂已稀。千古誰能常不死，百年終有一相隨。好尋風月新歌扇，謾理雲山舊衲衣。義重可憐成死別，也勝鸚鵡出籠飛。

底須惆悵暗愁憐，造物終於巧斡旋。〔一〕喚取天人捧花去，放渠居士枕書眠。行雲應是重歸峽，墮雨終知不返天。壽樂窩中足光霽，著書栽藥且隨緣。

【**校勘記**】

〔一〕斡旋：底本作『幹旋』，據文意改。

讀書

夜雨青燈讀未休，優游吾道寄滄洲。形骸贏得閑多少，〔一〕蟋蟀聲中又一秋。

【**校勘記**】

〔一〕贏得：底本作『嬴得』，據文意改。

雜詠

兼旬梅雨喜初晴，山院青苔滿地生。老眼尚能看細字，竹陰疏處紙窗明。

落紅如雨點蒼苔，小院柴門傍竹開。一枕尋春夢初覺，柳花風暖燕初來。並收入《御選宋金元明四朝詩·宋詩》卷七四。

附録

還鄉襄奉自述調買陂塘。

記家山、某丘某水，兒時曾釣遊處。吾伊聲歇燈青暈，幾夜對牀風雨。從别去。顧鬢影星星，不覺年華度。無人自語。慨聚散雲萍，飛花茵溷，身世兩無據。

雲間路。縹緲瓊樓玉宇。琴棋坐擁仙侶。嬋娟千里人長好，兩地詵詵如許。歸負土。既竣事隴阡，封植高曾墓。頻頻返顧。縱不效兒女、恩情昵昵，能不感霜露。

還鄉襄奉許瑞石餞行詞調水龍吟。

十年千里歸心，出門便覺青山好。晴江似練，西風如水，征帆正飽。夾道衣冠，滿城車蓋，故鄉耆老。過雙臺少住，煩公試問先生，山中夢曾驚覺。

不爲蓴絲堪芼。念家園、露沾幽草。白首來歸，香存晚節，松陰自掃。兒女燈前，琴棋竹外，平安時報。趁梅花未白，行窩春動，望歸來早。

生日自壽調寄買陂塘。

問天公、寓形大塊，百年光景能幾。當時竹馬纔童丱，彈指五旬踰一。青銅裏。看雪鬢霜髯，憔悴今如此。

虛名浮利。笑鹿覆蕉隍，蟻酣槐國，總是夢中事。
家山好，松日篘風清駛。北窗聊可酣睡。祇憐老瓦新醅熟，少却伊人同醉。還縈繫。那兒女纍纍，雲水家千里。碧萱叢底。且菽水團圞，長閑長徤，隨分道慚媿。

方肖翁和

懸弧之旦，既預初筵貫珠之章，又聆雅奏，勉焉倚和。雖不堪付雪兒，尚冀周郎刊誤也。
記年時、青袍緑鬢，筭斑面上能幾。今朝雅奏南飛曲，來獻謫仙蘇二。薰風裏。羨羽扇綸巾，豊度還如此。浮生名利。付括嶠歸雲，松江飛隺，不減賞心事。
君知否，塵世年華川駛。華山還好酣睡。祇應兩地關心切，尚爲鱸魚拚醉。休縈繫。待柳拂琅琊，回首嗚珂里。碧桃花底。好携取麻姑，長娱西母，林澗免慚媿。

弟東野和名密山。

對尊前、青衫白髮，如公樂壽人幾。化工巧爲添梧閏，弧節一年還二。瑶池裏。伴西母桃觴，歲歲常如此。兒曹名利。笑阿買張軍，謝玄却敵，何足預人事。
松江上，兩棹風帆飛駛。華山未許鼾睡。人生萬事安排定，橙蟹蓴鱸拚醉。應關係。那人在雲間，家在嚴灘里。青山眼底。好指點白雲，頻頻回首，俯仰兩無媿。

弟尹甫和名友端。

想前身、玄元老子，出關遊戲凡幾。參同誰授長生訣，應合廣成千二。仙風裏。暫約箇飛瓊，並駕歸來此。塵中名利。付亭納乾坤，堂開樂壽，謹勿落吾事。

雲間鶴，尚怕匆匆飛駛。縞衣更莫驚睡。棣華樓上春如昨，款伴桃觴沉醉。舟不繫。便逸興翩翩，且泊無何里。蓬萊無底。待清淺重來，摩娑銅狄，老我又堪媿。

邵桂子集補遺卷第二

李娶塘東曾沁園春。

知是今年，一冬較暖，開遍梅花。有一朵妖嬈，塘之東畔，東君愛惜，雲幕低遮。小萼微紅，香腮傅粉，把壽陽妝取自誇。誰知道，忽移來秀水，深處人家。

清香撲透窗紗。漸仙李穠華無等差。這冰姿一樣，玉顔雙好，月明静夜，疏影横斜。傳語曹林，須將止渴，結子今番早早些。梅自笑，嗔賀新郎曲，待拍紅牙。《新編事文類聚翰墨大全》乙集卷十七。

文總管之清江任賀新郎。

新雨黄花路。看清江，旌旗千騎，使君東去。萬里歸來城頭角，吹徹家山舊處。惜洲鷺。留君不駐。白髮遺民壺觴語，笑浣花、鄰里來襦袴。誇見早，恨來暮。

故人只在山中住。記年時、腸斷相望，天風海雨。滿鬢星星華髮少，君鬢尚今青否。休詩説、神仙官府。玉笥平生清入夢，會有時、乘興携吾侣。就君醉，爲君舞。《新編事文類聚翰墨大全》庚集卷十五。

税官之揚州任滿江紅。

離却京華，到這裏、二千八百。窮措大、齊齊整整，豈無貸揭。隨地平章花與柳，爲天評品風和月。只留得、一管鈍毛錐，一丸墨。

初不是，絲綿帛。又不是，茶鹽鐵。更有蘇州破硯，兔園舊册。一領征衣半塵土，兩頭蒻笠幾風雪。問攔頭、直得幾多錢，從頭説。《新編事文類聚翰墨大全》庚集卷十五。

韓知事美任百字令。

三年幕畫，是小試相業，相陰相譜。協贊雍容心似佛，春在螺山螺浦。白玉無瑕，黄扉倚重，一府中流柱。蕭然錦滿，扁舟明日歸去。

此去南北才名，看青雲穩駕，玉階徐步。共説荆州老長史，宰相須還他做。沙路星明，甘棠人遠，無計攀轅住。熏香三祝，蒼生正望霖雨。《新編事文類聚翰墨大全》庚集卷十五。

忍卦

忍，亨。初難，終吉君子，貞，不利小丈夫。彖曰：忍，剛發乎内，柔制乎外，故亨。初若甚難，乃終有吉。唯君子爲能動心忍性，不利小丈夫，其中淺也。象曰：刃在心上，忍，君子以含容成德。

初一，小不忍則亂大謀。象曰：小不克忍，成大亂也。

次二，必有忍，其乃有濟。象曰：能忍于中，事克濟也。

次三，一朝之忿，忘其身，以及其親。象曰：一朝之忿，至易忍也，忘身及親，禍孰大焉。

次四，出於跨下，以成漢功，韓信以之。象曰：跨下之辱，小辱也，成漢之功，大功也。

次五，張公藝九世同居，書一忍字以對天子。象曰：同居之義，忍克致也，積而九世，有容德也。

上六，血氣方剛，戒之在鬬。象曰：方剛之氣，忍則滅也，形而爲鬬，自求禍也。

默卦

默，無咎，可貞，不利有所言。象曰：默，不言也。亂之所生也，則言語以爲階。是以君子慎密而不出，故無咎。默以自守，其道可貞也。不利有所言，尚口乃窮也。象曰：口尚玄曰默，君子以去辨養静。

初一，守口如瓶，終吉。象曰：守口如瓶，謹所出也，其初能默，終則吉也。

次二，多言不如守中。象曰：言不如默，得中道也。

次三，駟不及舌，有悔。象曰：駟不及舌，滕口説也，一言之失，悔何追焉。

次四，無以利口亂厥官，卿士戒之。象曰：位高而言輕，亦可戒也。

次五，聖人之教，不言而信。象曰：不言而信，淵默之化也。

上六，君子之道，或默或語。象曰：時然後言，默不可長也。

恕卦

恕，有孚，終吉。象曰：恕之爲道，善推其所爲而已。以己之心，合人之心，己所不欲，勿施於人，故有孚。能以一言終身而行之，其吉可知矣。象曰：如心爲恕，君子以明好惡，同物我。

初一，强恕而行，求仁莫近焉。象曰：强而行之，恕之始也，行而不已，違道不遠也。

次二，君子有絜矩之道。象曰：絜矩之道，恕也。

次三，好人之所惡，惡人之所好，是謂拂人之性，菑必逮夫身。象曰：拂人從欲，身之菑也。

次四，己欲立而立人，己欲達而達人。象曰：立而達，恕以從人也。

次五，聖人與衆同欲。象曰：與衆同欲，聖人之恕也。

上六，〔一〕責己重以周，待人輕以約。象曰：待人之法，可用恕也，責己之道，不可用恕也。

退卦

退，勿用有攸往。象曰：退，止也。勿用有攸往，知止也。日中則退而昃，月盈則退而虧。四時之運，成功者退，而况於人乎。退之義大矣哉。象曰：艮止其所退，君子以晦藏於密。

初一，退，無咎。象曰：其進未鋭。義無咎也。

次二，難進易退。象曰：難進易退，可事君也。

次三，兼人，凶。象曰：兼人之凶，勇不知退也。

次四，見可而進，知難而退。象曰：知難而退，終无尤也。

次五，終日如愚，以退爲進，顔子以之。象曰：顔子之退，進不可御也。

上六，蝜蝂升高，躓而不悔。象曰：蝜蝂升高，其道窮也，躓而不悔，亦可戒也。《〔嘉靖〕淳安縣志》卷十六，並收入《顺治淳安县志》卷四、《康熙淳安县志》卷十九及《南村輟耕録》卷十四。

【**校勘記**】

〔一〕上六：底本誤作『止六』，徑改。

附

方有開宋進士，字躬明，號溪堂。

【附】徐楚《青溪詩集》卷首：

方有開，字躬明，本邑人，號溪堂，第進士。

【附】《〔嘉靖〕淳安縣志》卷十一：

方有開，字躬明，永平人。少倜儻有大志，嘗遊荆襄，觀形勢，爲國子録。輪對論吴、蜀偏重，荆襄居中，爲用武之地。因上《聯形勢》《講攻守》《闢田疇》《建府衛》四篇，孝宗大悦，諭之曰：『今日之勢，有如蜂腰，朕每思不覺寒心，卿能爲國遠慮。』轉司農丞，再對《論規模》，荆襄鎮以心腹，宜講屯田爲大計。上尤欣納，且曰：『屯田，朕念之久，未有能任之者。卿有志事功，異日宜爲朕當一面。』後運判淮西，著《屯田詳議》二十二篇以獻，當國者沮之。有《奏議》五卷，《詩文》十七卷。朱文公嘗爲書『萬溪書堂』四字，故自號『溪堂』云。

方仙翁祠仙翁名儲，漢明、章時邑人，封黟侯。

真仙祠館〔一〕鎖晴嵐，〔二〕下瞰平疇十里寬。譜牒尚遺唐篆額，〔三〕風儀仍是漢衣冠。紫芝白兔靈如昨，石碣丹湖事不刊。千載仍孫牛馬走，〔四〕敬瞻遺像仰高寒。並收入《青溪詩集》卷五、《御選宋金元明四朝詩·宋詩》卷五三、《〔乾隆〕淳安縣志》卷三「方仙翁祠」條、《〔嘉靖〕淳安縣志》卷十七、《〔順治〕淳安縣志》卷四、《〔康熙〕淳安縣志》卷二十及《〔乾隆〕嚴州府志》卷二六。

【校勘記】

〔一〕祠館：《青溪詩集》卷五、《〔嘉靖〕淳安縣志》卷十七、《〔順治〕淳安縣志》卷四、《〔康熙〕淳安縣志》卷二十、《〔乾隆〕淳安縣志》卷三及《〔乾隆〕嚴州府志》卷二六同；《御選宋詩》卷五三作「祠觀」。

〔二〕晴嵐：《青溪詩集》卷五、《御選宋詩》卷五三同；《〔嘉靖〕淳安縣志》卷十七、《〔順治〕淳安縣志》卷四、《〔康熙〕淳安縣志》卷二十及《〔乾隆〕嚴州府志》卷二六作「層嵐」；《〔乾隆〕淳安縣志》卷三作「晴嵓」。

〔三〕尚遺：《青溪詩集》卷五、《御選宋詩》卷五三及《〔乾隆〕淳安縣志》卷三同；《〔嘉靖〕淳安縣志》卷十七、《〔順治〕淳安縣志》卷四、《〔康熙〕淳安縣志》卷二十及《〔乾隆〕嚴州府志》卷二六作「尚標」。

〔四〕千載仍孫：《青溪詩集》卷五、《御選宋詩》卷五三及《〔乾隆〕淳安縣志》卷三同；《〔嘉靖〕淳安縣志》卷十七、《〔順治〕淳安縣志》卷四、《〔康熙〕淳安縣志》卷二十及《〔乾隆〕嚴州府志》卷二六作「千古雲孫」。

方有開詩詞補遺

釣臺〔一〕

先生玉立伴玄英，心與冰壺兩鬥明。已把羊裘甘閒寂，肯隨龍衮耀光榮。名扶漢鼎千鈞重，風激嚴灘七里清。試向漁磯問蹤跡，白雲深處緑簑輕。《重刻釣臺集》卷下，臺圖一四四二九。

【校勘記】

〔一〕釣臺：題目爲整理者自擬。

點絳脣 釣臺。

七里灘邊，江光漠漠山如戟。漁舟一葉。逕入寒煙碧。笑我塵勞，羞對雙臺石。身如織。年年行役。魚鳥渾相識。《重刻釣臺集》卷下，臺圖一四四二九；並收入《〔乾隆〕嚴州府志》卷二六。

滿江紅 釣臺。

跳出紅塵，都不顧、是非榮辱。垂釣處、月明風細，水清山緑。七里灘頭帆落盡，長山瀧口潮回速。問有誰、特地上鈎來，劉文叔。

貂蟬貴，無人續。金帶重，難拘束。這白麻黄紙，豈曾經目。昨夜客星侵帝座，且容伸脚加君腹。問高風、今古有誰同，先生獨。《重刻釣臺集》卷下，臺圖一四四二九。

霜天曉角釣臺。

空山木落。月淡闌干角。相與羊裘堂上，方知道、宦情惡。

老來須自覺。酒樽行處樂。疑到碧灣無路，灘聲小、櫓□薄。〔一〕《重刻釣臺集》卷下，臺圖一四四二九。

〔校勘記〕

〔一〕櫓□薄：底本作『櫓薄』，宜有闕字。

錢大椿宋進士，字坦仲。

〔附〕徐楚《青溪詩集》卷首：

錢大椿，字坦仲，本邑人，第進士。

〔附〕《〔嘉靖〕淳安縣志》卷十一：

錢大椿，蜀阜人。潁敏好學。登乾道八年進士第，累官轉漳浦丞。所至不事苛刻，有豈弟風。秩滿，民惜其去，乃遷縣令。弟大節、大臨、大樟，俱登仕板。

春夜〔一〕

燕子啣泥已下簾，深深庭院薄寒天。海棠枝上黄昏月，楊柳枝頭淺澹煙。〔二〕勾引芳情春夢蝶，頻催愁緒夜啼鵑。蹈青年少歸來晚，斗酒花陰帶月眠。〔三〕並收入《青溪詩集》卷五、《御選宋金元明四朝詩·宋詩》卷五五。

【校勘記】

〔一〕春夜：《御選宋詩》卷五五同；《青溪詩集》卷五題『江村春夜』。

〔二〕枝頭：《青溪詩集》卷五同；《御選宋詩》卷五五作『梢頭』。

〔三〕帶月：《青溪詩集》卷五同；《御選宋詩》卷五五作『枕月』。

錢大椿詩補遺

釣臺〔一〕

九重舟詔苦相徵，一見辭榮返富春。地老天荒臺共久，清風萬古説垂綸。《重刻釣臺集》卷下，臺圖一四四二九。

【校勘記】

〔一〕釣臺：題目爲整理者自擬。

胡朝潁宋進士，字達卿，號静軒。

【附】徐楚《青溪詩集》卷首：

胡朝潁，字達卿，號静軒，本邑人，第進士。

【附】《〔嘉靖〕淳安縣志》卷十一：

胡朝穎，字達卿，號静軒。登乾道八年進士第。歷武昌令，通判嘉興。時宰相鄭相之家奴暴横，朝潁執寘諸法，移書謝云：『以天子之命官撻宰相之奴僕，罪當避位。』清之得書以聞，帝喜曰：『得一佳士矣。』除守岳州，兼湖北提刑。至官，謂其地爲東南上流，非書生坐嘯之地，乃精士類，厚公蓄。嘗以道學不明，詞章隘陋爲歉，慨然自信其獨見而躬行之。諸生及門者皆超然拔於流俗之表。有《静軒集》三卷，《武昌雜詠》《西湖百韻》《詩餘》各一卷。〔並參《〔順治〕淳安縣志》卷二。〕

小金山

天光雲影碧相涵，〔一〕百頃玻璃一望間。緑水繞門迷客渡，白雲終日伴僧閑。疏鐘破曉潛虬動，老木成陰倦鳥還。喚取頭陀磨石壁，爲渠題作小金山。並收入《青溪詩集》卷五、《御選宋金元明四朝詩·宋詩》卷五三、《弘治嚴州府志》卷十八、《〔嘉靖〕淳安縣志》卷十七、《〔康熙〕淳安縣志》卷二十、《〔乾隆〕嚴州府志》卷二六及《〔乾隆〕淳安縣志》卷一『小金山』條。

〔校勘記〕

〔一〕雲影：《青溪詩集》卷五、《御選宋詩》卷五三及《〔康熙〕淳安縣志》卷二十同；《弘治嚴州府志》卷十八、《〔嘉靖〕淳安縣志》卷十七及《〔乾隆〕淳安縣志》卷一作『嵐影』。

胡朝潁詩補遺

風鈴

風不能調碎玉聲，宮商濫奏竟難名。誰家稚女敲方響，一曲從頭學不成。《前賢小集拾遺》。

旅夜書懷

十日春光九日陰，故關千里未歸心。遥憐兒女寒窗底，指點燈花語夜深。《前賢小集拾遺》。

盧珏宋進士，字登父，號可菴。

〔附〕徐楚《青溪詩集》卷首：

盧登父，字□□，號可菴，本邑人。

天邊風露樓〔一〕

十二欄干俯碧溪，憑高一覽衆山低。〔二〕晴灘歷歷輕帆上，煙樹重重幽鳥啼。但覺興隨流水遠，不知身與白雲齊。年來欲問東皇信，〔三〕多種梅花在竹西。〔四〕並收入《青溪詩集》卷五、《御選宋金元明四朝詩·宋詩》卷五五、《〔乾隆〕淳安縣志》卷四『天邊風露樓』條、《〔萬曆〕續修嚴州府志》卷二一及《〔乾隆〕嚴州府志》卷二六。

【校勘記】

〔一〕天邊風露樓：《青溪詩集》卷五、《御選宋詩》卷五五及《〔萬曆〕續修嚴州府志》卷二一題『天邊風露樓漫題』；次首《青溪詩集》題『天邊風露樓次岳文二公韻』。

〔二〕衆山低：《青溪詩集》卷五、《御選宋詩》卷五五、《〔萬曆〕續修嚴州府志》卷二一及《〔乾隆〕淳安縣志》卷四『天邊風露樓』條作『萬山低』。

〔三〕欲問東皇信：《御選宋詩》卷五五同；《青溪詩集》卷五、《〔乾隆〕淳安縣志》卷四『天邊風露樓』條作『先覺東君信』；《〔萬曆〕續修嚴州府志》卷二一作『先寄東君信』。

〔四〕竹西：《青溪詩集》卷五、《御選宋詩》卷五五及《〔乾隆〕淳安縣志》卷四『天邊風露樓』條同；《〔萬曆〕

續修嚴州府志》卷二一作『屋西』。

又

百尺書樓自足怡，〔一〕筆牀茶具日相隨。鑿開宇宙千年秘，拈出江山一段奇。花露滴珠閑點《易》，松風滿座細論詩。〔二〕眼前隨分從吾好，此意人間幾個知。並收入《青溪詩集》卷五、《〔乾隆〕淳安縣志》卷四『天邊風露樓』條。

【校勘記】

〔一〕自足：《青溪詩集》卷五、《〔乾隆〕淳安縣志》卷四『天邊風露樓』條作『足自』。

〔二〕滿座：《青溪詩集》卷五同；《〔乾隆〕淳安縣志》卷四『天邊風露樓』條作『入座』。

盧珏詩補遺

江村夜歸盧登父。

一村桑柏幾人家，流水泠泠淺見沙。夜天不驚山月静，疏籬殘雪護梅花。《青溪詩集》卷六。

汪雲留元人。

〔附〕徐楚《青溪詩集》卷首：

汪雲留，字□□，本邑人。

錢唐懷古〔一〕

江上城低煙樹紅，江潮西去幾時東。吴宫花草隨春暮，〔二〕禹會樓臺入夢空。萬里孤雲留夕照，千年遺恨訴秋風。鳳凰飛去無消息，漠漠遥岑煙雨中。並收入《青溪詩集》卷五、《御選宋金元明四朝詩·宋詩》卷五五。

〔校勘記〕

〔一〕錢唐：《青溪詩集》卷五同；《御選宋詩》卷五五作「錢塘」。

〔二〕吴宫：《御選宋詩》卷五五同；《青溪詩集》卷五作「吴王」。

洪震老元鄉舉，字復翁，號石峰。

〔附〕**徐楚《青溪詩集》卷首**：

洪震老，字復翁，號石峰，本邑人。

〔附〕**《〔嘉靖〕淳安縣志》卷十二**：

洪震老，字復翁。氣宇雄偉，以能詩名。及長，下筆立數千言，貫串經史，凡天文、地理、陰陽衆技之書，無不究心。延祐初，以《詩經》領鄉薦。與時相書，言詞梗直，時論韙之。爲州學正，母喪去官，遂不復仕。所居有石筆峰，學者稱之曰『石峰先生』。所著有《觀光集》一卷，行於世。

〔附〕**顧嗣立《元詩選癸集》丙集**：

洪學正震老

震老字復翁，淳安人。延祐中領鄉薦，與時相書，言詞鯁直，士論韙之。授州學正，以母喪去官，因不復仕。隱居石筆峰，學者稱爲石峰先生。所著有《觀光集》一卷。震老既歸，日以吟咏爲事。其詩氣格昂然，不落卑調，詞鋒艷發，如出匣青萍，所向輒利。故覽物品游，往往超脱。其通篇佳者，則《東泉山》一章，實爲奇絶。至如『白波九道自流雪，青玉一峰常拄天』，亦可謂雄偉非常者矣。

東泉山

青蓮浴秋水，浮出龍王宮。平生閱山亦多矣，未有如此奇哉峰。〔一〕金焦靈鷲等培塿，詞客誇談不容口。恨君不上千仞崗，一見天台與廬阜。通都大邑人争馳，一泉一石小亦奇。雲深路絕無人處，〔二〕大有佳山誰得知。並收入《青溪詩集》卷二、《元詩選癸集》丙集、《弘治嚴州府志》卷十八、《〔嘉靖〕淳安縣志》卷四、《〔順治〕淳安縣志》卷四、《〔康熙〕淳安縣志》卷二十、《〔乾隆〕嚴州府志》卷二六及《〔乾隆〕淳安縣志》卷一「東泉山」條。

〔**校勘記**〕

〔一〕如此：《弘治嚴州府志》卷十八、《〔嘉靖〕淳安縣志》卷四、《〔順治〕淳安縣志》卷四、《〔康熙〕淳安縣志》卷二十、《〔乾隆〕嚴州府志》卷二六及《〔乾隆〕淳安縣志》卷一同；《青溪詩集》卷二作「若此」。

〔二〕雲深：《青溪詩集》卷二、《〔順治〕淳安縣志》卷四及《〔康熙〕淳安縣志》卷二十、《〔乾隆〕嚴州府志》卷二六及《〔乾隆〕淳安縣志》卷一同；《弘治嚴州府志》卷十八、《〔嘉靖〕淳安縣志》卷四作「雲頭」。

洪震老詩補遺

金紫峰

白波九道日流雪，青玉一峰長拄天。《〔乾隆〕淳安縣志》卷一。

夏溥元鄉舉，字大之。

【附】徐楚《青溪詩集》卷首：

夏溥，字大之，本邑人。

【附】《〔嘉靖〕淳安縣志》卷十二：

夏溥，字大之，邑西人，自然先生之子也。明《易象》《春秋》之學，爲文雄深簡古。領至治三年鄉薦，爲安定書院山長。其教人一以安定爲師，士類多歸之。轉龍興教授，新安趙汸曰：『昔予從嚴陵夏大之先生遊，間嘗問及詩法。夏公曰：「子之鄉先達有爲吾郡守者，善論詩，所謂格欲高而律貴乎熟，句欲員而意貴乎新者，真名言矣。」』其教授豫章，亦時從虞公集遊。公喜其詩自成一家，稱爲『夏體』。予嘗言夏先生詩以楊誠齋，夏公聞之犂然。蓋黄、陳詩出老杜，以格高爲宗。至誠齋，又稍變其法。夏公亦自老杜而變者也。子裏，登至正八年乙榜，授涇縣教諭。

【附】顧嗣立《元詩選癸集》丙集：

夏教授溥

溥字大之，一字大充，號『虎怕道人』，淳安人。自然先生希賢之子。明《易象》《春秋》之學，爲文雄深簡古。領至治三年鄉薦，爲安定書院山長。其教人一以安定爲師，士類多歸之。轉龍興路學教授，新安趙汸曰：『昔予從嚴陵夏大之先生遊，間嘗問及詩法，夏公曰：「子之鄉先達有爲吾郡守者，善論詩，所謂格欲高而律貴乎熟，句欲圓而意貴乎新者，真名言矣。」』其教授豫章，亦時從虞集遊，喜其詩自成一家，稱爲『夏體』。予嘗言夏詩似楊誠齋，夏聞之犁然。蓋黄、陳詩出老杜，以格高爲宗。至誠齋稍變其法，夏亦自老杜而變。子裹，登至正八年乙榜，授涇縣教諭。

送徐文勝平江教授

天書曉捧出金鑾，分教平江早拜官。千里不堪明日别，一尊且盡此時歡。官河歲暮冰猶合，驛路天晴雪欲殘。遥想傳經講堂罷，春風先到杏花壇。〔一〕並收入《御選宋金元明四朝詩·元詩》卷五二、《元詩選癸集》丙集。

〔校勘記〕

〔一〕春風：《元詩選癸集》丙集同；《御選元詩》卷五二作『風光』。

夏溥詩補遺

過錢融堂墓

安東束帛此招賢，夢冷冬窩又百年。已自無人守墳墓，空令過客問山川。時方大用文公學，士亦深排陸子禪。回首蜀天青不盡，臨風三歎意茫然。《元詩選癸集》丙集。

鴻門歌

大風揚兮赤雲屯，楚人望氣皆龍文。當時吾甚笑亞父，幸至彭城疽背死。誰云沐猴竟遭烹，汝乃盛怒哈孺子。〔一〕嗟哉拔山之力不可得，扶義而西取天下者以三尺。君看項王重瞳舜重瞳，天命乃在隆準公。《大雅集》卷一；並收入《元詩選癸集》丙集。

【校勘記】

〔一〕哈孺子：原書作『唉』字，疑誤。據《元詩選癸集》丙集改。

吴山謡和鐵厓首唱

中興過江笑諸人，二十三表哀老臣。倡和國事可斬檜，馬上青衣竟何在。采石未靖瓜洲驚，戰功今乃歸儒生。第一峰前誰立馬，夜箭射血來帳下。《大雅集》卷一；並收入《元詩選癸集》丙集。

次李五峰韻送堅上人還雲門

此去二三百里間，黄洲橋頭竹斑斑。一時相送不爲别，七月稍凉宜便還。學士記傳龍井水，道人愛説雲門山。爲有晉唐以來事，穹碑岌岌題寺顏。明萬曆刻本《玉山名勝外集》；並收入《元詩選癸集》丙集。

題錢玉潭竹林七賢卷

林下晉賢凡七人，山王猶謂不足云。老錢定有筆外意，所畫如何無此君。
癡兒每以形似論，如此風致殊蕭然。此圖直可見妙手，自是胸中有七賢。《汪氏珊瑚網名畫題跋》卷七。

滄江釣雪

起看上下天如迷，叩舷而歌柳州詩，此時清得詩無脾。頗與山谷道人聞，人間九鼎安足説。桐江江上一□雪。曉來西山訪羊裘，自以方舟載方舟，有人識我名姓不。《青溪詩集》卷二。

送趙子常還休寧

江東至此有千里，賴是北風吹送船。一見知爲故人面，相逢記得數年前。醉將春色求爲老，清到梅花如欲仙。又更南尋虞學士，呵寒涉筆爲裁箋。

其二

黄州橋頭黄葉飛，春來相望憶歸遲。遂爲天藻道園客，直到杏花春雨時。特立孤松真晚節，飛來雙鶴有幽期。憂飢憂溺誰知者，千古悠悠兩鬢絲。《〔弘治〕休寧志》卷三八。

何景福集

青溪何介夫詩集卷首

何介夫傳

淳安之何，右族也。前宋時，潛齋先生夢桂、毅齋先生景文同年登第，蔚爲儒宗。二先生没，而介夫先生景福生於元之中葉，家學文章與前輩相上下。常以任重致遠自期，故自號曰『鐵牛子』。屢蹶場屋，或求先生之文於遺珠中，知以時務策指摘當道，主文者不敢薦故也。晚年避地武林，數年兵定後，始得歸里。詩文多散失，卒後十餘年，從孫如晦爲集其遺稿，傳於家。後因乩仙降筆自作《序》，有『死猶不死』『千載猶一日』『幽冥中不勝欣喜』之語。嗟乎！慧業文人，自不與草木同朽腐，顧猶沾沾身後名若是，故不脱措大本色耶。

〔附〕**顧嗣立《元詩選三集》：**

鐵牛翁何景福

景福，字介夫，睦之淳安人。宋大理寺大卿夢桂族孫，常以任重致遠自期，故自號曰『鐵牛子』。以所遇非其時，累辟不赴。晚年避地武林，兵定後，始歸鄉里。詩酒自娱，以終其身。有《鐵牛翁詩》一卷，多所散失。卒後十餘年，從孫如晦爲集其遺稿，傳于家。嘗因乩仙降筆自作《序》，有『死猶不死』『千載猶一日』『幽冥中不勝欣喜』之語。介夫詩甚奇偉，其詠柳絮云：『綉牀漸覺香毬滿，魚艇初疑雪片多。』極體物之妙。他如：『龍吟五夜霜飛瓦，鼉吼三更月滿城。』『青山自此詩名重，采石如今酒價低。』『荒祠晝掩無人到，苦木叢中（原詩作『苦竹叢深』；《鐵牛翁遺稿》南圖本天頭批注云：『據集中作苦竹，木字似誤。』）春鳥啼。』『風景不殊豪傑盡，新亭誰復淚沾衣。』亦錚錚皎皎者。睦州詩派論之如此。

〔附〕《（嘉靖）淳安縣志》卷十二：

何景福，字介夫，文昌人，別號鐵牛子。爲人學博行脩，以所遇非其時，累辟不赴。惟詩酒自娛，以終其身。所著有《鐵牛翁詩集》一卷，行於世。

青溪何介夫詩集卷第一

元何景福介夫著
後學禹航鮑楹訂正
後裔何景明、何留慶、何性初仝訂

五言絶句

山水閣爲黄子久題

石齒粼粼水，雲衣𪇆𪇆山。天風吹客夢，何日抹魚頒。〔一〕並收入《元詩選三集》《鐵牛翁遺稿》。

【校勘記】

〔一〕抹魚頒：《鐵牛翁遺稿》宜秋館本校記云：『疑有舛誤。』

水石爲陳太初賦

石潤非經雨，林空豈借秋。詩成清不禁，髣髴到滄洲。並收入《元詩選三集》《鐵牛翁遺稿》《御選宋金元明四朝詩·元詩》卷六六。

七言絶句

惜花

黄金可惜作闌干，偎倚相看盡日歡。秉燭歸來猶未足，夢隨蝴蝶遶枝看。並收入《元詩選三集》《鐵牛翁遺稿》《御選宋金元明四朝詩·元詩》卷七四。

傷田家〔一〕

春祈秋報一年期，土穀神靈知未知。昨日街頭穹米價，三錢一斗定何時。

繅車未歇取絲分，私債官逋夜打門。里正不慈胥吏酷，窮民空感半租恩。並收入《元詩選三集》《鐵牛翁遺稿》。

【校勘記】

〔一〕傷田家：《元詩選三集》題『傷田家二首』。

五言律詩

暮春王茂叔相過

春事遽如許，相過忽偶同。四簷留客雨，一徑落花風。病骨緣詩瘦，愁顔借酒紅。摶沙寧久聚，明日又西東。

並收入《元詩選三集》《鐵牛翁遺稿》《御選宋金元明四朝詩·元詩》卷三九。

六月十七日夜坐李寧之忽得風急落流螢之句遂命足成一律

坦率坐中庭，高門夜不扃。露垂聞警鶴，風急落流螢。對語頭俱黑，相看眼更青。客星在何處，指點認天經。

並收入《元詩選三集》《鐵牛翁遺稿》《御選宋金元明四朝詩·元詩》卷三九。

江天雪意

雪壓天邊樹，瑶英欲下時。風威寒更急，潮信凍來遲。酒市增高價，漁舟誤晚炊。灞橋詩思好，先借蹇驢騎。

並收入《元詩選三集》《鐵牛翁遺稿》。

社日贈王叔京

秋風吹客衣，遊子不知歸。玄鳦已辭去，倉鶊猶自飛。墮枝紅果熟，經雨緑苔肥。誰似羊裘子，耕雲老翠微。

偶成寄王伯玉

清和風日美，策策快幽尋。白水青秧短，緑陰黄鳥深。吴蠶眠未足，蜀鳥怨難禁。流水音誰賞，令人欲破琴。

並收入《元詩選三集》《鐵牛翁遺稿》。

遊華林寺次韓益謙韻

韓李諸公子，携琴入華林。泉香漱寒液，樹老閣秋陰。現在已成佛，如來即是心。振衣發長嘯，風動聽龍吟。

次陳湖韻

險扼三吴地，深涵一片天。龍歸珠寶露，〔一〕鼉躍浪花圓。誰擊中流楫，思乘下瀨船。東風鼓鼙急，四顧意茫肰。

並收入《元詩選三集》《鐵牛翁遺稿》。

【校勘記】

〔一〕珠寶：《元詩選三集》及《鐵牛翁遺稿》諸本同，宜秋館本校記云：『寶，疑賓之誤。』

七言律詩

柳絮

風攪晴空日色和，〔一〕柳花故故惱詩魔。〔二〕綉牀漸覺香毬滿，漁艇初疑雪片多。隨意飛來無定着，〔三〕捲春歸去欲如何。顛狂到底風流在，又化浮萍漾緑波。〔四〕並收入《青溪詩集》卷五、《元詩選三集》《鐵牛翁遺稿》。

【**校勘記**】

〔一〕風攪晴空日色和：《元詩選三集》及《鐵牛翁遺稿》諸本同；《青溪詩集》卷五作『風静煙輕日正和』。

〔二〕柳花故故：《元詩選三集》及《鐵牛翁遺稿》諸本同；《青溪詩集》卷五作『無端柳絮』。

〔三〕無定着：《元詩選三集》同；《鐵牛翁遺稿》諸本作『無定著』；《青溪詩集》卷五作『渾不定』。

〔四〕又化浮萍漾緑波：《元詩選三集》及《鐵牛翁遺稿》諸本同；《青溪詩集》卷五作『又逐緋英點緑波』。

鼓角樓

警昏戒曉復司更，矢棘翬飛結構成。角韻喚醒晨過客，鼓聲催動夜巡兵。龍吟一奏霜飛瓦，鼉吼三通月滿城。〔一〕自是太平無暴客，金壺漏箭要分明。並收入《元詩選三集》《鐵牛翁遺稿》《御選宋金元明四朝詩·元詩》卷五三。

【**校勘記**】

〔一〕龍吟至滿城：《元詩選三集》附傳引《睦州詩派》作『龍吟五夜霜飛瓦，鼉吼三更月滿城』。《萬曆嚴州府續志》卷十九引《睦州詩派録》同。

太白墓

姑熟村南日正西，〔一〕豊碑八尺大書題。青山自此詩名重，采石如今酒價低。捧硯太真猶入夢，脱靴力士竟何擠。荒祠晝掩無人到，苦竹叢深春鳥啼。〔二〕並收入《元詩選三集》《鐵牛翁遺稿》。

【校勘記】

〔一〕姑熟：《元詩選三集》及《鐵牛翁遺稿》諸本作「姑孰」。

〔二〕苦竹叢深：《元詩選三集》附傳引《睦州詩派》作「苦木叢中」；《萬曆嚴州府續志》卷十九引《睦州詩派録》作「苦竹叢中」。

燈樹

菩提一樹寶花開，七七横枝架起瓌。金色毫光浮舍利，玻璨泡出現如來。移歸天上長春苑，照破人間不夜臺。一匝煩師輕拽轉，肯教塵剎堕輪迴。

穀雨茶

陸羽經中着眼來，桐君録裏用心裁。稻芽已播嘉禾種，藥品先收瑞草魁。中氣平分姑洗律，上清久候阿香雷。春光九十六之五，且煮金芽當一杯。

吟夢

睡魔乘隙政相毆，無奈詩魔又起予。困裏敲推忘太尹，暗中模索憶中書。神遊湘水春風遠，思入巫山暮雨餘。覺後半窗斜月白，惺惺擬跨灞橋驢。

禽名

水紅裙淡畫眉濃，婆餅焦香喚郭公。姑惡久嗔烏面妾，姊歸深恨白頭翁。〔一〕上村百箔蠶登簇，半節千錢葉價穹。快活有聲辨麥熟，豈辭脱袴過溪東。並收入《元詩選三集》《鐵牛翁遺稿》。

【校勘記】

〔一〕姊歸：《元詩選三集》作『姊婦』；《鐵牛翁遺稿》南圖本同，天頭批注云：『婦字疑是歸字。』《鐵牛翁遺稿》宜秋館本、上圖張蒽玉抄本、國圖本、文淵閣本、文津閣本、文瀾閣本、上圖豊華堂抄本、補抄文瀾閣本作『姊歸』。

梅魂

開落分明夢覺關，玉妃厭世謝塵寰。英精已出冰霜外，標格猶存水石間。淡月寫真招不返，香風入骨引初還。數聲羌笛知何處，迷却羅浮一片山。並收入《元詩選三集》《鐵牛翁遺稿》。

秋江旅懷

天低江闊鴈行微，獨倚危闌送落暉。絢日金丸橙橘熟，飛霜銀縷鱖鱸肥。蓴香自可呼村酒，楓落誰能問客衣。何日束裝同買棹，片帆東過子陵磯。並收入《元詩選三集》《鐵牛翁遺稿》。

偶成

青林過雨暮煙浮，旅館涼生月滿樓。書債未償驚已老，客愁難遣怕逢秋。飯香嗟喜嘗新稻，燈暗那堪續滯油。遥想團欒家慶樂，時時話我有方遊。

感興

世途無處不間關，老我星星兩鬢班。〔一〕江水送潮歸緑渚，谷風吹雨過黄山。千金弊袴誰能買，〔二〕百石強弓每自彎。何事無心雲一片，等閑飛去又飛還。並收入《元詩選三集》《鐵牛翁遺稿》《御選宋金元明四朝詩·元詩》卷五三。

【**校勘記**】

〔一〕兩鬢班：《鐵牛翁遺稿》上圖張蕙玉抄本、文瀾閣本、上圖豊華堂抄本、補抄文瀾閣本同；《元詩選三集》《御選元詩》卷五三及《鐵牛翁遺稿》南圖本、宜秋館本、國圖本、文淵閣本、文津閣本作「兩鬢斑」。

〔二〕弊袴：《元詩選三集》及《鐵牛翁遺稿》南圖本、宜秋館本、上圖張蕙玉抄本、國圖本作「弊袴」；

《御選元詩》卷五三及《鐵牛翁遺稿》文淵閣本、文津閣本、文瀾閣本、上圖豊華堂抄本、補抄文瀾閣本作『敝袴』。

東安即事

春來日日醉瓊螺，堪嘆流光去擲梭。〔一〕過雨落花三月暮，東風啼鳥五更多。文章官樣千機錦，落魄仙人一足靴。世態昇平應有象，小兒争戲午橋坡。並收入《元詩選三集》《鐵牛翁遺稿》。

【校勘記】

〔一〕堪嘆：《元詩選三集》及《鐵牛翁遺稿》諸本作『嗟歎』。

武林偶成

獨宿江樓夢易回，〔一〕滯人官庫酒多灰。滿城鐘動漏初歇，近岸舟喧潮欲來。富貴在天三尺命，姓名震地一聲雷。海門千里波光赤，火齊還升玉鏡臺。並收入《元詩選三集》《鐵牛翁遺稿》。

【校勘記】

〔一〕夢易回：《元詩選三集》及《鐵牛翁遺稿》諸本作『夢一回』。

桐江懷古

合江亭下買舟行，擊楫中流萬古情。嚴子臺高煙樹暗，桐君塔映浪花明。英雄不並青山在，時事還隨紅日生。我欲遠尋方外訣，白雲深處石橋横。並收入《元詩選三集》《鐵牛翁遺稿》。

武林懷古二首。

十錦湖山興味佳，苔茵日厚積松釵。掖垣有佛成新刹，輦路無人識舊街。半夜潮聲清客夢，一天秋氣老詩懷。點頭只藉朱衣力，天府名登與計偕。

其二

撞動蒲牢萬竈煙，市聲争利便喧闐。六飛輦路生春草，十錦湖山哭暮鵑。潮去潮來悲往事，花開花落惜流年。老逋骨冷梅無主，吟上孤山一愴肰。

武林春望

武林春望不堪吟，獨倚闌干萬古心。錢氏池臺荒草滿，蘇卿門巷落花深。人歌人哭幾生死，潮去潮來無古今。風景不殊豪傑盡，新亭誰復淚沾襟。〔一〕並收入《元詩選三集》《鐵牛翁遺稿》。

【校勘記】

〔一〕淚沾襟：《元詩選三集》附傳引《睦州詩派》作『淚沾衣』，《萬曆嚴州府續志》卷十九引《睦州詩派録》同。

春日閨思

笑倚香雲懶畫眉，海棠庭院步遲遲。鶯聲芳樹歌闌處，花影重門睡起時。蝶舞正高停扇待，絮飛欲下就簾吹。鴛鴦綉罷無人問，背立東風聽子規。並收入《元詩選三集》《鐵牛翁遺稿》。

上家君

阿翁弄孫心可樂，癡兒觀光志愈堅。燈燼懸花形顧影，雨聲刮夢夜如年。攀龍期對三千字，跨鶴須纏十萬錢。爲報還家定何日，一陽春信到梅邊。並收入《元詩選三集》《鐵牛翁遺稿》。

見縣尹

牛刀小試割雞初，飛鵠瓜田問故居。百里風雷新政令，千村煙雨樂耕鋤。手攀北斗魁杓柄，名出南州課最書。慚愧儒生味清冷，水盂虀本献庭隅。

望江亭

曲水亭空卧石龍，入門鼉鼓震逄逄。六朝冠冕埋孤塔，七寶旛幢占故宫。借劍生前誰斬佞，震堂死後尚旌忠。暮潮西上東風急，滿目河山落照紅。〔一〕並收入《元詩選三集》《鐵牛翁遺稿》。

【校勘記】

〔一〕滿目河山：《元詩選三集》及《鐵牛翁遺稿》諸本作『滿目山河』。

輓通玄黄先生

華溪林下酹芳尊，生魄何因作九京。商嶺采芝無行輩，穀城化石有兒孫。分茅舊錫春申土，喬木遥思禹會村。家學有傳同不朽，摩挲遺碣剗苔痕。

追遠亭寧之先塋所亭也，在五總山下。

五總佳氣欝嶙峋，追遠亭中薦藻蘋。暘谷自春原上草，夜臺不曉墓中人。舊攀柏有悲烏集，新種松無觸鹿馴。嗣世箕裘欣有托，年年澆飯一霑巾。

答友人惠扇

欲把仁風與我分，奉楊頓起伯夷清。千絲喜解裁新樣，兩字何勞播逸名。指使三軍談笑易，驅除酷吏動摇輕。棄捐篋笥非吾意，自是商飈不世情。

寄洪伯英

秋風摇樹晚蕭蕭，極目良田總不毛。中酒羸軀長似病，還家清夢豈知勞。右肩恨不生猿臂，左手誰能擘蟹螯。莫待挑燈燃白髪，便須縛袴取青袍。

寄題李寧之朱銅巖坟亭

桐山嵺岰摩空青，桐僊長眠呼不醒。龍歸洞口雲漠漠，鶴飛華表秋冥冥。玉乳流膏落輕滴，蝸涎凝石留餘腥。同遊選勝一樂事，凌虚飛屩凭高亭。並收入《元詩選三集》《鐵牛翁遺稿》。

寄東安劉鵬舉

客窗呼酒濯離愁，别後鬈鬈歲若流。困學久磨維翰鐵，懷人空倚仲宣樓。芝川風月添新夢，葛水溪山憶舊遊。後會相期在何日，浙江亭上看潮頭。並收入《元詩選三集》《鐵牛翁遺稿》。

題朱德甫店壁

日出孤城萬竈煙，緑蘆青柳暗晴川。舉杯誰共論文酒，塞港惟多運米船。爲客未歸春又夏，憶家無夢夜如年。浪遊莫待貂裘弊，及此歸耕負郭田。並收入《元詩選三集》《鐵牛翁遺稿》。

題王如文魚堂壁間

豊水溪邊着數椽，風流宰相有曾玄。闢新窗牖無多地，鑿破莓苔得片天。爲愛煙霞横紫翠，不將鈎餌出紅鮮。我來撫檻知魚樂，斗酒深慚詠百篇。

書徐真卿壁間

華髮蕭蕭雪滿簪，眼看風雨幾晴陰。道原天地無終極，世運溪山不古今。萬寳摯收倉廩實，八條開闢户庭深。七旬昆娼論衷曲，剪燭通宵露腹心。

書廟山驛

一衖人家白板扉，數間驛舍粉牆圍。舟師聚泊魚爲市，使客稀來馬脱鞿。江轉潮衝漁浦震，天低雲壓燕山微。太平有象邊無警，打鼓郵亭送落暉。並收入《元詩選三集》《鐵牛翁遺稿》。

書龍田書塾

秃毫破硯了生涯，澮煮黄虀味自嘉。自昔衣冠頓丘土，而今富貴只風花。雪添老鬓寧饒我，月落誰家一任他。直養浩肰平旦氣，何須勾漏問丹砂。

己卯冬書江頭段家樓

問酒江頭解黑貂，朔風吹面冷蕭蕭。雲粘海樹天浮雨，土屑鹽花水不潮。錢氏箭埋金簇壯，〔一〕張侯祠鎮石塘遥。吟邊多少興亡事，猛拍闌干恨未消。並收入《元詩選三集》《鐵牛翁遺稿》及《海塘録》卷二四。

【校勘記】

〔一〕金簇：《元詩選三集》及《鐵牛翁遺稿》諸本同；《海塘録》卷二四作「金鏃」。

寒食和友人韻

春事三分已二過，客窗牢落怨蹉跎。〔一〕江湖青眼如公少，〔二〕道路黄塵奈我何。百五芳辰驚暗度，一三益友願同哦。明朝行樂猶非晚，莫遣吟髭雪樣皤。並收入《元詩選三集》《鐵牛翁遺稿》。

【校勘記】

〔一〕蹉跎：《鐵牛翁遺稿》南圖本、宜秋館本、上圖張蒽玉抄本、文淵閣本、文瀾閣本、上圖豊華堂抄本、補抄文瀾閣本同；《元詩選三集》及《鐵牛翁遺稿》國圖本、文津閣本作「嗟跎」。

〔二〕青眼：《鐵牛翁遺稿》諸本同；《元詩選三集》作「清眼」。

次王千户韻

亂山鬱鬱水粼粼，倚杖旌川試問津。數點落花春事老，一聲啼鴂客愁新。〔一〕腰纏用盡難騎鶴，意釣投深未獲鱗。獨有柳營貔虎將，却舒青眼盻詩人。〔二〕並收入《元詩選三集》《鐵牛翁遺稿》。

〔**校勘記**〕

〔一〕啼鴂：《元詩選三集》作『啼鴂』。

〔二〕盻詩人：《鐵牛翁遺稿》文瀾閣本、上圖豊華堂抄本、補抄文瀾閣本同；《元詩選三集》及《鐵牛翁遺稿》南圖本、宜秋館本、上圖張蒽玉抄本、國圖本、文淵閣本、文津閣本作『盼詩人』。

寓太平州和壁間舊題

鴉投煙樹日將昏，撩客詩愁欲斷魂。郭外青山招太白，城中老樹識桓温。火餘窮巷皆煨燼，潮落浮梁覺漲痕。父子明朝遊采石，傾囊準擬一開尊。並收入《元詩選三集》《鐵牛翁遺稿》。

重到比原與茂卿同宿偶成

二紀重來訪葛洪，舊知大半白頭翁。留連光景啣山日，排辦霜威隔夜風。〔一〕雷火燒鱗悲躍鯉，雪泥印跡歎飛鴻。黄雞白酒陶肰醉，休話頭巾黑與紅。並收入《元詩選三集》《鐵牛翁遺稿》。

〔**校勘記**〕

〔一〕排辦：《鐵牛翁遺稿》文淵閣本、文津閣本、文瀾閣本、上圖豊華堂抄本、補抄文瀾閣本同；《元詩選三集》及《鐵牛翁遺稿》南圖本、宜秋館本、上圖張蒽玉抄本、國圖本作『排辨』。

童堯夫招飲回途偶成

東君容我出郊行，過却清明日日晴。怕損落花移屐緩，恐妨啼鳥策筇輕。春風入髓紅顔暈，世事縈心白髮生。花下小車如共載，緑陰深處聽啼鶯。並收入《元詩選三集》《鐵牛翁遺稿》及《御選宋金元明四朝詩·元詩》卷五三。

和希堯姪秋夜長韻

千林深夜響宫商，聽徹幽齋夜更長。露下鶴軒螢火濕，天低牛渚鴈聲凉。搗衣月暗更三鼓，挑錦燈明字幾行。夢覺鄰機猶曉織，凄其絺綌歎無裳。並收入《元詩選三集》《鐵牛翁遺稿》。

和君文兄自述

水曹清派出清溪，喬木家山望眼迷。咳唾詩成落珠玉，咄嗟粥辦下萍虀。詞源倒挽水三峽，教雨均霑春一犁。文軌相同任南北，豈論被髮與雕題。

和克旻孫秋日感興先生時主陽堂書塾。

祇裯紅葉綴殘秋，〔一〕相對黄花思繆悠。天地猶憐衰朽質，江山不替古今愁。耳聞彭蠡魚龍舞，眼見姑蘇麋鹿遊。珍重吾宗老孫子，竹林酣飲可同不。並收入《元詩選三集》《鐵牛翁遺稿》。

〔校勘記〕

〔一〕祇裯：《元詩選三集》及《鐵牛翁遺稿》諸本作『祇稠』。

和魯道源保真道院有作韻

麟鳳何年下十洲，蓬萊一段獨清幽。子今棲息壺中樂，我亦逍遥物外遊。伏櫪每思追赤驥，出關尤喜候青牛。〔一〕竹窗欹枕晚凉足，月滿芝田雪一丘。

〔校勘記〕

〔一〕候青牛：底本作『侯青牛』，據文意改。

〔附〕魯淵《青溪魯道原先生詩集》卷四：

寓保真道院

紅塵飛不到瀛州，花木春深小院幽。青鳥不傳王母信，赤松還許子房遊。靈壇夜久聞鸞鶴，宸極天高望斗牛。何用乘槎滄海去，人間此地亦丹丘。

和王叔京申屠雲山赴邑館

陽春聲調壓譚青，花縣弦歌聽雨晴。談笑乃知賔主樂，别離無異弟兄情。龜川浪暖魚鱗健，鯖網沙暄馬足輕。莫厭郵筒來往數，要將千首播詩名。

震之兄賡前韻見寄復和以答

决雲欲作海東青，不學鳴鳩唤雨晴。騰踏待看騏驥種，飛鳴長念鶺鴒情。雨催叢緑藏春暗，風散殘紅着水輕。行樂似緣詩有債，肯饒李杜獨齊名。

遊白龍寺

步入龍宫路更幽，陰崖虚籟雨飕飕。松根石磴留猿迹，竹外茶煙眩鶴眸。防客未先藏斗酒，愛山更欲上層樓。一龕已足平生料，多景何須二百州。並收入《元詩選三集》《鐵牛翁遺稿》。

和洪伯英感懷三首。

年年客裏度青春，行役勞勞二伯程。〔一〕白髮未酬平日志，青山似有故人情。老成已覺晨星少，人事還隨曉日生。莫怪春山風雨惡，煙蓑曾有子陵耕。

【校勘記】

〔一〕二伯程：《元詩選三集》及《鐵牛翁遺稿》諸本作『二百程』。

其二

元龍湖海半生豪，斗大黄金未着腰。不學單衣歌白石，擬將一劍倚青霄。賈生痛哭心猶在，季子從盟舌太饒。得失雞蟲何足較，爲君呼酒酌椰瓢。

其三

家住梅花水月村，長裾偶共曳王門。齊紈肯試千鈞弩，魯酒須浮五石罇。蜃架海樓虛作市，蟻知天潦預移屯。鏌鋣定價無人識，只作鉛刀一様論。並收入《元詩選三集》《鐵牛翁遺稿》。

詠李鵬飛庭下瑞香

香瑞春繁久耐看，移根猶喜近雕闌。蹙成百結流蘇帳，擷碎千金瑪瑙盤。處女暖燻〔一〕沉水腦，〔二〕侏儒新頂紫霞冠。東君有意宣和氣，底事班班雨釀寒。並收入《元詩選三集》《鐵牛翁遺稿》。

【校勘記】

〔一〕暖燻：《元詩選三集》及《鐵牛翁遺稿》諸本作『暖薫』。

〔二〕水腦：《元詩選三集》及《鐵牛翁遺稿》南圖本、宜秋館本、上圖張蒽玉抄本、國圖本、文津閣本、文瀾閣本、上圖豊華堂抄本、補抄文瀾閣本作『水惱』。宜秋館本校記：『惱，疑腦之誤。』《鐵牛翁遺稿》文淵閣本作『水腦』。

遊銅山示規孺姪

踏遍春風桃李場，凭高一覽總群芳。亭前紋甃銅花碧，洞口甘流石髓香。對白抽黄呼小阮，染紅濡緑咲中郎。紫陽孫子欣留客，一醉從人卧竹牀。並收入《元詩選三集》《鐵牛翁遺稿》。

次花姪韻

被髮猩猩枉解言，野心終作獸身看。石津寒識山藏玉，水赤緣知井有丹。詩草生香雲錦暖，燈花落燼夜窗寒。爾今咳唾成珠易，我愧腰圍衣帶寬。

袁翔甫示憲椽有詩回次其韻

金鏡無存鑄鐵胎，張九齡事。城春有恨怕登臺。盈虧幾見月圓缺，消長只觀潮往來。將相于人寧有種，山川何地不生才。男兒上下四方志，未必英雄滯草萊。

次不花姪所寄

細推天意卜人情，朝市山林孰重輕。轉徙無方嫌地隘，昇平有日待河清。緣知天下望安石，誰識遼東有管寧。莫怪桃源無夢寐，金雞唱曉自光明。

辛卯春宿王元善宅值雪

元冥何事妬春光，惱亂東風大作狂。玉宇千家欣出色，瓊花萬樹恨無香。燕山如席應思魯，剡水回舟孰繼王。認得竹邊老梅樹，東君休訝水曹郎。

壽袁翔甫庚子正月，生先生。辛丑。

我小於君僅一齡，雌雄何必論庚辛。夢探五色懷中筆，醉掛三花頭上巾。步近日邊金腰裹，瑞徵天上石麒麟。傳經有子飛騰易，太極存心物物春。

篬筤軒爲張克旻作三墩人。

玉堂公子銀鈎字，花縣郎官水墨圖。老榦吟秋聲迭和，寒梢寫月影相扶。〔一〕律筩待剪簫韶管，使節容分英蕩符。爲問子猷吟嘯處，種梅肯着水曹無。並收入《元詩選三集》《鐵牛翁遺稿》。

【**校勘記**】

〔一〕寒梢：《鐵牛翁遺稿》南圖本、宜秋館本、上圖張蒽玉抄本、國圖本、文淵閣本、文津閣本同；《元詩選三集》及《鐵牛翁遺稿》文瀾閣本、上圖豊華堂抄本、補抄文瀾閣本作「寒稍」。

社日偕震之兄郊行

春序平分淑景妍，弟兄行樂過前川。催花膏雨霎時歇，擘柳盲風近午顛。孺子暫閑分肉手，冷官不進勸農篇。東君莫把人拘速，草褥花茵任醉眠。

庚戌冬道經新城偶題太安寺壁

我與清溪有佛緣，松關來訪老詩仙。水禽下照無臺鏡，風竹低參不語禪。措大可憐生白髮，瞿曇無語坐青蓮。橫枝扶起宗風盛，始信吾師卓錫堅。

送方以愚會試〔一〕

漢家天馬遍流沙，始見神駒出渥洼。鳳闕今年新進士，蛟峰此日大方家。鞭摇金水河邊柳，〔二〕帽壓瓊林宴上花。辛苦平生讀書眼，春風得意看京華。並收入《〔嘉靖〕淳安縣志》卷十七、《〔康熙〕淳安縣志》卷二十、《〔乾隆〕淳安縣志》卷十五及《〔順治〕淳安縣志》卷四。

整理者按：《〔嘉靖〕淳安縣志》卷十一：『方道嵓，字以愚，號愚泉，蛟峰先生曾孫也。從同里吴朝陽先生遊，以《春秋》名當世。登至順二年進士第，授翰林編脩官。所撰《后妃》《功臣》諸列傳，筆削大義，獨斷於心，無能議者。調嘉興推官，凡讞獄囚，必脕其桎梏，賜之飲食，温言和氣以探真情。再調杭州判官，遂引疾以歸。累轉奉政大夫，江西行省員外郎。洪武初，兩被召，俱不赴。所著有《春秋集傳》十卷，《愚泉詩藁》十卷，《詩説》一卷，《文説》二卷，《選唐詩》一卷，見于世。』

【校勘記】

〔一〕送方以愚會試：《〔嘉靖〕淳安縣志》卷十七、《〔順治〕淳安縣志》卷四、《〔康熙〕淳安縣志》卷二十及《〔乾隆〕淳安縣志》卷十五題『送方道嵓赴春闈』。

〔二〕河邊柳：《〔嘉靖〕淳安縣志》卷十七、《〔順治〕淳安縣志》卷四、《〔康熙〕淳安縣志》卷二十及《〔乾隆〕淳安縣志》卷十五作『橋邊柳』。

拜岳王墓

石人石虎没荒榛，武穆忠魂唤不聞。高塜月寒明血燐，古祠塵暗冷爐燻。控頤槌重寧留檜，摩頸刀寒不貸雲。千載汗青猶一日，湖山煙景幾朝曛。

和沈玉泉韻

蓬轉天涯迹未安，感時無策濟危難。蕉隍覆鹿空成夢，草地鳴蛙亦爲官。補衮工夫須錦綉，調羹滋味慣鹹酸。月娥已有中秋約，徑欲凌風到廣寒。

歌行

和散里平章遊東安汪伯諒半山亭詩韻

丹溪青山冠閩浙，勝遊忽聚金臺客。朱闌碧檻椅雲隈，〔一〕滿地松花踏香雪。玉京北望蒼煙重，山光水色開天容。咳唾隨風落珠玉，葡萄酒豔玻瓈鍾。逍遥聊作無事飲，倒着接䍦從酩酊。〔二〕潮生眼纈春風和，月上松蘿酒初醒。金閨公子玉堂仙，長歌擊節音琅肰。〔三〕君不聞，香山老子長短三千篇，一金一首雞林傳。

並收入《元詩選三集》《鐵牛翁遺稿》及《御選宋金元明四朝詩·元詩》卷三一。

【**校勘記**】

〔一〕椅雲隈：《元詩選三集》及《鐵牛翁遺稿》諸本、《御選元詩》卷三一作『倚雲隈』。

〔二〕接䍦：《鐵牛翁遺稿》南圖本、宜秋館本、上圖張蒽玉抄本、國圖本、文淵閣本、文津閣本、文瀾閣本、上圖豊華堂抄本同；顧嗣立《元詩選三集》作『接罹』。

〔三〕擊節：《元詩選三集》及《鐵牛翁遺稿》諸本同；《御選元詩》卷三一作『擊筑』。

畫魚

粉垣皎皎雪不如，道人爲我開天奇。長杠運入霹靂手，墨池飛出龍門姿。雲煙欝律出半堵，下有洶湧波濤隨。錦鱗隊隊晃光彩，揚鰭掉尾噞喁吹。〔一〕相忘似識湖海闊，肯與蝦蟹相娱嬉。由來至理與神會，潑剌健鬣直欲飛。嗟予久縮釣鰲手，卒見欲理長竿絲。僧鍾谿，〔二〕任公子。不須點龍睛，〔三〕不須投犗餌。禹門春浪拍天流，只要雷公助燒尾。並收入《元詩選三集》《鐵牛翁遺稿》及《御選宋金元明四朝詩·元詩》卷三一。

【**校勘記**】

〔一〕揚鰭：底本作『揚鰭』；《御選元詩》卷三一、《元詩選三集》作『揚鰭』，據改。

〔二〕僧鍾谿：《元詩選三集》及《鐵牛翁遺稿》南圖本、國圖本、文淵閣本、文津閣本、文瀾閣本、上圖豊華堂抄本、補抄文瀾閣本同；南圖本天頭批注云：『僧鍾谿，據下文似當作張僧谿。』《鐵牛翁遺稿》宜秋館本、上圖張蒽玉抄本及《御選元詩》卷三一作『張僧繇』。

〔三〕龍晴：底本作『龍睛』，《元詩選三集》同；《鐵牛翁遺稿》諸本、《御選元詩》卷三一作『龍晴』，據改。

花時苦雨

東君費盡春功績，萬紫千紅競容色。豈知晴光變霪雨，故爲芳程入銜勒。柳腰孱顔珠翠重，棠腮淚落臙脂濕。紛紛桃李委泥滓，翳翳雲霾裹山脊。屋茅蒸菌竈産蛙，濤聲入户風掀席。繁華九十暗中老，園林陡覺秋蕭瑟。鞦韆高閣粉牆西，門瑣深宫土花碧。〔一〕穿錢甃徑世無有，輾地香輪已何適。雲間踆烏如可贖，一擲千金詎容嗇。長鬚沽酒出門去，陌上泥深幾没屐。倚闌對花重太息，花爲春開春不惜。應知造物等兒戲，天怒花妖喪民德。薄命佳人亦如此，傷春背立闌干泣。君不見，玉環花妖禍唐室，西施花妖沼吴國。江湖□困只憂民，〔二〕不憂花死憂無麥。並收入《元詩選三集》《鐵牛翁遺稿》。

【校勘記】

〔一〕門瑣：《元詩選三集》及《鐵牛翁遺稿》諸本作『門鎖』。

〔二〕江湖□困：《元詩選三集》及《鐵牛翁遺稿》南圖本、宜秋館本、上圖張蒽玉抄本、國圖本同闕；《鐵牛翁遺稿》文淵閣本補作『愁困』；文津閣本作『飢困』；文瀾閣本作『苦困』；上圖豊華堂抄本、補抄文瀾閣本作『苦困』。

和李鵬飛紫童歌韻李氏有紫竹杖，因曰『紫童』，且刻歌于節間云。

紫童勁直過眉長，飽諳風雪含蒼涼。老眼乳節似有奪朱色，響落爪甲四座聞鏗鏘。余將南遊蒼梧吊虞舜，又欲西謁王母求玄霜。扶顛持危用舍在我爾，詎知窮途阮子空猖狂。童乎童乎，毋乃梓橦。遣汝來吾傍，未易役汝去荷奚奴囊。並收入《元詩選三集》《鐵牛翁遺稿》。

五月五日對雨有作

雷聲填填雲冪冪，雨打梅頭麥穗黑。老農倚耒向天泣，汙邪水深耕不得。余生熟知稼穡艱，倚闌對雨興長歎。垢衣未澣生敗點，礎甓流潤無時乾。客中況值天中節，一舉蒲觴仰天説。民是天民天合怜，天不怜民胡降割。〔一〕少年飽暖居無何，龍舟搥鼓飛洪波。錦標奪得竟歸去，江干悵立空漁蓑。並收入《元詩選三集》《鐵牛翁遺稿》。

【校勘記】

〔一〕胡降割：《元詩選三集》及《鐵牛翁遺稿》諸本作『何降割』。

九日同李仲達遊湘潭

去年九日留丹溪，款段踏遍雲山西。歸來醉卧扶不起，吻燥亟索冰壺虀。今年南岡逢九日，謫仙兩孫奇俊逸。湘潭潭水水如螺，一葉金蕉吸秋色。黄花不惜插滿頭，但惜歲月如川流。人生富貴行樂耳，龍山戲馬俱荒丘。君家先塋氣葱欝，龍驤鳳翥通心出。大江衣帶環其前，對面一峰卓文筆。我時已入無何鄉，醉眼豈復論曾楊。籃輿徑挾玉山去，〔一〕夢魂猶怪茱萸香。〔二〕並收入《元詩選三集》《鐵牛翁遺稿》。

【校勘記】

〔一〕籃輿：底本作『藍輿』；《元詩選三集》及《鐵牛翁遺稿》諸本作『籃輿』，當是，據改。

〔二〕茱萸：底本作『茱茰』，《元詩選三集》及《鐵牛翁遺稿》諸本作『茱萸』，據改。

君文兄作書來問九日插萸會詩如何賦此以寄。

看山初不登高丘，登高却上看山樓。凝光滴翠杳無際，一覽便可窮清幽。樓中歌鼓出霄漢，小紅行酒太白浮。西風飄肰似有意，吹我遠出湘潭遊。錦袍仙人鑿山骨，着亭松底羅珍羞。金蕉一葉注瓊液，我亦到口如吞舟。回鞭踏碎花月影，耳熱但覺風颼颼。歸來却憶水曹子，市聲聒聒同啞嘔。豈無陳雷舊膠漆，但恐詩律煩賡酬。故鄉蓴熟不歸去，致身獨善非良謀。插萸簪菊强從俗，拔劍起舞霜橫秋。儻來富貴亦偶爾，草澤往往生公侯。青氊當復我家物，〔一〕未審天意從人不。詩成寄來定捧腹，一裁狂簡祛閑愁。並收入《元詩選三集》《鐵牛翁遺稿》。

【校勘記】

〔一〕青氊：《鐵牛翁遺稿》文淵閣本、文瀾閣本、上圖豈華堂抄本、補抄文瀾閣本同；《元詩選三集》及《鐵牛翁遺稿》南圖本、宜秋館本、上圖張蒽玉抄本、國圖本、文津閣本作『書氊』。

買犢歌

三家聚錢買一犢，晴雨無分輪次牧。跳梁穿鼻不牽犂，意欲養渠筋力足。今春教熟初下田，靷鞅在頭軛在肩。叱之則行呵則止，終朝一畝寧煩鞭。西來忽來答剌罕，却恨牽逃逃不遠。左驅右逐拽下山，縳向旗干得銀椀。〔一〕三家聚哭無奈何，一人扶耒兩人拖。新秧節出田草多，犢乎犢乎還遇時苗麽。並收入《元詩選三集》《鐵牛翁遺稿》。

〔**校勘記**〕

〔一〕縳向：《鐵牛翁遺稿》宜秋館本、國圖本、文淵閣本、補抄文瀾閣本同；《元詩選三集》及《鐵牛翁遺稿》南圖本、上圖張蔥玉抄本、文津閣本、文瀾閣本、上圖豐華堂抄本作『縳向』。

書藥舟

沈玉泉以之寓興。係湖州花城名家也。

木蘭爲楫沙棠舟，翩肰蕩漾從夷猶。其中家具載何物，縹帙萬卷、金丹百斛裝兩頭。東林舊有回公約，散金收書仍畜藥。藥期濟世書名家，葫蘆不掛袖裏無青蛇。有時鷁䑽浪花裏，黃粱一枕邯鄲市。〔一〕忘機狎鷗鷗不猜，長鳴飛鶴橫江來。吾伊有聲出金石，抽添有訣傅金臺。〔二〕君不見，白玉堂，黃金屋，身後空名真一粟。又不見，赤松子，丹丘生，眼底直視無三彭。舟中書藥無盡藏，明月行天風破浪。何當更着水曹郎，風流來往苕溪上。並收入《元詩選三集》《鐵牛翁遺稿》。

〔校勘記〕

〔一〕黄粱：底本作『黄梁』，《鐵牛翁遺稿》南圖本、上圖張蒽玉抄本、國圖本、文淵閣本、文津閣本同；《元詩選三集》及《鐵牛翁遺稿》宜秋館本、文瀾閣本、上圖豊華堂抄本、補抄文瀾閣本作『黄粱』，據改。

〔二〕抽添有訣傳金臺：《元詩選三集》及《鐵牛翁遺稿》諸本作『抽添有誤傳金臺』。

題分陽麻姑仙祠壁

玉華秀色青摩空，天目注渌彎如弓。龍騫虎攫老蛟舞，鸞翔鳳翥飛南東。麻姑覺道兩仙去，真人飛影留遺蹤。湘潭蒲牢就湮没，白鶴一去勞山空。牧亭候封有茅土，〔一〕淳分派别於英公。琅玕楮樹率苗裔，石稜埋草存雙峰。我今掃松考宗譜，髮颯霜鬒飄秋蓬。堦庭雲仍得秀彦，〔二〕往往學問如撞鐘。閭閻更革兵燹後，畎畝桑梓無前功。從容綿亙猶近古，但視志氣如長虹。梅邊歲寒得三友，詩人援筆黿鴞宫。他年有問鐵牛子，赤松黄石相追從。並收入《元詩選三集》《鐵牛翁遺稿》。

〔校勘記〕

〔一〕候封：《元詩選三集》及《鐵牛翁遺稿》諸本作『侯封』。

〔二〕得秀彦：《元詩選三集》及《鐵牛翁遺稿》諸本作『待秀彦』。

何景福集補遺卷第二

虞美人 別魯道源。

三年奔走荒山道。喜説苕溪好。苕溪秋水漫悠悠。載將離恨上杭州。　干戈未已身如寄。安樂知何處。青溪溪上釣魚磯。縱使無魚，還有蟹螯肥。《詞綜》卷三三。

錫策樓賦

翼然而起，如翬斯飛者，孚惠廟之前殿也；朱榜金字，昭垂煥烜者，錫策樓之署扁也。在昔漢室，鼻祖比干，廷評大理。同臬張湯，深文巧詆。我公惻然，獨尚仁恕。樿〔天頭批注：『樿字疑。』〕刷平反，按覈非是。解倒懸于桎梏，活瀕死以千數。忽晝居而假寐，聞車馬之駢闐。人神而突立，〔天頭批注：『人神上疑脱夢字，即突立二字亦疑顛倒。』宜秋館本校記：『人神而突立，疑夢神人而突立。』〕見靈媪之來前。持百四十之金策，云陟降之自天。上帝命以敷錫，俾昌爾之曾玄。是以簪紱蟬聯，冠盖鱗次。文彩光華，表儀朝著。代不乏人，繩其祖武。迨乎五馬浮江，一龍御極。我侯篤生，英姿挺特。嘉謨徽猷，受命篤弼。進策臨軒，吏部升秩。青蠅搆讒，飲酖而没。由是精魄〔天頭批注：『魄，疑是魂字。』〕不泯，凛凛如生。廟食兩州，潔粢豊盛。斲桷丹楹，〔天頭批注：『斲桷丹楹□下疑有脱句。』宜秋館本校記：『斲桷丹楹，句下疑有脱句。』〕黝堊琢礲。夾祀崇閎，贊御拱立。陪臣列位，掌籍司福。贊引導意，有禱輙應。何福不除，莫不恭敬。肅雍揖讓，登降而蔵事也。爾乃花朝月夕，侯出遊遨。〔二〕腰犀紱銙，猩紅蘸袍。朱旛艾蓋，翠羽金翹。歌管嘲噪，征鼓喧囂。雷奔電赴，風動雲摇。銀花火樹，鐵鎖星橋。觀者目眩，聽者神勞。于是我侯還宫，登餚舍菜。班序仍來，稽首羅拜。扣鯨音于蒲牢，轟鼉鳴于桴賁，定宗盟于歃血，稱兕觥而三酹。以祈時和而歲豊，祝民安而國泰也。繫之頌曰：士〔天頭批注：『士，疑是死字。』宜秋館本校記：『士，疑死之誤。』〕當廟食兮生封侯，閈〔天頭批注：『閈字疑。』〕我烈祖兮壯厥猷，轄撥萬程兮斯首丘。殖殖其庭兮奕奕其寢，不動聲色兮桓圭玄衮。鑑空衡平兮明視聽，聽潮昌黎兮柳羅池，彼二碑兮韓蘇，悲公祐後兮弗棄基，福我壽我兮昌而熾。雨暘時若兮五者來備，子孫振振兮欽于世世。

景福讀《漢書》，至《何比干傳》，見載金策事，云：『何比干，漢武帝時人，與張湯爲大理評事。湯性慘酷，多枉濫致人于死地。比干多雪理而出之，故神物之報如此。』遂檃括其語而爲賦，且以識廟貌之嚴，迎神送神舊規之盛，有作者引而伸之，庶幾興感之繇，讀吾賦而或可復焉。癸丑中元日書。

余嘗于遺譜中讀家介夫公此賦，而所謂《鐵牛翁詩集》者，知其名而惜未見也。今得于石倉先生處借鈔，甚幸甚喜。先生亦欲得兹賦焉，遂不辭而爲之書。乙巳夏六月，何鍾錫記。《鐵牛翁遺稿》，南圖本。

〔校勘記〕

〔一〕侯出：宜秋館本同；上圖張蒽玉抄本、國圖本、文淵閣本、文津閣本、文瀾閣本、上圖豊華堂抄本、補抄文瀾閣本作『侯出』。

魯淵集

青溪魯道原先生詩集卷首

叙

鮑楹〔一〕

凡語言文字能自壽於天地間者，必其人磊落奇偉，有一種浩然不可磨滅之氣存乎其間。雖或韜光閟采于數百年之久，而一旦顯豁，光景如新，蓋殘編嚙簡墨渝紙弊中，一若有物焉以憑之，而卒非饞魚飢鼠飄風劫火之所得而晦蝕者也。

青溪魯道原先生篤學工文，舉元末進士，爲華亭丞。而未竟其用，遭時大亂。聯宗人大姓起兵捍鄉里間，旋爲賊所破，奔竄伏匿者久之。受行省辟，任浙江儒學提舉。佯狂以免張氏之召。及明祖受命，詔有司以禮敦聘者再，隆恩異數，所以待公者甚至。而公竟不屈，歸老田舍，甘死窮困。事蹟具見公《自序》中。所居臨溪，在邑東百里深山。余嘗以事至其處，索其遺稿，不可得。今春，臨溪人有以故書帙易米者，魯子度越得之，則道原先生詩集也。而余適復來臨溪，遂驚喜相告。余受讀終卷，大都艱難奔走、感時憤事之作，而卓然自持，不爲貧苦患難所摇奪者，耿耿乎迸露于行墨寸楮中，猶將接其人于千載，而挹之眉睫之間也。嗚呼！異矣。先生遭時阨塞，名氏不甚顯著。嘗考《劉青田行狀》，載青田嘗與名士宇文公諒及先生輩遊讌西湖，見西北起異雲五色，衆皆分韻賦詩，劉獨大言爲天子氣，有自負之志。彼世人艷稱青田，而先生名字亦若附以傳者。明祖網羅遺佚，待先生有加禮，不應無因而致，相傳出于青田之所推薦。而集中詩及《自序》無一言及青田。夫採薇之侶，故當下視鷹揚，茹芝之儔，不妨鄙夷借箸，安知荒山遺老荷鋤抱甕時，回念當年酒後狂生侈言佐命，不直盧胡一笑耶。

余竊幸生先生後三百年，獨于荒山寂寞之區，得古賢之手澤而傳之。雖世數久遠，疊經兵火，所存者甚鮮，然其磊落奇偉浩然之氣，卒有不可得而磨滅者。即單詞片語，重可寶惜。後之讀是集者，庶有以彷彿其人歟。

旹康熙歲次庚午六月念有七日，禹航鮑楹謹書。

【校勘記】

〔一〕鮑楹：姓名爲整理者所加。

【附】《誠意伯劉公行狀》：

嘗游西湖，有異雲起西北，光映湖水中。時魯道原、宇文公諒諸同游者，皆以爲慶雲，將分韻賦詩，公獨縱飲不顧，乃大言曰：『此天子氣也，應在金陵，十年後，有王者起其下，我當輔之。』時杭城猶全盛，諸老大駭，以爲狂，且曰：『欲累我族滅乎。』悉去之。公獨呼門人沈與京置酒亭上，放歌極醉而罷。時無能知者，惟西蜀趙天澤知公才器，以爲諸葛孔明之流。

魯道元先生自序

淵字道源，〔一〕別號本齋。幼頗聰明，五歲能識字，讀書成誦；八歲口占上月詩；十歲能作大父祭誄文，皆可諷。歲壬申，以詩見邑尹我山劉公，公奇之，授以《春秋奥論》。自是閉户讀書，不少懈。明年丁丑，生子不育。孺人患風痺兩載，弗能起。先人命畜妾，爲宗嗣計。淵弗忍，曰：『有子及子遲速，命也，姑待之。』數歲，而子梁生。父喜曰：『兒不畜妾而幸有子，庸非天乎。』

歲乙亥，試棘闈，歸，益專於學，比三試三黜。歲庚寅，始領鄉薦。明年辛卯，上春官，登進士，授松江華亭丞。歸里，拜二親，時七月八日也。適父誕日，舉酒稱壽，鄉里榮之。

歲壬辰，歛兵延及威平，奉省檄領鄉兵。夏六月，破長嶺寨，會平章月魯不花公。既而杭省失守，憲僉阿納公命屯兵豪嶺，距昱嶺關顧望不二十里，竭力備禦，民賴以安。明年癸巳，之華亭任，留妻子養親，單騎之官。秋八月，校文浙闈，事畢，歸華亭。邑大事繁，税糧以百萬計，同僚咸避事，上官責任於予。重以江淮用兵，供給鉅萬，星使絡繹，動以兵法從事。晨起暮歸，不遑寧處。明年乙未，父抵松，以禄養。未幾，奉省檄往浙東給鹽本。時驛道不通，由處之温，再之青田，油竹幾爲山寇所害。歸抵紹興，夜宿蓬萊驛，夢一木爲風所摧。詰旦，而先人凶問至，狼狽東歸。喪殯之具闕焉，贈詩有云：『撫柩苦無歸葬俸，開箱惟有帶來書。』適崔公信掌府事，顧其屬曰：『魯丞喪父，無歸葬資，曷捐俸以助不給。』遂率同僚來賻，拜且言曰：『非拜丞也，拜丞廉且勤也。』士民聞之，如悲親戚，相率弔賻有加。奉柩歸，遵《家禮》，蔬素終喪。明年丙申，營葬洪墅，以叔父之喪附焉。凡貧族之喪不能舉者，悉與相地而營。明年丁酉，兵至歙，因協同大家，合民兵以鎮鄉里。縣官數侵漁，人心憤惋解體。未幾，鄉里淪喪，余亦被難。友人洪伯善匿余於白石山，歸，遁跡於杭之唐昌，由杭渡江，依門生邁善卿於越。冬十月，邁遇害，余亦幾陷其禍。十二月，由越之苕，主宇文公家。名公諒，字子貞，廣西僉事。明年己亥，以校文來杭，丞相授湖州歸安尹，辭弗就。復歸苕，遷花城之保真院，從門生沈原昭之請也。六月，子梁來，而母夫人以去年三月三日卒旅次，終喪痛哉。

十月，由苕之松，主夏士文氏。夏以余有恩于其家，敬奉如爲丞時。無何，館于吕德常、德厚氏，教授諸生，卓然能自樹立。嘉禾俞生潛、於山金生聲，皆以《春秋》薦。歲壬寅春，士文以余旅居服食之弗庀，爲置妾。余峻辭，遂止。無何，孺人從間道來見，而女子與婿先後至，稍慰離喪。明年，任江浙儒學副提舉，丞相命也。以封贈得請，遂謝病歸。百日時，藩臣以平章居相位，便宜授余奉訓大夫，陞正提舉。明年乙巳，例鄉試，復以挍文酬黽勉來杭，徹棘雨，回松。時張士誠據蘇，以禮來聘，除國子博士。聞之驚悸，得狂癇疾，或被髮行歌于市。冬十月，患怔忡，復患羸疾，遂解。

明年丙午，大明革命。冬十二月，使者以詔命至，風馳霆急，抱疾登舟，飲食弗能，日進一溢米，體瘠立。丁未，偕前副使范彦文、御史傅文博見上，特加慰諭，以病居會同館，大官賜膳，御醫視疾，禮數優渥。一日，賜宴便殿，范與傅侍，從容論時事，淵因陳母喪在殯，不覺流涕。上憫然曰：『歸葬其親，以全爾孝。』三月一日，出内批，賜巨艦，資錢米，徹衛士，導送至松。官給人、舟，舉家歸鄉里。營葬事畢，有旨，復以禮請召。秋七月，偕鄉先生方公以愚同見上，勞問有加，居朝天宫。八月，擬除起居注，省臣奏以病免。冬十一月，臺臣以詔命特授江西按察司僉事，同選十有八人悉陞，見宣諭。予深懼弗稱，以不材、衰病懇辭。上方以事怒近臣，同列惶愳失色，憂在不測。有頃，上霽威，顧左右曰：『魯淵，老實人也，宜放爲民。』既而同列進士有以讒言間者，上弗聽。明日，所司以余被黜，弗許居官舍。依故人張訥，茅簷疏漏，不敝風雨。凡故舊親戚謂予違時異俗，藐然無情，有相視若仇讐者，惟松江王子中與予往來益親厚。明年戊申春正月，學士范子常俾教子弟，因館范氏。秋八月，以赦恩還鄉，閭里蕭條，家事赤立。因教授童蒙，以謀朝夕。先是，予與季弟處，弗爲私積。凡先人舊業及俸金遺資，悉付弟。及東歸，弟婦夭逝，因取先世田土而中分之，凡舊有經紀産業，一皆不問。明年庚戌，水潦爲殃，田園砂礫。又明年，孺人逝。又明年，梁子夭。

喪禍相仍，家事荒落，惟煢煢二孫在膝下。囊無一錢，瓶無儲粟，人視之有弗堪者，〔二〕余處之怡然。歲乙卯，館于仰韓童氏。有司例以鄉學隸取官俸，以疾辭歸，亦不以介吾意。

居閒無事，則荷鋤以耕，抱甕以汲，桑而蠶，畦而蔬，娱山水以自適。因念平生出處，在人子則紹家學，視兄弟則無私財，處夫婦則無媵妾，待朋友則不虚假。凡人倫之大者，粗知嚮方。奈何時過年邁，鰥寡孤獨萃於一身。返躬自省，豈門衰祚薄而致然耶，亦罪深釁積而使然耶，抑賦分蹇奇而不易耶。後自解曰：『妻亡子夭，命也；罹難全身，亦命也。使自保首領，以歿于牖下，俾題墓曰「前進士魯淵之碣」，余之志願畢矣，又何憾焉。』余自前年來一跌傷，手書不成字，加以目視昏花，齒牙摇落，怔㤪痔漏，風眩便血，百病攻刺。〔三〕恐一旦隕越無聞，用書其概，使後之人知余之保家全身，其艱苦若是云爾。

丙辰夏五月，淵自叙。整理者按：此《序》並收入《岐山魯氏宗譜》，題《元進士奉訓大夫本齋公自序》，參考方格成《從魯淵的〈自序〉看魯淵其人》，油印本，一九八五年九月。

【校勘記】

〔一〕道源：他處多作『道原』。魯淵亦有『道原』私印。日本高島槐安藏《元人次韻楊維楨草玄閣詩》册第六幅鈐有『魯淵』白文方印、『道原』朱文方印、『本齋』白文方印。然鮑楹刻何景福《青溪何介夫詩集》收録《和魯道源保真道院有作韻》，又《詞綜》卷三三有何景福《虞美人》一首，注云：『别魯道源。』

〔二〕弗堪：底本作『弗甚』，據文意改。

〔三〕百病攻刺：底本作『百病攻剌』，據文意改。

〔附〕《元詩選未刻稿癸集》：

岐山先生魯淵

淵，字道源，淳安人，至正辛卯進士。初任松江華亭丞。徽寇搆逆，延及永平。省檄淵與監郡脱脱引兵而西，會軍新安。爲寇所執，守死不屈。逾年，始得脱，復抵華亭。甲午，起爲儒學副提舉，陞正提舉。張士誠據吴，除國子博士。明洪武初，與方道壑同被詔，預修禮樂書。詔授江西按察司僉事，以衰病辭，還山，卒。道源自號本齋，所居岐下，人號岐山先生。所著有《春秋節傳圖例》《策府樞要》。初陷寇時，置之白石吴伯善家，從容咏賦，預作祭文，名其集曰《征行》。《睦州詩派》云：『道源詩多慨切之語。五言如：「舊讀忠臣傳，寧爲妾婦謀。西風紅葉恨，暮雨菊花愁。」七言如：「虹影截開千嶂雨，鴈聲驚破一天秋。白雲親舍終天恨，紅葉關山兩地愁。分手弟兄今日别，鍾情妻子此時休。」可謂激昂痛快。至今讀之，猶有生氣也。』

〔附〕《〔嘉靖〕淳安縣志》卷十二：

魯淵，字道源，岐山人。七歲知讀書，十歲能屬文，自是夜誦，每徹旦求義理，至嘔血弗恤。領至正庚寅鄉薦，登辛卯進士第，出丞華亭。未幾，徽寇構逆，延及永平。省檄淵與監郡脱脱引兵而西，焚賊壘六十餘，遂會大軍於新安江中，與富山巡檢邵仲華共守豪嶺。賊再犯，衆驚，有退志。淵以忠義相激，皆固守，賊不敢犯。已而，爲賊所執。淵守節不屈，必欲求死，而拘監甚固。及驅逐至葉村，賊欲緩其死，乃覊置於白石源吴伯善家。淵從容吟咏，題曰《征行集》，有『欲死祇今猶未死，有生何以更無生』之句，復預作祭文附歸，以示必死，詞甚激烈。至明年，寇平，始得脱，乃抵華亭。清介自持，仍以《春秋》啓迪雲間士子。繼爲浙江儒學副提舉。尋以疾歸，居岐山下。洪武初，屢徵，弗就。學者稱爲『岐山先生』。所著有《春秋節傳》《策府樞要》，行於世。〔並參《〔順治〕淳安縣志》卷二。〕

〔附〕《〔崇禎〕松江府志》卷三十：

魯淵，字道源，淳安人。舉進士，初任華亭丞。徽寇搆逆，延及永平，省檄淵與監郡脱脱引兵而西，焚賊壘六十餘，會大軍於新安江中，與富山巡檢邵仲華共守豪嶺。賊再犯，衆驚，有退志。淵以忠義相激，皆固守，不敢犯。已而，爲賊所執。淵守節不屈，必欲求死，而拘監甚固。至明年，寇平，始得脱。乃抵華亭，清介自持，仍以《春秋》啓迪士子。起爲浙江儒學副提舉，尋以疾歸。洪武初，徵之，固辭。學者稱爲『岐山先生』，所著有《春秋節傳》《策府樞要》，行於世。

王逢《贈魯淵辭官還山詩》：『我采雲間藥，公歸白下船。相期文苑傳，獨立義熙年。北斗横山閣，西風熟隴田。季長門地盛，曾不讓彭宣。』

貝瓊《寄魯道源提學》：『謝病儒臺客，從來結友生。左官辭板授，弟子賴經明。孔座尊常緑，雷津劍合鳴。嘉魚厭客邸，只少各歸耕。』

〔附〕錢希彦《元詩選補遺》：

魯提舉淵

淵，字道源，淳安人，至正辛卯進士。初任松江華亭丞。徽寇構逆，延及永平。省檄淵與監郡脱脱引兵而西，會軍新安。爲寇所執，守死不屈。逾年，始得脱，復抵華亭。甲午，起爲儒學副提舉，陞正提舉。張士誠據吴，除國子博士。明洪武初，與方道壑同被詔，預修禮樂書。詔授江西按察司僉事，以衰病辭，還山，卒。道源自號本齋，所居岐下，人號岐山先生。所著有《春秋節傳圖例》《策府樞要》。初陷寇時，置之白石吴伯善家，從容咏賦，預作祭文，名其集曰《征行》。《睦州詩派》云：『道源詩多慨切之語。五言如：「舊讀忠臣傳，寧爲妾婦謀。西風紅葉恨，暮雨菊花愁。」七言如：「虹影截開千嶂雨，鴈聲驚破一天秋。白雲親舍終天恨，紅葉關山兩地愁。分手弟兄今日別，鍾情妻子此時休。」可謂激昂痛快。至今讀之，猶有生氣也。』

叙

魯貞〔一〕

嘗記道原公救劉伯温一事，而知俠膈與義膽，蓋相兼而有也。當是時，伯温幾爲行省所窘，禍將不支。微公盡心力而救之，與盧大來去不違也。雖脱脱賢明，而公所以爲之地不遺絲髮，尤妙在引伯端以爲佐，而伯温得以無事歸。厥後掀天揭地，每薦公爲樞府，而公終隱而不屈。哲哉！千載下讀其詩，玩其書，細覈其行事，考究其始終，節如梅福，烈如睢陽，文章如天祥，德業如希憲。吾每拜而謁之，想遺容而神往。

後裔貞百拜譔。

【**校勘記**】

〔一〕魯貞：姓名爲整理者所加。

青溪魯道原先生詩集卷第一

元魯淵本齋著
後學禹航鮑楹訂正
後裔魯士甲、魯翊、魯士衿仝較

五言古

杏田

種禾歷山阿，草深禾不穀。種瓜青門道，歲久瓜不熟。君修董僊術，種杏聊自足。土膏飫靈根，細雨被芳緑。仙葩爛奇芬，清陰蔭崖谷。丹霞烜金丸，虬珠落蒼玉。寧知市有虎，那計餅無粟。願言治寸田，陰功妙亭毒。

止善齋爲王高士作

華亭學僊人，乃是怡雲子。吹笙駕雙鶴，飛舄下雙履。出入守玄牝，道紗究源委。所以方寸心，虚幻湛如水。神光燭幽室，昭晰融萬里。動静紗無違，至善斯所止。勿謂將無同，玄儒本一旨。何當叩玄關，共論臧三耳。

題賈信之時習齋卷

君子貴乾乾，至誠妙無息。所以爲學人，動止勤講習。如泉初發蒙，如鳥肆飛翼。勉勉復循循，庶以窮朝夕。仰止時習齋，理義貴細繹。學以習而成，習以時而得。毋俾荒以嬉，毋或怠以忽。勿虧爲山簣，永鑒斷機織。誠言貴在茲，遺訓矢靡忒。作詩遺良朋，黽勉崇明德。

題周仲芳學詩齋

二南崇教化，雅頌歌雍熙。太師陳民風，美刺垂箴規。〔一〕云胡去聖遠，淳風日澆漓。哇淫兢蟬噪，薄俗紛訶□。彼美學詩齋，遺訓實在茲。優柔理情性，敦厚歸言辭。可以全綱常，可以全民彝。願言思無邪，與子歌冏詩。

【**校勘記**】

〔一〕美刺：底本作『美刺』，據文意改。

大參周先生貢院賦古體三十韻

高樓挾平湖，四山貢奇秀。林光漾重簷，雨氣颯長晝。賓興屬時艱，偕計恐期後。相君揚盛典，多士忻輻輳。鏖場競得儁，韞匵愜善售。摛藻雖人爲，利捷亦神授。良友久間闊，校藝獲邂逅。披敷豁悒鬱，款晤篤情舊。飄蓬念離索，載稛破孤陋。意乎締膠漆，氣腆酣醇酎。迪簡敢遐遺，衰落每内疚。賈董標縉紳，燕許絢袞綉。

輝煌龍虎榜，動盪詔鈞奏。於焉爛景星，庶矣滌昏霧。東郊梗荆榛，不日偃甲冑。禹貢紆海漕，堯封曠岳守。志士多激烈，善類誰領袖。幸逢文字盟，喜值清和候。憂時驚變鎮，論心促更漏。永好惟金蘭，浮餙豈冠綬。丘壑空馳情，街衢盡岐竇。大哉聖主仁，涵育同載覆。至哉丞相忠，參贊期暢茂。武備方設施，文事亦造就。所願家詩書，將見人俎豆。正名奠尊卑，立德差薄厚。筆舌扶綱常，乾坤共悠久。已事僅浹旬，舉觴互爲壽。聚散猶風沙，俯仰一宇宙。歲月浩無涯，此會何時又。

用周大參韻

斗牛直奥區，山川用靈秀。元氣涵渾淪，陰陽割昏晝。會稽環其前，天目屹其後。東南一都會，水陸俱輻輳。賢才爲時出，良玉豈不售。昭代車書同，方面節鉞授。萬彙樂生成，千載非解后。〔一〕□□□□□，□□□□□。〔二〕右文黜浮華，取士揚側陋。瑶琴奏虞薰，圭卣將漢酎。好賢若饑渴，憂民重疾疢。化工資調元，衮職煩補綉。鏘然詔鈞鳴，奚假金石奏。光輝焕日星，陰翳廓雰霧。仁恩播海宇，禮義羅甲冑。豈無關西將，亦有河東守。城邑環保障，縉紳屬領袖。寅賓測東表，敬致司南候。恤飢等沃焦，捄溺如奉漏。□□□□□，□□□□□。〔三〕流離返桑梓，貧病起圭竇。功勛鐵券盟，姓字金甌覆。源遠流深澤，木盛枝必茂。再世重弘濟，蒼生樂成就。薇垣修禮樂，芹泮陳俎豆。稱禮慎追遠，民德悉歸厚。大享賜胙餘，舞蹈感恩久。忠孝作孚先，松柏介眉壽。名馳天地宇，勛蓋古今宙。既醉歌太平，三爵矧敢又。

周大參先生，不著名氏。以王原吉《梧溪詩集》考之，蓋前元江浙行省參知政事周伯琦字伯温者也。原吉集有《奉陪杭右丞程禮部以文宇文僉憲子貞魯縣丞道原宴周左丞伯温館舍》，詩有云：『時維小康况大比，萬乘少紓東南憂。』正指此時校文浙闈事也。前詩疑即周所作，後詩則道原屬和之章耳。然其中尚有脱句。

原吉詩又云：『歌袖頻翻婆律膏，渴羌解奏參差鳳。右丞闕閱霄漢逼，諸老文章臺閣重。』其爲名流推屬如此。原吉又別有贈先生詩云：『相期文苑傳，獨立義熙年。』則似在明祖革命後，非爾時贈章也。蓋先生與原吉同爲元之遺民故老，恥事異姓，自遯于農圃之間，没世不悔。故其投贈之言相期勗者若此。知人論世者，可以慨肰想見其概矣。辛未春孟，損菴鮑楹識。

〔校勘記〕

〔一〕解后：周伯琦前韻作『邂逅』。

〔二〕□□□□□：依周伯琦前韻末字爲『舊』。

〔三〕□□□□□：底本多空出一格；又依前韻末字爲『綬』。

和游西山原韻

大參周先生偕員外程公、僉事宇文公、編修辰夫錢君同遊于西山，以『荷花落日紅酣』分韻賦詩，予以疾不往。明日，依韻成詩。

北山鬱崔峨，平湖湛清波。濯濯堤上柳，亭亭水中荷。浮屠屹青霄，飛閣流丹霞。瞻彼梵王家，坐擁金蓮花。鼓鐘動寥廓，金壁炫岩壑。猿吟煙樹暝，〔一〕鶴舞松花落。名流冠蓋集，光彩焕泉石。爲樂貴及時，嘆歌聊永日。汎覽天竺峰，回首六橋東。吴歌懽未畢，落照啣山紅。蹇予病憂患，弗克追遊驂。獨酌賡載歌，激烈有餘酣。

並收入《元詩選補遺》。

【**校勘記**】

〔一〕煙樹暝：底本作『煙樹暝』，《元詩選補遺》作『煙樹暝』，當是。據改。

清夜泛舟聯句

四月十有三日，以校文，由苕之杭。時貢院頽壞，即杭郡治爲試所，余亦與焉。越二十有六日，揭曉。既畢事，以相君命授余湖之歸安尹。辭不就，寓草橋大覺菴。六月二十八日，偕知事沈君元昭及介翁何先生同抵苕上，清夜泛舟，聯句二十韻。

宿雨盪酷暑，明月生微凉。河漢爛昭回，象緯森寒芒。〔一〕扁舟下苕水，〔二〕魯。行李來錢塘。〔三〕蘆帆張風力，沈。桂櫂飛流光。咿喔聞桔槔，何。連蜷亘輿梁。洲渚互洄洑，沈。草木何蒼茫。山川儼疇昔，魯。風物殊尋常。昔爲桑麻地，沈。今乃争戰場。髑髏積京觀，燐火明陰房。何。荆刺走狐兔，瓦礫空垣牆。魯。蛟蛇止蔓草，蛙蟈鳴荒塘。沈。英雄愧前修，俯仰重慨慷。阮籍嘆廣武，何。漸離悲武陽。顧我一二子，憂時熱中腸。魯。天心如好還，皇圖期永昌。何。威儀思漢官，禮樂存周綱。魯。擊楫揚浩歌，〔四〕舞劍行清觴。寒山喜我歸，魯。花溪遥相望。酒酣坐舟尾，沈。聯句俄成章。諷詠發商聲，何。忠臣當激昂。魯。

並收入《元詩選補遺》。

【**校勘記**】

〔一〕森寒芒：《元詩選補遺》作『生寒芒』。

〔二〕下苕水：《元詩選補遺》作『泛苕水』。

〔三〕來錢塘：《元詩選補遺》作『下錢塘』。

〔四〕擊楫：底本作『擊揖』，《元詩選補遺》作『擊楫』，又本編《讀岳鄂王傳》《用吴志遠韻》均作『擊楫』，詞意一致。版刻中『扌』『木』多相混，此處『揖』宜視作『楫』字異體。據《元詩選補遺》改。

芝蘭堂

朝采商山榮，暮掬南陽泉。古人不可見，古道今猶然。高堂奉甘旨，綵衣舞蹁躚。卉木蔭林户，芳蘚集華筵。靈苗毓三秀，佳色呈雙妍。采之可療飢，飲之可長年。乃知秉至孝，可以通幽玄。願言祝眉壽，金石期久堅。

青溪魯道原先生詩集卷第二

元魯淵本齋著
後學禹航鮑楹訂正
後裔魯士采、魯端、魯士錦仝較

歌行

用陳君從會稽山歌韻餞同年朵侍郎北上

會稽山，何雄壯，俯視夫椒壓秦望。青天削出芙蓉花，岡巒飛走蜿蜒狀。有客有客驂鸞凰，探珠飛下驪龍傍。海波帖息行萬里，丹書曉折金泥香。間尋禹廟探丹穴，燁燁皇華照林樾。龍頭光動梅梁春，馬蹄猶帶燕山雪。歷身斗牛墟，引睇東南天。鑑湖浩蕩綠水曲，雲門崒嵂丹霞邊。雨洗青螺空翠動，日射金鰲曙光湧。地維作鎮南極尊，天柱高標北辰拱。薰風回首蓬萊僊，海天雙鶴身盤旋。會稽夢繞燕山巔，玉堂歸拂金花牋。東南民瘼君今傳，會朝斧扆天恩專，〔一〕狀元還憶吾同年。並收入《元詩選補遺》。

【校勘記】

〔一〕會朝斧扆：《元詩選補遺》作『會看扆斧』。

歌王節婦

君不見，盧氏女，秉節閨門誦書史。踰垣群盜鼓譟來，忍死奉姑姑不死。又不見，故相妻，國亡家破身孤恓。夫君死忠妻死節，上天下地聲名齊。千年貞節史氏書，乾坤正氣無時無。葉家有婦全孝義，踵彼芳躅能捐軀。憶昔兵甲何擾攘，風塵一夜暗括蒼。縣官奔竄家蕩折，〔一〕翁死亂兵姑在堂。當時婦姑恩義重，姑死寧將妾身共。宗祧一髮有孤兒，托婢叮嚀泪泉湧。翁仇未報夫先亡，片言正義扶綱常。奮身踴躍效夫死，凛凛六月飛秋霜。杜鵑夜啼山鬼泣，冤血朱殷原草碧。百年身世等浮雲，一死精誠昭白日。〔二〕越南婦人節義多，清風嶺上招曹娥。盧氏歐陽呼不起，慷慨爲爾臨風歌。君不見，馮太師，〔三〕賣國老死徒奚爲，世間未必多男兒。並收入《元詩選補遺》。

【校勘記】

〔一〕蕩折：《元詩選補遺》作『蕩析』，當是。

〔二〕昭白日：《元詩選補遺》作『照白日』。

〔三〕馮太師：底本誤作『憑太師』；《元詩選補遺》作『馮太師』，據改。

瘦馬行

君不見，天閑飽食玉花驄，霜蹄颯沓臨長風。〔一〕又不見，山西戰馬飢無肉，瘦骨崚嶒如削竹。驪黃牝牡豈相遠，富貴那知有貧賤。古稱相士猶相馬，材質不施徒自見。我生駿骨非駑駘，千金價重黃金臺。看花疾走長安陌，流光掣電雙瞳開。邇來歷塊誤一蹶，惆悵關河隔霜雪。草寒水澁凍欲僵，毛骨不殊心自鐵。

韓生巧作瘦馬圖，爲爾長歌立斯須。顧逢田子方，惻然一嗟吁。伯樂與剪拂，奮迅登長途。苜蓿秋肥沙苑草，〔二〕伏櫪啣恩心未老。冀群待洗幾馬空，〔三〕春風得意京華道。並收入《元詩選補遺》。

【校勘記】

〔一〕颸沓：《元詩選補遺》作「颯踏」。

〔二〕苜蓿：底本作「首蓿」，文意不通，「首」字顯爲「苜」字之誤；《元詩選補遺》作「苜蓿」，據改。

〔三〕冀群待洗幾馬空：《元詩選補遺》作「群驥待洗凡馬空」，按，「凡馬空」出自杜甫《丹青引贈曹將軍霸》「須臾九重真龍出，一洗萬古凡馬空」句。

青溪魯道原先生詩集卷第三

元魯淵本齋著
後學禹航鮑楹訂正
後裔魯靖、魯竑、魯岳仝較

五言律

宿何村介翁館 時衣裝爲軍士掠去。

驚説干戈地，猶存安樂窩。賓筵仍俎豆，講席尚絃歌。碧水連天浄，青山入眼多。風流何水部，梅閣共吟哦。

越中避難適周橋

喪亂今如此，漂零豈偶然。有身長作客，無地可歸田。兵火悽涼夜，〔一〕風塵黯澹天。故人知愛客，〔二〕同棹鑑湖船。 並收入《明詩綜》卷七、《元詩選補遺》及《〔乾隆〕淳安縣志》卷十五。

【校勘記】

〔一〕悽涼：《〔乾隆〕淳安縣志》卷十五、《元詩選補遺》同；《明詩綜》卷七作『凄凉』。

〔二〕知愛客：《元詩選補遺》《明詩綜》卷七同；《〔乾隆〕淳安縣志》卷十五作『能愛我』。

感事

忠臣嗟隕首，天道竟如何。徒使長城壞，空懷明月歌。悲風動原野，殺氣滿關河。猶有桐鄉愛，孤墳草一坡。

生日枕上偶成

生朝徒自省，日晏尚高眠。永感劬勞日，空踰强仕年。鄉關千里夜，節序一陽天。珍重梅花意，留香到枕邊。

早發周橋夜宿蕭山

早飯下周橋，寒風慘寂寥。浮雲猶蔽日，遠浦又生潮。〔一〕江接錢清近，〔二〕山連杜浦遥。荒城兵火地，孤館夜蕭蕭。並收入《元詩選補遺》。

【校勘記】

〔一〕遠浦：《元詩選補遺》作『遠水』。

〔二〕錢清：《元詩選補遺》作『錢塘』。

重九感懷

風雨蕭蕭日，關河隔戰塵。三年重九客，千里異鄉人。無酒黄花笑，多愁白髮生。登高懷弟妹，一望一沾巾。

和呂希顔感懷韻

一棹松江路，煙波似洞庭。澹雲連海白，緑樹倚天青。鄉信無歸雁，紗囊宿亂螢。客愁正牢落，風度酒初醒。

題執中倪君隱居圖

秋色滿郊坰，晴光落遠汀。浮雲連野白，孤嶂倚天青。古石磻蒼木，危橋接小亭。畫圖如舊隱，猶記我曾經。

並收入《元詩選補遺》。

挽曹繼善

嚴陵臺下路，千里暗風塵。同作雲間客，君爲地下人。論文空識面，哭死倍沾巾。哀挽青門道，東風墓草新。

並收入《元詩選補遺》。

重九前一日偶成

煙塵猶澒洞，〔一〕風雨易黄昏。辟世從爲客，思鄉欲斷魂。蓴鱸千里夢，燈火數家村。九日明朝是，無錢對酒樽。

【校勘記】

〔一〕澒洞：底本作『傾洞』，揆諸文意宜作『澒洞』之訛；版刻中多見『傾洞』『澒洞』混用例；『傾』屬平聲，與後句音律不協。徑改。

長安市

夜泊長安市，鄉鄰崇德州。驛亭無駐馬，堰水有行舟。壞道埋荆棘，〔一〕陰房走髑髏。〔二〕悽凉兵火地，〔三〕人物總荒丘。並收入《明詩綜》卷七、《元詩選補遺》。

【校勘記】

〔一〕埋荆棘：《元詩選補遺》同；《明詩綜》卷七作『蘿荆棘』。

〔二〕走髑髏：《元詩選補遺》同；《明詩綜》卷七作『聚髑髏』。

〔三〕悽凉：《元詩選補遺》同；《明詩綜》卷七作『凄凉』。

姚東升明菴

乾坤浩無際，萬里絶纖埃。月向天心出，池分鏡面開。輝光生爝火，昭晰焕靈臺。更秉西窗燭，談玄客未回。

不礙雲山樓爲楊竹西賦

樓居楊子宅，還似草玄亭。天近雲生白，簾開山送青。神功深雨露，爽氣接滄溟。回首天垣地，人瞻處士星。

被拘晚宿牛莊〔一〕

有生誰不死，臨難復何求。〔二〕少讀忠臣傳，〔三〕寧爲妾婦謀。西風黄葉恨，〔四〕暮雨菊花愁。〔五〕一點思親淚，〔六〕臨風泣未休。〔七〕並收入《弘治嚴州府志》卷十八、《〔萬曆〕嚴州府志》卷二十。

【**校勘記**】

〔一〕被拘晚宿牛莊：《弘治嚴州府志》卷十八同；《〔萬曆〕嚴州府志》卷二十題「被拘牛莊寄家」。

〔二〕何求：《弘治嚴州府志》卷十八、《〔萬曆〕嚴州府志》卷二十作「何憂」。

〔三〕少讀：《弘治嚴州府志》卷十八、《〔萬曆〕嚴州府志》卷二十作「舊讀」。

〔四〕黄葉恨：《弘治嚴州府志》卷十八作「紅葉恨」，《〔萬曆〕嚴州府志》卷二十作「紅葉老」。

〔五〕菊花愁：《弘治嚴州府志》卷十八同；《〔萬曆〕嚴州府志》卷二十作「菊花秋」。

〔六〕一點思親淚：《弘治嚴州府志》卷十八作「一念思親恨」；《〔萬曆〕嚴州府志》卷二十作「幾點思親淚」。

〔七〕泣未休：《弘治嚴州府志》卷十八作「涕泪流」；《〔萬曆〕嚴州府志》卷二十作「涕泗流」。

用汪以敬掾史來韻

孤館夜如年，邊城烽火燃。憂時多感慨，作客共顛連。淚灑王褒恨，袍憐范叔寒。故鄉歸未得，望斷白雲邊。

題馬文璧秋山圖爲盧仲章賦〔一〕

此詩本集不載，見錢牧齋《明詩選》。

野館空山裏，林泉象外幽。淡雲初霽雨，紅葉早驚秋。路轉山藏屋，橋危岸倚舟。直疑人境異，便欲問丹丘。

並收入《大雅集》卷五、《列朝詩集》甲集前編第十一、《明詩綜》卷七、《元詩選補遺》及《御選宋金元明四朝詩·元詩》卷四十。

〔校勘記〕

〔一〕文壁：底本作『文璧』，《大雅集》《列朝詩集》《元詩選補遺》《明詩綜》及《御選元詩》均作『文壁』。按《列朝詩集甲集前編》：『琬，字文璧，秦淮人。少有志節。工古歌行，尤工諸書。學《春秋》於鐵厓。國朝仕爲撫州府知府。』此編亦源自牧齋所録，則據《列朝詩集》改之。

青溪魯道原先生詩集卷第四

元魯淵本齋著
後學禹航鮑楹訂正
後裔魯師古、魯竦、魯師連仝較

七言律

寓吕館不礙雲山樓爲楊竹西賦

海天樓閣倚晴空，極目雲山縹緲中。翠袖拂開雲母帳，青蓮浮動水晶宫。人隨絳節朝丹鳳，天近星河落彩虹。回首五陵多甲第，劫灰飛處軟塵紅。〔一〕並收入《元詩選補遺》。

〔校勘記〕

〔一〕飛處：《元詩選補遺》作『飛盡』。

又

雲間樓閣起嵯峨，〔一〕雲外殘山接海波。蜃氣排空飛鐵馬，〔二〕嵐光出水擁青螺。雨晴畫棟春陰薄，日上朱簾爽氣多。中有草玄人白首，青藜夜夜照星河。

【校勘記】

〔一〕嵯峨：底本誤作『槎峨』，宜爲『嵯峨』之誤；徑改。

〔二〕蜃氣：底本誤作『唇氣』，宜爲『蜃氣』之訛；徑改。

和唐伯順鶴帳

翩然鶴帳寄間身，逸氣摩空思不群。千里夢歸遼海月，九臯聲遠楚山雲。微陽乍暖驚春早，清鏡無眠怨夜分。却笑黨家風味別，銷金帳下酒初醺。

宿新岺有驚〔一〕

晚宿新岺下，居人竄匿，無煙火。共食乾粮，就空室敷草席。坐至半夜，岺外火起，遲行。

烈火燔空照夜光，干戈洶湧客愴惶。〔二〕杜鵑山外家千里，姑惡聲中淚兩行。橐具糗粮朝共食，地敷藁秸夜連牀。艱難倍切思親感，矯首孤雲是故鄉。並收入《元詩選補遺》。

【校勘記】

〔一〕新岺：《元詩選補遺》作『新岺』，後同。

〔二〕愴惶：《元詩選補遺》作『倉皇』。

登蓬萊道院宿

時三月六日，至越，寓法濟寺。

中天積翠起崔巍，與客登臨一快哉。面面青山擁城郭，沉沉緑樹映樓臺。烏棲柏府風霜肅，鰲戴蓬山殿宇開。極目東吴天一角，南風吹雨過江來。並收入《元詩選補遺》。

題諸蕃入貢圖〔一〕

皇元永天命，薄海内外，罔不臣順。遠人梯山航海，朝貢水土物，有不待寫王圖而知其盛也。比年宇内多戰争，彼疆此界，有跬步而不可踰越者，〔二〕况望其朝貢千里之外哉。今觀此圖，模寫遠國朝貢，詭裝異服，有閻立本遺意焉。俯仰今昔，掩卷三嘆。噫！安得頌中興而睹升平之世哉。因賦一律。

憶昔天朝全盛日，海涵春育遍群黎。九州文軌車書混，萬國梯航玉帛齊。注駕朝間宛國馬，神光夜燭海南犀。畫圖惆悵承平日，回首江山一鼓鼙。並收入《元詩選補遺》。

【校勘記】

〔一〕題諸蕃入貢圖：《元詩選補遺》附注『并序』二字。

〔二〕有跬步：《元詩選補遺》作『跬步』。

和吕希顔感懷韻

幾年客路見秋風，舉目山河感慨中。風露九天凉月白，干戈千里戰塵紅。越裳翡翠供輸少，遼海雲航漕運通。無限園林正揺落，回看冬嶺有孤松。〔一〕並收入《元詩選補遺》。

【校勘記】

〔一〕冬嶺：《元詩選補遺》作『東嶺』。

〔附〕**吕心仁《題楊維楨歲寒圖》**：

鐵篴仙人鐵石肝，篴聲驚起老龍蟠。倭麻寫得蒼髯影，寄與高人耐歲寒。諸生吕心仁書于鐵厓先生詩尾。〔録自張珩《木雁齋書畫鑒賞筆記》。〕

錢清

地有一劉太守廟，時邁善卿屯兵江上，命舟入越。〔一〕

門高官舍署清風，猶喜衣冠與昔同。萬國會朝思夏禹，一錢清節憶劉公。排風畫舫翔飛鷁，壓水浮梁落彩虹。珍重故人持使節，扁舟送客下城東。

〔**校勘記**〕

〔一〕邁善卿：底本作『返善鄉』，語義不通；按，邁里古思，字善卿，寧夏人。至正十四年進士。《元史》有傳。魯淵《自序》有『由杭渡江，依門生邁善卿於越』之句。則『返善鄉』宜爲『邁善卿』之訛，徑改。

蘭亭有感

蠒紙昭陵事已空，昔人感慨後人同。英雄不灑新亭淚，人物猶存西晉風。曲水光涵煙樹緑，落花香引酒盃紅。千年往事俱陳迹，愁見青山似洛中。並收入《元詩選補遺》。

冰玉壺

曙光生白粲玲瓏，虚室清寒烱若空。銀海光摇雲母帳，瑶臺露冷水晶宫。香凝虀甕人酣醉，雪凍金盤月正中。瑞藹藍田春轉燭，窮陰渣滓盡消融。

桂松林

水漾玻瓈一鏡空，翠圍喬木蔭芳叢。禮闈曾擢三千字，清夢還符十八公。蟾窟香浮廣寒殿，龍髯影落水晶宫。天香顆顆藏金粟，散作徂徠萬壑風。

鳴鶴灘

萬頃波璃漾碧湍，縞衣仙袂影蹁躚。夢回半夜雲横海，声出九臯風滿天。曾唳淮淝扶晉室，幾從赤壁悟坡仙。華亭不減遼東恨，城郭人民豈昔年。

耕樂堂

幾年關塞起風煙，耕樂輸君二頃田。白水坡塘梅月雨，緑陰庭院麥秋天。閒身已遂歸田賦，鼓腹因思擊壤年。却憶東吴兵火地，水田漠漠草芊芊。

緑净書房

卜築茅堂坐翠岑，倚窗修竹晝沉沉。草縈書帶涵春意，葉長芭蕉見道心。山色遥連庭樹碧，天光倒影墨池深。緑陰庭院春光老，萬縷垂陽結暮陰。

代壽御史

梅雨初晴宿霧開，祥雲五色繞瓊臺。老人星向吳中出，御史馬從天上來。春近綉衣趨柏府，霜飛弧矢射蓬萊。祀公柱石登廊廟，丹鳳啣書海上回。

題醫士江仲謙卷

玉蟾夜半竊玄霜，飛入仙家伴藥囊。湖上數椽江令宅，牀頭一卷越人方。杏林過雨春陰合，橘井通潮夜氣凉。民瘼政需醫國手，誰將一匕起膏肓。

送陳道夫回永嘉

幾從燈火話襟期，忍向樽前賦式微。聽鶴亭邊同客夢，〔一〕龍山下獨君歸。塵沙道路雙蓬鬓，風雨溪山一釣磯。御史有書來柏府，徵君未許製荷衣。並收入《元詩選補遺》。

【校勘記】

〔一〕亭邊：《元詩選補遺》作『亭前』。

次唐處敬題錢王廟韻

故山錦樹已藤蘿，前代穹碑遺愛多。捍海塘成民安堵，射潮弩壯水迴波。八都兵甲平於越，七郡生靈制尉佗。遺廟登臨多古意，風沙滿目奈愁何。並收入《元詩選補遺》。

用韻弔賈相故墓

故國桑田變海波，荒園荊棘冷銅駝。朝中元老空周旦，江上殘兵散楚歌。身落瘴鄉嗟瓦裂，〔一〕家亡葛嶺笑金多。不堪回首西陵樹，七庙遊魂奈爾何。

【**校勘記**】

〔一〕瘴鄉：底本誤作『瘴卿』，從文意改。

鑑湖

天香兩袖藕花風，咫尺蓬萊有路通。舟子乘槎銀海上，行人立馬畫圖中。樹分山色千鬟翠，水净天光一鏡空。賀老故家何處是，萋萋芳草鑑湖東。並收入《元詩選補遺》。

禹廟

茫茫禹蹟亘堪輿，〔一〕遺廟衣冠尚儼如。萬國會朝新玉帛，九州經理舊車書。亭空窆石隋碑在，鎖斷梅梁漢殿餘。近説河流入淮泗，誰乘四載奠民居。並收入《元詩選補遺》。

〔校勘記〕

〔一〕茫茫：底本作「芒芒」；《元詩選補遺》作「茫茫」，當是，據改。

會稽山

牲璧尚崇周祀典，封疆猶屬古楊州。地維重鎮通閩越，天柱高標直斗牛。煙裊香爐紅日曉，天開玉笥白雲收。禹陵松柏多遺愛，及見衣冠拜冕旒。並收入《元詩選補遺》。

憶弟

老兄作客嘆無依，仲氏飄零何處歸。風雨對牀離別苦，關河千里夢魂稀。遠書還憶雙魚美，隻影空怜斷雁飛。誰挽天河洗兵甲，與君同採北山薇。

梁子

健如黄犢爾何之，爾母飄零重别離。萬古綱常惟我輩，一門詩禮望吾兒。義慚林氏千金璧，恩奪韓公五字詩。慎勿危途誇疾足，江湖風浪有平時。

題見山堂

浮空積翠對樓臺，下有小堂臨水開。柱笏且留高士隱，倚欄如待故人來。雨晴疊嶂青螺湧，煙斂平蕪白鳥回。便欲求仙訪東海，望中咫尺是蓬萊。並收入《元詩選補遺》。

臨流亭爲天元上人賦

物外紅塵空擾擾，源頭活水自悠悠。虛簷倒浸中秋月，老樹涼生滿座秋。一鑑天光雲影動，半簾山色雨痕收。我來擬結東陽社，盡付閒情與白鷗。

壽菊堂

斑衣庭下菊花黄，頻採繁英薦酒觴。一種秋香留晚節，八旬佳慶近重陽。芝泥曉拆金花誥，玉樹晴分雲錦囊。雨露深根應不老，年年此日看芬芳。

出郭偶成

扁舟濯足下滄浪，蕩漾天光接水光。疊嶂千尋擁圖畫，羅城萬雉固金湯。海雲淡白天將雨，村樹微茫地欲霜。便擬移家尋賀監，風塵道路兩茫茫。並收入《元詩選補遺》。

客窗青燈夜坐雨聲浪然慨然感時思親因用出郭韻二首〔一〕

窗外芭蕉山雨浪，窗前燈火耿清光。韋編夜綴蠅頭字，茶灶香浮蟹眼湯。松菊空回彭澤夢，橘柚猶憶洞庭霜。太行路杳孤雲斷，淚灑西風恨渺茫。

【校勘記】

〔一〕慨然：底本作「槩然」，徑改。

又

山河舉目淚琳琅，十載飄零愧孟光。江左未應無謝傅，漢庭那復用張湯。空堦夜冷芙蓉月，南浦秋涼蘆荻霜。尚想樓船出南越，中流擊楫渡滄茫。〔一〕

【校勘記】

〔一〕擊楫：底本作「擊揖」，徑改。

重九

白鴈南飛天欲霜，蕭蕭風雨又重陽。已知建德非吾土，還憶并州是故鄉。白髮轉添今日恨，〔一〕黄花猶似去年芳。〔二〕登高莫上龍山路，極目中原草木荒。〔三〕並收入《明詩綜》卷七、《元詩選補遺》及《御選宋金元明四朝詩·元詩》卷五六。

〔校勘記〕

〔一〕白髮轉添今日恨：《元詩選補遺》作『白髮乍添今日恨』；《御選元詩》卷五六、《明詩綜》卷七作『蓬鬓轉添今日白』。

〔二〕黄花猶似去年芳：《元詩選補遺》同；《御選元詩》卷五六、《明詩綜》卷七作『菊花猶似去年黄』。

〔三〕中原：《明詩綜》卷七、《元詩選補遺》同；《御選元詩》卷五六作『平原』。

〔附〕錢希彦《元詩選補遺》：

重九

白鴈南飛天欲霜，蕭蕭風雨又重陽。已知建德非吾土，還憶并州是故鄉。白髮〔一作『蓬鬓』。〕乍添今日恨，黄〔一作『菊』。〕花猶似去年芳。〔一作『黄』。〕登高莫上龍山路，極目中原草木荒。

有感

嫋嫋西風木葉黄，客懷秋思共悽凉。白衣誰送重陽酒，青女俄施半夜霜。巫峽啼猿空有淚，衡陽斷鴈未成行。遥怜弟妹蕭條處，誰把芳樽酹北堂。

挽趙通守

西風道路暗塵紅，惆悵文星隕越中。海上長鯨思化雨，雲間雙鶴憶清風。典刑仍復瞻前輩，模範誰能繼我公。喬木故家文献在，槐陰猶蔭越城東。

冬至客中有感

窮陰急影坐相催，驚見葭飛六管灰。剌綉愁添宫女綫，〔一〕書雲誰上越王臺。家鄉有夢隨邊鴈，客路何心嗅野梅。舉目山河風景異，干戈滿地起氛埃。

【校勘記】

〔一〕剌綉：底本「剌」作「刺」，徑改。

周仲芳春暉堂

甘旨娱親日百金，華堂簾幙畫沉沉。盡歡長藹三春意，報本寧忘寸草心。蘋葉水香南澗近，萱花日永北堂深。高年應錫南山壽，坐見清芬滿桂林。

追挽宇菊存先生

青衫白首淚沾衣，滄海桑田事竟非。晚節惟栽彭澤菊，清風不減首陽薇。峨眉萬里啼鵑恨，華表千年雙鶴歸。太史勒銘光奕世，發揚潛德有遺輝。

沈玉泉書藥舟

曠遠無心棹酒船，束書囊藥興悠然。濟時得似登瀛客，辟世寧求入海仙。丹火朝飛鉛汞鼎，青藜夜照水雲天。江頭近晚風波惡，擊楫何人與濟川。

答宇文仲美

十載清遊憶廣寒，扁舟苕霅喜相看。愧予作客誠無賴，羨子娛親得盡歡。竹葉清風陪座席，梅花夜月倚欄干。風塵處處多荆棘，回首鄉關行路難。

用宇文兵火後過大麻韻

千里鄉關憶錦沙，十年兵火少桑麻。離鴻夜月思中澤，舊燕春風失故家。鼓角城邊農尚戰，干戈村落婦還髽。風塵浩蕩無南北，始信吾身未有涯。並收入《元詩選補遺》。

客中偶成

長鯨東下起洪波，黄鵠高飛辟網羅。〔一〕風雨一春光霽少，干戈百戰亂離多。蕭條弟妹知誰在，漂泊江湖奈我何。欲訪滄浪尋舊隱，濯纓猶恐淚成河。並收入《元詩選補遺》。

〔**校勘記**〕

〔一〕辟網羅：《元詩選補遺》作「碎網羅」。

讀岳鄂王傳

擊楫長江舉義旗，誓清河朔振皇威。班師竟墮奸臣計，〔一〕舉國徒看上將歸。〔二〕空見湖山埋白骨，忍聞沙漠老青衣。金陵糞塚常遺臭，〔三〕始信人心有是非。並收入《元詩選補遺》。

【校勘記】

〔一〕班師：底本誤作「斑師」；《元詩選補遺》作「愁看」，據改。

〔二〕徒看：《元詩選補遺》作「愁看」。

〔三〕常遺臭：《元詩選補遺》作「徒遺臭」。

吴奇山夫婦入道

學道何緣對孟光，爲操杵臼擣玄霜。〔一〕丹成金鼎蟠龍虎，簫弄瑶臺下鳳凰。身世渺如滄海粟，行藏何似白雲鄉。〔二〕廣寒我亦曾遊者，猶帶天風兩袖香。

【校勘記】

〔一〕操：底本作「摻」，辭義不通；按底本剞劂「参」「喿」不分，揆諸文意此處應作「操」字。徑改。

〔二〕白雲鄉：底本作「白雲卿」，文意扞格不通；此處「卿」應爲「鄉」字之誤。徑改。

蒼莨軒爲花溪張克明賦

家在花溪多種竹，此君日日報平安。涼風枕簟秋先到，蒼雪簾櫳春尚寒。嶰谷誰能裁鳳管，渭川我欲事漁竿。廣平自是梅花客，擬結詩盟歲晏看。並收入《元詩選補遺》。

松筠軒爲沈叔芳萬户賦

四簷松竹翠團團，晚節惟應耐久看。萬里秋風來白鶴，一庭涼月舞青鸞。大夫已作棟梁去，君子還經霜雪寒。擬訪東林尋處士，煙波同覓釣漁竿。

寓保真道院

紅塵飛不到瀛州，花木春深小院幽。青鳥不傳王母信，赤松還許子房遊。靈壇夜久聞鸞鶴，宸極天高望斗牛。何用乘槎滄海去，人間此地亦丹丘。

〔**附**〕**何景福《青溪何介夫詩集》**：

和魯道源保真道院有作韻

麟鳳何年下十洲，蓬萊一段獨清幽。子今棲息壺中樂，我亦逍遥物外遊。伏櫪每思追赤驥，出關尤喜候青牛。竹窗欹枕晚涼足，月滿芝田雪一丘。

憶表弟梁建中

貧賤他鄉憶別離，〔一〕春風楊柳恨依依。愁邊送客難爲別，夢裡回家不當歸。〔二〕風雨悽凉鷄唱惡，〔三〕關河寥落鴈來稀。何時與子滄浪上，重整絲綸上釣磯。並收入《元詩選補遺》。

〔**校勘記**〕

〔一〕憶別離：《元詩選補遺》作『感別離』，《補遺》未定稿本作『恨別離』。

〔二〕不當歸：《元詩選補遺》作『也當歸』。

〔三〕悽凉：《元詩選補遺》作『凄凉』。

挽黄通玄先生越人，寓霅。

春風墓道草芊芊，落日松楸怨杜鵑。圯上不存黄石叟，山中空憶紫芝仙。簡編盡付佳兒讀，碑碣惟憑太史傳。字文，史官，爲作墓碑。魂魄千年思故里，寒潮夜到越江邊。

梅花莊

卜築幽居傍浣花，種梅繞屋足生涯。樹聯東老神僊宅，夢繞西湖處士家。雪後暗香時縹緲，水邊清影自横斜。平泉木石非吾願，得共松筠老歲華。並收入《元詩選補遺》。

王承山水圖

澤國江山幾戰塵，畫圖猶是太平民。青山城郭人家小，緑樹亭臺酒旆新。鴈帛不傳江北信，漁舟猶棹武陵人。秋風回首天河路，安得乘槎一問津。並收入《元詩選補遺》。

用吴志遠韻〔一〕

灑淚新亭憾若何，山河風景易蹉跎。節旄落盡丹心苦，髀肉生來白髮多。千里鄉關怜弟妹，幾年湖海嘆風波。江頭忽聽漁榔起，疑有英雄擊楫過。

又

江上扁舟水一篙，煙波漁釣且遊遨。人歸彭澤惟栽菊，我向玄都亦種桃。戎服盡趨新幙府，御羅猶着舊宫袍。皇皇宸極中天近，北望燕山紫氣高。並收入《元詩選補遺》。

【校勘記】

〔一〕用吴志遠韻：《元詩選補遺》題『用吴志遠韻二首』。

貢院用楊廉夫先生韻〔一〕

十年湖海各西東，世事升沉總不同。投閣草玄應寂莫，賦詩横槊盡英雄。富春耕釣思嚴子，江左風流愧謝公。莫厭廣文官獨冷，酒懷拍拍煖如烘。

【校勘記】

〔一〕楊廉夫：底本脱『廉』字，徑補。

用張員外韻

校文同上至公堂，奇字重書急就章。樓捲珠簾朝射策，門森畫戟晝凝香。雄文直欲回三峽，豪氣猶堪卧上牀。多病相如政消渴，愧無詞賦擅文場。

雙竹東安表君翔甫庭竹一本雙榦，人以爲兄弟和睦之瑞。

春雨驚雷半夜轟，曉看蒼玉並根生。獨龍出地分頭角，二仲連枝見弟兄。海上鰲魚期共釣，雲間鸞鳳待和鳴。直心不改夷齊節，好與梅花結歲盟。

題柯橋僧横碧樓卷時樓爲兵火焚過。

百尺危樓倚梵宫，登臨猶記與君同。煙凝疊嶂千鬟翠，天入平湖一鑑空。近水軒窗來夜月，蔭街楊柳拂春風。只今回首柯亭路，芳草斜陽黯淡中。並收入《元詩選補遺》。

題俞伯仁漁樵子卷

嚴陵住近買臣居，有客投問卜草廬。林下爛柯曾對弈，江濵垂釣豈求魚。天寒水落江湖窄，歲晏山空木葉疏。子我於今共漂泊，故鄉何日問樵漁。

逸樂處士

僊境閒尋處士家，柴門春静寂無譁。高山流水琴三尺，霽月光風書五車。彭澤更栽陶令菊，〔一〕青門惟種邵平瓜。五陵回首繁華地，枯柳寒園有暮鴉。

【校勘記】

〔一〕更栽：底本作『更裁』，文意不通，徑改。

送野尚志北上

五月江風吹面涼，使君北上好觀光。九重閶闔開宸極，萬里樓船出海洋。憂國政緣唐節使，上書今見漢賢良。自怜漂泊江湖客，清夢時時入帝鄉。

送王顥達任紹興照磨

束髮從戎今幾年，嚴公幙下獨勞賢。旌旗夜拂千山月，貔虎朝屯萬竈煙。緑染宮袍湖上柳，紅依秋水鏡中蓮。吏曹事簡文書静，應是蓬萊洞府僊。

兵火後舟中和沈元昭韻

將軍曾解鄴城圍，荼毒生靈計盡違。暮雨池塘蛙吠早，秋風沙漠雁來稀。棲遲我亦成嘉遁，漂泊誰能賦式微。自嘆迂疏違世用，十年猶着舊宫衣。

用沈照磨韻呈張約齋

倦遊棲息一枝安，風月論交有二難。白酒釀來多好客，沈。綠蓑歸去久辭官。張。五車汗簡今誰載，百甕鹽齏未厭酸。昨夜西風過庭樹，凄凄早覺舊毡寒。

又

誰向東山起謝安，蒼生霖雨望應難。百年禮樂思周道，一代威儀識漢官。〔一〕龜拆黍田秋雨少，雁迷蘆渚晚風酸。山河舉目凄凉憾，月轉東林樹影寒。

【校勘記】

〔一〕漢官：底本作『漢宫』，音律不協，『宫』宜爲『官』字形訛；『周道』『漢官』對舉，文意亦通。徑改。

中秋客寓苕溪對月感懷

舊遊曾憶鏡湖船，湛湛銀河寶鑑圓。〔一〕此夜懷人共千里，中秋作客又三年。梧桐浥露落金井，秔稻連雲熟野田。誰念杜陵多感慨，獨將雙淚對嬋娟。並收入《元詩選補遺》。

【校勘記】

〔一〕寶鑑：《元詩選補遺》作『寶鏡』。

用陳子京夜雨感懷韻

蕭蕭木葉雨聲來，夜冷山深猿嘯哀。燈結寒花空照影，爐存宿火半成灰。感時誰起劉琨舞，欲賦徒怜宋玉才。却憶故園秋色老，黄花寂寞爲誰開。

己亥冬來淞上庚子館于璜溪呂氏顧玉山梅約

東吴無復舊繁華，兵火蕭條少故家。蟾窟幾年探桂子，孤山此日問梅花。煙塵關塞無歸鴈，風雨園林有暮鴉。歸向玉山尋舊隱，春風還種邵平瓜。

贈相士薛如鑑

聽鶴華亭憶宦遊，竹冠不減舊風流。吴門有客知梅福，逆旅多君相馬周。火色鳶肩寧食肉，虎頭燕頷盡封侯。璜溪溪上重回首，片月澄波萬頃秋。

錢叔英竹屋

姚黄不進御園花，種竹深藏處士家。蒼雪回風光掩映，青鸞舞月翠交加。簡編寧復書勛業，節操猶堪傲歲華。〔一〕却憶平原舊花木，轉頭風雨各天涯。

【校勘記】

〔一〕操：底本作『摻』，辭義不通；按底本剞劂『參』『喿』不分，揆諸文意此處應作『操』字。徑改。

潘左轄

鄉闈大比重興賢，曾上苕溪使客船。錦織天章分土服，香凝省署秩寘筵。己亥，寓苕，因校文，赴杭宴贈幣。旌旗夜捲三關月，貔虎朝屯萬垒煙。喜有門生趨幕府，弦歌重覩中興年。

送錢思復

幾年講道擁皋比，得見文風振海涯。武肅故家空衣錦，廣文華髮嘆成絲。禮闈猶記登龍日，客路寧忘聽鶴時。回首秦溪溪上路，青燈夜雨夢相思。

槐夢軒爲夏士文作

一榻清風安樂窩，遊僊適意到南柯。夢中五馬宦情薄，林下一蟬秋思多。瞬息功名駒過隙，浮沉世事海揚波。蹈槐我亦金門客，十載風霜兩鬢皤。

漁舟吹笛圖爲沈國瑞作

捲却絲綸罷釣鈎，載將明月下中洲。一聲長笛關山曉，兩岸滄波蘆荻秋。物外功名雙盪槳，〔一〕人生天地一虚舟。夜深應有南飛曲，想像坡僊赤壁遊。

【**校勘記**】

〔一〕盪槳：底本誤作『盪漿』，徑改。

挽吕輔之翁

哦松我亦華亭宰，寥落風塵獨吊君。釣冷璜溪思尚父，客間松上哭田文。百年喬木遺新澤，數尺豊碑表舊勛。一闋薤歌情未已，朔風吹斷九山雲。

陸景周東園隱君

幾年漂泊傍江湖，得見東園有隱居。緑樹亭臺人對酒，清流池館客觀魚。治生不用千頭橘，教子惟存萬卷書。却笑五侯羅甲第，轉頭風雨一丘墟。

候農圖

豳風猶見畫圖傳，閭里承平似昔年。白水坡塘梅月雨，〔一〕緑陰村巷麥秋天。〔二〕青門有客營瓜圃，栗里多君種秫田。聞説西疇農事急，幾回倚杖小橋邊。並收入《元詩選補遺》。

【**校勘記**】

〔一〕坡塘：《元詩選補遺》作「陂塘」。

〔二〕村巷：底本作「村卷」，文意不通；《元詩選補遺》作「村巷」，當是，據改。

五鴈圖

蘆葦肅肅江樹空，〔一〕驚寒離鴈各西東。水雲空闊天無際，關塞蕭條路未通。〔二〕散跡平沙留晚雪，悲鳴中澤怨秋風。可憐白首江湖客，兄弟飄零感慨同。並收入《元詩選補遺》。

【**校勘記**】

〔一〕肅肅：《元詩選補遺》作「蕭蕭」。

〔二〕關塞：底本作「關寒」，平仄不協；《元詩選補遺》作「關塞」，當是，「寒」字顯爲「塞」之形訛。據《元詩選補遺》改。

〔附〕釋至仁《澹居稿》：

五鴈圖

萬里南來雁，青春作伴還。如何五兄弟，風雨隔關山。

秋日感懷

客懷秋思共凄凉，戀戀松楸憶故鄉。一片丹心如皦日，幾年華髮易秋霜。蕭蕭零露蒹葭老，嫋嫋西風木葉黄。極目吴天歸鴈遠，澹煙衰草又斜陽。并收入《元詩選補遺》。

和吕稀顔重九韻〔一〕

五柳先生日晏眠，清風一枕足堪怜。折腰豈爲五斗米，騎鶴寧思十萬錢。華髮幾經重九日，黄花猶對義熙年。登高莫問龍山路，萬里中原風火燃。

〔校勘記〕

〔一〕吕稀顔：按本編有《和吕希顔感懷韻》二首。按《弘治常熟縣志》卷四：『吕囦，字希顔，號復菴。自幼好學不懈，爲文章奇氣燁燁。登正統己未施槃榜進士第。』楊維楨有《玄霜臺爲吕希顔賦》《和吕希顔》諸篇。則『希』字當是。

感懷用吕德厚韻

蕭條弟妹嘆生離，回首鄉關世路危。夜照青燈身外影，曉看華髮鏡中絲。寫愁聊盡懷中物，得句徒驚帳下兒。却憶鄜州今夜月，倚欄重和杜陵詩。

鄉飲後再用韻

有淚何曾灑别離，十年世事幾艱危。無車謾爾彈長鐵，拔劍誰能斫亂絲。鄉飲尊前多上客，讀書窗下有佳兒。與君同作思親感，回首松楸莫賦詩。

用陸先生春雪韻

玉龍戰罷未終朝，萬國朝春已貢瑶。象外乾坤同化羽，眼中富貴等風飄。飛揚還藉東君力，假合寧知造化澆。欲問梅花江上路，羲和飛馭上雲霄。

清虚樓

縹緲飛樓凌紫煙，玲瓏洞府上金僊。禪心静照無臺鏡，潭影光涵太古天。赤壁神遊驚老鶴，緑槐夢覺聽鳴蟬。廣寒天近秋風早，却憶清都折桂年。〔一〕

〔校勘記〕

〔一〕折桂：底本作『折掛』，文意不通。版刻中『扌』『木』多混用，揆諸文意，此处『掛』字宜爲『桂』字，徑改。

清輝樓

浮空積翠起樓臺，乘興登臨亦快哉。水面天光浮日去，座中雲影隔山來。松亭風定琴初罷，茶竈煙消鶴未回。自是紅塵飛不到，一樽聊爲晚凉開。並收入《元詩選補遺》。

用謝子嘉韻酬嚴同年

探珠曾到九重淵，失路風塵憾不前。蓬鬓新年驚老大，梅花清夜夢嬋娟。壯心直欲燒魚尾，豪氣猶堪食彘肩。舉目關山何處是，歸心迢遞白雲邊。

美嚴參政

身從虎穴履危機，力障狂瀾報國威。蜀將精忠排劍閣，子陵風節老漁磯。斬蛟猶憶揮金劍，勒馬重聞卸鐵衣。喜説麒麟功第一，會稽争看錦衣歸。

題高通守循吏傳

百里風塵罷鼓鼙，一官聲譽滿秦溪。人行阡陌花千樹，春到郊原雨一犁。太史已書循吏傳，居民新築堰虹堤。近聞泮水多才俊，澹墨端看姓字題。

璜溪泛舟

濯足滄浪一釣船，南山對我興悠然。三年汗漫雲間客，四月清和雨後天。白髮徒懷蘇武節，青燈又冷廣文毡。鹿門何處堪歸隱，負郭寧無二頃田。

過秦川

短蓬載酒下秦川，又是清和四月天。緑樹迎人颭翠蓋，員荷浮水散青錢。荷鋤出饁誰家婦，打鼓賣魚何處船。極目南城兵火地，水田無主草芊芊。〔一〕

【校勘記】

〔一〕草芊芊：底本誤作『草竿竿』，徑改。

嘉禾有感

十年猶憶舊嘉禾，散亂重經感慨多。〔一〕檇李荒亭空戰馬，〔二〕宣公遺廟少弦歌。長亭有堠埋青草，古渡無人自緑波。聞説皇威清海岱，版圖猶是舊山河。並收入《元詩選補遺》。

【校勘記】

[一]感慨：底本作「感槩」，徑改。

[二]檇李：底本作「携李」，版刻中「扌」「木」多混用，揆諸文意爲「檇李」；又《元詩選補遺》作「檇李」，據改。

皋亭懷古

天兵南下，伯顔屯兵於此。

十里荒山草一墟，[一]昔人曾此駐車徒。北方豪杰歸真主，南渡衣冠少丈夫。白馬素車降表出，紅旗青蓋帝心孤。百年過眼承平日，忍看城南戰骨枯。並收入《元詩選補遺》。

【校勘記】

[一]荒山：《元詩選補遺》作「荒亭」。

保真道院感懷

洞裏僊人去不歸，碧桃滿地草離離。東林白酒無來客，北户清風似舊時。松影不招千里鶴，蠟花新滿萬年枝。玉簫聲遠多惆悵，[一]重寫榴皮壁上詩。並收入《元詩選補遺》。

【校勘記】

[一]玉簫：底本作「玉蕭」；《元詩選補遺》作「玉簫」，據改。

重游道院與超上人會

玄都道士無消息，南岳高僧相送迎。竹近故人時弄影，犬馴宿客夜無聲。〔一〕春歸碧洞桃花老，門掩長廊芳草生。應有神僊司下土，月明鸞鶴夜吹笙。並收入《元詩選補遺》。

【校勘記】

〔一〕犬馴：底本作『大馴』，文意不通；《元詩選補遺》『大』作『犬』字，當是，據改。

酬陸雲松招隱韻

一篋圖書發舊藏，扁舟迢遞水雲鄉。夢殘冷雨回巴峽，心遠孤雲上太行。千里音書天共遠，五更燈火夜何長。研田禾黍秋風早，應向東吴問陸莊。並收入《元詩選補遺》。

壽邵景誼

秋浦僊人壽五旬，斑衣庭下度間身。行藏適意邵康節，富貴何心朱買臣。〔一〕金彈雨肥梅子熟，翠園風定藕花新。朝來檢點園林事，爲問蟠桃幾度春。

【校勘記】

〔一〕何心：揆諸文意，似以『何必』爲長，惟平仄不諧。

題小瀛州

東林孫子茅山客，卜築幽居僊境開。〔一〕四面天環大瀛海，十洲水遶小蓬萊。雲排疊嶂青螺擁，月墮長松白鶴回。我亦瀛州會上客，榴皮有約更重來。並收入《元詩選補遺》。

【校勘記】

〔一〕僊境：《元詩選補遺》作『仙鏡』。

送王好問上春官

金榜題名十載前，布衣曾染御爐煙。權衡藻鑑慚多士，衣鉢心傳屬妙年。北闕九天新雨露，南風五月上樓船。禁城楊柳宮袍緑，金水河頭快着鞭。

送茅府判

西風匹馬著吟鞭，好是黄花九月天。人向雲間思召父，客從海上送茅僊。江空鴈影天澄璧，〔一〕月白蘆花雪滿船。欲識思君何處夢，〔二〕潮聲夜夜浙江邊。並收入《元詩選補遺》。

【校勘記】

〔一〕天澄璧：底本作『天澄壁』；《元詩選補遺》作『天澄壁』，揆諸文意當是，據改。

〔二〕思君：《元詩選補遺》作『使君』。

送顧同知

讀書臺前野王宅，今見仍孫五馬過。甓社明珠移海嶠，華亭雙鶴度嘉禾。文風重振三年學，遺愛常懷五袴歌。馬首一鞭春意早，梅花江路正婆娑。

和陸雲松遊春韻

三月鶯花到畫欄，繁華過眼等閒看。龍歸三泖波濤息，鶴唳九山風露寒。興極那知身是客，愁來聊藉酒爲歡。璜溪溪上成真隱，一榻春風竹萬竿。並收入《元詩選補遺》。

又

宴罷瓊林幾度春，風流猶記曲江人。身依丹陛風雲近，帽壓宮花雨露新。天上蕭韶聞雅樂，人間歌舞醉重裀。只今漂泊江湖客，還憶天厨送八珍。

又

離愁黯黯獨凭欄，春色難禁淚眼看。南鴈不來鄉信遠，東風微度客氊寒。一千里外六年客，三友亭前半日懽。應説禹門桃浪起，與君重整釣鰲竿。並收入《元詩選補遺》。

又

客裏逢春更惜春，六年寒食異鄉人。節旄落盡丹心苦，髀肉生來白髮新。雲散泖湖天似水，山連乍浦草成茵。明朝得共城南會，盤饌何人送八珍。

和朵志剛韻

翹首侯門似海深，買臣無計覓黃金。離鴻失路悲中澤，好鳥歸山憶故林。一鏡秋霜驚白髮，半牀明月照丹心。明朝又向河橋別，舉目新亭淚滿襟。

用楊鐵崖韻〔一〕

憶昔瓊林賜宴回，五雲瑞色達瑶臺。〔二〕十年南國旌旗滿，〔三〕萬里中原煙霧開。聽鶴雲間奇士老，〔四〕騎鯨海上謫僊來。一聲鐵篴驚鸚鵡，〔五〕七十年餘心尚孩。〔六〕並收入《元詩選補遺》。

【校勘記】

〔一〕用楊鐵崖韻：《元詩選補遺》題『和楊鐵厓先生韻』；《元人次韻楊維楨草玄閣詩册》題『奉和鐵崖尊先生高韻并希印可』，並署『曲阜魯淵載拜』。

〔二〕達瑶臺：《元詩選補遺》作『繞瑶臺』；《元人次韻楊維楨草玄閣詩册》作『遶瑶臺』。

〔三〕旌旗滿：《元詩選補遺》《元人次韻楊維楨草玄閣詩册》作『旌旗合』。

〔四〕聽鶴雲間奇士老：《元詩選補遺》《元人次韻楊維楨草玄閣詩册》作『聽鸛雲間豪士老』。

〔五〕鷩鸐鵡：《元詩選補遺》《元人次韻楊維楨草玄閣詩册》作『歌鸐鵡』。

〔六〕七十年餘：《元詩選補遺》《元人次韻楊維楨草玄閣詩册》作『七十年來』。

〔附〕**張珩《木雁齋書畫鑒賞筆記·元人次韻楊維楨草玄閣詩册》**：

奉和鐵崖尊先生高韻并希印可

曲阜魯淵載拜

憶昔瓊林錫宴迴，五雲瑞色遶瑶臺。十年南國旌旗合，萬里中原煙霧開。聽鸛雲間豪士老，騎鯨海上謫僊來。一聲鐵篴歌鸐鵡，七十年來心尚孩。〔此帖今在《元人次韻楊維楨草玄閣詩》册内第六幅，日本高島槐安藏。詩後自上而下鈐『魯淵』白文方印，『道原』朱文方印，『本齋』白文方印；右下角鈐『景行維賢』白文方印；左下角鈐『小如庵/秘笈』朱文方印。〕

送林仲山任浙西憲掾〔一〕

十年蹤跡幾東西，客裏思君意轉迷。同向華亭鶩鶴唳，又從柏府聽烏啼。六橋夢冷梅花月，十里風清楊柳堤。誰念白頭江海客，九山深處只幽棲。

〖**校勘記**〗

〔一〕浙西：底本作『淅西』，徑改。

壽吕氏母

薰風簾幙奏絲絃，阿母瑶池擁列僊。六月生明纔四日，八旬眉壽紀初年。綵衣丹染蟾宫桂，翠袖香芬玉井蓮。庭下三槐初掛緑，金花誥錫九重天。

題陶悦卷

我愛晉朝陶處士，辭官歸去傲柴桑。舟車有路尋丘壑，富貴無心問帝鄉。栗里餘年書甲子，菊花晚節傲重陽。龍行虎步俱塵土，贏得清風一枕凉。〔一〕

【**校勘記**】

〔一〕贏得：底本誤作『羸得』，揆諸文意，『羸』宜爲『贏』之訛，徑改。

贈畫史

畫史風流兩鬢皤，故家猶憶佩鳴珂。桃源此日□□□，滄海幾年生白波。王會喜聞唐日月，輿情重寫漢山河。憑君着我秋江上，一釣扁舟雲水多。

題小山招隱

跕跕饑鳶墮水飛，道傍零落苦沾衣。小山已卜淮南隱，張翰還從洛下歸。煙歛九峰青作市，雨回叢菊翠成圍。江湖一任風波惡，手拂絲綸上釣磯。

登千山寓憑高懷古是日大風。

捲地東風吼怒雷，野人扶客上山來。七重鐵塔雲間出，九朵金蓮水面開。遠岫雲横龍未蟄，長松日暝鶴初迴。〔一〕士衡故宅從誰問，滿地蒼苔散紙灰。

〔**校勘記**〕

〔一〕日暝：底本作『日瞑』，據文意改。

題山舟爲千山賦周氏

九峰嵐氣晝沉沉，洞口僊人不可尋。身世憑虚遊赤壁，夢魂乘月到山陰。桑田滄海静中動，平陸波浪淺處深。欲駕雲帆問蓬島，松風萬壑水龍吟。

〔**附**〕王逢《**梧溪集**》**卷四**：

山舟辭〔有引。〕

山舟者，華亭干山周氏子鏞鎬藏脩之所也。鄉貢進士陸君宅之首爲序，江浙提學魯君道源次爲詩，規美至矣。延平揔管秦景容氏乃爲楚音，其言曰：『人知兮山不可爲舟，曾不思水載地游。』又曰：『山有舟兮不可以濟，龍在野兮孰與治世。』逢讀而感焉。因矯其意，復補一章。辭曰：

天有船兮在河漘，檣析木兮柁扶桑。乘剛風兮元氣，象大地兮川梁。君之舟兮虛器，川弗涉兮山是憩。林空人兮積水白，龍森寒兮來下戲。自非聖哲兮莫濟亂危，維德載義兮姑傒其時。高宗傅説兮遠而精，誠感格兮夢或見之。玉芝兮石髮，爛駢生兮海月。君採以遺兮慰我心渴，將送君析木之津兮扶桑之闕。

夜窗偶成録上趙提舉

憶昔長瓮玉笥斑，塵纓又復絆儒冠。一千里外無家客，四十年前猶冷官。南國風塵天黯黯，小窗燈火夜漫漫。蓴絲未老鱸魚美，共買扁舟把釣竿。

飲吴山亭偕楊文舉趙本初諸公賦詩

慷慨憑高發浩歌，錢塘風物易消磨。江山萬古只如此，富貴百年能幾何。潮上海門紅日小，天低漁浦白雲多。不堪回首西陵樹，玉匣珠襦草一坡。並收入《元詩選補遺》。

武林感興

當年鐵馬度重關，南國沉淪一餉間。城闕已銷龍虎氣，風雲常護鳳凰山。蒼苔猶曳宫袍緑，〔一〕赤土空遺戰血斑。惟有望江亭下水，凄凄還似舊潺湲。並收入《元詩選補遺》。

【校勘記】

〔一〕蒼苔猶曳：《元詩選補遺》作『蒼苔猶憶』。

題東園隱居像爲陸景周賦

聞說東園有隱居，道人蕭散意何如。江湖誰識陸魯望，岩壑驚看謝幼輿。風度芸香書閣晚，月高松影夜窗虛。畫圖更着風波客，共買扁舟學釣魚。

曉發柳下昱嶺有警因間道由□新城之杭

間程曉發曲江頭，江上晴沙點白鷗。人去魯邦懷柳下，營連灞上憶條侯。菰蒲野水鳴姑惡，煙雨空山怨禿鶖。昱嶺關南一回首，干戈滿地使人愁。

雲山樓

巒氣氤氳曳碧空，〔一〕小樓春色有無中。蒼龍暮捲西山雨，雙鶴朝摶北海風。〔二〕翠袖拂開雲母帳，青蓮浮動水晶宮。〔三〕蒼蒼煙樹微茫裡，睡熟羊裘老釣翁。並收入《弘治嚴州府志》卷十八、《〔嘉靖〕淳安縣志》卷十七、《〔順治〕淳安縣志》卷四、《〔康熙〕淳安縣志》卷二十、《〔乾隆〕淳安縣志》卷十五及《〔乾隆〕嚴州府志》卷二六。

【校勘記】

〔一〕巒氣：《弘治嚴州府志》卷十八、《〔順治〕淳安縣志》卷四、《〔康熙〕淳安縣志》卷二十、《〔乾隆〕淳安縣志》卷十五及《〔乾隆〕嚴州府志》卷二六同；《〔嘉靖〕淳安縣志》卷十七作『蠻氣』。

〔二〕雙鶴朝摶：《弘治嚴州府志》卷十八、《〔嘉靖〕淳安縣志》卷十七及《〔順治〕淳安縣志》卷四作『隻鶴朝摶』；《〔康熙〕淳安縣志》卷二十、《〔乾隆〕淳安縣志》卷十五及《〔乾隆〕嚴州府志》卷二六作『隻鶴朝摶』。

〔三〕浮動：《弘治嚴州府志》卷十八、《〔嘉靖〕淳安縣志》卷十七、《〔康熙〕淳安縣志》卷二十及《〔乾隆〕淳安縣志》卷十五同；《〔順治〕淳安縣志》卷四、《〔乾隆〕嚴州府志》卷二六作『摇動』。

宿下馬嶺〔一〕

命墮顛崖泣楚囚，衣冠寥落總成羞。白雲親舍終天恨，紅葉關山兩地愁。分手弟兄今日别，鍾情妻子此生休。男兒一種剛腸味，惟願嚴顔便斫頭。並收入《弘治嚴州府志》卷十八、《〔嘉靖〕淳安縣志》卷十七。

【**校勘記**】

〔一〕宿下馬嶺：《弘治嚴州府志》卷十八、《〔嘉靖〕淳安縣志》卷十七題『被拘宿下馬嶺』。

晨起

狐死無緣更守丘，〔一〕家山回首泣松楸。杲卿忍死猶含血，〔二〕蜀將臨危便斫頭。〔三〕虹影截開千嶂雨，雁聲驚破一天秋。若將成敗論人物，空使英雄淚更流。並收入《弘治嚴州府志》卷十八、《〔嘉靖〕淳安縣志》卷十七及《元詩選補遺》。

〔校勘記〕

〔一〕守：《弘治嚴州府志》卷十八同；《〔嘉靖〕淳安縣志》卷十七、《元詩選補遺》均作「首」，揆諸典故當是。

〔二〕杲卿：底本誤作「杲鄉」；據《弘治嚴州府志》《〔嘉靖〕淳安縣志》及《元詩選補遺》改。

〔三〕便斫頭：《元詩選補遺》同；《弘治嚴州府志》卷十八、《〔嘉靖〕淳安縣志》卷十七作「願斫頭」。

感事

浮生自嘆楚囚悲，無復操戈駐日暉。〔一〕萬里山河空有恨，半生事業竟成非。愁來得酒易爲醉，夢裡回鄉不當歸。白石山前一回首，風沙滿眼淚沾衣。

〔校勘記〕

〔一〕操：底本作「摻」，辭義不通；按底本刻劂「參」「喿」不分，揆諸文意此處應作「操」字。徑改。

難中

岑崖失脚嘆途窮，回首家鄉一夢中。紅葉有聲悲落日，黄花無主泣西風。屈原自不愁湘水，諸葛猶懷佐漢中。欲死至今未得死，含羞繫累渡江東。並收入《元詩選補遺》。

挽汪遯齋

千里相逢慘别離，舊時城郭已成非。客從海上騎鯨去，夢入遼東化鶴歸。盂飯空澆寒食酒，綈袍回憶故人衣。朔風翹首龍山路，慘慘江雲翳夕暉。

次建中梁先生感懷韻

文章光燄敵韓豪，豈爲功名半世勞。巢父棹頭滄海去，希夷鼾睡華山高。無魚何處堪彈鋏，買犢何人更賣刀。試問任公東海釣，聯鰲何日出波濤。

清明得酒

無花無酒度芳辰，寂寞空山嘆隱淪。顧我豈無青眼客，及門還有白衣人。杏花村外何勞問，竹葉盃中自有春。坐見陽和淪骨髓，熙熙同是葛天民。

富陽書事

松竹號風起怒濤，驚雷掣電下林皋。籜龍萬個出頭角，綵鷁千艘樹羽旄。雨過鹿山雲氣少，潮回漁浦浪痕高。酒醒夢覺天空碧，座上相看有二豪。

渡浙江（二）

晚隨煙棹渡錢塘，迢遞關山路道長。鐵馬東馳森劍戟，臺烏南指肅風霜。白波浩蕩連滄海，綠樹微茫半夕陽。彷彿金陵江上路，鍾山爭似越山嵢。

【校勘記】

〔一〕浙江：底本作『淅江』；版刻中『扌』『木』多相混，揆諸文意顯爲『浙江』，徑改。

蘭雪齋

爨下焦桐憶古琴，堦庭玉樹歲寒心。南風已解吾民愠，流水寧忘太古音。珮冷空遺湘浦恨，調高誰和郢中吟。北山蕙帳聞明月，鶴唳松風萬壑深。

青溪魯道原先生詩集卷第五

元魯淵本齋著
後學禹航鮑楹訂正
後裔魯廷俊、魯昱、魯師宣仝較

七言絶

筆生

大棒長鎗盡策勳，〔一〕賦詩横槊總能文。經綸待用如椽筆，一掃關河百萬軍。

【校勘記】

〔一〕大棒長鎗：底本作『大捧長鎗』，按『大棒長鎗』『賦詩横槊』均屬並列短語，又前後呼應。版刻中『扌』『木』多有混用，此處『捧』宜視作『棒』字異體。徑改。

題山水圖

數點青山煙外稠，緑波芳草落汀洲。江頭近夜風波惡，早卸蒲帆繫客舟。

題謝太傅東山圖〔一〕

西眺庭前江水流，白雲紅樹思悠悠。英雄猶灑新亭淚，却向東山携伎遊。

【校勘記】

〔一〕謝太傅：底本作『謝大傅』，徑改。

牧牛圖

養牲不慱秦廷禄，扣角猶慚寧戚歌。横笛一聲江上晚，雨晴牛背好山多。並收入《元詩選補遺》。

半月樓

半規寒玉掛南樓，照見娥眉横素秋。大地山河元不改，争教如鏡復如鉤。

雞冠花圖

峨峨絳幘露凝秋，彷佛雄聲報曉籌。好是内園初鬬罷，紅羅纏項却回頭。並收入《元詩選補遺》。

周氏山水圖

山外青山樓外樓，白雲紅樹滿林秋。若耶溪上雲門路，欲買扁舟作勝遊。並收入《元詩選補遺》。

風梅

冰肌玉骨下瑶臺，縹緲遊僊夢未回。恰似孤山風雨夜，瓊英顛倒落蒼苔。

屈竹

盤紆蒼玉出篔簹，翠拂寒梢鳳尾蒼。一種堅貞君子操，〔一〕未應屈節受風霜。

【校勘記】

〔一〕操：底本作『摻』，辭義不通；按底本剞劂『参』『喿』不分，揆諸文意此處應爲『操』字。徑改。

除夕立春偶成口號三絶

去年客裏過除夕，猶憶椒花頌北堂。今夜孤燈苕水客，夢魂和淚到家鄉。並收入《元詩選補遺》。

其二

枕屏書畫到梅花，兒女傳盃笑語譁。孤館寒燈今夜客，見人兒女却思家。並收入《元詩選補遺》。

其三

寒氣頓從今夜減，陽和應傍五更回。新年曆日從誰問，天使還從海上來。

怡雲軒爲僧玉翁作

高人心共白雲閒，分與山中屋半間。只許長年自怡悦，不教蹤跡到塵寰。

題明皇回顧楊妃上馬圖

玉環上馬嬌無力，恩重君王顧盼多。若爲蒼生一回首，宫車寧到馬嵬坡。

貢院和張光弼員外

留侯辟穀知幾日，張翰思蓴適志時。我亦一生江海客，扁舟幾欲問天隨。

有感

我愛葵花能向日，誰裁萱草解忘憂。感時無復繁華夢，不上錢塘舊酒樓。並收入《元詩選補遺》。

其二

望斷中原草木荒，山河舉目淚淋浪。石鯨鱗甲秋風動，誰向昆明出寶方。

題柯學士石縣尹共作木石圖

山中不見丹丘子，地上空懷黃石公。悵悵人間看圖畫，寒槎老木幾秋風。

蛙吹軒

將軍空嘆華亭鶴，遷客愁聞巫峽猿。何似小軒春夢覺，卧聽蛙鼓到黃昏。

叢林挾彈圖

嘉樹陰濃露未乾，碧雲滿地躍金鞍。高枝應有安巢鳥，莫遣王孫挾彈看。

雪屋

寒窗汲水煑團茶，學士清貧足自誇。爲問重裀行酒後，只今卧榻屬誰家。

答曹繼善

紫蓋峰前落葉秋，清溪江上水空流。故鄉耆舊從誰問，慘慘寒風滿地愁。

題明皇兄弟五馬圖

五馬連鑣不動塵，棣花光映玉堦春。誰知舞罷霓裳曲，不憶諸王憶太真。

烏犍圖

柳陰細草牧烏犍，柳外農夫種水田。惆悵東南兵火地，按圖還憶太平年。並收入《元詩選補遺》。

題陶靖節像

我愛晉朝陶處士，葛巾野服只依然。風霜不老東籬菊，栗里還書甲子年。

題周履常所藏柯敬仲畫竹

丹丘僊子玉堂客，竹石槎牙筆底開。只恐歲寒枝葉改，悞他阿閣鳳歸來。

題段提舉墨跡

白首詞臣老玉堂，扁舟夢斷白雲鄉。鸞翔鳳翥空陳跡，猶帶瓊林雨露香。

青溪魯道原先生詩集卷第六

元魯淵本齋著
後學禹航鮑楹訂正
後裔魯嵩、魯超、魯廷瑞仝較

賦

感舊賦

至正丁酉秋，余辟地杭之唐昌。明年春二月，由杭之越，道阻，弗克歸。九月六日，索居僧舍。時風雨蕭然，百感交集，追懷往事，遂爲《感舊賦》云。

居悒欝其坎坷兮，念予生之罔極。睇江漢之風塵兮，嘅長途之荆棘。昔予之既有知兮，絅短度於繩尺。遡大鶩書林以朝馳兮，游藝圃而夕息。秉聖哲之謨訓兮，期顛沛而靡忒。勸予駕兮鄉闈，導予舟兮江北。遡大河之漫漫兮，覽中原之陳迹。瞻帝京之崔巍兮，探芳名於掛藉。夫豈不邀榮于一科兮，曾無補於時艱。拜具慶以南歸兮，履霜露之間關。屬干戈之孔熾兮，駕行服於征驂。曰王事之驅馳兮，曾莫知余力之不堪。既時事之孔寧兮，攄予志于鶴坡。紛羽檄之總總兮，愧撫字于徵科。策駟騎于東浙兮，〔一〕喪嚴君而返哭。駕靈車于言旋兮，邁行塗於水陸。奉窀穸于先塋兮，靈龜告予以佳卜。豈衰絰之在疚兮，重干戈而荼毒。憫生靈之塗炭兮，痛疾疢于膏肓。駕皮牛而駸蹇驢兮，服騏驥于車箱。嗟世俗之莫吾與兮，又何有此此鄉。〔二〕保余身之素履兮，遁余跡于唐昌。佩慈母之家訓兮，俾遠遁而深藏。粤危途之險巇兮，亦胡爲乎此邦。割恩愛以啓途兮，掩余涕之浪浪。夫豈不欲舉家而遠適兮，有兵革之狓猖。時憑高以回首兮，躋白雲之飛揚。瞻越山之蒼蒼兮，俯鏡水之洋洋。睠古人之綈袍兮，聊容與而周張。鴈飄飄而東翥兮，藐音信之茫茫。杳鄉關之遼絶兮，徒終天而永傷。顧忠孝之靡及兮，曷遂予之初心。白日不照吾之忠誠兮，夫何余力之不任。偉歲寒之松柏兮，豈草木而同萎。矢予心而弗諼兮，全余節而靡虧。彼狗時而改度兮，紛勢利以奔馳。徒摇尾以乞怜兮，何曾愧而何知。予將吁九天之閶闔兮，跪敷衽以陳詞。安得見威儀于漢官兮，歌雅頌于唐碑。顧訟言以自詔兮，庶遺訓之在茲。往者不可復兮，冀來者之可追。

〖校勘記〗

〔一〕東浙：底本作『東淅』，版刻中『扌』『木』多混用，揆諸文意顯爲『東浙』，徑改。

〔二〕此此鄉：『此』字疑重出。

魯淵集補遺卷第七

魯淵詩補遺

題蘇軾畫記

急雨苕谿小繫船，手披翰墨憶坡僊。故家文物今煨燼，撫卷題詩一慨然。□□曲阜魯淵。『魯氏道原』朱文方印。

整理者按：見臺北故宮博物院藏蘇軾《畫記》書卷拖尾，正文後有宇文公諒、魯淵題識。

〔附〕蘇軾《畫記》書卷（臺北故宮博物院藏）：

畫記

余嘗論畫，以爲人禽宫室器用皆有常形。至於山石竹木，水波煙雲，雖無常形，而有常理。常形之失，人皆知之。常理之不當，雖曉畫者有不知。故凡可以欺世而取名者，必託於無常形者也。雖然，常形之失，止於所失，而不能並其全，若常理之不當，則舉廢之矣。以其形之無常，是以其理不可不堇也。世之工人，或能曲盡其形，而至於其理，非□□逸才不能辨。與可之於竹石枯木，真可謂得其理者矣。如是而生，如是而死，如是而攣拳瘠蹙，如是而條達遂茂根莖節葉，牙角脉縷，千變萬化，未始相襲，而各當其處。合於天造，厭於人意。蓋達士之所寓也歟。昔歲嘗畫兩叢竹於净因之方丈，其後出守陵陽而西也，余與之偕別長老道臻師，又畫兩竹梢一枯木於其東齋。臻方治四壁於法堂，而請與可，既許之矣，故余并爲記之。必有明於理而深觀之者，然後知言之不妄。元豐三年端陽月八日，眉山蘇軾于浄因方丈書之。

〔附〕宇文公諒題跋〔見臺北故宮博物院藏蘇軾《畫記》書卷拖尾〕

東坡先生以雄文直節高一代，而其英偉秀傑之氣發爲翰墨者，姿態橫生，鋒穎遒勁，尤非時人之所能及。此帖文簡意足，不易得也，好事者宜寶藏之。至正十九年龍集己亥四月既望，後學雙流宇文公諒謹題。〔首鈐『學易齋』朱文長印；篇末自上而下分別鈐蓋『常州宇／文公諒／子貞章』朱文方印，『忠直／垂家』朱文方印。〕

友人唱和

奉陪杭右丞程禮部以文宇文憲僉子貞魯縣丞道原宴周左丞伯温館舍時聞河南李平章恢復中原

王逢

西湖館舍開新秋，三峰倒影紫翠流。白馬彫戈駐逵道，金魚玉佩羅林丘。二孤五老獨神往，八公六逸同天遊。時維小康况大比，萬乘少紓東南憂。如澠之酒官寺送，風生酒波鱗甲動。荔子漿凝赤露香，鵝肪炙作黄冰涷。歌袖頻熏婆律膏，渴羌解奏參差鳯。右丞閥閲霄漢逼，諸叟文章臺閣重。罘罳鬖鬖落日凉，菱花蘧葉掩冉光。鶩飛先自有烏鵲，寡宿未必無鴛鴦。堯封禹跡煙莽蒼，宣髮固短憂心長。側聞汴破濟欲下，百姓亦望臨淮王。山人厭亂喜莫量，笑整冠帶爲舉觴，醉後不登嚴武牀。《梧溪集》卷三；並收入《列朝詩集》甲集前編第四、《元詩選初集》辛集。

寄魯道源提學

王逢

謝病儒臺客，從來結友生。左官辭板授，弟子賴經明。孔座尊常緑，雷津劍合鳴。嘉魚厭客邸，只少各歸畊。

《梧溪集》卷三；並見《〔崇禎〕松江府志》卷三十，惟後者題『貝瓊寄魯道源提學』。

儉德堂懷寄

王逢

魯道原，名淵，淳安人。由進士累遷浙西副提學。張太尉稱王，擢博士。今召拜官，並辭還山。

我采雲間藥，公歸白下船。相期文苑傳，獨立義熙年。北斗横山閣，西風熟隴田。季長門地盛，曾不讓彭宣。

《梧溪集》卷五。

〔附〕《〔崇禎〕松江府志》卷三十：

王逢贈魯淵辭官還山詩：『我采雲間藥，公歸白下船。相期文苑傳，獨立義熙年。北斗橫山閣，西風熟隴田。季長門地盛，曾不讓彭宣。』

貝瓊寄魯道源提學：『謝病儒臺客，從來結友生。左官辭板授，弟子賴經明。孔座尊常緑，雷津劍合鳴。嘉魚厭客邸，只少各歸耕。』

讀貞燕記有懷魯道原提學《記》附。

王逢

天涯老孤臣，想像賦貞燕。空梁屢泥落，故渚自冰泮。影托明鏡鸞，夢接長門雁。飛雲軒不歸，自語清商怨。元貞二年，雙燕巢于燕人柳湯佐之家。一夕，家人以燈照巘，其雄驚墜，猫食之。雌彷徨悲鳴不已，朝夕守巢哺諸雛，成翼而去。明年，雌獨來，復巢其處，人視巢，生二卵，疑其更偶。徐伺之，則抱獨之㲉爾。自是春去秋來，凡六稔。觀者譁然，目爲貞燕云。長沙馮子振記。《梧溪集》卷四；並收入《元詩選初集》辛集。

紫岡贈華亭徐克振書其邑丞魯淵道源序後有序。

王逢

克振，名振。少孤哀，大父母保育誨字，底成立。振克敬克事，大父母歿，苫寢蔬食，廬墓六寒暑，猶一朝夕。逢謂盡禮盡思之道，振以孫行之大父母，孝矣。詩曰：

眷眷海瀆，匪澤斯鹵。歸岡紫土，孝徐振所。伊孝云何，蚤背恃怙。維大父子撫，維大母子煦。緥而抱，觿而膝。髫塾冠室，愛猶一日。乃絅乃文，乃玉乃質。侍靡頃失，大父母胥喪。毀瘠痛呻，蔬麻甴苦。義弗閒親，闔閾罔踰。禮經是循，百六十旬。綿瓞有瓜，孫枝有桐。霜寒雨春，油油于衷。爰主維尸，爰亢維宗。手口澤存，亦目觸涕從。山始崑，江源岷。鷹豺仁，人曷不人。於昭者天，相在爾振，尚禄爾後雲。《梧溪集》卷四。

贈魯道原縣尹時客授璜溪呂氏大兒掖從讀春秋

王逢

河決多橫流，世亂無完家。由來鄜州月，照人生戚嗟。郎官有故鄉，宛在桐江涯。兩邊久荆棘，孤村自桑麻。慨想回文機，永夜燈垂花。殷勤王母使，時復降紫霞。佳兒侍元方，弟子進侯芭。鞶帶寒執經，綵衣日將車。並期登龍虎，殊鄙註蟲蝦。諸侯不能臣，忠義抑爾嘉。北風健駟馬，南斗通靈查。再陳喻蜀檄，閭里被光華。

《梧溪集》卷四。

覽魯道原提學舊送伯顏守仁會試序道原，淳安人。守仁善畫竹。

草玄收子雲，養生殺叔夜。言從奚行違，腹誹或唾駡。魯公山澤姿，天子策親射。一丞丁喪亂，累辟力辭謝。影息還棲猿，臍退食柏麝。茲文氣忠激，玉杓迴紫華。匪惟振懦頑，實是裨教化。千厓天機露，萬水淮海瀉。鋤菜少我匹，畫竹無爾亞。每過鄭同襟，徑去阮獨駕。春暄會飛舄，兩兩淳安下。帶蘿拂松花，絮酒瀝蘭藉。

尚懷推兄行，繆敬沈元舍。兒掖後執經，燈前講王霸。特立筆已矣，竊喜絹增價。爲移淇澳陰，茅齋挹清暇。沈元之，杭士，重義好客。嘗辭文學官薦。《梧溪集》卷六。

趙文敏所畫唐人馬楊鐵厓魯道原二提學詩後爲桃樹浦王叔閏題

肉駿花驄真權奇，彷彿出浴西瑶池。細觀元是勑賜太卿者，鄧公奪取少陵哀賦詩。黝雲湧身霜四蹄，一目冀北空駃騠。全神勃王房駟黯，雙耳尖卓昆侖低。奚官玉面如滿月，豪猪鞹靴鞓佩玦。烏巾漆光袍錦鮮，轡絲牽之驄欲活。云誰手貌趙松雪，復書杜詩成兩絶。廉夫道原鑑題品，世殊薦要山人跋。山人數齒六十來，分甘款段終蒿萊，掩卷萬里風霾開。《梧溪集》卷七。

寄鄉人魯道原贊府

邵亨貞

七里灘頭野燐紅，鄉關隔絶夢魂同。由來王伯興衰際，總在《春秋》筆削中。蘭佩無時懷遠渚，荷衣終古耐秋風。相期共載華亭月，歸訪雙臺把釣翁。《蟻術詩選》卷六；並收入《元詩選補遺》。

秋江送別 贈魯淵、劉亮。

題施耐庵

〖北雙調新水令〗西窗一夜雨濛濛。把征人歸心打動。五年隨斷梗，千里逐飄蓬。海上孤鴻。飛倦了這黃雲隴。

〖駐馬聽〗落盡丹楓。莽莽長江煙水空。別情一種。江郎作賦賦難工。柳絲不爲繫萍蹤。茶鐺要煮生花夢。人懵懂。心窩醋味如潮涌。

〖沉醉東風〗經水驛三篙波緑，向山程一騎塵紅。恨磨穿玉洗魚，怕唱徹瓊簫鳳。盡抱殘茗碗詩筒。你向西來我向東。好倩個青山互送。

〖折桂令〗記當年邂逅相逢。玉樹蒹葭，金菊芙蓉。應也聲同。花間嘯月，竹裡吟風。夜聽經趨來鹿洞。朝學書換去鵝籠。笑煞雕龍。愧煞雕蟲。要論交白石三生。要惜別碧海千重。

〖沽美酒〗到今日短檠前倒碧筒。長鋏裡掣青鋒。更如意敲殘王處仲。唾壺痕擊成縫。蠟燭淚滴來濃。

〖太平令〗便此後隔錢塘南北高峰。隔不斷別意離悰。長房縮地恐無功。精衛填波何有用。你到那山窮。水窮。應翹着首兒望儂。莽關河有月明相共。

〖離亭宴帶歇指煞〗說什麼草亭南面書城擁。桂堂東角琴弦弄。收拾起劍佩相從。撩亂他落日情，撩亂他浮雲意，撩亂他順風頌。這三千芥子多做了藏愁孔。便傾盡別筵酒百壺，猶嫌未痛。那堤上柳贈一枝，井邊梧題一葉，酒中梨傾一甕。低徊薜荔牆，惆悵薔薇櫳。待他鶴書傳奉。把兩字兒平安，抵黃金萬倍重。

《全明散曲》原跋：此套曲輯自趙振宜、黃俶成《民間傳抄爲施耐庵作的一套散曲》一文（見《曲苑》

一九八四年第一輯」。據該曲提供者周夢莊介紹，此曲係一九三六年他於白駒鎮施氏宗祠施逸琴處獲得，施逸琴抄自何處無考，僅稱傳自上代。白駒鎮屬江蘇興化縣，離鎮九公里有施家橋莊。魯淵，字道原，淳安人，元進士，張士誠起義，被聘爲博士。劉亮，字明甫，吴郡人，亦曾仕於張士誠。謝伯陽《全明散曲》。

徐尊生集

青溪贅翁詩集卷首

徐大年先生文集序〔一〕

王褘〔二〕

天下之物，其可尚者，在於適用而已。是故錦綉珠貝犀象之屬，皆物之適用者也，然而奇焉。惟其奇也，故人用之不能常，適用而可常者，其惟布帛穀粟乎。寒焉而乏錦綉，無害也，而布帛不可乏；〔三〕飢焉而缺珠貝犀象，無傷也，而穀粟不可缺。故人無貴賤，一皆用之，不可以一日廢。物之適用而可常，豈復有出于此者乎。嗟乎！文章之爲物，其亦類于是矣。彼其奇者，雕詞繪句，組織而成章，使人觀之，〔四〕鏃目鉥心而駭罕有焉，〔五〕而亦孰知其爲奇也，譬如錦綉珠貝象犀之不可以常用也。若夫文從字順，而辭足以達其意。叙事也，則秩焉而無所紊；狀物也，則質焉而無所誇。若無華也，而有至華寓焉；若無味也，而有至味存焉。是不猶布帛穀粟之適用而可常者乎。蓋吾於嚴陵徐君大年之文，而知爲然也。

大年自少篤學，於書無不讀，而於《春秋》尤通。雖僻處山林，而文章之名著于浙東西者久。其所爲文，所謂文從字順而足以達其意者也，所謂叙事秩焉而不紊，狀物質焉而不夸者也。大抵務以辨明道理，發揮學術，而不暇爲他人媚世諂俗之詞。謂爲布帛穀粟之文，豈不信哉。余家浙水東，去嚴陵雖遥，然與大年相知而未識也。去年，同被詔纂修《元史》，始朝夕得相親，盡得其文而讀之，大年因属余爲之序。余觀大年之文如此，是足以成其家矣夫，豈有不傳者歟。大年爲人簡静敦慤，不蘄人知。一時同預史事者皆被擢拔，而大年獨謙退，不樂爲時用，以布衣還故山，人以是益高之。其他所著述，有《春秋公羊傳習讀》《春秋五論》，皆别爲書以行。

洪武三年六月甲子，翰林待制總裁董治國史金華王褘序。〔六〕並見《贅叟遺集》卷首、《厚屏福派徐氏宗譜》卷十。

【校勘記】

〔一〕徐大年先生文集序：《徐氏宗譜》卷十同；《贅叟遺集》作『徐徵君大年先生文集序』。

〔二〕王褘：姓名爲整理者所加。

〔三〕布帛：《徐氏宗譜》卷十同；《贅叟遺集》作『帛布』。

〔四〕觀之：《徐氏宗譜》卷十、《贅叟遺集》作『覩之』。

〔五〕鏃目鉥心：《徐氏宗譜》卷十、《贅叟遺集》作『鑯目鉥心』，當是。

〔六〕王褘：底本、《贅叟遺集》及《厚屏福派徐氏宗譜》卷十均作『王褘』。按宋濂《送王子充字序》：『同門友王君子充謂濂曰：「褘名凡三易，初名偉，次名湋，後復更今名。文雖易，皆從韋者，以其聲之近也。」』宋濂暢其意曰：『夫褘之爲物，古之蔽膝，所以被于裳衣之上覆前者也。』（《文憲集》卷九）揆諸音、義，當以『褘』字爲是。今改之。

【附】《贅叟遺集》書末：

贅翁懷歸詩文稿書後　弘直作

君子之道，貴乎時中。《易》曰：『損益盈虛，與時偕行。』故孟氏稱孔子『仕、止、久、速，各當其可』，合乎聖之時，其於夷之清，尹之任，惠之和，俱有過高不及之弊焉。吾太祖大年公生平孔子千八百年之後，愚竊以爲庶幾乎孔子之徒也。何也？當胡元多事之秋，絶意功名，不求聞達，樂《考槃》之嘉遯，玫《春秋》之異同，是隱居以求其志也。值大明革命之日，徵書特聘，幡然而起。初執筆於《元史》，再議禮於頌臺，是行義以達其道也。及其史、禮之完，即辭禄而賦歸，不以一毫得失而欣戚，所謂志於道德之士，而功名富貴不足以累其心也。抑且著書立言，以昭垂於今日，使爲百世衣冠之券記，又豈潔身亂倫之徒而忘義狥禄，無補於後之來者哉。及覩所著《春秋五論》，黜三家之苛刻繳繞，明孔氏之簡易謹嚴，苟非得夫聖學之真傳，其孰能哉。愚是以竊爲孔子徒也。或者以爲至正喪亂，世道陵夷，隱居獨善可也。逮我太祖高皇帝洪武肇基，文軌混同，亂極思治，士之懷藏所藴，正當兼善天下，况公有可仕之幾。而汲汲懷歸，豈不貽不仕無義之誚乎。吁！是豈知夫公之志哉。蠱之上九，亂當復治，衆皆有爲，亦有不事王侯、高尚其事之戒。是以東漢初興，嚴光不屈，而後世高之。公之心，合此義也。雖然，纂前代之史，議當今之禮，皆孔子反魯之事，固足以施於有政矣，又奚其爲爲政哉。直以不敏，忝生八世之後，去公二百餘年。既未得親炙於其前，又未能私淑於其後。所聞所見，不過言語文字之間。顧其筆藁散出無緒，年久蠹壞，而掇拾於糟粕之餘，僅存什一而已。惜乎其《春秋公羊經傳習讀》等書不盡傳於世也。噫！謹以訓講之暇，分門別類，採而録之，愧未免於魯魚鹿虎之患也。熟玩詳味，因得究觀公之出處合乎聖人『時中』之道，故書仰慕之私於左方云。大明萬曆戊寅春三月壬子，厚屏八世孫弘直謹書。

徐徵君大年先生傳

徐徵君大年，諱尊生，號贅民，老曰贅叟，淳安厚坪村人。〔一〕曾祖應庚，字夢白。祖梅叟，號春亭。父直之，字仲儒，〔二〕數世皆耆儒，而厄于宋元之際，不樂仕進，號其所居之地曰『考槃』，以見志焉。先生生于延祐庚申七月六日，幼極穎悟，長而淹博，善著述，時譽藉藉。〔三〕當南宋嘉定、嘉熙間，鄉先生錢融堂時以道學鳴，融堂，徐之自出，先生高、曾而下，世授其業，藏其遺書，敦行允蹈，故先生之學遠有基緒。亦隱居不仕。迨洪武初，詔選遺逸之士修《元史》，翰林修撰新安鮑綱以公之名薦。二年正月，使者以徵命至，致期甚迫。乃以三月至京師，授翰林應奉文字，官國史編修，隸總裁宋公濂、王公禕，〔四〕及諸儒操琬、汪克寬、胡翰、趙汸、陳基、趙壎、曾魯、林唐臣、貝瓊、張文海、黃篪、傅恕、王錡、傅著、謝徽、高啓、唐肅等一十八人共修《元史》。八月癸酉，史成進呈。上面諭多士，賜銀帶，賞賚有差，其壯而可仕者授以職，老疾者聽其歸。公年五十，即首出引年求退，上允其請。既陛辭，總裁官以壬申君三十六年間事蹟未有載籍，弗克纂修，方遣官訪求未返，乃復奏留之，俾入禁中修日曆。既而春官議修《大明集禮書》，三年正月，改公入禮局，與梁寅、徐一夔等共事，〔五〕復二十餘人。編禮既半，採訪遺書者至，於是史館及禮部共爭先生，而先生汲汲欲歸，遂固辭史事，卒爲禮部所留。〔六〕七月，禮書成。不待進，固申前請，奉命有司具禮傳送以歸。先生爲人，樂易謙退，色壯而氣和。國子、翰林、太常諸公雅相愛重，咸欲舉爲其屬。方是時，明鼎初建，以法繩臣下嚴，頗有淫刑。先生以故不樂仕進，雖其隸春官，日與朝之大臣修明禮樂，常垢衣弊屣，爲山林憔悴之容，于是當事者不能奪其志。其歸也，同里俞溥士淵贈之詩曰：『忍聞才御史，竟作豹留皮。』言近事也。先生荅之以爲：『刀鋸身難試，煙霞跡自縻。懸知東市日，不似北山時。』蓋其見幾高蹈，惟故里窮交識其微旨，而諸公或未之知也。先生既歸，復隱居教授，從遊者益衆。後十餘年，大臣論薦，復召入京，不强以職事，但侍上議論。會有譖之者，先生知不可久留，又固辭還山，拂上意，出爲陝西教授，未行而卒。

徐徵君大年之學，其源出自錢融堂。所著有文藁四本，《春秋公羊經傳》十四卷，《春秋論》一卷，《懷歸稿》一卷，又《京都贈言》一集，則史館告歸相知諸公餞送贈行之作，而非公所自著也。集藏於家，無刻本，歲久散亡略盡。惟《懷歸稿》與《春秋五論》僅存。先生八世孫弘直于萬曆初年取《懷歸集》中詩文分類編録，〔七〕旁摭鄉黨親舊間所傳先生詩文數篇，〔八〕雜入其中，以爲全集，而仍留其詞句中顯著懷歸之意者，以存原稿之舊。卷帙雖分，什七八皆應聘入都一二年間所作耳。其他遺軼甚多，自弘直時便謂止程少參家有藏本，求之不可得。乃弘直抄本又已百年，〔九〕斷爛糜滅，〔一〇〕幾不可讀，及今不傳，不復存矣。

青溪先正，如夏大之溥、邵德芳桂子、洪石峰震老、〔一一〕方以愚道翯輩皆抱盛名推重，前輩吉光片羽，時或得其彷彿，而滄桑變更，子孫凋替，遺文餘集一皆蕩爲飄風，散爲冷灰。嗚呼！誰謂立言垂世可易冀哉。辛未秋閏七月丙子，〔一二〕損菴楹識。並收入《厚屏福派徐氏宗譜》卷十。

【**校勘記**】

〔一〕厚坪：《徐氏宗譜》卷十作「厚屏」。

〔二〕仲儒：《徐氏宗譜》卷十作「仲孺」；又按《青溪贅翁詩集》正文部分亦作「仲孺」。

〔三〕藉藉：底本作「藉三」，不通；《徐氏宗譜》卷十作「藉匕」，當是，「三」或爲重文符「匕」傳寫之誤。據《徐氏宗譜》改。

〔四〕王褘：原書並《徐氏宗譜》卷十作『王禕』，宜爲『王褘』之誤，徑改。
〔五〕共事：《徐氏宗譜》卷十無『事』字。
〔六〕禮部：《徐氏宗譜》卷十作『禮局』。
〔七〕弘直：《徐氏宗譜》卷十作『弘值』，後同；按《徐氏宗譜》卷三譜名亦作『值』字。
〔八〕親舊：《徐氏宗譜》卷十作『親戚』。
〔九〕百年：《徐氏宗譜》卷十作『百餘年』。
〔一〇〕糜滅：《徐氏宗譜》卷十作『磨滅』。
〔一一〕洪石峰：底本誤作『供石峰』，據《徐氏宗譜》改。
〔一三〕辛未：《徐氏宗譜》卷十作『康熙辛未』。

〔附〕《厚屏福派徐氏宗譜》卷十《家傳》：

尊生公本始傳

公母初夢金星墜地，變成老人，衣冠異常，謂曰：『我，少微主人也，帝命我帶金玉到母家。』忽見精光閃爍射人，母驚醒而娠，生公於厚屏村山亭園高堪穿心官道頭，舊基鳳儀堂也。公之顯悟，出自天成。十歲經子悉通，十五窮究諸史。爲文不尚浮靡，務談道學，敷經濟。謂友人曰：『舉子業何足了吾人一生。』乃悉屏去，一以窮理盡性爲功。慮未獲模範，聞金華許謙先生得經史之學，爲聖賢正脉，往從之。先生教以五性人倫爲本，分辨義理爲先。由是與王褘、〔整理者按：王褘，原書作『王禕』，宜爲『王褘』之誤，後文『與臣王褘、危素等十有八人同修《元史》』不誤。徑改。〕

危素爲友，同游許氏之門。二年而歸，專意於《春秋》。觀聖人所志，神情久相契合，老年所造，品詣孤高，而其文剛勁。公之高叔祖鎔公從學錢融堂，祖梅叟公又從學融堂之子誠甫，皆得融堂著述。家藏之遺書，公取以印證所學，先後同揆，心精孚會，益以自淑，而淵源有自。方二十七歲時，與錢敬之遊嚴陵，登釣臺，觀子陵遺跡，喟然嘆曰：『此千古高人也。』乃與錢子歸，俱以高尚爲事，不復應試。時嘗以詩文論道相酬答，名利之心俱除。及元祚告終，大明聖天子出龍飛。洪武二年己酉歲，下詔求賢。知友鮑尚絅〔整理者按：鮑尚絅，原書作『鮑尚炯』，徑改。〕乃以公名首薦諸朝。使者至淳，禮請再三，促就道。公以三月至京，與臣王褘、危素等十有八人同修《元史》。至八月，纂集評定竣事，具表進覽。皇心懌悦，各賜銀帶，賚予甚豊。除官者大半，不願仕者聽。公乞歸。既陛辭，翰林院臣以壬申元順帝事實未備，奏留之，俟遣使搜訪。久之，未至。既而詔下，編禮書。庚戌春正月，復入禮局，同事二十餘人。七月，書成，不待進即告歸，以八月至家。自被召及在官至歸來，凡閲月十有七，無日不思歸。見之詩詞者可記，有《懷歸藁》一集。公初自號曰『贅民』，及老曰『贅叟』，人稱之曰『贅翁』，其召入史館曰『白衣太史』，其乞歸曰『歸來子』，曰『山中之人』，屢出而棄官，則曰『瀛州退吏』。號其所居之地曰『考槃』，取《衛風》盤桓衡泌之意，以見其不樂仕進之志也。後因學士宋濂乞致仕於上歸家養親，上問：『卿歸，孰可代者？』濂以公之名對。乃復召赴京，拜翰林應奉，兼承事郎，同知制誥，兼國史院編修，草制悉稱旨。尋以老疾歸。所著有《春秋公羊傳習讀》十有四卷，《制誥》二卷，京都士大夫《還鄉贈言》并《懷歸》等稿二十卷。又數年，當道者復薦。帝思其賢，復召入京，不强以職事，但侍講論而已，大得上意。左右有不悦者，數譖之。公知其不可久留，又固辭還鄉，拂上意。故出爲陝西教授，未之任而卒於道，以血喪歸葬於徐氏家廟。後一弟諱同生，字本初，洪武十四年舉仁才，授廣西桂林府同知。子二：長曰昌胤，〔整理者按：昌胤，《厚屏福派徐氏宗譜》卷三作『昌引』。〕字抄仲，任工科給事；次昌雄，未仕。後因同生公爲官糧被劫卒，其子昌緒、昌期、昌齡俱充陝西臨洮衛軍。昌胤上疏求父，亦充廣西懷集守禦千户所軍。其弟昌雄、子田夫從兄在衛。夫以賢者之後，而不稍蒙赦宥之條，豈皇恩壅滯，抑國初法密，不容私耶。然公之清風亮節，其人品固千載不朽也。後以洪武三十一年入鄉賢祠享祀。萬曆丙辰復修祠宇鳳儀堂，輸銀六兩，有石碑存記。徐道立名。

〔附〕《〔嘉靖〕淳安縣志》卷十二：

徐尊生，字大年，七歲能詩，十五善爲屬文，經史諸子百家之書靡不淹貫，而隱居不仕。洪武初，以遺逸舉，與脩《元史》。竣事，俾編禮書，脩日曆。時翰林學士承旨宋濂乞致仕，上問：『卿歸，孰可代者。』濂以尊生對，乃拜翰林應奉，階承事郎，草制悉稱旨。尋以老疾歸。所著有《春秋論》一卷，《制誥》二卷，《懷歸》《還鄉》等藁二十卷。〔《〔順治〕淳安縣志》卷二、《〔康熙〕淳安縣志》卷十同。〕

〔附〕《弘治嚴州府志》卷十六：

徐尊生，字大年，淳安人。七歲能詩，十五善屬文，經史諸子百家之書靡不淹貫，而隱居不仕。洪武初，以遺逸舉，與脩《元史》。竣事，俾編禮書，脩日曆。時翰林學士承旨宋濂乞致仕，上問：『卿歸，孰可代者。』濂以尊生對。乃拜翰林應奉，階承事郎，草制悉稱旨。尋以老疾歸。所著有《春秋論》

一卷，《制誥》二卷，《懷歸》《還鄉》等藁二十卷。〔《〔萬曆〕嚴州府志》卷十五、《〔乾隆〕嚴州府志》卷十九同。〕

〔附〕《〔乾隆〕淳安縣志》卷十：

徐尊生，字大年，號贅民，老曰贅叟，厚平村人。洪武初，選士修《元史》，翰林修撰鮑綱以公名薦，授翰林應奉文字，隸總裁宋公濂、王公禕，及諸儒汪克寬、胡翰、趙汸、貝瓊、高啓等十八人共修《元史》。史成，賜賚有差，壯者授以職，老疾者聽歸。公年五十，即引年求退，上允其請。總裁官以壬申君事蹟未纂修，復奏留之，俾入禁中修日曆，既而改入禮局。禮書成，不待進，固申前請，命有司禮送以歸。方是時，明鼎初建，以法繩臣下，嚴公以故不樂仕進也。後十餘年，大臣論薦，復召入京，又固辭，拂上意，出爲陝西教授，未行而卒。公之學，其源出自錢融堂。所著有《春秋公羊經傳》十四卷，《春秋論》一卷，《懷歸稿》一卷。

青溪贅翁詩集卷第一

明徐尊生大年氏著
後學禹航鮑楹訂正
會稽唐炌，同邑方瑞合、徐鬲仝訂
裔孫弘直原抄

送四明李本仍爲山西行省照磨〔一〕

贊幕誰言遠，驅車子勿遲。星躔臨晉野，風俗想堯沓。刻意求民瘼，〔二〕清心答己知。〔三〕功名震河朔，足慰老親思。並收入《贅叟遺集》卷四。

〔校勘記〕

〔一〕送四至照磨：《贅叟遺集》卷四題『送山西行省照磨四明李本仍』，附注『新置省治太原』。

〔二〕民瘼：底本作『民莫』，據《贅叟遺集》改。

〔三〕己知：底本作『已知』，『已』與前句『民』字詞性不協，據《贅叟遺集》改。

送夏尚之還袁州

萬里燕山客，還南鬓已皤。浮名成夢蟻，浩劫想銅駝。世味更嘗遍，襟懷感慨多。白駒何皎皎，樂意在槃阿。

並收入《贅叟遺集》卷四。

龍溪曾文範之静江理定主簿

主簿之官去，遐陬得子賢。七閩秋月外，五嶺瘴雲邊。棲枳憐孤鳳，持刀試小鮮。政聲聞魏闕，早晚看騰騫。

並收入《贅叟遺集》卷四。

送龍溪葉以中之平樂立山主簿〔一〕

發軔青雲路，無嫌簿領卑。〔二〕立山聊小試，高士固優爲。賈市樵人雜，田家竹布宜。〔三〕苦心行美政，餘事及新詩。並收入《贅叟遺集》卷四。

【校勘記】

〔一〕送龍至主簿：《贅叟遺集》卷四題『龍溪葉以中之平樂立山主簿』。

〔二〕無嫌：《贅叟遺集》卷四作『毋嫌』。

〔三〕竹布宜：《贅叟遺集》卷四作『竹帛宜』。

題宣城陳氏溪山樓〔一〕

川光合翠微，空色染人衣。月向樽前起，雲從席上飛。神遊招太白，清唱憶玄暉。〔二〕何事凭欄者，趨朝久未歸。並收入《贅叟遺集》卷四。

【校勘記】

〔一〕題宣城陳氏溪山樓：《贅叟遺集》卷四題『宣城陳氏溪山樓』。

〔二〕暉：底本誤作『睴』，據《贅叟遺集》改。

南湖貢有達鈍齋〔一〕

不露囊中末，深藏袖裏錐。發硎徒自衒，苴履亦何爲。硯壽當論世，鉛銛肯絢時。會須乘欵叚，相覔過南漪。

並收入《贅叟遺集》卷四。

【校勘記】

〔一〕南湖貢有達鈍齋：《贅叟遺集》卷四題『鈍齋』，附注『爲湖南貢有達題』。

松江陸氏耕隱軒〔一〕

吳下陸龜蒙，超然太古風。圩邊施蟹籪，澤畔築牛宮。香稻三千頃，高堂八十翁。隱名逃不得，傳過大江東。

並收入《贅叟遺集》卷四、《明詩綜》卷五及《御選宋金元明四朝詩·明詩》卷五二。

【校勘記】

〔一〕松江陸氏耕隱軒：《明詩綜》卷五、《御選明詩》卷五二同；《贅叟遺集》卷四題『畊隱軒』，附注『爲松江陸氏題』。

尹孟文山陰讀書處〔一〕

幌色團江樹，書光蔚海霞。五行俱入眼，萬卷欲盈車。〔二〕池浄春生草，〔三〕庭閑夜語蛙。要垂千載後，莫但倚才華。並收入《贅叟遺集》卷四。

【校勘記】

〔一〕尹孟文山陰讀書處：《贅叟遺集》卷四題『書齋』，附注『爲山陰尹孟文題』。

〔二〕盈車：《贅叟遺集》卷四作『盈家』，揆諸格律當是。

〔三〕池浄春生草：《贅叟遺集》卷四作『池静春生墨』。

送人還上虞〔一〕

吾宗何特達，〔二〕筮仕不違鄉。〔三〕官掌上虞學，教行於越邦。〔四〕斷碑蠧曰古，〔五〕竹紙側鼇光。〔六〕游藝多清興，湖風入座凉。並收入《贅叟遺集》卷四。

【校勘記】

〔一〕送人還上虞：《贅叟遺集》卷四題『送徐季子還上虞』。

〔二〕吾宗何特：底本闕此四字，據《贅叟遺集》補。

〔三〕筮仕：《贅叟遺集》卷四作『筮士』。

〔四〕於越邦：《贅叟遺集》卷四作『於越疆』。

〔五〕斷碑虀臼古：《贅叟遺集》卷四作「苔碑虀血古」。
〔六〕竹紙：《贅叟遺集》卷四作「竹帛」。

山水小卷

瀑布銀河落，匡廬萬壑春。凭欄箕踞者，定是謫仙人。並收入《贅叟遺集》卷四。

草堂〔一〕

松下草堂低，幽人向此棲。得非周處士，疑是浣花溪。並收入《贅叟遺集》卷四。

【校勘記】

〔一〕草堂：《贅叟遺集》卷四題「草堂」，附注「爲婺源俞子常題」。

題畫送錢允一歸天台

天寒歲宴別王孫，霹靂溝西竹樹根。〔一〕歸展畫圖雲海上，爲予回首一銷魂。並收入《贅叟遺集》卷四。

【校勘記】

〔一〕竹樹根：《贅叟遺集》卷四作「竹樹村」。

題松江小景

扁舟二老本非漁，身世悠悠任太虚。〔一〕落日寒煙還笠澤，只應相對説叢書。並收入《贅叟遺集》卷四。

【校勘記】

〔一〕任太虚：《贅叟遺集》卷四作『泛太虚』。

唐馬

曲江春暖水溶溶，尾鬣風埃洗刷空。却被雕鞍金絡脑，追班騎過日華東。〔一〕並收入《贅叟遺集》卷四。

【校勘記】

〔一〕追班：底本誤作『追斑』，據《贅叟遺集》改。

登飛龍亭和虞學士韻。〔一〕

昨日飛龍遊息處，天翻地覆但荒亭。尚餘幾個疏松在，不是當時雨露青。並收入《贅叟遺集》卷四。

【校勘記】

〔一〕和虞學士韻：《贅叟遺集》卷四作：『偶憶虞學士送道士趙虚一詩，退和其韻。』

〔附〕**虞集原韻見《道園類稿》卷十：**

送趙虛一歸金陵

五月二十五日，集侍立延閣。上顧問集『嘗至金陵否』，集謹對曰『嘗到』。又曰：『冶亭是汝所題，往年八九至其處，新松當長茂矣。』集謹對曰：『臣猶是未種時至也。』近臣奏曰：『玄妙住持道士趙虛一所種也。』上曰『然』。又顧集曰：『已陞觀爲宫，汝知之乎？』集對曰：『臣奉勑題榜賜之矣。』是日虛一來別，歸江南，即告以聖上不忘冶亭之意。又三日，吴大宗師賦詩贈行，董先生爲持卷來索賦，因録所得聖語如上云。

春明畫侍奎章閣，聖上從容問冶亭。爲報仙都趙真士，新松好護萬年青。

古意〔一〕

人言阿姊貌如花，道妾傾城衹浪誇。破屋寒燈羞共績，年餘四十尚無家。並收入《贅叟遺集》卷四、《青溪詩集》卷三。

【**校勘記**】

〔一〕古意：《青溪詩集》卷三題『閨中詞』；《贅叟遺集》卷四題『閨情』。

雙清館并序。

廬陵張書紳與歐陽子剛俱以人才起取赴金陵。〔一〕久之，發至浙省，補小吏。寓宿省廡下，貧苦殊甚，芻馬僕賃之資咸無焉。〔二〕又久之，軍需器甲自郡邑至者塞廡下，乃移處郵亭中。又久之，始得升椽史。〔三〕參政蔡君思賢賞其操，題郵亭曰『雙清館』以旌異之。多賦詩者。余爲作此。〔四〕

兩生拔起大江西，〔五〕仕進聯翩志氣齊。客路囊衣更負荷，郵亭杵臼共羈棲。青雲忽展圖南翼，白日都空冀北蹄。千載雙清傳故事，莫忘宰相爲君題。並收入《贅叟遺集》卷四。

【校勘記】

〔一〕張書紳與歐陽子剛：《贅叟遺集》卷四作『歐陽子剛張書紳』。

〔二〕芻馬：《贅叟遺集》卷四作『芻米』。

〔三〕椽史：《贅叟遺集》卷四作『椽吏』。

〔四〕余爲作此：《贅叟遺集》卷四作『予爲作此』。

〔五〕拔起：《贅叟遺集》卷四作『崛起』。

送四明李本仍爲山西行省照磨

石渠秉筆與君同，去路三千別思濃。入幕才名高洛北，分藩形勢壯河東。發硎謾説并刀制，〔一〕振鬣翻令冀産空。將毋志違王事急，四明迴首白雲中。並收入《贅叟遺集》卷四。

【校勘記】

〔一〕并刀制：底本『并』誤作『井』字，據《贅叟遺集》改。又後二字底本並《贅叟遺集》卷四作『刀利』，惟《贅叟遺集》注云：『音制。』揆諸形意，應爲『制』字之訛，徑改。

送操公剡還番陽二首〔一〕

宿德高年史局尊，經旬病肺想丘園。〔二〕相期麟止方投筆，〔三〕忽報驪駒已在門。〔四〕幽谷便須從李愿，空齋恨不閉何蕃。芝山當户青如舊，笑把青巒入酒樽。〔五〕

【校勘記】

〔一〕送操公剡還番陽二首：《贅叟遺集》卷四同；《静志居詩話》卷二題『送操琬公剡還鄱陽作』。操琬，字公剡，元至正四年進士，入明後曾與修《元史》。

〔二〕病肺：《贅叟遺集》卷四同；《静志居詩話》卷二作『病廢』。

〔三〕麟止：《贅叟遺集》卷四作『麟趾』；《静志居詩話》卷二作『麟至』。

〔四〕驪駒：《贅叟遺集》卷四同；《静志居詩話》卷二作『驪歌』。

〔五〕青巒入酒樽：《贅叟遺集》卷四作『晴嵐入酒樽』；《静志居詩話》卷二作『青巒入酒尊』。

其二

汗牛何啻三千牘，奕葉相兼二百年。太史網羅無軼事，諸生綿蕝愧新編。〔一〕緑陰晝永毛錐健，青瑣宵分蠟炬連。千里揚颿東匯澤，〔二〕也應回首念丹鉛。〔三〕並收入《贅叟遺集》卷四。

【校勘記】

〔一〕綿蕝：《静志居詩話》卷二同；《贅叟遺集》卷四作『緜蕝』。

〔二〕揚颿：底本作『楊颿』，此處『楊』宜爲『揚』字異寫，據《贅叟遺集》改。

〔三〕念丹鉛：《贅叟遺集》卷四同，《静志居詩話》卷二作『會丹鉛』。

〔附〕朱彝尊《静志居詩話》卷二『陶凱』條：

洪武元年，帝既平定朔方，金匱之書，悉輸秘府。冬十二月，詔發所藏元十三朝《實録》纂修《元史》。命宋濂、王禕爲總裁官，徵山林遺逸之士，〔鄧〕凱與祁門汪克寬德輔、金華胡翰仲申、餘姚宋元禧无逸、臨海陳基敬初、休寧趙汸子常、新淦曾魯得之、淳安徐尊生大年、鄞傅恕如心、新喻趙壎伯友、長洲謝徽元懿、傅著則明、高啓季迪、寧波張文海及黄篪、王錡，凡一十六人。相傳龍溪林弼、元凱亦與史局，然余曾見内閣所儲《林登州集》，其序傳均未言其修史，蓋林所修者禮書也。至《大年詩集》有《送操琬公剡還鄱陽作》，其一云：『宿德高年史局尊，經旬病廢想丘園。相期麟至方投筆，忽報驪歌已在門。幽谷便須從李願，空齋恨不閉何蕃。芝山當户青如舊，笑把青巒入酒尊。』其二云：『汗牛何啻三千牘，奕葉相兼二百年。太史網羅無軼事，諸生綿蕝媿新編。緑陰晝永〔整理者按：『晝永』，原書誤作『書永』。〕毛錐健，青瑣宵分蠟炬連。千里揚帆東匯澤，也應回首會丹鉛。』潛溪亦有送琬詩云：『帝曰元有史，是非尚紛揉。苟不亟刊修，何以示悠久。宜簡巖穴臣，學識當不苟。衮斧嚴義例，執筆來聽受。使者行四方，持檄盡蒐取。非惟收謦髦，最欲尊黄耇。予時奉詔來，君亦至鍾阜。一見雙眼明，不啻蒙發蔀。大啓金匱藏，一一共評剖。發凡及幽微，勝辨白與黝。奈何君有疾，客邪干氣母。翩然賦《式微》，使我心中疚。』則琬實與編摩者。宋无逸《寄潛溪》詩云：『當時十八士，去留各有緣。』所云十八士者，公剡居其一矣，以先去，故未得列名也。是年秋八月，書成。丞相宣國公李善長表上，時克寬、汸、基、元禧輩皆引歸，不受爵。仕者亦未盡通顯，惟凱與魯位三九之列。二公詩俱罕傳，祭酒長歌特雄放可喜。

送鄭枋還浦江〔一〕

浦江鄭仲舒仕燕三十年，去時，其子枋方在繈褓，兵亂不相聞者已久。燕破，枋北行尋父。至京口，使人如金陵問焉，則仲舒已至金陵二日矣。兼程駿奔，悲喜交集。將還浦江而仲舒病，未果。命枋先歸，却來迎侍云。

萬里尋親擬北征，喜心翻倒在南京。桑田海水三生夢，磁石針鋒半世情。白下東門鄉思切，〔二〕黄香扇底暑風清。〔三〕先歸釀酒須千斛，早晚將車更遠迎。並收入《贅叟遺集》卷四。

〔校勘記〕

〔一〕送鄭枋還浦江：《贅叟遺集》卷四題『鄭仲舒父子相會』。

〔二〕白下東門：《贅叟遺集》卷四作『白下戟門』。

〔三〕扇底：《贅叟遺集》卷四作『扇枕』。

送高郵張理卿赴寶慶同知

邵陽風土近長沙，貳郡何嫌去國賒。芳草幽情憐正則，蒼梧古意想重華。村煙起處官屯治，山燒明時户種畬。〔一〕民吏相安公事簡，清遊時一至高霞。並收入《贅叟遺集》卷四。

【校勘記】

〔一〕山烧：《贅叟遺集》卷四作「山火」。

章貢呂仲善奉旨如燕求遺書〔一〕

舊史旁求放軼餘，〔二〕北方文獻近何如。稗官定熟前朝事，稛載當盈使者車。劉向校讎方有待，陳農諏訪莫令疏。遄歸就預編摩列，鉛槧從容上石渠。並收入《贅叟遺集》卷四。

【校勘記】

〔一〕章貢：底本及《贅叟遺集》卷四均誤作「張貢」，徑改。呂仲善即呂復，《静志居詩話》卷二提及此人，家世參宋濂所撰《呂府君墓銘》。

〔二〕旁求：《贅叟遺集》卷四作「旁搜」。

漳州張叔宜鎮撫招飲

記取將軍設讌時，〔一〕賞心亭下菊盈枝。酒懷肯向詩人盡，劍氣惟教俠士知。閩浙共勞千里夢，江山猶帶六朝悲。半酣起舞看斜日，白髮輸君兩鬢黟。並收入《贅叟遺集》卷四。

【校勘記】

〔一〕設讌：《贅叟遺集》卷四作「設燕」。

挽夏尚之采元朝野史死廣中

北去堪憐歲月深，南還無計住雲林。百年夢寐今纔覺，萬里功名莫重尋。遺恨淒凉歌麥秀，〔一〕旅魂飄泊寄藤陰。〔二〕孤兒慟絶交遊哭，野笛横霜折寸心。並收入《贅叟遺集》卷四。

【校勘記】

〔一〕遺恨：《贅叟遺集》卷四作『遺憾』。

〔二〕飄泊：《贅叟遺集》卷四作『漂泊』。

張景素獨冷齋〔一〕

舍人旅食京城裏，一室蕭然歲晚天。〔二〕竹榻擁衾爐末火，梅簷呵筆〔三〕座無氊。〔四〕冰方求熱知難得，陰谷回陽豈是偏。行見不遭官長駡，春臺高處珥貂蟬。並收入《贅叟遺集》卷四。

【校勘記】

〔一〕張景素獨冷齋：《贅叟遺集》卷四題『獨冷齋』，附注『爲張景素作』。

〔二〕蕭然：《贅叟遺集》卷四作『瀟然』。

〔三〕呵筆：底本誤作『何筆』，據《贅叟遺集》改。

〔四〕座無氊：《贅叟遺集》卷四作『坐無氊』。

崔尚書萬松山房〔一〕

蜀岡阡上萬松枝，神物扶持過亂離。千載會聽歸鶴語，九原應許蟄龍知。蒼鱗黛鬣鍾靈秀，春雨秋霜筰孝思。〔二〕培本達枝遺蔭遠，〔三〕尚書元是棟梁姿。並收入《贅叟遺集》卷四。

【校勘記】

〔一〕崔尚書萬松山房：《贅叟遺集》卷四題『萬松山房』，附注『爲崔尚書作』。

〔二〕筰孝思：《贅叟遺集》卷四作『積孝思』。

〔三〕培本達枝：《贅叟遺集》卷四作『培本達支』。

元夕同曾得之主事觀燈用廉夫韻〔一〕

寶月纔升太液池，華燈争賞太平時。熒煌海藏懸虬卵，灼爍炎方照荔支。〔二〕弄玉紫簫聲嫋嫋，生塵羅襪步遲遲。鳳凰臺畔能吟客，壓倒星橋火樹詩。並收入《贅叟遺集》卷四。

【校勘記】

〔一〕元夕至夫韻：《贅叟遺集》卷四題『元夕同曾得之主事觀燈歸用楊廉夫韻』。

〔二〕荔支：《贅叟遺集》卷四作『荔枝』。

【附】楊維楨原韻見《草堂雅集》卷後二：

送鄒奕會試京師

而祖傳經如傳寶，冢孫十歲蚤通詩。姓名一百黄金榜，禮樂三千白玉墀。宫女剪華開雨露，侍臣合仗引旌旗。闔閭城裏癡兒女，始識千金重聘師。

【附】《東維子集》附録：

和韻贈楊鐵崖先生〔姜漸〕

蠟色濤箋寫寄詩，玉壺冰鑑識容儀。法言願卒諸生業，家學深慚帝者師。江月夜凉聞鐵笛，海雲秋静捲朱旗。文章絶似相如筆，好爲題詩諭遠夷。

送秦侍儀

珠彩霄騰甓社湖，鳳鳴春藹秣陵都。〔一〕身先日馭清黄道，足躡星躔衛紫樞。材木千尋秋氣老，功名萬里壯遊篚。贈言更欲徵家學，淮海英聲好並驅。並收入《贅叟遺集》卷四。

【校勘記】

〔一〕春藹：《贅叟遺集》卷四作『春蕩』。

送范謙光還慶元

江南草緑染征衣，海上雲晴送子歸。離思纏綿歌古調，春光澹淹映斜暉。〔一〕弊裘莫恨遭逢晚，〔二〕漫刺休嫌賞識稀。〔三〕彩雉暫棲臯澤裏，〔四〕終隨丹鳳扇朝翬。並收入《贅叟遺集》卷四。

【校勘記】

〔一〕澹淹：《贅叟遺集》卷四作『澹蕩』。

〔二〕弊裘：《贅叟遺集》卷四作『典裘』。

〔三〕漫刺：底本誤作『漫剌』，據《贅叟遺集》改。

〔四〕暫棲：《贅叟遺集》卷四作『暫搏』。

送章信臣歸教新昌〔一〕

先生歸教新昌縣，瀟灑東州五月天。海雨霏霏沾講席，溪風細細入鳴絃。交遊盡是鄉先達，閭里争充弟子員。若有邑人來議政，也應激贊長官賢。並收入《贅叟遺集》卷四。

【校勘記】

〔一〕新昌：《贅叟遺集》卷四作『新昌縣』。

送安南使者杜舜卿還國

五月薰風滿舜墀，南交使者是還時。瞻天請命情能達，〔一〕繼世推恩禮亦宜。歸化江洙涵聖澤，〔二〕太羅城遠控諸夷。〔三〕往來通好常無絶，〔四〕又數新王入貢期。並收入《贅叟遺集》卷四。

〔校勘記〕

〔一〕瞻天：底本誤作「瞻天」，據《贅叟遺集》卷四改。

〔二〕江洙：《贅叟遺集》卷四作「江深」。

〔三〕太羅城：《贅叟遺集》卷四作「大羅城」。按《元史》卷十五《地理志六·安南郡縣附録》：「大羅城路，漢交趾郡。唐置安南都護府。宋時郡人李公藴立國於此。及陳氏立，以其屬地置龍興、天長、長安府。」又：「自安南大羅城至燕京，約一百一十五驛，計七千七百餘里。」徐尊生嘗與修《元史·地理志》，此處宜從《元史》寫法作「大羅城」。

〔四〕常無絶：《贅叟遺集》卷四作「長無絶」。

游鍾山過寶珠峰頂西軒贈浙僧慈隱〔一〕

寶珠峰頂危亭角，解逅高僧失垢氛。〔二〕便啓軒窗臨絶壁，還留賓客坐層雲。〔三〕簷端優鉢千香樹，〔四〕《肘後》《楞伽》幾卷文。謾説空門無係着，也須携手惜言分。〔五〕並收入《贅叟遺集》卷四、《明詩綜》卷五及《御選宋金元明四朝詩·明詩》卷七二。

〔校勘記〕

〔一〕游鍾至慈隱：《明詩綜》卷五、《御選明詩》卷七二同；《贅叟遺集》卷四題「遊鍾山遇僧延坐」，附注云：「僧名慈隱，浙江人，住持鍾山寶珠峰頂西軒。用鄭仲舒韻賦詩以贈之。」

〔二〕解逅：《贅叟遺集》卷四、《明詩綜》卷五作「邂逅」；《御選明詩》卷七二作「解后」。

〔三〕還留：《明詩綜》卷五、《御選明詩》卷七二同；《贅叟遺集》卷四作『閑留』。

〔四〕千香樹：《明詩綜》卷五、《御選明詩》卷七二同；《贅叟遺集》卷四作『千年樹』。

〔五〕惜言分：《贅叟詩集》卷四同；《明詩綜》卷五、《御選明詩》卷七二作『惜輕分』。『惜』，底本誤作『愔』，據《贅叟遺集》《明詩綜》及《御選明詩》改。

卞忠貞公祠墓

卞壺墓在冶城。葬後盜發之，〔一〕尸僵如生，鬢髮蒼然，爪甲穿達于背。晉安帝賜錢十萬封之。李氏有江南，建忠貞亭于墓北，〔二〕徐鍇爲之記。〔三〕宋葉清臣爲守，又封墓，刻石表之。曾鞏爲守，〔四〕又即亭爲堂祀之。〔五〕吳國初建，凡死于戰陣者皆塑其像，爲兩廡於祠門外，依公而列祝者二十餘人。〔六〕謝公墩今已爲平地，築宮城其上矣。

獨上西城弔九原，一家忠孝凛如存。魂銜千載英雄恨，背透三生爪甲痕。尚有昔人題墓石，却教新鬼護祠門。風流畢竟輸名節，東崦無從覓謝墩。並收入《贅叟遺集》卷四。

【校勘記】

〔一〕葬後盜發之：《贅叟遺集》卷四作『葬後七十餘年盜發之』。

〔二〕于墓北：底本誤作『干墓北』，徑改。

〔三〕爲之記：《贅叟遺集》卷四作『爲之誌』。

〔四〕曾鞏：底本誤作『曾肇』，據《贅叟遺集》改。

〔五〕祀之：《贅叟遺集》卷四作『祠之』。
〔六〕列祝者：《贅叟遺集》卷四作『列祀者』。

題宋真宗封泰山圖〔一〕

汴京舊物過杭都，留得真宗封禪圖。已近百年歸北冀，〔二〕又看一旦入東吴。〔三〕雲邊冠珮猶疑動，〔四〕木末旌旗半欲無。因憶當時王冠輩，〔五〕摩挲粉墨起長吁。並收入《贅叟遺集》卷四。

【校勘記】
〔一〕題宋真宗封泰山圖：《贅叟遺集》卷四題『宋真宗封泰山圖』。
〔二〕北冀：《贅叟遺集》卷四作『北薊』。
〔三〕一旦：《贅叟遺集》卷四作『一日』。
〔四〕冠珮：《贅叟遺集》卷四作『冠佩』。
〔五〕王冠：《贅叟遺集》卷四作『王寇』。

壽王子敬夫婦同年月〔一〕

結髮齊眉是夙緣，〔二〕生辰巧值艷陽天。兩人恰好同三月，〔三〕五袠都來共百年。燕子光陰春未老，梨花庭院月初圓。舉杯羅拜西王母，不信瑶池別有仙。並收入《贅叟遺集》卷四。

【校勘記】

〔一〕壽王子敬夫婦同年月：《贅叟遺集》卷四題『壽王子敬夫婦同年月五十』。

〔二〕夙緣：《贅叟遺集》卷四作『宿緣』。

〔三〕恰好：《贅叟遺集》卷四作『却好』。

與希明

昔年有約訂名儒，君未曾來席久虛。〔一〕四餉青門瓜五色，一簪白髮課三餘。绛幃遠慕庭間雪，尺素徒傳江上魚。〔二〕却喜承顏今有日，琴尊吟嘯不教疏。〔三〕並收入《贅叟遺集》卷四。

【校勘記】

〔一〕君未曾來：《贅叟遺集》卷四作『儒未曾來』。

〔二〕尺素徒傳：《贅叟遺集》卷四作『尺素徒勞』。

〔三〕琴尊吟嘯：《贅叟遺集》卷四作『琴樽吟嘆』。

次韻士淵寄懷三首

鳳麓分違又幾辰，〔一〕知君去賞雉山春。歸來未盡追尋興，詩句猶懷廢棄人。杏蕋怯霜紅尚淺，柳條待雨緑將勻。〔二〕速宜相顧東風裡，共鬬狂吟痛飲身。

〔校勘記〕

〔一〕綫辰：《贅叟遺集》卷四作『綫晨』。

〔二〕匀：底本作『勾』，前後韻脚不協，據《贅叟遺集》改。

其二

教養工夫暮達晨，種成桃李已争春。居喪雖畢三年制，告老宜徒六秋人。〔一〕松菊清風陶徑在，芝蘭秀色謝家匀。何須苦被徵官束，〔二〕好引從容物外身。

〔校勘記〕

〔一〕宜徒六秋：《贅叟遺集》卷四作『宜從六衷』。

〔二〕徵官束：《贅叟遺集》卷四作『徵官去』。

其三

庭燎煇煇夜向晨，〔一〕九重遥憶去年春。玉皇香案旁邊吏，〔二〕方丈群仙隊裡人。奏賦獨蒙稱賞最，傳觴例覺受恩匀。今朝岸幘桃源内，慚媿看花老退身。並收入《贅叟遺集》卷四。

〔校勘記〕

〔一〕煇煇：《贅叟遺集》卷四作『輝輝』。

〔二〕旁邊：底本作『傍邊』，音律不協，據《贅叟遺集》改。

題薛君壁耕隱圖〔一〕

隱君住處杳難尋，〔二〕依約田廬竹樹陰。春雨污邪翻黑壤，〔三〕秋風穲稏想黄金。朝騎秧馬淖沾膝，午餉蓴鱸煙出林。雲繞鹿門山色近，水侵牛屋岸痕深。迎神坎坎豊年鼓，釋耒烏烏子夜吟。汜勝殘編閑暫閲，陶潛濁酒醉還斟。〔四〕遺安久作兒孫計，習静都忘爵禄心。乘興欲來談穡事，烏犍臺笠候江潯。並收入《贅叟遺集》卷四。

【校勘記】

〔一〕題薛君壁耕隱圖：《贅叟遺集》卷四題『耕隱圖』，附注『爲松江薛君壁題』。

〔二〕杳難尋：底本誤作『查難尋』，據《贅叟遺集》改。

〔三〕污邪：《贅叟遺集》卷四作『汙耶』。

〔四〕醉還斟：《贅叟遺集》卷四作『倦還斟』。

題張明善雲谷

閑雲起空谷，亭亭不飛揚。彼美谷中人，與雲亦相忘。朝飱雲在席，暮宿雲依牀。超然太古心，時俗焉能當。

並收入《贅叟遺集》卷四。

祁門蔣周翰竹徑

身心斂塵外，息此萬竹中。幽意諒有取，直節將無同。琴書落碎月，盥沐含疏風。自非二仲者，誰來躡其蹤。

並收入《贅叟遺集》卷四。

懷慶李彦誠瞻雲亭

太行思親人，偶然見雲移。後人復思親，豈盡雲移時。山東李孝子，遠官吴江湄。〔一〕北望馬耳山，戀戀情難爲。有雲亦親思，無雲亦親思。〔二〕並收入《贅叟遺集》卷四。

【校勘記】

〔一〕遠官：《贅叟遺集》卷四作「官遠」。

〔二〕有雲亦親思無雲亦親思：《贅叟遺集》卷四作「有雲亦思親無雲亦思親」。

送田無禽任太原同知〔一〕

無禽家世齊諸田，學術乃自余忠宣。迢迢之官太原郡，戀戀回首京都天。三河從昔産豪傑，貳守得子稱才賢。當筵不作慘别意，一杯泛以黄花妍。〔二〕並收入《贅叟遺集》卷四、《明詩綜》卷五。

【**校勘記**】

〔一〕送田無禽任太原同知：《明詩綜》卷五同；《贅叟遺集》卷四題『送田同知』，附注『名無禽，爲太原同知』。

〔二〕一杯泛以黄花妍：《明詩綜》卷五同；《贅叟遺集》卷四作『一盃泛以黄華妍』。

送山陽知縣新安羅傳道朝京仍還山陽〔一〕

良二千石羅鄂州，山陽茂宰存風流。傳家名懸黟水月，〔二〕作吏口吸清淮流。〔三〕鄉關倡勇昔何壯，京國上計今能優。西風晝舸絶江去，吴雲楚樹情悠悠。並收入《贅叟遺集》卷四。

【**校勘記**】

〔一〕送山至山陽：羅傳道，底本作『羅安道』；《贅叟遺集》卷四題『餞山陽知縣』，附注云：『新安羅傳道朝京，仍還山陽。』按王褘《送羅傳道序》云：『新安羅君傳道之宰山陽也，三年於兹矣。公卿大夫士與凡將命南來者，余輒問之曰：「今江淮間守令之可稱者爲誰？」皆曰山陽令羅君，其人無異辭者。傳道以考滿用例入覲，余解其裝，得詩文百十篇，悉鴻生畯人之所作，歌頌美德以贈傳道者也。』

〔二〕傳家名懸黟水月：《贅叟遺集》卷四作『傳家名聲照水月』。

〔三〕清淮流：《贅叟遺集》卷四作『清淮秋』。

跛奚楊廉夫僮〔一〕

楊家便了髯無多，奈此勃窣蹣跚何。性情能契庚桑楚，形狀有若哀駘它。偷學仙人吹鐵笛，閑隨倉父唱吴歌。羹蓴砍鱠供吟嘯，〔二〕名與主翁俱不磨。〔三〕並收入《贅叟遺集》卷四。

〔校勘記〕

〔一〕跛奚楊廉夫僮：《贅叟遺集》卷四題『贈跛奚奴』，附注『係楊廉夫家人』。

〔二〕砍鱠：《贅叟遺集》卷四作『斫鱠』。

〔三〕名與主翁俱不磨：《贅叟遺集》卷四後附注云：『楊吹鐵笛，自號鐵史。』

婺源汪氏樵隱〔一〕

芙蓉高嶺含清暉，〔二〕宣平之居近翠微。斧斤丁丁響林薄，雲霧滃滃沾人衣。石棋盤邊莫閑坐，〔三〕樵風涇裏當早歸。歸來絕不到城市，自是世人相識稀。並收入《贅叟遺集》卷四、《明詩綜》卷五及《御選宋金元明四朝詩·明詩》卷七二。

〔校勘記〕

〔一〕婺源汪氏樵隱：《明詩綜》卷五、《御選明詩》卷七二同；《贅叟遺集》卷四題『樵隱』，附注『贈婺源汪氏』。

〔二〕暉：底本誤作『暉』，據《贅叟遺集》《明詩綜》及《御選明詩》改。

〔三〕棋盤：底本誤作『基盤』，據《贅叟遺集》《明詩綜》及《御選明詩》改。

讀元史偶書

前朝《實録》與修纂，〔一〕異聞可紀不可删。窮河直至星宿海，祭天遠在日月山。〔二〕笙名興隆雜鳳吹，斧號劈正當龍顔。似茲前古殊未有，偶吟一二資餘閑。并收入《贅叟遺集》卷四、《明詩綜》卷五。

〔校勘記〕

〔一〕與修纂：《明詩綜》卷五同；《贅叟遺集》卷四作「預修纂」。

〔二〕祭天：《明詩綜》卷五同；《贅叟遺集》卷四作「拜天」。《元史》卷三《憲宗紀》：「會諸王于顆顆腦兒之西，乃祭天于日月山。」同書卷七二《祭祀志一》：「憲宗即位之二年，秋八月八日，始以冕服拜天於日月山。」

〔附〕朱彝尊《静志居詩話》卷二：

或問大年《讀〈元史〉》詩中語，因疏其事於左：黄河之源，元潘學士昂霄志之，柯博士九思序之，陶徵士宗儀述之。世祖至元十七年，諭招討使都實佩金虎符以行，自河州寧河驛度殺馬關，約五千里，始抵其地，越歲乃還。言河源在土蕃朵甘思西鄙，有泉百餘，沮洳散渙，粲若列星，以故名火敦腦兒。火敦，譯言星宿也。《元史·祭祀志》：「憲宗即位之二年秋八月，始以冕服拜天於日月山。」王褘〔整理者按：「褘」，原書誤作「禕」。〕《興龍笙頌序》云：「興龍笙者，世祖皇帝所自作。其制爲管九十，列爲十五行，每行縱列六管，其管下植於匱中，而匱復鼓之以鞴，自匱足至管端約高五尺，仍鏤版作鳳形，繪以金采，以圍管之三面約廣三尺，加文餘焉。凡大朝會，則列諸軒陛之間，與衆樂并奏。每用樂工二人，一以按管，一以鼓鞴，以達氣出聲，以叶衆音，而樂之奏成矣。』《輟耕録》云：『興隆笙在大明殿下，其制：植衆管於柔韋，以象大匏土鼓。二韋橐按其管則簧鳴，簨首爲二孔雀，笙鳴機動則應而舞。凡燕會之日，此笙一鳴衆樂皆作，笙止樂亦止。』劈正斧，以蒼水玉碾造，高二尺有奇，廣半之，自殿時流傳至今者。朝會時，一人執之，立於陛下酒海之前，所以正人不正之意。《志雅堂雜鈔》云：『宣和殿所藏殷玉鉞，長三尺，三代之寶也，後歸於金。』《元史·禮樂志》：『元正受朝，皇帝出閤，侍儀使引導劈正斧中行，至大明殿外，劈正斧直正門北向立。俟兩宫升御榻，劈正斧退立於露階東。』故趙孟頫《宫詞》云：『天步將臨玉斧來。』葛邏禄迺賢《宫詞》亦云：『千官鵠立五雲間，玉斧參差擁畫闌。』是也。一器也，而或曰斧，或曰鉞，按《禮》有『朱干玉戚』，然則此即玉戚云爾。

邵武吕長元熙春藥圃

七閩風氣温，植物性乃良。佳士藝靈藥，山畦粲分行。夕露浥柔苗，晴風散幽芳。幽芳來几席，心清塵累忘。采曝既及時，脩製亦精詳。蜜香達鄰室，〔一〕杵音出閑房。董奉積陰功，〔二〕倉公多禁方。賤子歎早衰，眼昏髮蒼蒼。幸君與刀匕，〔三〕因之神觀强。並收入《賛叟遺集》卷四。

〔校勘記〕

〔一〕蜜香：《賛叟遺集》卷四作『密香』。

〔二〕董奉：底本直書其名，《賛叟遺集》卷四作『董杏』，乃綴以行事，所指爲一也。按《神仙傳》，『董奉者，字君異，侯官縣人也。』『居山間，爲人治病，不取錢物，使人重病愈者，使栽杏五株，輕者一株。如此數年，計得十萬餘株，鬱然成林。』

〔三〕刀匕：底本作『刀刀』，語義不通，音律亦不協。《贅叟遺集》卷四作『刀匕』。又按底本多以『匕』作重文符，此處宜爲『刀匕』之誤，據《贅叟遺集》改。

掛劍臺同楊廉夫作

荒臺多悲風，〔一〕下馬弔古人。古人重意氣，今人亦沾巾。湛盧化爲土，意氣千古存。顧瞻四鄰交，〔二〕朝盟暮仇冤。孰持不言諾，慰此泉下魂。〔三〕古人不可見，今人難重論。荒臺起悲風，古意何時還。嗚呼！古意何時還。並收入《贅叟遺集》卷四、《明詩綜》卷五。

【校勘記】

〔一〕多悲風：《明詩綜》卷五同；《贅叟遺集》卷四作『起悲風』。

〔二〕四鄰交：《明詩綜》卷五同；《贅叟遺集》卷四作『四鄰友』。

〔三〕慰此：《明詩綜》卷五同；《贅叟遺集》卷四作『慰子』。

霸王丘〔一〕

楚兵入函谷，百二隤屠燎。形勝逐飛煙，東還載奇寶。宰割首徐方，封疆連少昊。可憐蓋世威，尺寸無完堡。健兒零落盡，掩面向遺老。彷徨江上舟，促戚陰陵道。〔二〕空餘土一坵，千載骨應槁。〔三〕自咄非天亡，〔四〕胡爲咎玄造。〔五〕所以英雄人，功名嫌草草。並收入《贅叟遺集》卷四。

〔校勘記〕

〔一〕霸王丘：《贅叟遺集》卷四題『霸王丘』，附注『次楊廉夫韻』。

〔二〕促戚：《贅叟遺集》卷四作『戚促』。

〔三〕千載：《贅叟遺集》卷四作『千歲』。

〔四〕自咄：底本作『自詘』，文意不通，據《贅叟遺集》改。

〔五〕胡爲：《贅叟遺集》卷四作『胡乃』。

〔附〕**楊維楨原韻見《草堂雅集》卷後二：**

稼父圖〔爲陳學稼賦。〕

山中古稼父，人事不一曉。有餘不知多，不足不知少。但知種必獲，渴飲食則飽。春去而夏來，自幼以及老。世上有通人，能事號百了。昨日事未往，明朝思又蚤。機心夜不息，叢生如宿草。交戰至蓋棺，始得了白皂。乃知稼父愚，稼父自得道。

九女塚

在長興靈山。一媼生九女，翁罵曰：『生女不生男，死誰埋我？』後九女俱適大家，媼歿，九女感父之言，各鳩財以葬，侈擬王侯。

靈山郁葱葱，居人争墓道。借問雙石穴，誰家窆翁媼。云是九女工，奇器出天造。巢賊發帝陵，深關危自保。義哉一念烈，天地共枯槁。城南將軍家，生男多且早。親喪不返葬，埋没隨秋草。

月宇詩爲清江章子上作

懸輿既嚮晦，銀闕俄東生。完完至陰質，蕩蕩中天行。〔一〕皓彩掩群宿，澄暉濯寰瀛。君子亦息機，曠望當前楹。〔二〕冰臚炯方諸，〔三〕冥合蟾兔精。神遊太化初，身與鴻濛并。湛然靈府中，〔四〕豈異空色明。徘徊涼露滋，〔五〕紆軫衝抱盈。古人去已遠，來者方營營。矯首青雲端，寂寥笙鶴聲。願停望舒駕，酌以黃金觥。逝將埃壒風，〔六〕迢遥游太清。〔七〕並收入《贅叟遺集》卷四。

【**校勘記**】

〔一〕蕩蕩：《贅叟遺集》卷四作『藹藹』。

〔二〕曠望：《贅叟遺集》卷四作『曠望』。

〔三〕冰臚炯方諸：文意不通；《贅叟遺集》卷四作『冰爐煙方渚』，當是。

〔四〕湛然：《贅叟遺集》卷四作『澹然』。

〔五〕涼露滋：《贅叟遺集》卷四作『涼露濕』。

〔六〕逝將埃壒風：《贅叟遺集》卷四作『遊將溘埃風』。

〔七〕迢遥游太清：《贅叟遺集》卷四作『超遥凌太清』。

送桂師還天台

江春遞新柔，藹藹生伽衣。伊人感流序，言向天台歸。羈貫暮禪悦，身隨浙雲飛。飄飄届江表，服事龍翔師。冥探二十年，了悟無餘機。昔來既遺跡，今還非有爲。但念遠丘壠，兼深鶺鴒思。明明孝友性，不爲空寂移。赤城聳霞摽，碧海摇雲漪。智公棲息地，林龕一燈微。幽討諒能遂，合并復何時。相送冶亭西，離絃再三揮。〔一〕並收入《贅叟遺集》卷四。

【校勘記】

〔一〕離絃：《贅叟遺集》卷四作『離弦』。

題番陽蔡淵仲散木菴

蒙莊古達士，涉世熟憂患。著書雖寓言，垂戒非誕謾。有生勿爲材，祇以身試難。杞梓堪棟梁，何曾保枝翰。〔一〕神樗乃散木，〔二〕匠石眼不看。終然老山林，長將櫟爲伴。年壽齊古椿，傲睨寒暑换。青黄亦所夭，豈異溝中斷。一篇三致意，懇懇義相貫。淺窺勿深求，〔三〕千載付浩歎。就中一轉語，妙處冣宜玩。既全曳尾龜，復殺不鳴雁。萬事貴無心，倚伏昧前筭。材與不材間，至理須剖判。〔四〕舉似散菴人，笑齒爲余粲。〔五〕並收入《贅叟遺集》卷四、《明詩綜》卷五及《御選宋金元明四朝詩·明詩》卷十九。

【校勘記】

〔一〕枝翰：《贅叟遺集》卷四、《明詩綜》卷五及《御選明詩》卷十九作『枝幹』。

〔二〕神樗：《贅叟遺集》卷四同；《明詩綜》卷五、《御選明詩》卷十九作『彼樗』。

〔三〕勿深求：《明詩綜》卷五、《御選明詩》卷十九同；《贅叟遺集》卷四作『弗深求』。

〔四〕剖判：底本作『判剖』，韻脚不合，據《贅叟遺集》《明詩綜》及《御選明詩》改。

〔五〕笑齒爲余粲：《明詩綜》卷五、《御選明詩》卷十九同；《贅叟遺集》卷四作『咲齒爲予粲』。

贈永嘉覺初上人還江心寺

上人昔向鍾山遊，海山黯黯龍吟幽。上人今還海山住，鍾山鶴伴增離愁。來如雲凝去風休，一瓶貯空何滯留。振衣歲晏登雪舟，天花淅淅飛滿頭。歸來江心春正好，兩峰雙塔祥煙繞。扶桑赤日上車輪，金碧樓臺眩晴曉。〔一〕夜深白月流清天，〔二〕玻瓈色界無中邊。上人宴坐屹不動，〔三〕山君海王相後先。我生悠悠如露電，汩没塵緣殊未斷。息黥亦欲禮宗門，〔四〕結屋來依石帆岸。並收入《贅叟遺集》卷四。

〔校勘記〕

〔一〕眩晴曉：《贅叟遺集》卷四作『昡晴曉』。

〔二〕清天：《贅叟遺集》卷四作『青天』。

〔三〕宴坐：《贅叟遺集》卷四作『晏坐』。

〔四〕息黥：《贅叟遺集》卷四作『息剠』。

四明翁母方節婦詩〔一〕

太息復太息，慈母牀前織。〔二〕孤兒持父書，〔三〕亦坐慈母側。機聲軋軋書聲遲，〔四〕更深月落燈無輝。一絲一字累功績，教兒得如父在時。〔五〕兒今長大成俊秀，地下有知知有後。歲時舉酒拜高堂，白髮紅顏千載壽。

並收入《贅叟遺集》卷四、《天啓慈溪縣志》卷十。

【校勘記】

〔一〕四明翁母方節婦詩：《贅叟遺集》卷四同；《天啓慈溪縣志》卷十題『節婦歌』。

〔二〕牀前織：《贅叟遺集》卷四同；《天啓慈溪縣志》卷十題『堂前織』。

〔三〕持父書：《贅叟遺集》卷四同；《天啓慈溪縣志》卷十題『讀父書』。

〔四〕機聲軋軋：《贅叟遺集》卷四同；《天啓慈溪縣志》卷十題『織聲咿軋』。

〔五〕教兒得如：《贅叟遺集》卷四同；《天啓慈溪縣志》卷十題『教得兒如』。

〔附〕《天啓慈溪縣志》卷十：

顧氏，沈景莊配，洪武初奉詔旌表。

徐尊生《節婦歌》：太息復太息，慈母堂前織。孤兒讀父書，亦坐慈母側。織聲咿軋書聲遲，更深月落燈無輝。一絲一字累功績，教得兒如父在時。兒今長大成俊秀，地下有知知有後。歲時舉酒拜高堂，白髮紅顔千載壽。

贈醫生鄭生

金華良醫朱彦修，術能知變如操舟，東陽許公宿疾一旦瘳。〔一〕六安良醫鄭明善，術如用法能知變，新安趙子沉疴都不見。兩人所見有源委，〔二〕派出河間子劉子。絜古東垣及太無，〔三〕治術不同同一理。以意爲醫醫乃良，所以用意不用方。若非胸次審度量，臨機制變烏能長。鄭君不要旁人許，夙昔聲名動人主。萬金良藥蒙賜予，〔四〕片腦團參隨意取。〔五〕趙子卧病史局中，寒熱痰痞交相攻。〔六〕天幸得與斯人逢，百二十劑何其工。臟氣頓復顔如童，作爲文章揚俊功。〔七〕聲詩迭發朝士同，不讓太史書倉公。

彦修言用藥當如操舟，不當泥古方。鄭生言治病當如用法，不可姑息苟且。並收入《贅叟遺集》卷四。

〔校勘記〕

〔一〕一旦：《贅叟遺集》卷四作『一日』。

〔二〕所見：《贅叟遺集》卷四作『所學』。

〔三〕絜古：《贅叟遺集》卷四作『潔古』。

〔四〕蒙賜予：《贅叟遺集》卷四作『家賜予』。

〔五〕片腦：底本誤作『片腕』，據《贅叟遺集》改。

〔六〕痰痞：《贅叟遺集》卷四作『疾痞』。

〔七〕揚俊功：《贅叟遺集》卷四作『揚乃功』。

送高麗使者張子温歸國〔一〕

皇州三月春融融，朝正使者還遼東。都門祖道冠盖雄，鳳笙吹徹金罍空。飛花如雪離思濃，野狐帆起摩晴空。〔二〕龍君護送蛟門風，南薰時節到國中。清燕閣下朝從容，具傳九天恩賜登。〔三〕綉叚錯落騏麟紅，〔四〕君臣舉觴歡慶同。帝心遥與王心通，玄菟樂浪藩垣崇，奕葉無懈來朝宗。〔五〕並收入《贅叟遺集》卷四。

〔校勘記〕

〔一〕送高麗使者張子温歸國：《贅叟遺集》卷四題『送高麗使者張子温還國歌』。

〔二〕晴空：《贅叟遺集》卷四作『晴穹』。

〔三〕恩賜登：《贅叟遺集》卷四作『恩賜豊』，當是。

〔四〕騏麟：《贅叟遺集》卷四作『麒麟』。

〔五〕奕葉無懈來朝宗：《贅叟遺集》卷四後附注云：『其國有清燕閣。』

招鶴辭爲華亭薛復善作

若有人兮吳之鄉，〔一〕遡千古兮睨大荒。天無際兮海搖光，仙之驥兮下渺茫。舒雪翎兮引素吭，〔二〕何所思兮矯低昂。〔三〕睠故都兮悲士衡，忽騰駕兮高翱翔。覽紆直兮見圓方，麒麟前兮後鳳凰。掠吉雲兮過扶桑，埃溘風兮樂未央。〔四〕並收入《贅叟遺集》卷四。

【校勘記】

〔一〕若有人：底本誤作『若有八』，據《贅叟遺集》改。此處仿《山鬼》『若有人兮山之阿，披薜荔兮帶女蘿』之句。

〔二〕引素吭：《贅叟遺集》卷四作『引素光』。

〔三〕矯低昂：《贅叟遺集》卷四作『久低昂』。

〔四〕埃溘：《贅叟遺集》卷四作『溘埃』。

春山樵唱〔一〕

共穿石徑踏春晴，却向山腰分路行。樹暗雲深莫相失，〔二〕隔林遥認唱歌聲。〔三〕並收入《贅叟遺集》卷四、《厚屏福派徐氏宗譜》卷十、《明詩綜》卷五及《御選宋金元明四朝詩·明詩》卷一百三。

君從林外轉山阿，儂向林間出薜蘿。歸去溪橋沽酒喫，計樵還是阿誰多。並收入《贅叟遺集》卷四、《厚屏福派徐氏宗譜》卷十。

春殘驟雨過蒼巒，瀑流千尺響潺潺。貪坐莓苔洗雙脚，牛羊歸盡不知還。並收入《贅叟遺集》卷四、《厚屏福派徐氏宗譜》卷十及《明詩綜》卷五。

竹箭有萌藤着花，〔四〕蕨苗如拳抽紫芽。怪得擔頭懸菜把，也憑捽茹作生涯。〔五〕並收入《贅叟遺集》卷四、《厚屏福派徐氏宗譜》卷十。

莫剪欝欝蒼松樹，莫斫團團青桂枝。桂樹扳援可終日，〔六〕松樹或有鶴來時。並收入《贅叟遺集》卷四、《厚屏福派徐氏宗譜》卷十。

儂家住在浙源中，西舍東鄰還往同。〔七〕時復相過談太古，世人那識負苓翁。並收入《贅叟遺集》卷四、《厚屏福派徐氏宗譜》卷十。

儂住浙山知幾年，青城桃源在眼前。不用相呼作樵隱，而今已自是樵仙。並收入《贅叟遺集》卷四、《厚屏福派徐氏宗譜》卷十。

【**校勘記**】

〔一〕春山樵唱：《徐氏宗譜》卷十同；《贅叟遺集》卷四題『春山樵唱七首』，附注『書壽昌徐履仲樵隱詩卷』。

〔二〕樹暗雲深：《徐氏宗譜》卷十、《明詩綜》卷五、《御選明詩》卷一百三同；《贅叟遺集》卷四作『林暗雲深』。

〔三〕隔林遥認：《徐氏宗譜》卷十、《明詩綜》卷五、《御選明詩》卷一百三同；《贅叟遺集》卷四作『隔谿遥認』。

〔四〕着花：《徐氏宗譜》卷十同；《贅叟遺集》卷四作『著華』。

〔五〕捽茹：《徐氏宗譜》卷十同；《贅叟遺集》卷四作『採茹』。

〔六〕扳援：《徐氏宗譜》卷十同；《贅叟遺集》卷四作『攀援』。

〔七〕還往同：《徐氏宗譜》卷十同；《贅叟遺集》卷四作『還往仝』。

感舊吟〔一〕

昔送故人歸九原，山中春暮聞哀鵑。贅翁廣道偕參元，〔二〕素車白馬來新阡。〔三〕窮林潭潭翳雲壁，〔四〕中有幾樹深紅蔫。雲裝荼蘼過樹上，〔五〕霞絢芍藥翻堦前。仲夷兄弟感客至，奠茹樽俎開濃鮮。〔六〕夜闌山月照松牖，情語達旦俱不眠。〔七〕人間歲月如過電，重來此地驚十年。廣道參元俱已矣，止餘贅翁真可憐。〔八〕玉堂金馬等昨夢，退歸幸得安園廛。仲夷携我興不淺，時節還當春暮天。花開鳥叫豈異昔，〔九〕但有霜鬢無由玄。〔一〇〕舉觴酹故人，〔一一〕一滴不到泉。高歌叫故人，山空春寂然。莊生何必問枯骨，漢武不用求神仙。不如花間相對仲夷飲，〔一二〕醉歸仍蹈山月圓。〔一三〕明朝回望所游處，千岩萬岫生雲煙。〔一四〕並收入《贅叟遺集》卷四、《厚屏福派徐氏宗譜》卷十及《青溪詩集》卷二。

〔**校勘記**〕

〔一〕感舊吟：《青溪詩集》卷二、《徐氏宗譜》卷十同；《贅叟遺集》附注『遊峽源作』。

〔二〕偕參元：《徐氏宗譜》卷十同；《青溪詩集》卷二、《贅叟遺集》卷四作「并參元」。

〔三〕來新阡：《徐氏宗譜》卷十同；《青溪詩集》卷二、《贅叟遺集》卷四作「臨新阡」。

〔四〕窮林潭潭蓊雲壁：《徐氏宗譜》卷十同；《青溪詩集》卷二、《贅叟遺集》卷四作「穹林潭潭蓊雲壁」。

〔五〕雲裝：《徐氏宗譜》卷十同；《青溪詩集》卷二作「□將」；《贅叟遺集》卷四作「雪浄」。

〔六〕濃鮮：《徐氏宗譜》卷十同；《贅叟遺集》卷四作「醲鮮」。

〔七〕情語：《徐氏宗譜》卷十同；《贅叟遺集》卷四作「情話」。

〔八〕止餘贅翁：《徐氏宗譜》卷十同；《贅叟遺集》卷四作「秪餘贅叟」。

〔九〕烏呌：《贅叟遺集》卷四、《徐氏宗譜》卷十同；《青溪詩集》卷二作「烏啼」。

〔一〇〕無由玄：《青溪詩集》卷二、《徐氏宗譜》卷十同；《贅叟遺集》卷四作「無由旋」。

〔一一〕酹故人：《青溪詩集》卷二、《徐氏宗譜》卷十同；《贅叟遺集》卷四作「酎故人」。

〔一二〕相對仲夷飲：《贅叟遺集》卷四、《徐氏宗譜》卷十同；《青溪詩集》卷二作「相對飲」。

〔一三〕醉歸仍蹈：《贅叟遺集》卷四同；《青溪詩集》卷二、《徐氏宗譜》卷十作「醉歸仍踏」。

〔一四〕萬岫：《贅叟遺集》卷四、《徐氏宗譜》卷十同；《青溪詩集》卷二作「萬壑」。

許允文先輩邀宿聊溪隱居

青溪耆舊今餘幾，恨與先生識面遲。千首新詩推老手，七旬壽相仰龐眉。〔一〕龐公隱德人誰似，李愿幽居世不知。此夜挑燈論細雨，〔二〕明朝千里惜分離。並收入《贅叟遺集》卷四、《厚屏福派徐氏宗譜》卷十。

〔校勘記〕

〔一〕龐眉：《徐氏宗譜》卷十同；《贅叟遺集》卷四作『毫眉』。

〔二〕挑燈論細雨：《徐氏宗譜》卷十同；《贅叟遺集》卷四作『排燈論細雨』。又『雨』字，底本誤作『兩』，據《徐氏宗譜》《贅叟遺集》改。

過釣臺〔一〕

不過子陵祠，如今廿三年。〔二〕身世豈非夢，追思但茫然。扁舟又東去，泛泛凌春煙。中宵阻趨謁，撫事悽不眠。高尚亦有時，嗟子獨能全。清風苟未泯，遺我還山緣。〔三〕並收入《贅叟遺集》卷四、《厚屏福派徐氏宗譜》卷十及《釣臺集》卷下。

整理者按：《尊生公本始傳》云：『方二十七歲時，與錢敬之遊嚴陵，登釣臺，覩子陵遺跡，喟然嘆曰：「此千古高人也。」乃與錢子歸，俱以高尚爲事，不復應試。時嘗以詩文論道相酬答，名利之心俱除。』則此詩作於徐尊生五十歲時。先生誕於元延祐七年，則此詩作於明洪武三年也。

〔校勘記〕

〔一〕過釣臺：《贅叟遺集》卷四同；《徐氏宗譜》卷十題『過釣臺二首』，前三句爲一首，後三句別爲一首。

〔二〕如今：《贅叟遺集》卷四、《徐氏宗譜》卷十同；《釣臺集》卷下作『而今』。

〔三〕還山緣：底本作『還山緑』，據《贅叟遺集》《徐氏宗譜》及《釣臺集》改。

過桐廬

三更過桐廬，上岸呼驛吏。卸船換文移，驚起不敢睡。嗟余本野夫，〔一〕奉我非所冀。無端乃勞人，撫己良自媿。〔二〕並收入《贅叟遺集》卷四、《厚屏福派徐氏宗譜》卷十。

【校勘記】

〔一〕嗟余：《徐氏宗譜》卷十同；《贅叟遺集》卷四作『嗟予』。

〔二〕良自媿：《徐氏宗譜》卷十同；《贅叟遺集》卷四作『良足慰』。

漁浦

參差茅屋兩三家，門外潮痕閣岸沙。亂後春風生意少，尚餘水竹間桃花。並收入《贅叟遺集》卷四、《厚屏福派徐氏宗譜》卷十。

錢塘雜書絶句六首

客子辭家一月程，杭州城裏過清明。柔桑乍緑蠶生紙，回首故園無限情。

其二

吴山高處倚晴空，兩浙興亡數載中。海色尚連雲氣黑，春光不似客愁濃。

其三

蘇公堤上踏春陽，無復笙歌笑語香。茅舍葦籬煙火静，麥苗含穗菜花黄。

其四

鄂王祠像聳新碑，誰與張吴撰好辭。欲託忠名盖非義，墳前翁仲亦難欺。張氏時，新岳王祠，陳基作記。又刻王像于石，楊翮作記。

其五

梅屋無存鶴栅亡，萋萋芳草遶平岡。年來處士風流盡，誰致孤山一瓣香。〔一〕

其六

尊明閣下戰酣時，圍棘深巖外不知。〔二〕芳草夕陽餘瓦礫，踏歌惟見牧羊兒。並收入《贅叟遺集》卷四、《厚屏福派徐氏宗譜》卷十。

〖校勘記〗

〔一〕一瓣香：底本作『一辨香』，文意不通，據《徐氏宗譜》《贅叟遺集》改。

〔二〕圍棘：《徐氏宗譜》卷十同；《贅叟遺集》卷四作『闈棘』。

〔附〕**釋可觀《岳忠武王廟名賢詩》**：

詠岳王墳〔陳基。〕

有手莫折岳王墳上樹，有足莫踐岳王墳上草。樹枝一一皆向南，草色年年護貸好。草樹尚爲人愛惜，何況祊田供廟食。山僧足跰走吴門，破帽籠頭義形色。手持遺像凛如生，載拜令人贈感激。山僧歸山視墳木，寸草勿傷或樵牧。王靈在天尸且祝，吴下祊田幸終復。

崇德道中二首

緑野逶迤一水通，扁舟東去海天空。岸邊賣酒多茅屋，〔一〕摇曳青帘細雨中。

〔**校勘記**〕

〔一〕賣酒：《徐氏宗譜》卷十同；《贅叟遺集》卷四作『奉酒』。

其二

八百修程煬帝河，龍舟欲幸競蹉跎。東風一舸經行遍，遺跡悽凉感慨多。並收入《贅叟遺集》卷四、《厚屏福派徐氏宗譜》卷十。

朱太守祠〔一〕

太守得意日，五十當行年。余年適復爾，〔二〕出山良自憐。〔三〕東風過荒祠，下車一概然。浮名亦何有，千載隨飛煙。富貴非所願，夢想東臯田。並收入《贅叟遺集》卷四、《厚屏福派徐氏宗譜》卷十及《明詩綜》卷五。

〔校勘記〕

〔一〕朱太守祠：底本誤作『米』字，《徐氏宗譜》卷十同誤；《明詩綜》卷五作『朱太守祠』，《贅叟遺集》卷四作『過朱太守祠』，據改。

〔二〕余年：《徐氏宗譜》卷十、《明詩綜》卷五同；《贅叟遺集》卷四作『予年』。

〔三〕自憐：底本誤作『目』字，據《徐氏宗譜》《明詩綜》及《贅叟遺集》改。

太湖〔一〕

一帆煙雨破昏黄，千里身心寄水鄉。震澤粘天無畔岸，吴淞入海但微茫。〔二〕愁來轉憶家山好，老去都非少日狂。長羡季鷹并魯望，〔三〕悠然高興了行藏。並收入《贅叟遺集》卷四、《厚屏福派徐氏宗譜》卷十。

〔校勘記〕

〔一〕太湖：《徐氏宗譜》卷十同；《贅叟遺集》卷四題『大湖』。

〔二〕吴淞：《贅叟遺集》卷四同；《徐氏宗譜》卷十作『吴松』。

〔三〕季鷹：底本及《徐氏宗譜》卷十誤作『季膺』，據《贅叟遺集》改。此處化用張翰典故。按《晉書》卷九二《文苑傳》：『張翰，字季鷹，吴郡吴人也。……齊王冏辟爲大司馬東曹掾。……翰因見秋風起，乃思吴中菰菜、蓴羹、鱸魚膾，曰：「人生貴得適志，何能羈宦數千里以要名爵乎！」遂命駕而歸。著《首丘賦》，文多不載。』

姑蘇感事

姑蘇城下逢春暮，行客維舟聊小住。水國茫茫煙雨昏，荒涼古跡無尋處。〔一〕鹿群遂入館娃遊，濤聲自向錢君怒。〔二〕空餘遶塹萬垂楊，他年人指張家樹。並收入《贅叟遺集》卷四、《厚屏福派徐氏宗譜》卷十。

〖**校勘記**〗

〔一〕荒凉古跡無尋處：《徐氏宗譜》卷十同；《贅叟遺集》卷四此句後多出：「季子猶存三讓風，闔閭争奪知何故。夫差末路似初年，種蠡深謀安足慮。」

〔二〕濤聲自向錢君怒：《徐氏宗譜》卷十同；《贅叟遺集》卷四作「濤聲空向錢唐怒」，後多出：「泛湖未必勝浮江，到頭總被功名誤。蓴鱸杞菊兩高人，千載清風邈難遇。可憐近日霸王圖，草草興亡無乃遽。背城血戰亦男兒，勢屈時移莫逃數。東門眼見越兵來，何況乘時竊非據。」

京口

孤城突兀當天塹，自昔相傳鐵甕雄。南岸封疆窮浙右，上流形勢控江東。兩拳怪石煙濤裏，一望長淮晻靄中。感念乾坤悲萬古，茫然無語立春風。並收入《贅叟遺集》卷四、《厚屏福派徐氏宗譜》卷十。

授翰林應奉

布衣昨日孤寒士，〔一〕翰苑今朝已授官。〔二〕幼有文章淹滯久，〔三〕老無筋力進趨難。〔四〕追班香案晨簪筆，〔五〕列坐宮門午賜餐。〔六〕早晚歸休宜引分，免教白髮玷金鑾。〔七〕並收入《贅叟遺集》卷四、《厚屏福派徐氏宗譜》卷十。

【校勘記】

〔一〕昨日：《贅叟遺集》卷四、《徐氏宗譜》卷十及《靜志居詩話》卷二同；《〔萬曆〕續修嚴州府志》卷十九作「昨夜」。

〔二〕授官：《贅叟遺集》卷四、《徐氏宗譜》卷十及《靜志居詩話》卷二同；《〔萬曆〕續修嚴州府志》卷十九作「拜官」。

〔三〕幼有：《贅叟遺集》卷四、《徐氏宗譜》卷十及《靜志居詩話》卷二同；《〔萬曆〕續修嚴州府志》卷十九作「豈有」。

〔四〕老無：《贅叟遺集》卷四、《徐氏宗譜》卷十及《靜志居詩話》卷二同；《〔萬曆〕續修嚴州府志》卷十九作「獨憐」。

〔五〕追班：底本誤作「追斑」，據《徐氏宗譜》《贅叟遺集》及《〔萬曆〕續修嚴州府志》改；《靜志居詩話》卷二作「隨班」。

〔六〕列坐：《贅叟遺集》卷四、《徐氏宗譜》卷十及《靜志居詩話》卷二同；《〔萬曆〕續修嚴州府志》卷十九作「坐列」。

〔七〕免教：《贅叟遺集》卷四、《徐氏宗譜》卷十及《靜志居詩話》卷二同；《〔萬曆〕續修嚴州府志》卷十九作「莫教」。

〔附〕《〔萬曆〕續修嚴州府志》卷十九：

徐尊生大年之赴恩命也，素無宦情，不勝簪組。其《授翰林供奉》詩云：『布衣昨夜孤寒士，翰苑今朝已拜官。豈有文章淹滯久，獨憐筋力進趨難。追班香案晨簪筆，坐列宫門午賜飡。早晚歸休宜引分，莫教白髮玷金鑾。』尋以老疾乞歸。姑蘇高季迪爲之序云：『先生之學，宜備顧問；先生之文，宜掌綸綍；先生之經術操履，宜在成均爲學者。師先生以齒髮非壯，厭《載馳》之勞，戀《考槃》之樂，抗辭引歸。上之人不違其請者，盖將縱之山林，使其鳥飛魚泳於至化之中，以明吾天子之仁，又將崇退讓而息躁競也。先生之歸，著書立言以淑諸人，咏歌賦詩以揚聖澤，非潔身獨往而無補也，尚何疑哉。』〔《鳴缶集》。〕

〔附〕朱彝尊《静志居詩話》卷二：

大年詩格清老，譬諸畫手，毫無鉛粉之飾。顧諸選家多不甄録，何也？其《懷歸集》中，有《授翰林應奉詩》云：『布衣昨日孤寒士，翰苑今朝已授官。幼有文章淹滯久，老無筋力進趨難。隨班香案晨簪筆，〔整理者按：『筆』，原書誤作『筝』。〕列坐宫門午賜餐。早晚歸休宜引分，免教白髮玷〔整理者按：『玷』，原書誤作『點』。〕金鑾。』

春夜曲〔一〕

飛光閃閃歸遥陌，初蟾倒射江城白。子規啼斷柳花殘，愁損秦淮倚樓客。渌波芳草來時路，〔二〕幽夢迢迢屢迴顧。北窗窈窕語纏綿，攀翻庭下相思樹。並收入《贅叟遺集》卷四、《厚屏福派徐氏宗譜》卷十。

【校勘記】

〔一〕春夜曲：《徐氏宗譜》卷十同；《贅叟遺集》卷四題『春夜曲』，附注『次括蒼王彦和韻』。

〔二〕淥波：《徐氏宗譜》卷十同；《贅叟遺集》卷四題『緑陂』。

寓居龍翔寺秋晨聞行者讀書〔一〕

禪房入秋氣，昧爽聞書聲。童行動所務，〔二〕更此新凉生。〔三〕琅琅出金石，抑揚仍鏗訇。餘音遞鄰牖，覊客神爲清。孔墨諒相同，感我幽懷并。平生事呫嗶，齋居候雞鳴。〔四〕隔牀警兒起，〔五〕輾轉趨日程。焉知來都邑，前功阻難成。淹留遂至今，〔六〕野性當何營。依佛庶有覺，紬書豈求名。願言返余初，〔七〕永適林下情。

並收入《贅叟遺集》卷四、《厚屏福派徐氏宗譜》卷十。

【校勘記】

〔一〕寓居至讀書：《徐氏宗譜》卷十同；《贅叟遺集》卷四題『寓居龍翔寺秋晨聞行者讀書有感』。

〔二〕動所務：《徐氏宗譜》卷十、《贅叟遺集》卷四作『勤所務』。

〔三〕更此：《徐氏宗譜》卷十同；《贅叟遺集》卷四作『及此』。

〔四〕候：底本誤作『侯』，據《徐氏宗譜》《贅叟遺集》改。

〔五〕警兒起：《徐氏宗譜》卷十同；《贅叟遺集》卷四作『驚兒起』。

〔六〕至今：《徐氏宗譜》卷十同；《贅叟遺集》卷四作『至久』。

〔七〕返余初：《徐氏宗譜》卷十同；《贅叟遺集》卷四作『返予初』。

七月六日生日有感〔一〕

客中生日近七夕，老子行年當五旬。夢寐不忘林壑趣，形模難作市朝身。〔二〕已甘素髮欺凌我，祇怕緇塵染污人。歸去秫田秋正熟，〔三〕新醪爛醉甕頭春。並收入《贅叟遺集》卷四、《厚屏福派徐氏宗譜》卷十、《明詩綜》卷五及《御選宋金元明四朝詩·明詩》卷七二。

【校勘記】

〔一〕七月六日生日有感：《徐氏宗譜》卷十、《明詩綜》卷五及《御選明詩》卷七二同；《贅叟遺集》卷四題『七月六日生日感懷』。

〔二〕形模：《徐氏宗譜》卷十、《明詩綜》卷五及《御選明詩》卷七二同；《贅叟遺集》卷四題『形容』。

〔三〕秫田：《徐氏宗譜》卷十同；《贅叟遺集》卷四、《明詩綜》卷五及《御選明詩》卷七二作『秫田』。

【附】**王鳴盛《蛾術編》卷七六『以旬爲年』條：**

白樂天詩：『掌珠一顆兒三歲，鬢雪千莖父六旬。』《説文》勹部『十日爲旬』。此以十年爲旬，沿俗誤也。明初徐尊生《懷歸集·生日有感》云：『客中生日近七夕，老子行年當五旬。』亦同。

九日與新淦曾得之龍川林元凱登新亭〔一〕

都邑歎留滯，及茲吹帽辰。言携江閫侶，訪覽出郊原。危亭久寂寞，遺址今猶存。當時集冠盖，北顧咸沾巾。神州隔煙埃，餘恨終難泯。萍蹤偶來止，長懷千載人。顗導如在目，風期宛相親。江山據形勝，王氣逾絪緼。

六代祇足羞，朔土今爲臣。群材滿清朝，詎數夷吾倫。吾徒非世用，升高振緇塵。故園黄金華，〔二〕遲余返丘樊。〔三〕

並收入《賫叟遺集》卷四。

【校勘記】

〔一〕登新亭：《賫叟遺集》卷四作『同登新亭』。

〔二〕黄金華：《賫叟遺集》卷四作『黄金鼠』。

〔三〕遲余：《賫叟遺集》卷四作『遲予』。

稷下

春官承制促成書，東觀遺編任卷舒。草草便垂千載後，〔一〕遲遲難俟百年餘。淹中舊學文空在，稷下諸生術本疏。〔二〕浪説徐生善頌止，懷鉛竊食愧何如。

並收入《賫叟遺集》卷四、《明詩綜》卷五及《御選宋金元明四朝詩·明詩》卷七二。

【校勘記】

〔一〕便垂：《賫叟遺集》卷四、《明詩綜》卷五同；《御選明詩》卷七二作『便隨』。

〔二〕諸生：《明詩綜》卷五、《御選明詩》卷七二同；《賫叟遺集》卷四作『諸儒』。

【附】**朱彝尊《静志居詩話》卷二『朱右』條：**

《元史》初成，爲期不過六月，故極其牽率。徐大年詩所云『草草便垂千載後，遲遲難俟百年餘』

是已。李善長表進文亦云：『據十三朝《實録》之文，成百餘年粗完之史。』於時以順帝三十六年事無《實録》可徵，未爲完書。孝陵復詔儀曹，分遣吕復、張貫、歐陽佑、黄盅等十二人分行天下，凡涉史事者，令郡國上之。又遣儒生危於等，歷燕南北，開局於故國子監，采訪文字，請行中書官印封識達京師。三年二月，仍命宋濂、王禕爲總裁官，續完《元史》。纂修一十五人，右與崇德貝瓊廷琚、義烏朱世廉伯清、青田王廉希陽、嘉定王彝常宗、金華張丁孟兼、河南高遜志士敏、江陰張宣藻仲、當塗李汶宗茂、吴張簡仲簡、青城杜寅彦正、東平李懋暨俞寅、殷弼，而趙壎伯友仍與其列。以是年七月竣事，其牽率猶如故也。獨怪宋、王諸公，負一代重望。即伯賢當日，亦以理學文章自命，於《春秋傳》《國語》，則有《類編》；於戰國、先秦、兩漢，則有《秦漢文衡》；於唐、宋則首定韓、柳、歐陽、曾、王、三蘇文，爲《八先生文集》；於元，則有《文穎》；而又於史，則有《歷代統紀要覽》《通鑑綱目考證》；其言曰：『凡民之欲足而止，惟學不可以足而止。』可謂有志者矣！宜其在局討論精詳，用成信史。乃任其繁蕪重複，遂出宋、金諸史之下，何哉？良由孝陵猜忌，諸臣畏觸逆鱗，表進之書，不復更其隻字，但就庚申君事補綴，與前編絶不相蒙，致有一人而作兩傳者，史至此，『鶩蛺蝶』之不如矣。

鍾山秋望

崇岡從何來，逆走江南陲。蟠積萬古奇，以時發泄之。凛秋天晃朗，孤客情鬱伊。升高望南北，愁絶鬓成絲。

並收入《贅叟遺集》卷四。

韓幹照夜白圖

天閑神驥匹練光，係着柳上難騰驤。揚鬉仰首意鬱滮，〔一〕俛欲迸斷青絲韁。〔二〕沙苑春深草肥潔，曾浴滄波滚晴雪。纖毫曾未惹塵泥，〔三〕頃刻何從受羈紲。韓生筆老天機精，能通馬語知馬情。不如解鞍縱靶任本性，〔四〕死去甘與駑駘并。並收入《贅叟遺集》卷四。

〔**校勘記**〕

〔一〕揚鬉：《贅叟遺集》卷四作『揚騌』，後注云：『音宗，馬鬣也。』

〔二〕俛欲：《贅叟遺集》卷四作『勢欲』。

〔三〕曾未：《贅叟遺集》卷四作『渾未』。

〔四〕解鞍縱靶：《贅叟遺集》卷四作『縱靶』。

〔**附**〕**錢惟善《江月松風集》卷十：**

畫馬

西風弄影四蹄霜，背有連錢匹練光。神駿何曾受羈馽，蕭蕭想見華山陽。

呈崔尚書

愚生何所長，〔一〕有若不材樹。擁腫復拳曲，蒙莊匪虚語。大患緣有身，〔二〕過客棲逆旅。常懷溝壑憂，寧軫經濟慮。分甘老山林，誰復歎遲暮。州司忽見臨，驅迫出蓬户。欲行勢倉皇，不行恐遭怒。束書竟登途，妻子那暇顧。〔三〕史筆豈所堪，努力强枝柱。未免取謗譏，何從得褒予。金幣落九天，深慚聖恩誤。陛辭許還山，老不任馳騖。硯田久已荒，〔四〕尚可不歸去。況予燕雀姿，〔五〕難箟鴛鷺羽。樊籠久飼養，反是損天賦。自秋俄及冬，懇欵曾屢訴。〔六〕情急鳴聲哀，何啻啼嬰孺。〔七〕恭惟及物心，四海仰霖雨。便期副所禱，俾遂屏幽素。江頭買歸舟，凌晨首先路。並收入《贅叟遺集》卷四、《明詩綜》卷五。

整理者按：朱彝尊《静志居詩話》卷二：『《呈崔尚書》五古，則禮部尚書亮也。』曾得之原韻未詳。按《明史》卷一三六本傳：『曾魯，字得之，新淦人。』『元至正中，魯帥里中豪，集少壯保鄉曲。數具牛酒，爲開陳順逆。衆皆遵約束，無敢爲非義者。人號其里曰君子鄉。洪武初，修《元史》，召魯爲總裁官。史成，賜金帛，以魯居首。乞還山，會編類禮書，復留之。』

【**校勘記**】

〔一〕何所長：《明詩綜》卷五同；《贅叟遺集》卷四作『何足長』。

〔二〕縁有身：《明詩綜》卷五同；《贅叟遺集》卷四作『縁有生』。

〔三〕那暇：底本誤作『那暇』，據《贅叟遺集》《明詩綜》改。

〔四〕已荒：《明詩綜》卷五同；《贅叟遺集》卷四作『已若』。

〔五〕燕雀：《明詩綜》卷五同；《贅叟遺集》卷四作『燕爵』，屬通假。

〔六〕屢訴：底本及《贅叟遺集》卷四作『屢訢』，韻脚不合；《明詩綜》卷五作『屢訴』，當是，『訢』宜爲『訴』字形訛。據《明詩綜》改。

〔七〕何啻：《明詩綜》卷五同；《贅叟遺集》卷四作『何翅』。

四雞行〔一〕

二客同向禪房棲，〔二〕相邀養得長鳴雞。五更纔覺樓鐘動，引吭鼓翼牀邊啼。一雄三雌齊八翼，羽毛深黝黑如漆。〔三〕群遊不駭復不鬪，似傍禪關學禪寂。日久充肥能産卵，次第後先常不斷。〔四〕未貪啄抱育雛㲉，且慰饕饞助餐飯。我家浙源中，生計如祝翁。今春出行千里道，雞聲相送登程早。客裡聽雞又歲餘，〔五〕惆悵彌思在家好。林君家閩路更遥，四千里外情迢迢。縱談每至夜將半，寒衾落月聞膠膠。聊爲下車揖，不用持戈舞。雞籠山下春猶淺，齊武棣西天欲曙。便令隨班踏凍候司晨，何如擁被茅茨驚唱午。可憐五羖大夫妻，短歌鬱紆心獨苦。閩山浙水早歸來，四雞勿殺携將回。並收入《賚叟遺集》卷四。

【校勘記】

〔一〕四雞行：《賚叟遺集》卷四題『四雞行』，附注云：『戲呈元凱。』

〔二〕禪房：《賚叟遺集》卷四作『僧房』。

〔三〕黑如漆：《賚叟遺集》卷四作『光如漆』。

〔四〕常不斷：《賚叟遺集》卷四作『長不斷』。

〔五〕歲餘：《賚叟遺集》卷四作『歲除』。

雪中寫懷〔一〕

皓雪宵俄積，玄陰晝不開。秦淮銀漢動，鍾阜玉龍皚。凌厲層霄迴，縈牽古意哀。都迷江令宅，稍辨越王臺。光眩埋金地，〔二〕威消閼珰雷。紛紛殊未止，衮衮竟誰裁。蠟屐趨華省，紗巾絶點埃。樓聲鳷鵲静，池羽鳳凰毸。

搀雜爐煙舞，添供茗味來。清陪群彥集，凍踏九衢回。〔三〕蘭若窮年寓，瓊瑶幻境猜。禪房深窈窱，〔四〕客影瘦摧頹。杵臼依僧竈，瓢樽得市醅。謾追鸞沼詠，〔五〕難擬兔園才。留滯懷歸切，〔六〕蕭條急景催。終尋歲寒約，好在故山梅。並收入《贅叟遺集》卷四。

〖校勘記〗

〔一〕雪中寫懷：《贅叟遺集》卷四題『踏雪暮歸書懷』，附注云：『自龍翔寺踏雪如省中，步元凱五言排律十六韻。』

〔二〕光眩：《贅叟遺集》卷四作『光眩』。

〔三〕凍踏九衢：《贅叟遺集》卷四作『凍蹋九逵』。

〔四〕窈窱：《贅叟遺集》卷四作『窅窱』，後注云：『音杳、窕，深遠也。』

〔五〕鸞沼：底本作『鸞詔』，文意不通，據《贅叟遺集》改。按李嶠《讓成均祭酒表》有『排金門而上玉堂，步鴛閣而遊鸞沼』之句。

〔六〕懷歸：《贅叟遺集》卷四作『歸懷』。

附張孟兼劉仔肩聯句和韻

嚴陵徐大年先生示余《雪中寫懷》詩十六韻屬和之，〔一〕久墮因循未能也。正月廿六日，雪作，與鄱陽劉仔肩擁爐成均東齋，遂出此詩，邀仔肩聯和其韻。因録以求教焉。〔二〕孟兼頓首。〔三〕

輕雪漫空墮，飛花萬樹開。張。逐風渾脉脉，當户自皚皚。劉。遂阻遷鶯至，翻驚旅鴈哀。張。曙分鳷鵲觀，光合鳳凰臺。劉。地壓連鰲軸，天濳起蟄雷。張。戰龍鱗甲卸，神女縞綃裁。劉。晝幌虚生白，春城迥絶埃。張。

馬蹄銀蹀躞，鵝毬玉碚硙。劉。最愛穿簾舞，堪憐拂面來。張。自誇梁苑賦，誰泛剡溪回。劉。竹響聞初訝，〔四〕窗明夢亦猜。張。戟枝擎欲折，簷滴積因頹。劉。山凈猶追琢，〔五〕江寒似發醅。張。南州消沴氣，東閣賸詩才。劉。酒擬貂裘换，花須羯鼓催。張。誰家弄羌笛，飄盡玉堂梅。劉。並收入《贅叟遺集》卷四。

〔校勘記〕

〔一〕示余雪中寫懷詩：《贅叟遺集》卷四作『示予雪中寫懷古律』。

〔二〕因録以求教焉：《贅叟遺集》卷四作『今用録以求教焉』。

〔三〕孟兼頓首：《贅叟遺集》卷四作『張孟兼劉仔肩再拜』，《贅叟遺集目録》作『張孟兼劉仔肩仝再拜上』。

〔四〕聞初訝：《贅叟遺集》卷四作『聞初訝』。

〔五〕山凈：《贅叟遺集》卷四作『山静』。

別宋生寄信還鄉〔一〕

生名璲，侍其父太史公在京，暫歸金華省母。〔二〕

膝上王文度，江南陸士龍。〔三〕老親憐俊邁，才子讓聲名。春到金華洞，雲飛建業城。折梅岐路側，〔四〕歲晚若爲情。

舟過子陵灘，憑君寄信還。雲迷招鶴社，〔五〕雪落釣魚灣。失學兒應懶，懷歸鬓盡斑。敢違林壑誓，屋角有青山。並收入《贅叟遺集》卷四。

〔校勘記〕

〔一〕別宋生寄信還鄉：《贅叟遺集》卷四題『送宋生還鄉省母二首』。

〔二〕生名至省母：《贅叟遺集》卷四作：『生名璲，侍其父在京，暫歸金華省母。爲詩送別，屬其附書回家。』

〔三〕陸士龍：《贅叟遺集》卷四作『陸士衡』。

〔四〕岐路側：《贅叟遺集》卷四作『衢路側』。

〔五〕鶴社：《贅叟遺集》卷四作『鶴墅』。

新年

江上年華與浪奔，〔一〕天涯心緒向誰論。持竿本住桐廬岸，被褐偶來金馬門。足躡風雲非老事，〔二〕鬢垂霜雪是愁痕。韭苗薺葉添新緑，〔三〕昨夜東風入故園。並收入《贅叟遺集》卷四、《厚屏福派徐氏宗譜》卷十、《青溪詩集》卷五、《明詩綜》卷五及《御選宋金元明四朝詩·明詩》卷七二。

【校勘記】

〔一〕與浪奔：《贅叟遺集》卷四、《徐氏宗譜》卷十、《明詩綜》卷五及《御選明詩》卷七二同；《青溪詩集》卷五作『逐浪奔』。

〔二〕非老事：《贅叟遺集》卷四、《徐氏宗譜》卷十、《明詩綜》卷五及《御選明詩》卷七二同；《青溪詩集》卷五作『非壯歲』。

〔三〕薺葉：《徐氏宗譜》卷十、《明詩綜》卷五同；《贅叟遺集》卷四、《御選明詩》卷七二作『齏葉』；《青溪詩集》卷五作『薤葉』。

春望

浩蕩波濤海一涯，紛紛平陸起龍蛇。鵑聲只帶中原恨，燕子還思舊主家。不見昔年遊賞伴，愁看滿地落來花。傷春宋玉倩何限，〔一〕目極遥天日又斜。並收入《贅叟遺集》卷四、《厚屏福派徐氏宗譜》卷十及《明詩綜》卷五。

【校勘記】

〔一〕傷春宋玉倩何限：《贅叟遺集》卷四、《徐氏宗譜》卷十作「傷春宋玉情何限」；《明詩綜》卷五作「傷情宋玉愁何限」。

送博士錢子愚還鄉〔一〕

乞得成均老病身，懸車便向鏡湖濱。都人共羡楊司業，鄉友争迎賀季真。落絮繽紛搀別恨，歸帆縹渺傍殘春。〔二〕欲知後夜相思夢，鳳闕西頭月色新。並收入《贅叟遺集》卷四、《明詩綜》卷五及《御選宋金元明四朝詩·明詩》卷七二。

【校勘記】

〔一〕錢子愚：《贅叟遺集》卷四同；《明詩綜》卷五、《御選明詩》卷七二作「錢子予」，按「子予」爲錢宰字，當是。或爲朱彝尊校改。

〔二〕縹渺：《贅叟遺集》卷四、《明詩綜》卷五及《御選明詩》卷七二作「縹緲」。

送宋諤還明州〔一〕

勞勞亭邊楊柳青，新裁白紵歸衫輕。我情頓似楊柳亂，〔二〕君意已逐浮雲行。一日相逢尚難別，何況同居兩三月。〔三〕君歸未久我亦歸，歸家莫遣音塵稀。並收入《贅叟遺集》卷四、《明詩綜》卷五及《御選宋金元明四朝詩·明詩》卷三九。

【校勘記】

〔一〕送宋諤還明州：《贅叟遺集》卷四同；《明詩綜》卷五、《御選明詩》卷三九題『送宋君諤還明州』。

〔二〕頓似楊柳亂：《明詩綜》卷五、《御選明詩》卷三九同；《贅叟遺集》卷四作『却似楊花亂』。

〔三〕兩三月：《明詩綜》卷五、《御選明詩》卷三九同；《贅叟遺集》卷四作『二三月』。

寄麟溪生

白麟溪上采茶翁，〔一〕白服茶來貌更童。〔二〕我亦近年顔鬓老，〔三〕題封好寄浙源東。並收入《贅叟遺集》卷四。

【校勘記】

〔一〕采茶翁：《贅叟遺集》卷四作『采苓翁』。

〔二〕白服茶：《贅叟遺集》卷四作『自負苓』。

〔三〕顔鬓老：《贅叟遺集》卷四作『顔髮老』。

青溪荷花二首。

青溪六代前，連甍盡侯家。青溪千載後，隨地生荷花。〔一〕荷開望不極，緑雲襯丹霞。不知今古愁，但似矜妍華。〔二〕可憐溪岸人，污雜仍喧挐。〔三〕年年任開落，清賞誰相加。

【校勘記】

〔一〕隨地生：《贅叟遺集》卷四作『隨意開』。

〔二〕妍華：《贅叟遺集》卷四作『年華』。

〔三〕仍喧挐：《贅叟遺集》卷四作『似喧拏』。

其二

棲棲省中客，兩見炎歊天。陽景雖罕曜，起居非静便。何以散伊鬱，行此青溪邊。清風吹荷花，芳氣時郁然。我家歙溪東，亦有溪中蓮。歸哉剝蓮實，當及秋風前。並收入《贅叟遺集》卷四。

呈危太樸先生〔一〕二首。

紬書日將宴，〔二〕每到青溪濵。惜此須臾閑，欣與耆舊親。幽軒發古帙，高柳當衡門。年忘禮或簡，氣合交自真。生世孰非夢，棄置勿重陳。願聞博雅言，庶用蠲愁煩。

〔校勘記〕
〔一〕先生：《贅叟遺集》卷四作『先輩』。
〔二〕日將宴：《贅叟遺集》卷四作『日將晏』。

其二

總角希令望，承顔苦不早。吾年亦已衰，前修故應老。促席鳳臺側，悲歌兩傾倒。〔一〕南朝多勝人，〔二〕荒墳没煙草。復念從此歸，都城跡如掃。後期悵難仍，臨風默何道。並收入《贅叟遺集》卷四。

〔校勘記〕
〔一〕傾倒：底本作『傾到』，文意不通，據《贅叟遺集》改。
〔二〕多勝人：底本作『名勝人』，文意不通，據《贅叟遺集》改。

登舟還鄉〔一〕

戚戚久懷歸，入舟始欣然。秦淮漲黄流，吴雨清炎天。夷猶須我友，曳屣登遥阡。乍茲脱朝市，〔二〕便似還林泉。嘉苗欝彌望，南與新亭連。草樹隱屋廬，耕鋤接園廛。薄暮此止宿，凌晨遂東旋。〔三〕鍾山亦送客，嫵媚生雲煙。寄聲草堂靈，永謝區中緣。〔四〕並收入《贅叟遺集》卷四、《厚屏福派徐氏宗譜》卷十。

【校勘記】

〔一〕登舟還鄉：《徐氏宗譜》卷十同；《贅叟遺集》卷四題『登舟』。

〔二〕朝市：《徐氏宗譜》卷十同；《贅叟遺集》卷四題『市朝』。

〔三〕東旋：《徐氏宗譜》卷十同；《贅叟遺集》卷四題『東還』。

〔四〕永謝區中緣：《徐氏宗譜》卷十同；《贅叟遺集》卷四題『祈謝區區緣』。

歸舟雜詠二十首。〔一〕

兩年留滯帝王州，長恐歸心不自由。今日始知身屬我，秦淮河上發輕舟。並收入《贅叟遺集》卷四、《厚屏福派徐氏宗譜》卷十。

【校勘記】

〔一〕歸舟雜詠二十首：《徐氏宗譜》卷十同；《贅叟遺集》卷四題『離京歸途雜詠二十首』。

其二

方山如几瞰芳洲，河水循環繞四周。一棹轉灣三十里，蒼然猶自立船頭。並收入《贅叟遺集》卷四、《厚屏福派徐氏宗譜》卷十。

其三

曠野參差緑樹層，亂峰如馬互超騰。舟師豈識興亡事，遥指人煙是秣陵。並收入《贅叟遺集》卷四、《厚屏福派徐氏宗譜》卷十。

其四

山圍四野天無際，水繞孤村雨乍晴。岸幘推蓬炎氣薄，上元道上聽蟬聲。並收入《贅叟遺集》卷四、《厚屏福派徐氏宗譜》卷十。

其五

凋殘無力築圩塍，〔一〕極目汙邪濁浪平。六月下旬纔種稻，〔二〕辛勤何日見秋成。並收入《贅叟遺集》卷四、《厚屏福派徐氏宗譜》卷十。

【校勘記】

〔一〕圩塍：《徐氏宗譜》卷十同；《贅叟遺集》卷四作『圩塍』。

〔二〕種稻：《徐氏宗譜》卷十同；《贅叟遺集》卷四作『下種』。

其六

溪雲黯黯覆溪潭，雲罅疏星見兩三。半夜不知何處雨，遥看飛電閃淮南。並收入《贅叟遺集》卷四、《厚屏福派徐氏宗譜》卷十、《明詩綜》卷五及《御選宋金元明四朝詩·明詩》卷一百三。

其七

小溪如帶幾縈紆，忽有寬閑鏡影孤。長嘯柁樓雙眼碧，〔一〕順風吹過赤山湖。並收入《贅叟遺集》卷四、《厚屏福派徐氏宗譜》卷十。

【校勘記】

〔一〕柁樓：《徐氏宗譜》卷十同；《贅叟遺集》卷四作『舵樓』。

其八

茅君住處是清都，絳節金支蕩有無。〔一〕豈識炎埃飛下土，有人帶笠走長途。〔二〕並收入《贅叟遺集》卷四、《厚屏福派徐氏宗譜》卷十。

【校勘記】

〔一〕蕩有無：《徐氏宗譜》卷十同；《贅叟遺集》卷四作『藹有無』。

〔二〕帶笠：《徐氏宗譜》卷十同；《贅叟遺集》卷四作『戴笠』。

其九

吴中粳稻膏腴地，〔一〕漠漠空餘煙水寬。翠荻紅蓮三百里，丹徒過盡過金壇。並收入《贅叟遺集》卷四、《厚屏福派徐氏宗譜》卷十。

【校勘記】

〔一〕粳稻：底本誤作『梗稻』，據《徐氏宗譜》改；《贅叟遺集》卷四作『粳稻』。

其十

捷徑猶行十日多，今朝轉舵入官河。常州郭外來時路，認得危橋跨碧波。並收入《贅叟遺集》卷四、《厚屏福派徐氏宗譜》卷十。

十一

幾年見説惠山泉，佳味能令俗累湔。山下往來今兩度，恨無清興到泉邊。並收入《贅叟遺集》卷四、《厚屏福派徐氏宗譜》卷十。

十二

張王宫殿碧崔嵬，十數年間事可哀。〔一〕寂寞高墻圍廢苑，〔二〕時時老鸛一飛來。〔三〕並收入《贅叟遺集》卷四、

《厚屏福派徐氏宗譜》卷十。

〔校勘記〕

〔一〕十數年間：《徐氏宗譜》卷十同；《贅叟遺集》卷四作『十數年來』。

〔二〕廢苑：底本誤作『廢死』，據《徐氏宗譜》《贅叟遺集》改。

〔三〕老鸛：《徐氏宗譜》卷十同；《贅叟遺集》卷四作『老鶴』。

十三

箱奩玩器併圖畫，〔一〕連艒東來問是誰。閱納田租渾未足，〔二〕替人鈔録送家資。並收入《贅叟遺集》卷四、《厚屏福派徐氏宗譜》卷十。

〔校勘記〕

〔一〕圖畫：《徐氏宗譜》卷十同；《贅叟遺集》卷四作『圖書』。

〔二〕閱納：《徐氏宗譜》卷十同；《贅叟遺集》卷四作『閑納』。

十四

香楠爲楝杏爲梁，〔一〕網户方連着洞房。〔二〕曾與封君醶歌舞，一朝拆去起官堂。〔三〕並收入《贅叟遺集》卷四、《厚屏福派徐氏宗譜》卷十。

〔校勘記〕

〔一〕杏爲梁：底本誤作『杏爲槩』，據《徐氏宗譜》《贅叟遺集》改。

〔二〕綱户：底本誤作『綱户』，據《徐氏宗譜》《贅叟遺集》改。宋玉曰『綱户朱綴刻方連』是也。

〔三〕官堂：《徐氏宗譜》卷十同；《贅叟遺集》卷四作『官坊』。

十五

雲抹吴天一半烏，斷虹閣雨海東隅。長風浩浩吹華髮，獨立蒼茫看太湖。並收入《贅叟遺集》卷四、《厚屏福派徐氏宗譜》卷十。

十六

一派銀河直似弦，前瞻無際後無邊。幅巾短棹東吴客，白日人稱是水仙。並收入《贅叟遺集》卷四、《厚屏福派徐氏宗譜》卷十。

十七

縞袂青裙兩玉顔，輕摇柔櫓向河灣。隔堤不得分明見，彷彿時時露髻鬟。並收入《贅叟遺集》卷四、《厚屏福派徐氏宗譜》卷十。

十八

苕水東流碧似苔，臯亭山色翠如堆。歸舟要趂杭城宿，撑到湖州市裏來。並收入《贅叟遺集》卷四、《厚屏福派徐氏宗譜》卷十。

十九

五寺榛蕪落照昏，胡盧高塔但基存。〔一〕至元孫子封崇禮，何似西僧號哈尊。〔二〕並收入《贅叟遺集》卷四、《厚屏福派徐氏宗譜》卷十。

【校勘記】

〔一〕胡盧：《徐氏宗譜》卷十同；《贅叟遺集》卷四作『葫蘆』。

〔二〕何似：《徐氏宗譜》卷十同；《贅叟遺集》卷四作『何以』，此句後注云：『哈尊乃瀛國公爲西僧之號。』

二十

七里灘頭憶去時，〔一〕雙臺回首重依依。先生應爲徐生喜，江水雲山果是歸。並收入《贅叟遺集》卷四、《厚屏福派徐氏宗譜》卷十。

【校勘記】

〔一〕灘頭：底本誤作『難頭』，據《徐氏宗譜》《贅叟遺集》改。

〔附〕**朱彝尊《静志居詩話》卷二：**

大年雖自引求去，而省臣留之，續修《庚申君史》，又編集《禮樂書》。迨三年九月，《大明集禮》書成，乃始得歸。故《歸舟詩》云『兩年留滯帝王州』也。至六年九月，詔編日曆，復與纂修之列，又固辭還山，拂帝意，出爲陝西教授。未行而卒。蒙叟引《睦州志》，謂曾授翰林待制不就，誤矣。

緑渚

歸舟一月遶三吴，鄉近清秋眼更舒。〔一〕神借好風來緑渚，人隨暮雨過桐廬。縣官續食供黄米，溪友相看饋白魚。浪説旅途多勝事，高閑終不似林居。並收入《贅叟遺集》卷四、《厚屏福派徐氏宗譜》卷十。

【**校勘記**】

〔一〕清秋：《徐氏宗譜》卷十同；《贅叟遺集》卷四作『秋清』。

還家奉訓敬行見贈〔一〕

束髮事經術，豈不願有爲。承平既窮阨，喪亂仍百罹。放志在農圃，舊業荒弗治。〔二〕蹉跎五十年，久絶青雲思。〔三〕新朝下徵書，迫起不得辭。遺以董狐筆，委以綿蕝儀。〔四〕書成幸無缺，何用好爵縻。皇明方勵精，疏庸亦奚爲。〔五〕危機失勿蹈，〔六〕况此筋力衰。〔七〕懇祈遂還山，如馬脱罵覊。故人喜歸來，咏歌辱相貽。殷勤反招隱，良非北山移。並收入《贅叟遺集》卷四、《厚屏福派徐氏宗譜》卷十。

〔校勘記〕

〔一〕還家奉訓敬行見贈：《徐氏宗譜》卷十同；《贅叟遺集》卷四題『還家酧贈』，附注『奉敬行』。

〔二〕舊業：《徐氏宗譜》卷十同；《贅叟遺集》卷四作『舊學』。

〔三〕青雲思：《徐氏宗譜》卷十同；《贅叟遺集》卷四作『青雲志』。

〔四〕綿蕝：《徐氏宗譜》卷十同；《贅叟遺集》卷四作『緜蕝』，後注云：『音最，朝會束茅表位也。漢叔孫通爲緜蕝之儀。』

〔五〕亦奚爲：《徐氏宗譜》卷十同；《贅叟遺集》卷四作『亦奚施』。

〔六〕失匆蹈：《徐氏宗譜》卷十同；《贅叟遺集》卷四作『天匆蹈』。

〔七〕筋力衰：底本作『筋力襄』，文意不通；據《徐氏宗譜》《贅叟遺集》改。

訓士淵見贈韻〔一〕

刀鋸身難試，煙霞跡自縻。懸知東市日，不似北山時。鸞鳳翔千仞，鷦鷯在一枝。〔二〕未須持琬琰，容易換羊皮。

士淵詩末句云：『忍聞才御史，竟作豹留皮。』言近事也。故因答其意。〔三〕並收入《贅叟遺集》卷四、《厚屏福派徐氏宗譜》卷十。

〔校勘記〕

〔一〕訓士淵見贈韻：『訓』，底本誤作『訓』，據《徐氏宗譜》改。《贅叟遺集》卷四題『次韻士淵見贈』。

〔二〕在一枝：《贅叟遺集》卷四同；《徐氏宗譜》卷十作『任一枝』。

〔三〕故因答其意：《徐氏宗譜》卷十同；《贅叟遺集》卷四作『故前四句答其意』。

【附】《徐徵君大年先生傳》〔節録〕：

先生爲人，樂易謙退，色壯而氣和。國子、翰林、太常諸公雅相愛重，咸欲舉爲其屬。方是時，明鼎初建，以法繩臣下嚴，頗有淫刑。先生以故不樂仕進，雖其隸春官，日與朝之大臣修明禮樂，常垢衣弊屣，爲山林憔悴之容，于是當事者不能奪其志。其歸也，同里俞溥士淵贈之詩曰：『忍聞才御史，竟作豹留皮。』言近事也。先生答之以爲：『刀鋸身難試，煙霞跡自縻。懸知東市日，不似北山時。』盖其見幾高蹈，惟故里窮交識其微旨，而諸公或未之知也。

佩刀行〔一〕

金華之永康有山曰『雲岩』，〔二〕拔起天半。有巨舟藏壑中，舟尾翹出如蠆。一釘墜岩下，〔三〕野僧得之，〔四〕以遺張君孟兼，〔五〕製爲佩刀，〔六〕銛利特甚，〔七〕尊生爲作歌。〔八〕

神人藏舟半天裏，絶壁峪谺露舟尾。〔九〕錚然有物墮中宵，〔一〇〕八觚崚嶒長尺咫。〔一一〕野僧拾之歸張公，〔一二〕化爲夭矯蒼精龍。〔一三〕不知何世何年閟奇氣，剸犀斷虎一旦生神通，魑魅却走妖邪空。〔一四〕張公佩到蓬萊殿，天上神仙驚未見。〔一五〕青絲縲懸白玉環，當晝孤光摇冷電。爲君淬厲向盤根，縱有青萍何足羡。〔一六〕他年辭榮歸浙山，莫行金華赤松間。精靈感會起霹靂，便恐飛去無時還。〔一七〕並收入《贅叟遺集》卷四、《雅頌正音》卷四、《列朝詩集》甲集十五及《明詩綜》卷五。

〔校勘記〕

〔一〕佩刀行：《金華詩録》卷二二同；《明詩綜》卷五題『佩刀行』，附注『有序』；《雅頌正音》卷四、《列朝詩集》甲集十五作『佩刀行并序』；《贅叟遺集》卷四題『神刀行』。

〔二〕雲岩：《雅頌正音》卷四、《列朝詩集》甲集十五、《明詩綜》卷五及《金華詩録》卷二二同；《贅叟遺集》卷四作『靈岩』。

〔三〕一釘墜岩下：《雅頌正音》卷四、《明詩綜》卷五及《金華詩録》卷二二同；《列朝詩集》甲集十五作『一釘墮崖下』；《贅叟遺集》卷四作『時墜一釘崖下』。

〔四〕野僧得之：《雅頌正音》卷四、《列朝詩集》甲集十五、《明詩綜》卷五及《金華詩録》卷二二同；《贅叟遺集》卷四作『野僧或得之』。

〔五〕以遺張君孟兼：《雅頌正音》卷四、《列朝詩集》甲集十五、《明詩綜》卷五及《金華詩録》卷二二同；《贅叟遺集》卷四作『以遺白石山人張孟兼』。

〔六〕製爲佩刀：《明詩綜》卷五、《金華詩録》卷二二同；《雅頌正音》卷四、《列朝詩集》甲集十五作『孟兼製爲佩刀』；《贅叟遺集》卷四作『孟兼制爲小佩刀，佩至京師』。

〔七〕銛利特甚：《雅頌正音》卷四、《列朝詩集》甲集十五、《明詩綜》卷五及《金華詩録》卷二二同；《贅叟遺集》卷四作『銛利殊甚，見者竦異焉』。

〔八〕尊生爲作歌：《雅頌正音》卷四、《列朝詩集》甲集十五、《明詩綜》卷五及《金華詩録》卷二二同；《贅叟遺集》卷四作『浙人贅叟爲作神刀行』。

〔九〕絶壁崯岈：《明詩綜》卷五、《金華詩録》卷二二作『絶壁崯岈』；《贅叟遺集》卷四、《雅頌正音》卷四及《列朝詩集》甲集十五作『絶壑谽谺』。

〔一〇〕墮中宵：《雅頌正音》卷四、《列朝詩集》甲集十五及《明詩綜》卷五同；《贅叟遺集》卷四作『墜中霄』；《金華詩録》卷二二作『度中宵』。

〔一一〕尺咫：《贅叟遺集》卷四、《明詩綜》卷五及《金華詩録》卷二二同；《雅頌正音》卷四、《列朝詩集》甲集十五作『尺只』。

〔一二〕拾之：《雅頌正音》卷四、《列朝詩集》甲集十五、《明詩綜》卷五及《金華詩録》卷二二同；《贅叟遺集》卷四作『捨得』。

〔一三〕天矯：底本誤作『天矯』，據《贅叟遺集》《雅頌正音》《列朝詩集》《明詩綜》及《金華詩録》改。

〔一四〕不知至邪空：《雅頌正音》卷四、《列朝詩集》甲集十五、《明詩綜》卷五及《金華詩録》卷二二同；《贅叟遺集》卷四作：『不知何世何年閟，奇氣剸犀斷虎兕。儜看一旦生神通，魑魅却走滅其蹤。』

〔一五〕神仙：《明詩綜》卷五、《金華詩録》卷二二同；《雅頌正音》卷四、《列朝詩集》甲集十五作『群仙』。

〔一六〕何足羡：底本誤作『何是羡』，據《雅頌正音》《列朝詩集》《明詩綜》及《金華詩録》改。

〔一七〕精靈至時還：《明詩綜》卷五、《金華詩録》卷二二同；《淵鑒類函》卷二二五作『精靈感會聲霹靂，便恐飛去無時還』；《詠物詩選》卷一四一作『精靈感會霹靂吼，便恐飛去無時還』；淳安縣地方志辦公室整理本《贅叟詩文集》作『精靈感會霹靂便，惟恐飛去無時還』。《雅頌正音》卷四〔明洪武三年刻本〕、《列朝詩集》甲集十五作『精靈感會霹靂便，恐飛去，無時還』，而文淵閣四庫本《雅頌正音》作『精靈感會霹靂響，便恐飛去無時還』。

【附】朱琰《金華詩録》卷二二『張孟兼』條：

淳安徐尊生《佩刀行·序》云：『金華之永康有山，曰雲巖，拔起天半。有巨舟藏壑中，舟尾翹出如薑。一釘墜巖下，野僧得之，以遺張君孟兼，製爲佩刀，銛利特甚。尊生爲作歌。』歌云：『神人藏舟半天裏，絶壁峆岈露舟尾。錚然有物度中宵，八觚崚嶒長尺咫。野僧拾之歸張公，化爲夭矯蒼精龍。不知何世何年閟奇氣，剸犀斷虎一旦生神通，魑魅却走妖邪空。張公佩到蓬萊殿，天上神仙驚未見。青絲絛懸白玉環，當晝孤光揺冷電。爲君淬厲向盤根，縱有青萍何足羡。他年辭榮歸浙山，莫行金華赤松間。精靈感會起霹靂，便恐飛去無時還。』録此備雲巖故實。

梅雨

柴門喧暲雨，書案撲林霏。遠陣久奔放，空絲俄細微。黄鸝喑却語，〔一〕白鷺止還飛。晚色應無定，浮雲悮作歸。　並收入《青溪詩集》卷四、《列朝詩集》甲集十五。

【校勘記】

〔一〕喑却語：《青溪詩集》卷四、《列朝詩集》甲集十五作『暗却語』。

游上善觀〔一〕

波緑新安江，草青賀齊城。出城偕逸侶，涉江早春行。〔二〕舟維古岸迥，〔三〕徑轉深谷晴。琳宫昔幽討，〔四〕悵别流年驚。黄冠昔有期，〔五〕仙遊洊無成。今晨興良遂，〔六〕整理者按：『悵别』至『良遂』，《青溪詩集》卷一、《明詩綜》

卷五無。從容振塵纓。花砌藹微馥，松房颯幽聲。慘澹畫圖展，〔七〕悠揚煙篆縈。〔八〕整理者按：『慘澹』至『篆縈』，《青溪詩集》卷一、《明詩綜》卷五無。偶值笭箵翁，手挈溪螺盈。〔九〕餉因觀主厚，味許騷人并。以茲雅趣愜，彌使吾懷清。杯觴竟綢繆，詩筆亦縱横。浮生此暫聚，忽散如煙輕。遠送何依依，顧慚方外情。並收入《青溪詩集》卷一、《明詩綜》卷五及《〔乾隆〕淳安縣志》卷四。

【校勘記】

〔一〕游上善觀：《青溪詩集》卷一、《明詩綜》卷五同；《〔乾隆〕淳安縣志》卷四題『上善館』。

〔二〕早春行：《〔乾隆〕淳安縣志》卷四同；《青溪詩集》卷一、《明詩綜》卷五作『暮春行』。

〔三〕古岸逈：《青溪詩集》卷一、《明詩綜》卷五同；《〔乾隆〕淳安縣志》卷四作『古岸迴』。

〔四〕昔幽討：《青溪詩集》卷一、《明詩綜》卷五作『恣幽討』；《〔乾隆〕淳安縣志》卷四作『昔玄討』。

〔五〕昔有期：《〔乾隆〕淳安縣志》卷四作『舊有期』。

〔六〕興良遂：《〔乾隆〕淳安縣志》卷四作『與良遂』。

〔七〕慘澹：《〔乾隆〕淳安縣志》卷四作『慘淡』。

〔八〕煙篆縈：《〔乾隆〕淳安縣志》卷四作『煙篆榮』。

〔九〕手挈：《青溪詩集》卷一、《明詩綜》卷五同；《〔乾隆〕淳安縣志》卷四作『手挚』。

玄同生游黄山還始新源贈余竹杖疇以長歌〔一〕

故人歲歲游黄山，春風西上春風還。今春東還忽相過，超然緑髮峨星冠。黄山六六似嵩少，鑱天不斷争巉岏。〔二〕當時軒轅黄帝賞奇絶，邀得浮丘廣成二子同鍊丹。丹成飛去不可見，但聞笙歌縹渺千厓端。靈芝瑶草産無數，玉扆珠函垂不刊。紫石峰南有湯谷，朱砂潛伏盈其間。〔三〕陽精陰火自蒸煑，香泉迸出流潺湲。桃花開時水盛發，〔四〕照映滉瀁瑶池寬。故人頻來作牛飲，解衣就浴先微寒。將身竦踊熱漸透，惝怳未免疑神姦。一年三百六十浴，一浴一飲精氣完。肌膚變綽約，老面回童顔。從兹遂不死，神仙亦何難。池邊修竹千萬竿，瘦勁盡作蛟龍蟠。山僧愛客不敢惜，〔五〕斬送一束青琅玕。携歸分贈驚老眼，孫枝夭矯苔痕斑。摩挲數四入遐想，羡君此遊清且閒。〔六〕也欲追隨事幽討，聊憑爾杖扶躋攀。〔七〕逢湯便共浴，〔八〕遇藥仍同飡。明年棄技荒陂裏，白日青天生羽翰。並收入《贅叟遺集》卷四、《青溪詩集》卷二。

〔校勘記〕

〔一〕還始新源贈余竹杖疇以長歌：《贅叟遺集》卷四同；《青溪詩集》卷二作『還過始新源贈予竹杖酬以長歌』。

〔二〕巉岏：《贅叟遺集》卷四同；《青溪詩集》卷二作『巑岏』。

〔三〕伏盈其間：《贅叟遺集》卷四同；《青溪詩集》卷二無『盈』字。

〔四〕盛發：底本原脱『盛』字，據《贅叟遺集》補。

〔五〕愛客：《贅叟遺集》卷四同；《青溪詩集》卷二作『喜客』。

〔六〕清且閒：底本誤作『清且間』，據《贅叟遺集》《青溪詩集》改。

〔七〕扶躋攀：《贅叟遺集》卷四同；《青溪詩集》卷二作『扶躋扳』。

〔八〕便共浴：《贅叟遺集》卷四同；《青溪詩集》卷二作『有共浴』。

追和唐元白劉諸公何處春深好原韻四首。

何處春深好，春深退吏家。門搖彭澤柳，圃艷洛陽花。窈窕閑尋壑，晴明小駕車。昔賢余敢竝，一笑帽簷斜。

其二

何處春深好，春深野父家。犢肥芳草岸，蜂鬧菜畦花。曉響樵雲斧，昏巾帶月車。〔一〕濁醪隨處飲，醉態自攲斜。〔二〕

【校勘記】

〔一〕帶月車：《贅叟遺集》卷四、《徐氏宗譜》卷十同；《青溪詩集》卷四作「戴月車」。

〔二〕自攲斜：《贅叟遺集》卷四、《徐氏宗譜》卷十同；《青溪詩集》卷四作「有時斜」。

其三

何處春深好，春深褐史家。汗青猶有草，詩筆更生花。不問米千斛，但存書五車。醉吟知幾首，落紙暮鴉斜。

其四

何處春深好，春深贅叟家。鈎簾通舊燕，載酒看鄰花。灌圃時窺井，穰田望滿車。〔一〕桑麻村墅晚，山月照人斜。 並收入《贅叟遺集》卷四、《厚屏福派徐氏宗譜》卷十及《青溪詩集》卷四。

〔校勘記〕

〔一〕望滿車：《贅叟遺集》卷四、《徐氏宗譜》卷十同；《青溪詩集》卷四作「滿望車」。

至正丙申遊尹山菴次鄭獅山韻

鄭子通經似服虔，辭官避地雪盈顛。〔一〕樓懸花果庵前雨，洞宿梅壇樹頂煙。〔二〕拔地千尋泉路直，通天一竅石龕圓。碧紗籠字應難久，石上摩娑次弟鐫。

並收入《贅叟遺集》卷四、《厚屏福派徐氏宗譜》卷十及《青溪詩集》卷五。

〔校勘記〕

〔一〕雪盈顛：《青溪詩集》卷五、《徐氏宗譜》卷十同；《贅叟遺集》卷四作「雪盈巔」。

〔二〕梅壇：《贅叟遺集》卷四、《徐氏宗譜》卷十同；《青溪詩集》卷五作「梅檀」。

附鄭獅山俞士淵倡和原韻

遊尹山菴同徐大年俞士淵〔一〕

鄭玉 歙人。

白髮蕭蕭老鄭虔，相邀同上尹山巔。新秋昨夜過微雨，古樹空岩生翠煙。〔二〕山佛倚天形聳瘦，〔三〕仙橋架壑影空圓。欲題姓字留山骨，鮮滑苔深不可鐫。〔四〕

並收入《贅叟遺集》卷四、《厚屏福派徐氏宗譜》卷十、《青溪詩集》卷五及《〔萬曆〕續修嚴州府志》卷二一。

【校勘記】

〔一〕遊尹山菴同徐大年俞士淵：《贅叟遺集》卷四、《徐氏宗譜》卷十同；《青溪詩集》卷五題『至正丙申秋與徐編修大年俞助教士淵游尹山庵』。

〔二〕空岩：《青溪詩集》卷五、《贅叟遺集》卷四及《徐氏宗譜》卷十同；《〔萬曆〕續修嚴州府志》卷二作『雲巖』。

〔三〕山佛倚天形聳瘦：《青溪詩集》卷五、《贅叟遺集》卷四同；《徐氏宗譜》卷十作『山佛倚天形聳瘐』；《〔萬曆〕續修嚴州府志》卷二作『石佛倚天形聳瘦』。

〔四〕鮮滑苔深：《贅叟遺集》卷四、《徐氏宗譜》卷十同；《青溪詩集》卷五、《〔萬曆〕續修嚴州府志》卷二作『蘚滑苔深』。

次韻〔一〕

俞溥

佛殿何年此揭虔，山僧相見已童巔。〔二〕鉢盂曉貯銀牀露，禪□時飄寶鼎煙。〔三〕旛影舞風吹宛轉，梵音和磬出清圓。他年塵土無知者，好把新詩石上鐫。並收入《贅叟遺集》卷四、《厚屏福派徐氏宗譜》卷十、《青溪詩集》卷五及《〔乾隆〕淳安縣志》卷四『尹山菴』條。

【校勘記】

〔一〕次韻：《贅叟遺集》卷四、《徐氏宗譜》卷十同；《青溪詩集》卷五題『和鄭師山遊尹山韻』。

〔二〕童巔：《贅叟遺集》卷四、《徐氏宗譜》卷十同；《青溪詩集》卷五、《〔乾隆〕淳安縣志》卷四作『童顛』。

〔三〕禪□：《贅叟遺集》卷四作『禪院』；《徐氏宗譜》卷十作『禪案』；《青溪詩集》卷五、《〔乾隆〕淳安縣志》卷四作『禪榻』。

〔附〕《〔萬曆〕續修嚴州府志》卷二：

尹山，在縣西南七十里梓桐源，山下有庵，兩峰南峙，石橋、石人、石室、石碁，天然奇怪，不可名狀。汪公聖僧脩行于此。元人鄭上與客遊詠忘歸，詩云：『白髮蕭蕭老鄭虔，相邀同上尹山巔。新秋昨夜過微雨，古樹雲巖生翠煙。石佛倚天形聳瘦，仙橋架壑影空圓。欲題姓字留山骨，蘚滑苔深不可鐫。』邑人徐尊生、俞溥皆有和。胡莊懿拱辰有《遊尹山記》。

聞方以愚太史被召還里寄慰〔一〕

輿疾年來起澗阿，江城遠別恨如何。乍疑德鳳摧毛羽，終喜冥鴻脱網羅。結屋樹根人跡少，〔二〕成書岩穴鬓絲多。〔三〕青溪他日論風節，千古蛟峰共不磨。〔四〕並收入《贅叟遺集》卷四、《青溪詩集》卷五、《〔嘉靖〕淳安縣志》卷十七、《〔順治〕淳安縣志》卷四、《〔康熙〕淳安縣志》卷二十及《〔乾隆〕淳安縣志》卷十五。

〔校勘記〕

〔一〕聞方以愚太史被召還里寄慰：《贅叟遺集》卷四同；《青溪詩集》卷五題『聞方道壑被召』；《〔嘉靖〕淳安縣志》卷十七、《〔順治〕淳安縣志》卷四、《〔康熙〕淳安縣志》卷二十題『賀方道壑被召』；《〔乾隆〕淳安縣志》卷十五題『聞方以愚被召』。

〔二〕結屋：《〔嘉靖〕淳安縣志》卷十七、《〔乾隆〕淳安縣志》卷二十及《青溪詩集》卷五同；《贅叟遺集》卷四作「結户」。

〔三〕成書：《贅叟遺集》卷四同；《〔嘉靖〕淳安縣志》卷十七、《〔乾隆〕淳安縣志》卷二十及《青溪詩集》卷五作「讀書」。

〔四〕共不：《〔嘉靖〕淳安縣志》卷十七、《〔乾隆〕淳安縣志》卷二十及《贅叟遺集》卷四同；《青溪詩集》卷五作「永不」。

寄方以愚太史

賤子生涯愛住山，姓名常恐落人間。牛羊禾黍秋清樂，〔一〕枕几圖書白晝閑。聞道幽尋來栗里，已令終日掃柴關。昔年天上飛霞珮，肯與漁樵任往還。並收入《贅叟遺集》卷四、《〔乾隆〕淳安縣志》卷十五。

【校勘記】

〔一〕秋清樂：《贅叟遺集》卷四、《〔乾隆〕淳安縣志》卷十五作「清秋樂」。

天曆間夏大之先生爲湖州安定院長時求唐子華作松石圖寄鄉友周子高爲壽子高之子仲思藏之六十年請余題其上二首。〔一〕

安定先生意甚真，吴興老子畫通神。貞松怪石生毫素，〔二〕千里殷勤贈故人。

【校勘記】

〔一〕請余：《青溪詩集》卷六、《贅叟遺集》卷四作「請予」。

〔二〕貞松：《青溪詩集》卷六同；《贅叟遺集》卷四作「真松」。

其二

怪石貞松是幾年，劫灰不壞舊青氈。〔一〕青溪文學真能子，〔二〕一度摩挲一惘然。並收入《贅叟遺集》卷四、《青溪詩集》卷六。

【校勘記】

〔一〕不壞：《青溪詩集》卷六同；《贅叟遺集》卷四作「不埋」。

〔二〕能子：《青溪詩集》卷六同；《贅叟遺集》卷四作「能手」。

畫梅一枝

繾綣江南意，瓊枝寄不多。春風如在手，相對奈愁何。並收入《贅叟遺集》卷四、《青溪詩集》卷六。

畫馬〔一〕

白馬被朱韉，〔二〕牽來過御前。憶曾何處見，金水小橋邊。並收入《贅叟遺集》卷四、《青溪詩集》卷六、《明詩綜》卷五、《御選宋金元明四朝詩·明詩》卷九六及《御定歷代題畫詩》卷一百一。

【校勘記】

〔一〕畫馬：《贅叟遺集》卷四、《明詩綜》卷五、《御選明詩》卷九六及《御定歷代題畫詩》卷一百一同；《青溪詩集》卷六題『馬圖』。

〔二〕被朱鞴：《贅叟遺集》卷四、《明詩綜》卷五、《青溪詩集》卷六及《御選明詩》卷九六同，《御定歷代題畫詩》卷一百一作『披朱鞴』。

正月十四日周敏學招同俞士淵飲江閣晚宿縣齋

新年江閣一尊同，相對都踰六十翁。漠漠雉山煙雨外，蕭蕭烏帽醉吟中。喜看頖水芹芽緑，愁阻星橋火樹紅。戴笠搴裳歸路晚，〔一〕攔街拍手笑兒童。並收入《贅叟遺集》卷四、《青溪詩集》卷五。

【校勘記】

〔一〕搴裳：《贅叟遺集》卷四同；《青溪詩集》卷五作『褰裳』。

元夜縣衙預宴簡劉思學縣丞張士廉主簿時退絹再徵甚急

花縣良宵積雨晴，公堂小宴及諸生。稍令燈火相輝映，聊與閭閻作太平。尊俎暫憑寬吏役，繭絲何以慰民情。更慚鶴鬓歸田叟，鳧舄中間共月明。〔一〕並收入《贅叟遺集》卷四、《青溪詩集》卷五。

【校勘記】

〔一〕鳧舄：《青溪詩集》卷五同；《贅叟遺集》卷四作『鳧烏』。

青溪贅翁詩集卷第二

後學禹航鮑楹訂正
會稽唐炌、同邑方瑞合、徐鬲仝訂
裔孫弘直原抄

附録：徐直之字仲孺，大年父。〔一〕

〔校勘記〕

〔一〕徐直之字仲孺：《贅叟遺集》卷四同；《青溪詩集》卷首《集中作者姓氏爵里》：『徐仲孺，字直之，本邑人。』《元詩選癸集》附傳作『仲儒，字直之』。按《徐氏宗譜》卷三所載，爲梅叟之子，應庚之孫，譜名政二，字直之。

修青溪志留縣齋半月臨行書懷奉别伯英敏學明善行仲一初邦俊諸君子

暮齒向頹颯，閑悰息奔趨。歸田既云久，遂與人事疏。公家急期會，興言涉洲途。〔一〕冀舍盍朋簪，披考宫圖書。于時芳月闌，藹藹南薰初。嘉樹廣庭合，餘葩文甃敷。尊俎託纏綿，嘯詠諧歡娱。物態貴有作，鄙性恒守迂。漸知蠶麥殷，中情眷吾廬。旋期礙霖潦，滯思增欝紆。今旦豁晴霞，〔二〕行李首郊墟。抒懷示群儁，悵别將焉如。並收入《贅叟遺集》卷四、《厚屏福派徐氏宗譜》卷十、《青溪詩集》卷一及《元詩選癸集》。

〔校勘記〕

〔一〕興言涉洲途：《元詩選癸集》《贅叟遺集》卷四及《徐氏宗譜》卷十同；《青溪詩集》卷一作『興言涉川途』。

〔二〕今旦：《贅叟遺集》卷四及《徐氏宗譜》卷十同；《元詩選癸集》作『令旦』。

詠楊花效六朝體〔一〕

溪居驚物序，輕花夏委綿。零亂朱榴苑，飄颻翠稻田。〔二〕逐吹近團扇，迎薰綴鳴絃。愁飛灞岸景，恨散章臺年。晚姿非早翫，自向幽人妍。〔三〕並收入《贅叟遺集》卷四、《厚屏福派徐氏宗譜》卷十、《青溪詩集》卷四、《元詩選癸集》及《御選宋金元明四朝詩·元詩》卷十九。

〔校勘記〕

〔一〕詠楊花效六朝體：《贅叟遺集》卷四、《御選元詩》卷十九及《徐氏宗譜》卷十同；《青溪詩集》卷四作『五月楊花效南朝體』；《元詩選癸集》作『五月楊花效六朝體』。

〔二〕稻田：底本誤作『稻由』，據《青溪詩集》《贅叟遺集》《御選元詩》《徐氏宗譜》及《元詩選癸集》改。

〔三〕自向幽人妍：《贅叟遺集》卷四、《御選元詩》卷十九及《徐氏宗譜》卷十同；《青溪詩集》卷四、《元詩選癸集》作『幽人研』。

還山贈言

大年先生於洪武三年七月與修禮書，告成，即固請得歸。於是平日知己大夫士賦詩餞贈。選録如左。

釣臺歌送大年著作〔一〕

貝瓊

子陵臺下江千尺，山削芙蓉半江出。子陵已去白雲孤，瀟灑尚愛如方壺。山風山月只依舊，何人更釣桐江鱸。先生讀書萬山裡，前年暫入金陵市。〔二〕青溪看月忽思鄉，逢人苦説桐江美。酌我手中酒，浣君身上衣。桐江秋來魚正肥，子陵臺前君蚤歸。〔三〕並收入《贅叟遺集》卷五、《厚屏福派徐氏宗譜》卷十及《〔乾隆〕淳安縣志》卷十五。

〖校勘記〗

〔一〕釣臺歌送大年著作：《徐氏宗譜》卷十、《〔乾隆〕淳安縣志》卷十五同；《贅叟遺集》卷五題『釣臺歌一首奉送大年著作先生東還以寓繾綣之意一笑幸正』。

〔二〕暫入：《徐氏宗譜》卷十、《〔乾隆〕淳安縣志》卷十五同；《贅叟遺集》卷五作『蹔入』。

〔三〕臺前：《徐氏宗譜》卷十、《〔乾隆〕淳安縣志》卷十五同；《贅叟遺集》卷五作『臺下』。

送徐先生〔一〕

永嘉鄭思先

六月將車向遠途，歸心應不憚馳驅。高風已見追种放，直筆還聞似董狐。石塢松深留夜鶴，瓦盤蓴滑薦秋鱸。知君臢有山中樂，亶用逍遥賦《白駒》。並收入《贅叟遺集》卷五、《厚屏福派徐氏宗譜》卷十及《〔乾隆〕淳安縣志》卷十五。

【校勘記】

〔一〕送徐先生：《徐氏宗譜》卷十同；《〔乾隆〕淳安縣志》卷十五題『送徐大年先生』；《贅叟遺集》卷五題『詩送徐先生』。

奉送大年先生還山兼簡道原高尚〔一〕

劉儼

曲臺相與共論心，憂患惟令白髮侵。官況不如歸去好，交情偏向別離深。鄰翁愛客常兼味，山鳥迎人載好音。羡殺魯連天下士，清風蘭雪爲相尋。並收入《贅叟遺集》卷五、《厚屏福派徐氏宗譜》卷十及《〔乾隆〕淳安縣志》卷十五。

【校勘記】

〔一〕奉送大年先生還山兼簡道原高尚：《徐氏宗譜》卷十同；《〔乾隆〕淳安縣志》卷十五題『奉送徐大年還山兼簡道原高尚』；《贅叟遺集》卷五題『詩送大年至高尚契生』。

又〔一〕

建安雷燧

徐君浩氣凌秋旻，滿襟冰雪無纖塵。放情林壑四十載，居然自號山中人。山中之人何所服，蕙帶荷衣佩芳菊。笑携明月弄潺湲，木石同居友麋鹿。有時高卧北窗風，夢回爽氣生前峰。當軒落筆寫佳句，鏗然金石鳴黄鐘。平生著述期遠紹，黄卷青燈耿相照。麟經已究聖人心，鳥篆能臨蒼頡妙。〔二〕去年詔促來天都，編摩《元史》來群儒。〔三〕文章豈在歐宋下，〔四〕議論直與班楊俱。〔五〕書成曉進明光殿，喜動龍顔春滿面。辭官不受拂衣回，〔六〕賞賚從容蒙厚眷。明時禮樂方制作，况是夷夔集阿閣。〔七〕長材又復數月淹，曲臺舊典新删削。昨宵聞君得告還，〔八〕多君喜色浮眉間。掛帆南下遂初志，某丘某水窮躋攀。君家住近嚴陵瀨，清節高風久心會。富春山下田可耕，桐廬江頭鯉堪鱠。嗟予史館相與深，鳳臺摻執懸離心。〔九〕何時乞身湖海去，〔一〇〕扁舟雪夜來相尋。並收入《贅叟遺集》卷五、《厚屏福派徐氏宗譜》卷十及《〔乾隆〕淳安縣志》卷十五。

【校勘記】

〔一〕又：《徐氏宗譜》卷十同；《〔乾隆〕淳安縣志》卷十五題『送大年先生』；《贅叟遺集》卷五題『詩送徐先生』。

〔二〕烏篆能臨：《徐氏宗譜》卷十、《〔乾隆〕淳安縣志》卷十五同；《贅叟遺集》卷五作「烏篆能通」。

〔三〕來群儒：《徐氏宗譜》卷十同；《〔乾隆〕淳安縣志》卷十五作「先群儒」；《贅叟遺集》卷五作「陪群儒」。

〔四〕文章豈在歐宋下：《贅叟遺集》卷五同；《徐氏宗譜》卷十作「文章豈在歐蘇下」；《〔乾隆〕淳安縣志》卷十五作「文字豈在歐宋後」。

〔五〕議論直與班揚俱：《徐氏宗譜》卷十、《〔乾隆〕淳安縣志》卷十五同；《贅叟遺集》卷五作「議論真與班楊俱」。又「班楊」，底本及《徐氏宗譜》卷十均誤作「斑楊」，據《〔乾隆〕淳安縣志》《贅叟遺集》改。

〔六〕不受：《徐氏宗譜》卷十、《〔乾隆〕淳安縣志》卷十五同；《贅叟遺集》卷五作「不授」。

〔七〕夷夔：底本及《贅叟遺集》卷五作「夷葽」，不通；《徐氏宗譜》卷十、《〔乾隆〕淳安縣志》卷十五作「夷夔」，據改。

〔八〕得告還：《贅叟遺集》卷五、《〔乾隆〕淳安縣志》卷十五同；《徐氏宗譜》卷十作「得告歸」。

〔九〕摻執：底本及《徐氏宗譜》卷十作「操執」，《〔乾隆〕淳安縣志》卷十五作「操□」，或誤。據《贅叟遺集》改。典出《毛詩·羔裘》「遵大路兮，摻執子之手兮」。

〔一〇〕何時：《徐氏宗譜》卷十、《〔乾隆〕淳安縣志》卷十五同；《贅叟遺集》卷五作「何將」。

餞大年聘君東還兼奉道原先生〔一〕

馬弓

自昔聲名屬老蒼，儒林誰復擅才長。〔二〕纂修大展《春秋》筆，瞻戴方依日月光。設醴上尊分海色，〔三〕

賜衣什襲帶天香。如何早識知還意，不逐層臺紫鳳翔。

分携未已憶重逢，不覺離情似水東。且共天邊千里月，又添江上一帆風。魚羹米飯常時有，茅屋雲林到處同。〔四〕若見山中魯夫子，想如頭白杜陵翁。〔五〕並收入《贅叟遺集》卷五、《厚屏福派徐氏宗譜》卷十、《元詩選補遺》及《〔乾隆〕淳安縣志》卷十五。

【校勘記】

〔一〕餞大年聘君東還兼奉道原先生：《徐氏宗譜》卷十、《〔乾隆〕淳安縣志》卷十五同；《元詩選補遺》題『餞大年聘君東還兼奉道原先生二首』；《贅叟遺集》卷五題『近體二章敬餞大年聘君先輩赴召東還兼奉道原先生』。

〔二〕才長：《徐氏宗譜》卷十、《元詩選補遺》及《〔乾隆〕淳安縣志》卷十五同；《贅叟遺集》卷五作『材長』。

〔三〕上尊：《徐氏宗譜》卷十、《元詩選補遺》及《〔乾隆〕淳安縣志》卷十五同；《贅叟遺集》卷五作『尚尊』。

〔四〕茅屋雲林：《贅叟遺集》卷五、《徐氏宗譜》卷十及《元詩選補遺》同；《〔乾隆〕淳安縣志》卷十五作『茆屋園林』。

〔五〕想如：《贅叟遺集》卷五、《徐氏宗譜》卷十及《〔乾隆〕淳安縣志》卷十五同；《元詩選補遺》作『定如』。

徐尊生集補遺卷第三

雅體

具慶堂三章十一句爲傅侍郎子敬題。

有堂嚴嚴，父母所基。彼皮斯何，有書有詩。有禮與儀，以遺其子。朝夕于茲，以積以思。以出以施，以官于朝，父母孔怡。

有堂翼翼，孝子所構。于以奉親，于以介壽。親孰不年，孰能並耇。孰不孝養，具慶鮮覯。春官之禄，既多既有，以及我父母。

甘旨陳兮，顏色温兮。定省勤兮，志意遵兮。踰八旬兮，望九齡兮。三樂存兮，五福臻兮。錫封尊兮，顯揚均兮，以裕後人兮。《贅叟遺集》卷四。

愛日堂箴爲嘉禾徐國器作。

《法言》兩言『愛日』，一爲孝子言之，一爲學者言之也。徐君國器孝養其母，以『愛日』名堂，其心誠矣。然進學可偏廢乎。爲之箴曰：

虞舜事親，常若弗及；仲尼天縱，皇皇汲汲。孝本天資，學乃其輔。孝而不學，有蔽阿堵。惟孝惟學，兩途勿隳。希聖之功，企其庶而。《贅叟遺集》卷三。

樹屋傭贊爲申屠仲權作。

勾吳先生，冠岌岌兮。德充行峻，表獨立兮。相時識機，擇所執兮。濁亂擾棼，乃潛蟄兮。震澤冥茫，煙水濕兮。中有崇丘，勢環揖兮。挈拏移具，泛舟入兮。灌木蘢嵸，蓊以翕兮。牽蘿構茅，聊自葺兮。濃陰可休，翠可襲兮。農鄰諧嬉，相保守兮。有覃者黎，糾斯笠兮。雖同傭人，身豈縶兮。時可出矣，復翔集兮。金門玉堂，俄拾級兮。發厥素蓄，鳴天邑兮。退非長往，進匪急兮。猗嗟若人，邈難及兮。《贅叟遺集》卷三。

容隱軒贊爲餘千張允臣作。

巢隱于牧，由隱於箕。唐虞在上，乃能容之。去古既遠，則有弗容。搜剔驅逼，丘壑其空。仙伯之孫，龍虎之族。遺世離人，而立於獨。欲隱而隱，何待容邪。即其有客，真德所家。越水之陽，冠山之下。逍遥相羊，誰爭子所。《贅叟遺集》卷三。

二陳處士真容像贊

八旬之翁，九尺之身。采芝之倫，祝鯁之群。心涵千古，胸無點塵。前朝遺老，今代高人。《贅叟遺集》卷三。

右叔卿像贊

猗嗟翁也，粹乎其外。介其中也，積行樹善。以亢宗也，繩其子孫。肖仲弓也，依隱高蹈。不蘄逢也，踰八望九。天所隆也，冠裳峨偉。表德容也，誰其贊之，歸來之儂也。《贅叟遺集》卷三。

五言古詩

定山夜泊

風水相蕩潏，四顧無端倪。因潮斷渚闊，隔岸群峰低。遠樹與日没，高帆帶煙迷。今宵定山夢，歸到浙源西。

《贅叟遺集》卷四。

陸宣公祠

昔年讀奏篇，心術見紙上。豈知過公里，再拜識遺像。平生經濟才，往代少與撫。醇正出賈生，變通踰董相。愚儒百無能，此出真漫浪。低徊向公前，〔一〕益愧塵俗狀。《贅叟遺集》卷四。

【校勘記】

〔一〕低徊：底本作『低絗』，揆諸文意，『絗』宜爲『徊』字之誤，徑改。

雙椿堂

根株元不異，歲月老相依。若使莊生見，應疑上古稀。《贅叟遺集》卷四。

送黄思濟歸教武義

易爲憂患作，三聖憲蓋微。進退在識時，吉凶貴先幾。伊人撫韋編，妙契占與辭。拔茅既征吉，得穀乃遄歸。横經講鄉校，蒙養獲所依。義本遯翁正，説屏輔嗣非。諸生□□□，〔一〕聖學良可希。《贅叟遺集》卷四。

【校勘記】

〔一〕諸生□□□：底本缺後三字。

安慶知府趙好德重建譙樓

飛甍聳半空，華構壓層墉。壯觀荆舒國，高齊天柱峰。峥嶸諸郡最，踴躍庶民攻。役不踰時制，形方據要衝。江山歸一覽，鼓角震群聾。赤日涵朝彩，蒼煙納晚容。政聲從遠想，勝概恨難逢。終欲過賢守，憑陵豁古胸。《贅叟遺集》卷四。

送高麗使者洪尚載李下生歸國

名邦表東海，傳序五百年。事大職惟謹，遺風嗣朝鮮。聖人受明命，向化尤恭虔。連璧兩膚使，奉琛九重天。

皇恩被邇遐，不冒無倚偏。金章錫爾主，晴虹貫歸船。鳳臺五雲高，鴨緑清且漣。永言保忠信，千世金石堅。《贅叟遺集》卷四。

匡山〔一〕

昔者陶弘景，〔二〕瞑坐聽松聲。道人千載下，看松得幽情。耳目雖異人，襟懷本同清。澹如與對日，悠然天趣成。松我苟渝交，匡山有神明。《〔光緒〕龍泉縣志》卷一『匡山』條。

【校勘記】

〔一〕匡山：題目爲整理者擬。

〔二〕陶弘景：底本作『陶宏景』，避清高宗諱。徑改。

壽豈堂

弘文館學士趙子威年八十，其子致安爲禮部郎中，名奉親之堂曰『壽豈』。

皇天扶舊德，後進識高標。壽種傳二世，清聲動九霄。周更宜見禮，漢皓不辭招。故事詢黄髮，湛恩詠蓼蕭。儀刑鳩作杖，文物鳳爲韶。令子功名起，春官禄養饒。安車時自輓，珍膳每親調。蚤譽延攀桂，衷情切仰喬。華堂聞式燕，錫類及同僚。藹藹歌人瑞，洋洋滿聖朝。《贅叟遺集》卷四。

送胡生景南歸四明

胡生海上來，儀狀清且醇。觀光搢紳間，不是尋常人。文彩何足貴，孝行能通神。母喪未窀穸，自痛情難伸。蔬食將十年，苦志連宵晨。嚴君既繼室，色養齊肫肫。撫視異母弟，無間天倫真。雖云閱仕途，欲進還逡巡。暫爲烏府掾，官屬。終念鶴髮親。投紱遂東旋，重尋故園春。江筍薦玉萌，海魚登紫鱗。怡怡奉甘旨，遠跡緇衣塵。行嗟乎胡生，制行良可珍。《贅叟遺集》卷四。

有懷堂詩爲省郎更耿伯方作。

予來厠禮局，修書省東廂。伯方職掌故，貌清才氣良。爲言本楚産，家世居歷陽。幼承二親訓，爲儒業詞章。昔歲太平久，閭閻胥樂康。內則營甘旨，外希戰文場。脱褐沾禄養，榮親兹可望。奈何志未究，風塵暗邊疆。竄身干戈際，奔走驚劻勷。似聞江東好，不憚天塹長。朝離生沙岸，夕渡采石航。姑熟不可居，秣陵乃堪藏。飄零寔瑣尾，日夜思故鄉。嚴親抱堙鬱，遘病因淪亡。孤兒哭蒼天，捧土城南岡。終養既莫遂，首丘又茫茫。回看淮上雲，大息徒永傷。尚幸老母健，鬒髮如秋霜。亦有棠棣枝，膂力俱方剛。水菽盡微志，壽萱祈晚芳。載歌《小宛》詩，三復涕泗滂。畫然懷二人，死生軫衷腸。有懷正無極，無忝未有方。請額扁其居，剟辭書其旁。予知爾識詩，遐思每徊徨。哀哀報劬勞，感俗非尋常。爾今與聞禮，記語宜推詳。樂樂所自生，禮者本不忘。爾既聞詩禮，予言復奚呼。但蘄音奇，同祈。益自勉，身立名蜚揚。況今遭盛世，朝陽鳴鳳凰。追攀青雲路，瞻仰白日光。九原定含笑，且得娛高堂。《贅叟遺集》卷四。

七言古風

負日

畏寒移榻當晨暾，浮雲何苦相吐吞。雲來令人意悽愴，雲去令人身晏温。乍悲乍喜須臾裏，世上何人能免此。所以靈臺貴湛然，不隨外物生悲喜。《贅叟遺集》卷四。

贈劉生

劉生年在總角時，大父嘗有訓戒詞。我家先世益都住，九原塚墓多纍纍。我父昔没宣城守，及葬亦得相追隨。游息江南歲年久，北望松檟徒嗟咨。人生何忍背丘壟，汝若長大無忘之。劉生領此靡失墜，拳拳心胸常奉持。天台僑寓幾千里，展省顧瞻那有期。妙年從事在行省，偶爲王事趨燕畿。風塵澒洞河汴阻，行李傍出東海湄。遂經齊履見故國，不憚迂遠途逶迤。中心無言自忖度，邂逅儻得償吾私。小營村中一下馬，躊躇四顧行遲遲。平生足跡所不到，豈有知識堪詢諮。須臾前騎忽返報，道邊有座高厜音醉，平聲。㕒。音夷，厜㕒，山巔也。《爾雅》：『崒者厜㕒。』荒煙斜靄荆棘裡，石刻謂是劉侯碑。高曾名位悉可考，是我祖壙心無疑。摩挲苔蘚再三讀，涕淚横臆交漣洏。音而，漣洏，涕流貌也。是日天時正寒食，拜跪設奠澆酒巵。白楊翻風助悽愴，紙錢買得飄棠梨。桓公仲父兩相理，只有蓬顆棲狐狸。奠畢低徊訪宗族，村鄰一二黎民遺。或云劉姓有通甫，叔父歸吴非遠而。競從墓側得茅屋，入門問客來何爲。爲言葛藟實同本，初驚後喜繼以悲。安知數世去鄉井，今朝一旦會尊卑。季父開樽款賢姪，女弟行酒兄勿辭。夜闌秉燭恍如夢，細話衷曲相諧熙。亂離顛沛譜系弱，彼此凋落無完支。北南兩派僅止此，屈指更復言他誰。由來否極理必泰，蕃衍盛大當從茲。願言此別各自保，解衣留贈情難隳。永無因緣到東浙，尚有書信來臨菑。劉生爲予道其事，予以遐想贈長欷。此於孝義實足勸，爰叙本末形聲詩。《贅叟遺集》卷四。

雲林山莊爲吉州通判姚仲方作。

雲林何矗矗，中有先人手栽木。飄零南北復西東，雲林參天長在目。林木日以長，雲飛亦知歸。林間之樂可忘飢，先人之居不可以久違，歸來歸來君勿遲。《贅叟遺集》卷四。

夏蓋湖山水詩

下嫁山前水竹村，林深髣髴二姚魂。瑯玕會見韶梢鳳，愁絶湘篁灑淚痕。鈞天奏罷杳無蹤，閶闔雲深海氣重。極目銀濤千萬里，時時縹蓋下雙龍。陳家亭館在湖邊，留得王郎住幾年。賦就垂天相鈞去，騎鯨浩蕩逐飛仙。《上虞祈山陳氏續修宗譜》。

五言八句

三高祠

三高元一致，異代乃同祠。煙水蒼茫裡，精靈會合時。定應談世變，寧不爲心悲。亦願遺卑濁，相從駕翠螭。

《贅叟遺集》卷四。

題茅山王尊師大愚卷

句曲神仙吏，唐年觀主孫。静居虚白室，深入又玄門。死竅何曾鑿，遺珠固已存。間間馳小智，未識大愚尊。

《贅叟遺集》卷四。

賦姑蘇臺〔一〕送薛復善還松江。〔二〕

客棹東歸好，〔三〕遺臺曠望多。〔四〕野花閑自發，煙水澹相和。夢斷烏棲曲，聲疏白薴歌。〔五〕傷離仍弔古，回首意如何。《贅叟遺集》卷四；並收入《蘇州永昌里薛氏宗譜》《薛氏江陰宗譜》。

【校勘記】

〔一〕賦姑蘇臺：《蘇州永昌里薛氏宗譜》《薛氏江陰宗譜》題「姑蘇臺」。

〔二〕送薛復善還松江：石印本《目録》及《蘇州永昌里薛氏宗譜》《薛氏江陰宗譜》無此七字。

〔三〕客棹東歸好：《蘇州永昌里薛氏宗譜》《薛氏江陰宗譜》作『歸棹東行好』。
〔四〕曠望：《蘇州永昌里薛氏宗譜》《薛氏江陰宗譜》作『曠望』。
〔五〕聲疏：《蘇州永昌里薛氏宗譜》《薛氏江陰宗譜》作『聲沉』。

敬義堂 熊太古先輩名此堂以訓諸子，爲作此詩。〔一〕

不見上留田，千秋萬古憐。訓辭坤六二，家學禮三千。蔚蔚紫荊樹，依依《棠棣》篇。〔二〕祖聲期益振，古瑟響朱絃。

太古之父諱朋來，暨太古俱以禮經薦名。朋來治於瑟，有《瑟譜》《瑟賦》行於世云。《贅叟遺集》卷四。

【校勘記】

〔一〕熊太古：底本作『熊大古』，徑改。
〔二〕棠棣：語出《詩·小雅·常棣》，原題多作『常棣』。

山行

一徑入深林，千尋度翠岑。舊行諳路險，憊力歎年侵。巾履摧頹狀，農樵狎易心。豈知頭上髮，曾亦戴朝簪。

《青溪詩集》卷四。

七言八句

毗陵

毗陵雄據浙江西，兵後閭閻半不齊。季子廟前芳草合，狀元坊裡亂鴉啼。百年戰鬪堪流涕，二月風光更慘悽。欲訪坡仙買田處，無人指路入荆溪。《贅叟遺集》卷四。

挽四明張母樓氏

張子淵嫡母，樓攻媿之後，歸張二十一年而寡。無子，教妾子子淵成材。子淵聞其貞節於前朝，加旌表焉。

衿佩諸樓禮義林，盛年孀苦志如金。美恒揖揖同螽羽，惟恨鏘鏘失鳳音。文伯早承猶績訓，共姜終守彼髦心。九泉貞魄何曾死，綽楔高名照古今。《贅叟遺集》卷四。

冬至感懷

正月辭鄉赴帝畿，蹉跎歲晏只堪悲。陽和自是有回日，飄泊何因無返期。暗推造化循環理，遥憶家人鏡聽詞。旦暮不忘林壑念，寸心惟仗老天知。《贅叟遺集》卷四。

題牡丹花

華髮蕭蕭五十春，五年前是賜歸人。曾將傾國雲間種，始放名園雨後新。春色何嫌舒俗地，天香猶自及閑身。只宜深隱山窗下，莫艶嬌容近太真。〔一〕《贅叟遺集》卷四。

【校勘記】

〔一〕太真：底本作「大真」，徑改。

題剪春羅

臨堦種得剪春羅，剪碎丹霞映碧莪。輕折曉紅承露重，獨留春色動人多。叢稀蕊密無塵俗，葉茂花繁滿澗阿。幽興年年勤送節，幾番清賞費吟哦。《贅叟遺集》卷四。

賀王仲宜母冬至日七十

迎長設帨巧相兼，慈母稀年衆所瞻。和氣定隨葭管動，遐齡便逐綉紋添。春深寸草心逾切，歲晚蟠桃味更甜。想見仙家賓客盛，紅爐晝燭醉厭厭。《贅叟遺集》卷四。

七言四句

泰伯廟

門内猶存楊慈湖隸書石刻，有詩云：『天地内外皆泰伯，人日見之而不識。〔一〕干戈連歲擾句吴，民物都成鬼魊區。却道人心皆泰伯，今人誰肯信前儒。《贅叟遺集》卷四。

〔校勘記〕

〔一〕門内至不識：『人日見之而不識』，江西宜黄《吴氏伯武公房譜》同；楊簡《慈湖先生遺書》卷六、《楊子折衷》卷二作『人實見之而不識』，陳世崇《隨隱漫録》卷四引作『人皆見之而不識』。

〔附〕陳世崇《隨隱漫録》卷四：

楊慈湖簡題平江府太伯廟云：『三以天下讓，先聖謂至德。簡也拜廟下，太息復太息。三辭不難也，太伯無人識。胡爲無得稱，萬象妙無極。』或曰：『太伯之神無形體，何故言象？』又言：『萬通大道者，匪有匪無。象即無，萬即一，一即萬；尚不可思而可言乎。言即無言，天地内外皆太伯，人皆見之而不識。』馮深居去非贊云：『太伯之遠啓吴宇也，其周之盛德耶。顯哉丕謨，承哉丕烈。維天有成命，匪躬之責。委而去之，川逝河决。孔子不云乎，可謂至德也已矣。虞仲隱居，季札守節，其流芳遺烈歟。郡以吴隸，禮遜維則。』

〔附〕**楊簡《慈湖先生遺書》卷六：**

謁泰伯廟

三以天下讓，先賢謂至德。某也拜廟下，太息復太息。三辭不難知，泰伯無人識。胡爲無得稱，萬象妙無極。

或曰泰伯之神無形體，何故言象。又曰萬通大道者，匪有匪無，象即無，萬即一，一即萬，尚不可思而可言乎即無言。天地内外皆泰伯，人實見之而不識。

〔附〕**《楊子折衷》卷二：**

三以天下讓，先聖謂至德。某也拜廟下太息。三辭不難知，泰伯無人識。胡爲無得稱，萬象妙無極。或曰泰伯之神無形體，何故言象。又曰萬通大道者，匪有匪無，象即無，萬即一，一即萬，尚不可思而可言乎即無言。天地内外皆泰伯，人實見之而不識。

送張生閩中巡檢二首

將軍匹馬入閩中，驛路秋清暑氣空。分水關南風物好，到時猶及荔枝紅。

其二

遠違京國鎮殊方，兵後人家近小康。吠犬不驚巡邏絶，定應綉澁緑沉槍。《贅叟遺集》卷四。

辭類

鳴鶴辭

浦江鄭仲涵父子自爲師友。汪中丞扁其軒曰「鳴鶴」，予爲作《辭》二章以記之。

鶴鳴兮幽幽，引素吭與「頏」同音，杭飛而下曰頏咽也。兮圓以遒。有唱斯和兮，聲同氣求。松高兮月白，露下兮天秋。嗟九皋之樂兮，孰軒墀之能留。

其二

鶴鳴兮蕭蕭，子從之兮，亦玄縞而翹翹。有感斯應兮，響空山之簫韶。遼海兮來令威，青雲兮下子喬。嗟仙遊之樂兮，何飲啄之能招。《贅叟遺集》卷四。

御酒師山燕諸生致語

伏以束帛賁丘園，舉昭代求賢之典；伐木燕朋友，昭先生推己之心。承雨露於九天，接雲霄於萬里。自昔懷材而抱藝，必加苦節以清修。惟山林之日久，而道德之功深。故弦歌之聲起，而信從之士衆。築精舍以處四方之學者，考遺經而師往古之聖賢。蓋藏器所以待時，而經德非以干禄。考槃在澗，雖云其樂之弗諼；鐘鼓于宫，〔一〕難免厥聲之聞外。淵源有在，名實自孚。恭惟師山先生德業弘深，天資英邁。薫陶漸染，復還文公闕里之風；正大高明，突過康成傳注之學。即師山之佳處，建鹿洞之成規。道術天開，生徒雲集。蜀日越雪，不顧流俗之是非；蜾蠃螟蛉，率皆因材而成就。模範方行於後進，聲名遂達於朝廷。天詔丁寧，來金馬玉堂之召；山林震動，增花屏練帶之輝。是惟盛時明揚側陋之心，夫豈諸生先後奔走之力。敢期丈席，嘉惠及門。併分天上之恩光，徧被門前之桃李。旨矣有矣，開黄封之上尊；飲之食之，宴青衿之小子。獲醉流霞之美，悉沾湛露之濃。江公請歌驪駒，誰敢踰於師訓；桓榮猬陳車馬，彼哉猶志於功名。爰賦致辭，用貽同志。辭曰：

勝日師山式宴新，九天分送九霞春。諸生莫忘君師賜，四座同沾德澤醇。《師山先生遺文》附録。

【校勘記】

〔一〕鐘鼓：底本作『鍾鼓』，徑改。

賦類

應制續唐太宗小山賦〔一〕

昔文皇之臨御，致四海之隆平。思娱情而悦目，抗小山於内庭。想其瑶砌擇基，芳郊運土。劚漄岸之春晴，畚渭濵之曉雨。帶翠草而入丹墀，疊蒼苔而隨輦路。〔二〕崇之築之，俄看培塿之成；堆然塊然，曾乏林巒之阻。

略栽叢桂，薄種垂楊。杏桃低映，蘭蕙微芳。接霏煙於玉陛，〔三〕承湛露於岩廊。狀若擁鬟，〔四〕形如半月。高僅過於堯階，卑難齊於魏闕。無終南太白之巍峨，〔五〕有方丈蓬萊之奇絶。當其春陽和煦，君情説豫。〔六〕玩韶景於寸碧，陟微翠於跬步。宮闈晝永，南薰穆如。坡池小憩，〔七〕煩歊頓除。玉露載零，金秋既肅。驚涼吹之生岫，疑商聲之出谷。玄冬日晏，連朝雪停。一拳獻玉，數尺呈瑩。於是視朝之隙，清宴之暇。賦《小山》於茲時，繼《卷阿》於周雅。極奇麗以形容，信曲高而和寡。乃有窈窕充容，才情淑媛。斐然繼作，〔八〕文詞絢爛。美盛德之謙卑，寓微忱於勸諫。〔九〕彼瀛洲舊臣，鑾坡巨公。氣凌嵩華，劍倚崆峒。徒抱雕蟲之技，未聞賡載之工。欽惟我皇混一寰宇，攬嶽鎮以爲家，邁輿圖於千古。收王氣之欝葱，求蟠龍而踞虎。〔一〇〕祀四裔之山川，〔一一〕納遐荒於庭户。時超然以玄覽，或游神乎藝圃。詠鐵甕於南徐，賦洞庭於荆楚。命儒臣以抒思，〔一二〕咸鋪張於洪武。又奚必假一簣以成功，詫當時之快覩。宜乎雄豪之量度越百王，下視唐宗而不取也。《贅叟遺集》卷四；並收入《厚屏福派徐氏宗譜》卷十。

〔校勘記〕

〔一〕應制至山賦：《徐氏宗譜》卷十題『應制唐太宗小山賦』。

〔二〕疊蒼苔：《徐氏宗譜》卷十作『壘蒼苔』。

〔三〕霏煙：底本作『非煙』，據《徐氏宗譜》改。

〔四〕狀若：《徐氏宗譜》卷十作『狀如』。

〔五〕太白：底本作『大白』，據《徐氏宗譜》改。

〔六〕説豫：《徐氏宗譜》卷十作『逸豫』。

〔七〕坡池：《徐氏宗譜》卷十作「坡陀」。

〔八〕斐然繼作：底本作「斐然維作」，語義不通，據《徐氏宗譜》改。

〔九〕寓微忱於勸諫：底本作「微寓忱於課勸」，「微寓」二字與前句音義不協，「課勸」二字則詞義不通。《徐氏宗譜》卷十作「寓微忱於勸諫」，當是，據改。

〔一〇〕求蟠龍：《徐氏宗譜》卷十作「永蟠龍」。

〔一一〕四裔：底本作「四夷」，惟四夷山川無由祭祀，宜爲「四裔」之誤，據《徐氏宗譜》改。

〔一二〕儒臣：《徐氏宗譜》卷十作「詞臣」。

象環賦

仰素王之所服兮，亦章甫而玄端。肇厥美於嘉佩兮，何獨取夫象環。可以立而爲度兮，組又承之以綦。彼珩璜非不好兮，羌衷服之在茲。法參兩於天地兮，周萬變而不窮。示文理於自然兮，恒隨時而用中。歷志學而序進兮，終不踰乎矩則。步周旋而必中兮，立人倫之至極。設茲佩以安行兮，環轍跡於四方。胡所如之難合兮，卒枘鑿而不行。世紛靡其改錯兮，竟周容以爲佩。循規製之不頗兮，乃狐疑而莫愛。指龜蒙以返輪兮，豈予佩之可遺。雖不周於今之人兮，將悠久而昭垂。懸日月以代明兮，運四時於嘿〔與默同〕化。嘆川流之如斯兮，曾不舍乎晝夜。器有形而可弊兮，道終古而常存。開大極於萬世兮，孰斯環之爲尊。辭曰：有圜者環象爲質兮，玄聖服之以比德兮。循環無端垂後式兮，感物有道永無斁兮。《贅叟遺集》卷四。

天爵賦

有物於此，函太極而獨尊。合陰陽而最貴，妙錫予於生人，爰參天而配地。渾渾乎，無聲臭之可擬也。昭昭乎，非形氣之能累也。醇乎萬善之具足，而燦乎萬理之咸備也。存之則爲聖爲賢，失之則爲獸爲夷。末學未達，敢請之師。師曰：『此降衷於上帝，而秉彝於烝民者邪。稟爲仁義禮智，而命於元亨利貞者邪。天叙天秩之良貴，而非外物勢利之縈者邪。統之於心官，而主之以天君者邪。宰制衆物，而爲物之靈者邪。所性分定，非由外鑠。無封邑而崇，在陋巷而樂。不爲達而加華，不以窮而加約。王公不能賤，萬乘不能薄。夫是之謂天爵。』《贅叟遺集》卷四。

白鼠賦

鼠之爲物，其狀拳局。其色伊何，常被黲服。蒼褐少深，玄黝不足。注首挺尾，撮喙豎目。〔一〕夜出趫奔，晝藏斂縮。處溷潛伺，攢煤暗伏。是曰家鼠，越燕一族。白鼠異哉，生於我屋。皎皎出倫，受命惟獨。墮地絶塵，遍身是玉。雪蛆同穴，銀河飲腹。月兔分精，瑶華嘬馥。化爲潔修，捐爾穢辱。不耗我粟，不盜我肉。不游厮厠，不罹湯獄。〔二〕與主甚馴，見客亦熟。出入座隅，恬無驚蹙。嗟此陰類，么麽刺促。〔三〕毛蟲中間，無善可録。一殊厥形，人輒駭矚。矧伊人矣，清明載毓。乃淪卑污，墨湮垢黷。瑕玷日增，貞素日梏。〔四〕舍其物靈，以就禽犢。不鼠之如，乃穀而禄。曷視茲鼠，〔五〕以白自勗。爰續爾雅，作賦警俗。爲哂韓公，徒羡烏鵠。《贅叟遺集》卷四；並收入《厚屏福派徐氏宗譜》卷十。

〔校勘記〕

〔一〕撮喙：《徐氏宗譜》卷十作『嘬喙』。
〔二〕不罹湯獄：《徐氏宗譜》卷十作『不掛湯獄』，或爲『不鑊湯獄』之誤。
〔三〕么麽刺促：《徐氏宗譜》卷十作『天魔刺促』，當是。
〔四〕貞素：《徐氏宗譜》卷十作『真素』。
〔五〕曷視：《徐氏宗譜》卷十作『曷覩』。

愚全賦爲高彦和作。

爰有隱士，韜英閟奇。隱居求志，松江之麋。退乎不爲，默乎無所。是非惛惛乎，弗揚其謂也。泯泯乎，其於世無取也。晦而亨，静而貞，黯而明，止而行。走不識其人，敢請之高君。君曰：『此夫返淳朴而去詐巧者、邪畏奔趨而就枯槁者耶，人美之而自謂好者耶，非辱溪之徒，而是移山之老者邪。不役智以相先，不餙辨以爲賢。一以聽乎天，一以歸乎自然。可以養生，可以盡年。夫是之謂愚全。』《贅叟遺集》卷四。

祥雞賦

歙鄭隱君子美讀書師山窗下。雞傷於狐，逸道旁，爲塗人攫去。數日，復脱歸，鳴于棲上。諸生目曰祥雞，余爲之賦。

夫何一靈雞兮，亶受命之殊派。職司晨而弗爽兮，處先生之齋外。戴弁冠之特達兮，焕文彩之陸離。

嘷暘烏出扶桑兮，覺群雄之盡雌。託馴養於書林兮，羌日月之既久。伺吾伊之將闌兮，每過中於宵漏。昂頭引臆若有待兮，忽振翼而醒然。迸光聲之喔喔兮，倒衣裳於簡編。撫衆德之俱備兮，相幽人之勤苦。寧畏犧而斷尾兮，孰介羽而全距。悄空山其黄昏兮，妖狐陸梁以肆毒。争性命於毫釐兮，力飛揚而過屋。何行人之蚩蚩兮，乃殆秉于路旁。既干掫之弗戒兮，復遭罹于攫攘。掩宋窗而寂歷兮，疑影響于聞唱。擁寒衾而連夕兮，空展轉而達旦。眣英心與義氣兮，恥畜養于輿臺。達九死於再厄兮，復躑躅而歸來。元見獲而終免兮，軫不留而遂去。顧微類之猶然兮，矧英雄之許與。登故棲以彷徨兮，聲啁哳而愈新。匪翰音則能祥兮，寔致祥之自人。思董生之不可易兮，潛隱居而行義。人不識天獨知兮，宛中庭其下瑞。偉師山之高蹈兮，業豈學於鄉户。康成之著述滿家兮，書帶生於門墻。遭時危以歛戢兮，傲雄飛而弗顧。黯風雨之瀟瀟兮，曾不改乎斯度。睹澤肆之飲啄兮，聽孤唳于皐禽。彼蹁躚於中夜兮，曷其有幸福之心。鴻冥冥以遠害兮，差弋人其何慕。鳳翽翽而高逝兮，非德輝而莫下。眇一雞之自全兮，亦以貞而爲吉。意神明所呵護兮，表斯文之介特。陋北山之怨鶴兮，愧草堂之價低。稔來者于千里百世之下兮，尚永概夫祥雞。《贅叟遺集》卷四。

雪舟賦

壽昌胡彦居艾溪之上，爲小舟以備樵漁。其趣於雪時尤正勝，因命曰雪舟。予爲之賦曰：

艾水之灣迴兮，何源深而境幽。有超然之人兮，託孤蓬以遨遊。泝空明而歷阻折兮，極荒尋之所至。黯窮山之歲凋兮，霰雪紛而下墜。夜寂寞其無聲兮，曉巒林而生白煙。霞混合而莫分兮，覺塵寰之迥易。渚濤晃昡以含輝兮，瓊英積於跧卧。起周視以彷徨兮，疑仙骨之非我。斷青松之枝以供爨兮，余手慄夫執柯。

斞音拘，酌也。崖流以溉釜兮，又層冰之峨峨。提笭箵戴箬笠兮，欣潛鱗之有獲。剝春葱以醑椒兮，尚巖凝之可敵。窺横窗以獻醑兮，亦獨有此梅花。擷寒葩以三嘸兮，留餘馨於齒牙。彼鄰舟之白髮兮，乃平生之親串。並兩舷以要之兮，來予共夫茲旦。忘形乎宇宙之内兮，縱談乎造化之初。續玄真之遺唱兮，勘笠澤之叢書。忽雲消而雪霽兮，陽杲杲其既舒。遂沿流以返棹兮，指溪上之林廬。《贅叟遺集》卷四。

别友賦 贈何衆仲。

幼予厲夫進修兮，謂非友而孰資。欲遠遊以博取兮，嗟志得而身違。伏深林法前修兮，奉古人以爲師。雖加溉沃之功兮，多慨激發之效。遲秀予苗之既糞兮，曾穮蓘之未施。彼美人之姱修兮，乃挾策而來茲。固意感而神會兮，寔相求之微機。駭逸氣於川駛兮，挹藻思之煙霏。顧抑遏使不露兮，務篤實而光輝。既磨予以遠業兮，又藥予以正辭。策罷蹇於峻坂兮，追騄駬乎並馳。逝一日刷千里兮，指幽燕以爲期。日月忽其易邁兮，託六稔於追隨。核磋切之所益兮，已倍蓰于初時。信麗澤之足説兮，明終始而相依。何歲華之晼晚兮，來先予以東歸。雲溶溶其四集兮，雪紛紛其交飛。山迴迴而盤折兮，路去去而逶迤。慘别情之菀結兮，攬征轡而增欷。竚岐路之臨分兮，釂此觴而勿辭。竊仁言以曷先兮，勗令德之孜孜。夫孰非勤勇而志遂兮，惰緩而功虧。揚餘光被古人兮，尚以慰夫予思。《贅叟遺集》卷四。

徐尊生集補遺卷第四

徐仲孺詩補遺

呈劉縣尹詩

甘棠一憩雪隨車，天遣賢侯以瑞書。奕世春秋行所學，三年冰蘖不求餘。禮嚴秩祀民知敬，鄉置倉廒國有儲。白首趨陪祖祠下，香風時透玉梅初。《厚屏福派徐氏宗譜》卷十。

〔附〕《厚屏福派徐氏宗譜》卷十：

劉知縣和

敝裘風雪駕柴車，僕僕馳驅畏簡書。謾逐世緣輕一出，久慚家學廢三餘。吉蠲何幸修明祀，文具胡能補我儲。鄙作煩君重訂正，梅花有約待春初。

代汪坑族伯齡上劉縣尹詩

何曾察察以爲明，亦匪胡郎矯矯清。大國小邦無擾政，昔穤今袴有歡聲。年華老去詞鋒老，經術精來吏事精。祖廟舊煩韓子筆，續碑乞作耳孫榮。《厚屏福派徐氏宗譜》卷十。

淳安徐主簿詩

老韓太末碑，潛幽發吾祖。雲仍惟達夫，時實守茲土。青溪有行祠，遺緒亦蕃廡。九天恩渥新，秩祀嚴樽俎。承宣豈異人，於我本仝譜。撫慰加懇勤，拜趨極傴俯。維睦與三衢，密邇同邾魯。惟公與達夫，盛美配今古。退之倘復生，續筆奮餘武。《厚屏福派徐氏宗譜》卷十。

徐鉉詩補遺

憶母

當年孤矢示兒威，母子今朝兩地違。隆祐宮前春草緑，幾番回首憶慈闈。《厚屏福派徐氏宗譜》卷十。

還山贈言補遺

五言律詩十二韻奉贈大年徵君歸隱清江

友生趙墉謹上

草野永遺逸，朝廷集俊才。客方歌戾止，君乃賦歸來。憶昨從徵召，非同自衒媒。共成前代史，長使後人哀。書已登延閣，心唯想釣臺。乞還頻激切，議禮復追陪。制作垂千載，經營遍九垓。此生真有幸，決去莫相猜。久矣幽懷阻，於焉笑口開。遺經甘獨抱，吾黨向誰裁。嗟我嘗同館，如何未得回。送行添白髮，投筆卧蒼苔。《贅叟遺集》卷五。

詩送大年先生

西蜀魏晉民書

禮曹將命駟書馳，孺子才名草木知。史館已聞操直筆，曲臺尤喜著新儀。方期館閣登儒雅，豈謂丘園入夢思。聖世足酧歸隱志，《考槃》應與《碩人》期。《贅叟遺集》卷五。

詩送徐先生

李汶奉上

去年詔君來修史，今年留君復修禮。功名袞袞來有期，君獨何爲念鄉里。文華絢爛珊瑚鈎，廊廟諸公盡知己。石頭城下惜分離，歸興飄然浩難已。桐江山青接半天，幾日行行漸邇。扁舟擬向釣臺邊，千古嚴陵爲君起。《贅叟遺集》卷五。

送徐先生東歸

盧陵黄篪上

皇明監前代，下詔事纂修。儒臣萃華館，載筆紛校讎。君持鋤奸斧，斬蛟北海頭。我紀天官制，分職任九州。是非期不謬，日夕更相籌。一朝經睿覽，雲錦眩兩眸。寵賚寧有異，儀曹分去留。制作政在兹，煩與數子諏。努力不敢息，倏然歲云周。告成請歸老，賜還禮更優。西風吹餘暑，蕭颯桐江秋。我懷浩無言，滔滔水東流。勗哉崇令德，更爲千載謀。《贅叟遺集》卷五。

爲徐大年題歸隱圖

唐肅

出山黄塵多，入山白雲滿。平生八尺身，蕭蕭白雲短。《丹崖集》卷四。

釣臺歌送嚴陵徐尊生太史

高啓

羊裘翁，遺釣臺。蒼翠兩相向，勢壓千崔嵬。巉巖峭壁聳雲表，泱泱桐江流遶其下徒喧豗。清風在翁振千古，唾視軒冕浮輕埃。心懷高潔猶可覿，時吐片月峰頭來。先生當代詞林載筆有良史才。不展調元手，居鼎台。却思釣臺亟歸去，胸襟灑落何如哉，胸中之樂何如哉。《青邱高季迪先生詩集》卷十一。

寄淳安徐大年

吴舜舉

歙南山去一百里，秋盡春來信不聞。昔日登樓同聽雨，今年幽谷飽看雲。管寧豈是遼東客，伯樂曾空冀北群。安得俗塵長撥置，挾書林下共朝曛。《新安文獻志》卷五五上。

寄徐大年

姚璉

山中懷故人，使我心百結。欲寄相思情，雲花不堪折。尺書何處來，讀之生冰雪。子有澹然心，長年事孤潔。杳杳鴻雁飛，天闊何時歇。平地起清風，半空耀明月。仙人九霄宮，漠漠秘靈訣。東園酷暑多，南山狐兔熱。願言息寸心，毋與較優劣。《姚叔器先生集》。

徐眤集

青溪巢松詩集卷首

徐仲由傳

徐昍，字仲由，淳安徐村人。幼穎敏，能日記五千字，博習經史百家之書，善屬文，鄉里推爲祭酒。洪武初，邑令辟掌邑庠，教三年，大有造就。仲由性恬退，不樂久困羈紲，因自免去。洪武辛酉，詔徵秀才，有司耆老僉謂仲由宜復舉應詔。乃强起之，至藩省，以詩投藩司王公，力辭而歸。遂號巢松病叟，葛巾野服，優游山水間，以詩酒自放。好事之家争相迎致，或踰月不返。雅善醫術，療傷寒。生平著述，尤工詞曲，每與客詶飲吟和，執盞立就，無不清新豪邁。仲由亦自負，嘗曰：『吾之詩文未足品藻，惟傳奇詞曲不肯多讓古人。』今世所傳《董永》《王昌》《殺狗記》皆其所作也。尚書吕公震爲太學生時，與李公傑承詔命圖魚鱗册邑中。二公嚴毅，左右不敢仰視，獨於先生一見敬服。時仲由年已老，兩目昏眵，難於步履。二公每延至旅館，扶持迎送。仲由居中坐，二公側坐，譚論娓娓，傾聽終日。及吕登春官，〔一〕遇淳人，輒問徐先生安否。其使人敬慕如此。

余過徐村，徐子子御出示其祖仲由先生詩詞藁，子御得之茶坡。他氏舊有二帙，而軼其一。詩詞雅潔，胸次灑灑，知爲隱逸詩人之流所著。《殺狗》等記至今流傳，而鄉邑間至不復知有仲由名氏，獨與村伶俗部、巴歈里唱共有，千古可歎也。仲由詞曲小令夷猶揮灑，雜以諧謔，特妙擅場。藁中多飲讌詶贈之作，舊《傳》所稱『執盞立就』『清新豪邁』者也。附記一二于此。其《凭欄人曲》云：『牆下好花移近窗。窗下古書堆滿牀。摘花寒露香。讀書冬夜長。』其《滿庭芳》云：『烏紗裹頭。清霜籬落，紅葉林丘。淵明彭澤辭官後。不事王侯。

愛的是、青山舊友。喜的是、緑酒新篘。相逌逗。金樽在手。爛醉菊花秋。』又一調云：『客來此亭。風襟灑雪，露盌調冰。座間况有文章勝。談笑生馨。銀燭照、清樽渌蟻，紅牙按、白雪陽春。簷花靚。紗窗明月，今夜晚初晴。』又《天净沙・詠吹簫》云：『花枝語動嬌鶯。澗泉流出春冰。情到處，無聲似有聲。燈前試聽。不强如月下聞筝。』《詠彈筝》云：『鴈行兒飛過青霄。指尖兒彈出多嬌。恰今夜，風清月皎。商宫雅調。這回兒不聽吹簫。』又《慶東原》詞：『指月與孫□，云似銅盤小，寶鏡圓。又似磨輪兒，推得圓欒旋。一個在樓簷那邊。一個在水中倒懸。一個掛在門前。一處被雲遮，三處都不見。』如此類甚多，茲不及載，嘗鼎一臠可也。

損菴楹識。

【**校勘記**】

〔一〕春宫：底本作『春宫』，據文意改。按《明史・吕震傳》：『永樂初，遷真定知府，入爲大理寺少卿。三年，遷刑部尚書。六年，改禮部。』

青溪巢松詩集卷第一

明徐晅仲由著
後學禹航鮑楹訂正
後裔尚善、忠秉、學商、士統、應圭、士純、行、士緯仝校

題飛鶯春織手卷

漢宫鶯啼柳絲碧，美人催動春閨織。鎖窗紅日上机來，三尺冰簾水猶滴。側身轉軸鳴咿啞，千絲萬縷生光華。眼波不定倏來去，春風暗結枝上花。纖纖玉手勞終日，煖入輕衫汗流腋。緑鬟釵摇翡翠金，綉羅臂展鴛鴦翼。欠身無語自停梭，一點閑愁生翠蛾。細看机上愁來路，〔一〕妬殺同心雙美荷。

【校勘記】

〔一〕机上：底本作『杋上』，文意不通。據前文改。

臘日洪仲柔邀詣密山寓居

青鞋蹈山入村塢，〔一〕閑身愛作梅花主。天寒旭日消林霏，殘雪茅簷響晴雨。故人家住山之阿，滿山樵牧禽猿多。提壺十里出沽酒，酒薄不醉如情何。並收入《〔乾隆〕淳安縣志》卷十五。

【校勘記】

〔一〕蹈山：《〔乾隆〕淳安縣志》卷十五作『踏山』。

貧樂

食漢貧而樂，身强老所宜。每因耽酒暇，猶恨去官遲。華髮照兩鬢，暮年堪幾時。芹宫舊時友，應是説相思。

偶成

倉米作飯飽即饑，俸錢買酒濁且醨。三年芹宫受孤羈，自謂白首無還期。掛冠歸來與昔非，坐令茅屋生光輝。灌花採藥意自適，此樂不爲人所得。

海棠

水陸花多類，〔一〕風流説海棠。無香惹蜂蝶，有色動君王。得酒添春暈，籠燈照晚粧。玉纖簪醉帽，猶憶少年狂。

【校勘記】

〔一〕花多類：底本作『花多顮』，文意不通，『顮』宜爲『類』字形訛，徑改。後同。

寄宋用張先生三月誕日

百里春風入蔗林，滿堦蘭桂玉森森。遥將此意爲君壽，相見何時洗我心。五柳莊前人已老，兩槐庭下晝長陰。廟堂丘壑今懸絶，惟有交情似舊深。

題洪仲柔山居

短褐年來學老龐，衡門無事絶紛茫。看山坐久日遠席，籠鶴歸遲月滿窗。愛客不嫌多買酒，賦詩直欲近臨江。娱親自有壎篪樂，何用當筵舞袖雙。

歸來

百年無醜好，丘壑竟同萎。萬事只如此，一官奚以爲。燕無留客語，竹有過墻枝。生死舒州杓，終爲白首期。

驢上

行行六七里，倒坐攄吟鞭。白日不可暮，青山正好看。風生清嘯爽，水湧緑漪寒。何用逃名遠，紅塵自不干。

雜興

耽書成眼暗，加飯得身强。坐飲東家酒，行歌北樂章。花薫襟袖煖，芸襲簡編香。矯首西山景，迢迢未夕陽。

雜咏

一有歸農計，終朝事圃畦。已無愁作奈，豈免醉如泥。瑟果成膠柱，人誰不噬臍。見幾猶恨晚，松菊滿蒿藜。

三月廿一日過先人墓二首

不復丘原起，真成骨肉離。天留數年壽，眼見六旬兒。藥活千人命，梧生四世枝。堪嗟坟上石，今日未成碑。

其二

白頭千載別，紅樹幾番新。大夢不知曉，故山空自春。傷心天地老，入眼虎龍真。對面三峰峙，相看泪滿巾。

過徐叔原弟墓

托契誰云少，知心自不同。從離人世後，相憶酒杯中。里巷謳歌絶，丘園事業空。經行愁不盡，泪灑白楊風。

喜麥

隴雲黄不斷，又是食新時。兆已見三白，瑞何須兩岐。鬖髿如筭立，乾穗作鈎垂。快展磨鎌手，明當辦早炊。

別懷

落日行將暮，離歌不作顏。酒醒聞杜宇，人去倚闌干。短髮梳還落，新詩寫未完。老懷難任俩，無事一加飡。

浴起

新浴當晚凉，一冠聊束髮。出門事幽尋，仰見天宇闊。清飈來灑然，興逐原野豁。况值時雨乾，萬象争秀發。我行任疾徐，取次不求達。落日未泊山，餘景且怡悦。

十六早唐山取牛

倚牀天未白，出門路交迷。野蔓塞行路，不辨水與泥。零露衝我前，落月在我西。徐行遇樵牧，磬響驚林棲。白頭挽牛回，遣子急荷犂。所憂時政猛，差夫役群黎。乘時盖官舍，里甲無停蹄。白牌一到門，迫逐類犬鷄。不見邑大夫，豈畏農事稽。五日不得耰，七日當噬臍。噬臍果何及，誰能憫飢啼。徒勞三太息，天高安可梯。

喟然嘆

我生不得親犂鋤，歸來且作耕田夫。餘年自合稍安逸，豈意人事多差殊。大兒差夫理官屋，小兒卧病搐兩足。病者由天無奈何，役者終懷怨憤多。古來興徭在農隙，待時屢見《春秋》筆。役程固自有滿時，我田日荒不可爲。白頭侵晨履田土，眼見鄰田水洋溢。健兒欺我是寒儒，手决知渠争不得。明日兒歸恨不早，計點生涯無一好。南山布豆不出泥，北山種粟草與齊。秋苗槁死紛荒稊，不覺仰嘆生孤俩。回頭語兒勿太苦，造物憐人無嫉妬。我憂不在年歲凶，憂在時官政如虎。

別縣學中

鷄聲拍月度鄰墻，倦客披裘不下牀。歸夢只如秋草短，别情多似曙雲長。愁分席上留人酒，忍見沙頭載客航。迢遞駟亭三十里，故人應許借歸裝。并收入《（乾隆）淳安縣志》卷十五。

病中無粥米喜以魯送至

無處覓佳粒，何由活病軀。忽驚門外使，相送斗中珠。急煮涎流齒，頻抄手抹鬚。幾聲長啜罷，吾亦咲饞儒。

七月大旱至八月不雨

梅潦不多作，山下無流泉。磽田與沃土，折裂相勾連。驕陽爍枯槁，瀟索如薰拳。不聞流水聲，乃見野火煙。迢迢兩源出，十里别有天。翠潁飽清泚，白花散平川。蒼雲晝陰陰，碧水秋涓涓。問之田家老，云是富家田。富家工力强，溪澗能倒懸。瀦之不遺去，夜夜泛酒舡。西風兩廊廡，高坐收豐年。豈知力穡者，敢怒不敢言。今皇理疆埸，每以均田園。一夫不被澤，如彼溝壑捐。顧此有何藥，能使齊葽蚿。

病小愈

我生不有疾，一疾竟垂死。瞎馬載育人，茫然夜臨水。乾坤不終窮，使我得復起。刀圭有成功，元氣藉調理。

加殯日無恙，鄰媪走接趾。袖中出棗修，殷勤致安喜。嗟予迫衰暮，白頭脱牙齒。早晚六旬人，來者尚未幾。
我思百年間，寸地捏如砥。猶能活千人，是可故人擬。天方假强健，未可問年幾。笑指堂下松，結交從此始。

中秋

幾日吟懷惡，多時酒盞乾。節當愁裡過，月向病中看。髮少嫌簪重，肌清怯絮寒。故人相慰好，努力勸加飡。

述懷

家被多丁累，田無十斛收。萬年空有策，一窘已無謀。生値搶攘世，行當老僬秋。牀頭詩藥在，湖海尚堪遊。

病聾

繁蟬咽高枝，老馬齕枯草。水送銀瓶中，風旋深谷表。醫言是聾閉，此病屬衰老。公年且富强，相干何太早。
造物真戲人，受侮亦不小。所賴舌尚存，笑歌還自好。

病後蒙以魯又訪

茶竈煩頻煮，蓬門約暫開。一從今病愈，兩見故人來。北院交情在，南柯舊夢回。相期日强健，來舉菊前杯。

病起

爲宦青山舊，歸農白首新。慮貧常却客，怜病每思親。味愛吴蓴美，香聞廣藥真。明朝須杖起，賒酒問北鄰。

喜雨

天遣甘霖藥旱災，八荒同日洗塵埃。歡聲正與雷聲合，生意多從秋意來。詩興便從今日好，稻花争趂晚涼開。秫田數畝應無恙，早起呼童滌酒杯。

九月十六夜對月二首

東巖有佳山，每夜出奇寶。爛爛白銀盤，光輝燭天表。中有廣寒人，相看玉皎皎。贈以長生丹，爲予添壽考。

其二

明月揚清輝，秋來美如玉。貧家夜作勞，借之以爲燭。婦織鳴寒機，男耕飯黄犢。亦有白頭人，清樽薦秋菊。

連雨有懷以魯菊圃

憶昨華筵燭影紅，别來佳菊錦叢叢。遥知門巷客來少，忍遣花枝雨洗空。老病誰憐饒學士，晏遊輸與富家翁。尋常一樣東籬景，試着詩人便不同。

十三夜大雷電風雹

霹靂搥高樹，陰風起怒濤。夜聞當變色，天怒豈終朝。赤地生流潦，深潭動蟄蛟。此時窮杜老，愁絶捲重茅。

遊石門庵

泥滑人蹤少，林深野徑分。山藏居士塔，地近我家墳。爐篆燒成字，茶煙起作雲。空門一清淨，可惜異斯文。

夢余伯仁

屏山山下士，久闊在蒿萊。舊忝詩文好，今從何處來。死生雖有異，言笑總無猜。夢覺空相憶，詩成一愴哉。

社日有懷縣學諸先生

東風剪剪褪殘梅，夜值齋壇鼓似雷。玉佩無聲聽漏轉，香煙滿地捲班回。君還有志平分肉，我獨無緣共主杯。啚得醉眠桑柘影，不愁監祭上官來。

花朝

曾記招提講務農，使君開宴水亭東。竹間老衲親行饌，花外諸生慣射弓。牙板有聲驚野鳥，彩旗無力颺春風。遥思往日題詩處，依舊山花映水紅。

東皋白雲

無心舒卷只悠然，長佔松坡草澗邊。幾度野田春雨後，曉畊來伴一簑煙。

西巒晴雪

玉峰高立萬山巔，幻出巴陵小洞天。一夜東風掃晴雪，寸尖青倚暮雲邊。

浮山明月

秋天雲窗景寥廓，颼颼林籟生陰壑。空山無人玉兔寒，半夜長松叫猿鶴。

霸谷清風

篔簹滿谷蒼煙蒙，五月六月生秋風。人間濁濁困炎暑，此獨如在冰壺中。

徐橋初霽

徐橋橋下雨晴初，斷靄殘霞眩碧罏。却憶吴山舊遊處，〔一〕半天雲影落平湖。

【校勘記】

〔一〕却憶：底本作『却億』，據前後文意改。

雙澗垂虹

雙溪流水響潺潺，過雨殘陽一抹丹。盡日野橋人不渡，長波影浸石欄干。

松皐晨鐘

宿霧朝煙濕未晞，山鐘帶雨出林遲。幾聲暗逐松風遠，草上鹿眠渾不知。

臨池暮鼓

臨池池上古沙門，暮鼓樓頭掛夕暾。堪嘆此身如泡影，能消幾度送黄昏。

和縣學中寄韻

自别槐邊手植梅，春江無日不風雷。固知老子休官好，却歎諸生點額回。荒館久懸高士榻，離亭常想故人杯。雲山相望無多地，時有新詩寄寫來。

和前花朝韻

逃儒老我得歸農，樂在村田野水東。福倚塞翁因失馬，病安廣客不疑弓。功名枕上黄粱夢，興味窗間緑樹風。有約與君爲壽日，藉花香沁酒杯紅。

題玉環春睡圖

桃花飛紅柳飛雪，未央宮殿春三月。美人睡思如酒濃，曉禁轆轤聲漸歇。重重青瑣連宮墻，雲屏綉幙凝清香。宮磚影静花枝寂，遲日春風引夢長。精神窈窕金屏裏，一隻鴛鴦卧秋水。半臂羅衫玉腕垂，紅渠映出雙蓮蓝。禁煙過却無人報，溜脱玉釵犹未覺。此際閒情别有因，眉尖帶夢生微笑。花深深處晝陰陰，蜂黄蝶粉愁春心。流鶯勿啼燕勿語，芳魂去作巫山雨。

偶成

迷途殊未遠，晚計得非差。每咲老爲宦，不如貧在家。瓜田留種秫，藥鼎借烹茶。有酒當留戀，吾生豈有涯。

雜咏七首

見幾不終朝，投閑何待老。却笑陶淵明，歸來苦不早。三徑成久荒，五柳爲誰好。空吟責一詩，戚戚累懷抱。所顧頭上巾，萬事醉中了。

其二

李斯亦何愚，乃上逐客文。黄金未懸帶，身首終横分。臂鷹當日雄，晚悔何足倫。富貴在人世，不翅如浮雲。何如坐幽樹，凉颸薦青樽。

其三

老龐不仕漢，隱身鹿門山。劉表何其愚，乃欲誘其官。棹頭不輟耕，問者發長嘆。豈無子孫念，我復當遺安。卓哉在人心，清霜灑高寒。

其四

青青園中竹，豈畏霜露折。不有歲寒姿，何以保貞潔。我無干禄心，所貴在風節。歸來且息交，窮巷羅可設。白雲在窗前，得此儘怡悦。

其五

侵晨理荒園，非種當見鋤。豈惟景界寬，亦使蕪穢除。南風習幽窗，亂我几上書。眼昏老無力，還以酒自娱。時人不勝冗，我生閑有餘。

其六

昔我出閭里，快馬乘風驅。一夢三十年，逮今出無輿。所信有命焉，狷介不易初。何哉厭貧者，愧與狐狢居。仰彼陶彭澤，屢空長晏如。

其七

用綺老不仕，翩然避狂秦。商山深處隱，布褐白綸巾。爰知駟馬車，乃能憂生身。子房勉招至，幸不嬰龍鱗。一朝定儲位，還作採芝人。〔一〕

【校勘記】

〔一〕採芝：底本作『抹芝』，據文意改。

十六夜獨酌

良夜寂無譁，狐斟竟誰與。月明不待邀，飛來照庭廡。清光滿璚觴，倒瀉流肺腑。一盃復一盃，自歌還自舞。唾彼平原家，三千賤如土。獨清豈不美，焉用噲等伍。漠漠天無雲，星斗可歷數。狂吟聲激冽，浩氣塞九府。所憂白髮生，猶不廢樽俎。緬懷謫仙人，視今如視古。

除夕

我家四兄弟，彫零半不完。存者惟二人，况復髮盡斑。亂離因析居，破屋各數間。薄田不周饑，何以能當官。我比兄更劣，運蹇家多艱。中年再鼓盆，豈特貧且鰥。落落羇芹宮，空載儒者冠。池魚與樊鳥，〔一〕鱗鬛欲縱難。邇來遂吾志，腰脚俱兩閑。歸田理松竹，手植青琅玕。俯視庭下孫，皎皎雙玉環。坐膝挽我鬚，眉目如春蘭。焉知匪丘塚，天道終好還。晚年得細君，所執供厨餐。固無桃李姿，端厚勝小蠻。客來供酒脯，聊足盡主歡。

雪消楊柳陂，春動梅花山。緑窗閒香閣，獸炭燒春盤。何如飲長夜，燭短夜未闌。酒盡塤篪鳴，慷慨出肺肝。願言叙天倫，相期永團欒。並收入《明詩綜》卷十一。

〖校勘記〗

〔一〕池魚：底本作『池漁』，據《明詩綜》改。

以魯五旬但誦坡詩云無官一身輕有子萬事足遂以演成三百字

人以無官憂，我以無官喜。憂喜何所争，在賢不肖耳。龐公命世才，劉表强不起。以安遺子孫，嘉言在青史。公才方古人，奚翅百倍止。我非家無金，誓不爲身累。彼以爵禄榮，視之如敝屣。營堂緑野東，築茅柴桑里。粉堊施屏墻，青紅餙窗几。堦前理竹松，庭下栽桃李。鑿池種蓮荷，積水養魴鯉。門迎有良朋，座對無俗士。杯觴日娱客，盡醉然後已。此心忘百憂，餘事得付委。大兒往行端，不爲官長鄙。仲也任繭絲，但知錢谷幾。三男新多聲，數學造淵邃。小兒幼敏聰，器若冠玉美。以之比諸兒，鶴在鷄群裡。去年得長孫，匍匐如虎峙。食牛固未能，跨竈可知矣。百世徐家門，榮盛有如此。今年果何年，夫婦偶同齒。青鳥從西來，賀客密如蟻。人人稱贊者，動以買臣擬。富貴君所輕，我固别有旨。公家百事具，攝養欠丹餌。巍巍紫盖峰，淵淵錦溪水。水底青琅玕，山間白玉髓。憑誰一採之，往問廣成子。覓取長生方，與公添壽紀。爲問年幾何，壽與廣成比。

四月十七喜王德剛過訪作久交行

故人去此久，遠若天一涯。雖曾入我夢，未獲親見之。胡爲忽扣門，〔一〕使我倒接籬。〔二〕初逢固知喜，動問還可悲。杳絶二十年，人事想參差。吾翁與若翁，世世心相知。今雖盡物化，眼見孫與兒。其如年運難，〔三〕我輩逢亂離。昔爲少壯交，今我獨病隨。昔爲宴遊主，〔四〕今我窮誰依。閭巷日蕭條，十九家無炊。向來車馬地，零落如殘棋。我守先人廬，强以一木枝。〔五〕門閭設雀羅，親友過者稀。焉知寂寞後，君獨重來茲。請君爲我留，爲君具酒卮。醞發春泥封，盞洗青花瓷。殺鷄具餚脯，作饌充晨饑。〔六〕劇談善戲謔，亹亹俱忘疲。酒盡更起謀，情到不復疑。君猶執謙退，一飲三致辭。人生無百歲，焉能長娛嬉。浮雲無定蹤，爝火無流輝。黄河不西返，白日長東馳。與君兩萍水，蹔合仍相違。但守金石心，後會終可期。我歌久交行，臨分重吁嚱。〔七〕並收入《明詩綜》卷十一。

【校勘記】

〔一〕扣門：《明詩綜》卷十一作『叩門』。
〔二〕接籬：《明詩綜》卷十一作『接䍦』。
〔三〕年運難：《明詩綜》卷十一作『年運囏』。
〔四〕今我獨病隨昔爲宴遊主：《明詩綜》卷十一無。
〔五〕一木枝：《明詩綜》卷十一作『一木支』。
〔六〕充晨饑：底本作『玄晨饑』，文意不通，據《明詩綜》改。
〔七〕我歌久交行臨分重吁嚱：《明詩綜》卷十一無。

贈粧鑾者別

五臺山出天之西，中峰巍然與天齊。天公何年借神力，剛飈上擊青玻璃。玻璃隨風墮江渚，從此飛來不飛去。山頭化作千仞崗，中有古佛修行處。誰其主者老比丘，紫衣奪却金兜鍪。結茅爲庵此掛錫，突兀眼底生層樓。從來有相無我相，妙相莊嚴千百狀。我今無相空有形，安得定身屹方丈。胡君術者何爲來，自言十載淹江淮。裝鑾繪手爲第一，平地現出蓮花臺。蓮花臺上飛神彩，佛頂青螺浮碧黛。煌煌五色夜生光，徧滿三千大千界。雪山佛祖老世尊，折鼎煮飯三十春。大開慧眼往超忽，復來畫者模其真。袒肩露脚身渾赤，左右旛幢輝白日。文殊殿上日月明，武將壇前龍虎出。觀音兀坐垂中堂，真珠纓絡琉璃光。一身手眼變千百，坐令海底蛟龍藏。知君好手得三昧，從古相傳非近代。四方觀者盡摩肩，幾年無此靈山會。我師先聖丘與軻，至今遺像成蹉跎。君能爲我一點綴，爲汝寫出裝鑾歌。歌聲滿天聲激烈，手折芙蓉送君別。空飛何處尋行蹤，白雲繚繞金華峰。

徐晅集補遺卷第二

烈女俞童傳〔一〕

皎皎璠璵不受污，寧辭皮面直模糊。三軍不奪終身志，一死能全百歲姑。青竹芳名傳太史，白楊荒塚哭遺孤。莫言貞節成何用，〔二〕人世綱常要爾扶。〔三〕

方宏詩有『可憐歙睦諸男子，不及俞童一婦人』之句，因附于此。俞童即士淵溥妻也。《青溪詩集》卷五；並收入《〔嘉靖〕淳安縣志》卷十七、《〔順治〕淳安縣志》卷四、《〔康熙〕淳安縣志》卷二十、《〔萬曆〕續修嚴州府志》卷二一、《〔乾隆〕嚴州府志》卷二六。

【校勘記】

〔一〕烈女俞童傳：《〔萬曆〕續修嚴州府志》卷二一同；《〔嘉靖〕淳安縣志》卷十七、《〔順治〕淳安縣志》卷四及《〔康熙〕淳安縣志》卷二十題『題俞節婦傳』；《〔乾隆〕嚴州府志》卷二六題『贈烈女童氏俞士淵妻』。

〔二〕成何用：《〔嘉靖〕淳安縣志》卷十七、《〔順治〕淳安縣志》卷四及《〔康熙〕淳安縣志》卷二十同；《〔萬曆〕續修嚴州府志》卷二一、《〔乾隆〕嚴州府志》卷二六作『成何事』。

〔三〕要爾扶：《〔萬曆〕續修嚴州府志》卷二一、《〔乾隆〕嚴州府志》卷二六同；《〔嘉靖〕淳安縣志》卷十七、《〔順治〕淳安縣志》卷四及《〔康熙〕淳安縣志》卷二十作『賴爾扶』。

〔附〕《贅叟遺集》卷二：

烈女俞童傳〔堨村人。〕

烈女俞童，淳安俞溥〔整理者按：「俞溥」，原書誤作「俞博」。〕士淵之妻也。士淵少孤，童既歸俞，克承夫志，以奉其姑。姑性嚴，待之寡恩，而蔞蔞婉聽，無幾微見顏色。士淵氣俊厲，處内肅然，而其事夫弗媚益謹，布素之衣，藜藿之食，晏如也。至正十三年春，紅巾由徽再據淳安之威平。二月，官軍克之，將士貪暴無紀，剽掠四方。先是，居民悉竄村東南山上，夜復下宿人家。未旦，則爭灶以炊。士淵貧，無人力自隨，故炊獨後，衆人食，乃得食。又病足，不能遽起。家人方裝爲就途，遊卒數十執挺刃卒至。婦以身爲翼衛，脱其姑與子出圍中。衆遂欲逼污之，婦叱曰：「我避賊至此，日夜望官軍來救，爾輩反作賊所爲也。」因大罵不屈。以刀擊其左股，愈不屈。斷其右股，終不屈。則破其面以去。士淵匍匐往救不及，猶歷見其所以無愧於爲婦者。明日，竟死。嗚乎，何其烈也！方不屈時，中一刃遽死，亦未見其難。刺剟交下，身無完膚，柔婉之姿備極慘毒，而無阻色、無悔詞，如霜松雪竹，折而不撓，可不爲烈婦哉。嗟夫！婦事夫，猶臣事君，要不可有二也。四方寇亂，委質嬰城之士，臨難忘君，隳名喪節者有之矣，求如李黻之死江州蓋鮮。於此時而有婦人焉，不負所夫，如俞童者，可不謂難哉，不有補於綱常也哉。士大夫居常無事，固以丈夫自期，而臨難則婦人也。俞童，婦人也，及其守節而死，則丈夫不如也。昔歐陽子序王凝妻事，意蓋有在。予傳俞童，有所感云。

〔附〕《元史》卷二百一《列女傳二》：

俞士淵妻童氏，嚴州人。姑性嚴，待之寡恩，童氏柔順以事之，無少拂其意者。至正十三年，賊陷威平，官軍復之，已乃縱兵剽掠。至士淵家，童氏以身蔽姑，衆欲污之，童氏大罵不屈。一卒以刀擊其左臂，愈不屈。又一卒斷其右臂，罵猶不絶。衆乃皮其面而去，明日乃死。

〔附〕《弘治嚴州府志》卷十六：

俞溥妻童氏，淳安人。姑性嚴寡恩，童柔順，無少拂其意。至正間，賊陷威平，官軍復之，乃縱兵剽掠。至溥家，童氏以身蔽姑。衆欲污之，童大罵不屈。一卒以刀擊其左臂，愈不屈。又一卒斷其右臂，罵尤不絶。衆乃皮其面而去，明日死。

〔附〕《〔乾隆〕嚴州府志》卷二一：

俞溥妻，淳安人。溥少孤，母性至嚴，童歸俞，克成夫志，以奉其姑。姑待之寡恩，柔順婉遜，無幾微見顔色。至正十三年，賊陷威平，官兵克之，乃縱兵剽掠。至溥家，童氏以身蔽姑。卒欲污之，童大罵不屈。卒怒，斷其兩臂，益大罵，衆復剺其面而死。

〔附〕《〔嘉靖〕淳安縣志》卷十二：

俞溥妻童氏，七都人。姑性嚴寡恩，童氏事之無少怠。至正十三年，賊陷威平，官軍復之，乃縱兵剽掠。至溥家，童氏以身蔽姑。衆欲汙之，童氏大罵不屈。一卒以刀擊其左臂，愈不屈。又一卒斷其右臂，罵尤不絶。衆乃皮其面而去，明日乃死。事見《列女傳》，又見《一統志》。

〔附〕《〔順治〕淳安縣志》卷十二：

俞溥妻童氏，七都人。姑性嚴寡恩，童氏事之無少怠。至正十三年，賊陷威平，官兵復之，乃縱兵剽掠。至溥家，童氏以身蔽姑。衆欲汙之，童氏大駡不屈。一卒以刀擊其左臂，愈不屈。又一卒斷其右臂，駡尤不絶。衆乃皮其面而去，明日乃死。事見《列女傳》，又見《一統志》。

商輅集

附洪璵、胡拱辰、徐貫、徐鑑、程愈、王宥、王子言、程文楷。

青溪素菴詩集卷首

商文毅詩小叙

淳安相傳有宋三元，明三元。云宋三元者，黄警齋蜕，榜眼，官大理卿；方蛟峰逢辰，狀元，禮部尚書；何潛齋夢桂，探花，大理大卿也。明三元者，商素菴輅，省會試第一人，廷試第一甲第一人也。黄、方、何三公同時皆以理學名節著，而商公登宰輔，立朝蹇諤，有古大臣風。則孕靈山川，後先輩起，又不止於科目之盛而已。因集文毅公詩，附著於此。

〔附〕《〔嘉靖〕淳安縣志》卷十一：

商輅，字弘載，芝山人。宣德十年，浙江鄉試解元。正統十年，南宫廷試，俱第一。授翰林院脩撰。尋入侍經筵，陞侍講，賜金帶，俾參綸命，多所裨益。景泰改元，陞翰林學士，再陞兵部左侍郎，兼左春坊大學士，仍兼翰林院學士。景帝不豫，輅建議請立東駕，草奏云：『陛下爲宣宗章皇帝之子，當立宣宗章皇帝之孫正位東宫，助理庶政。』同官皆稱善。翌日，變作，不果進。英宗復位，慰諭甚至。已而，爲石亨等誣陷，放歸田里。成化二年，上鑒其枉，遣使起輅於家，復原官，仍内閣參預密務。輅首疏八事，勤聖政，納諫言，儲養將才，整飭邊備，革冗濫之弊，設社倉之法，崇先聖之號以配天，開入德之基以造士，皆切時弊，上深加採納。慈懿皇太后崩，召廷臣議葬事，衆莫敢言。輅與大學士彭時答曰：『仰惟大行慈懿皇太后作配英宗睿皇帝，正位中宫。及皇上嗣居宸極，尊爲慈懿皇太后，盖先帝全夫婦大倫，皇上念母子深恩，天下後世無容議矣。今壽終之日，梓宫當合葬裕陵，神主當祔食英廟，此萬世不易之理，古今通行之道。』又引漢文帝合葬吕后，宋仁宗合葬劉后故事，乞念綱常大體，聞者韙之。陞本部尚書，兼學士如故。七年冬，彗星見。輅疏辭輔導失職，條陳八事，上納其言而不允其辭。改户部尚書，文淵閣大學士。時議欲復景皇帝號，輅力陳所以當復之故，言甚剴切，左右皆泣，輅亦泣。上聞，爲之感動，遂允其請。陞太子少寶，賜白金寶、鏹金織襲衣以歸家，居十年而卒，壽七十三。上聞，悼惜不已，贈特進榮禄大夫、太傅，謚文毅，遣官致祭，仍命有司如制營葬。輅風儀俊偉，器宇凝重，忠孝仁厚，出於天性，自幼至老，敬慎如一。動止嚴肅，無惰容，無疾言，雖閑居無事，常若侍君父側。度量弘大，恢恢有容。爲文章渾厚典實，一主於理，詩寫性情，雍容雅淡，有陶、韋風。有集若干卷，藏於家。學者因其自號，稱爲『素庵先生』。子良輔，孫汝謙，皆以輅恩入國子監。良輔授禮部精膳司主事，汝謙授尚寶司丞。

〔附〕《皇明名臣琬琰録·後集》卷十四：

少保商文毅公墓誌銘〔略。〕　尹侍郎〔直。〕

成化丙戌冬，詔起前兵部左侍郎兼翰林院學士商公於淳安山中，至則復職，仍參密務。公辭不允，乃感激就任，累遷太子少保，吏部尚書，兼謹身殿大學士。丁酉，以疾懇休。上察其誠，從之。升太保，兼職如故。賜璽書、金幣、襲衣、瑶鏹，給驛以歸。抵家十載，始卒，丙午七月十八日也。泝生永樂甲午二月二十五日，壽七十有三。訃聞，深見悼惜，贈特進榮禄大夫，太傅，謚文毅，遣官諭祭者四，命有司營葬如制。嗚呼！始終榮哀至矣。

公諱輅，字弘載，號素菴，姓商氏。始祖諱瑗，宋嘉祐間，自西夏都知兵馬使來歸，賜地于邑芝山，子孫因家焉。三世俱以蔭補官，至祖敬中、考仲宣，咸因公貴，累贈資政大夫，兵部尚書兼翰林院學士。祖妣胡氏、妣解氏，俱夫人。公幼穎敏卓越，宣德乙卯，以壁經發解浙闈。正統乙丑，會試俱第一，授翰林脩撰。尋命進學東閣，務大期用。繼選經筵展書，遂命進講。己巳，升侍讀，擢入内閣。時英廟北狩，國勢危疑，妄有倡議南遷者，公力沮之。虜逼京城，公與文武元僚經略戰守，遣官撫輯甸居之虜，徵各邊師選兵入援，揭牓賊營，購虜酋，僞爲喜寧報誘擒也先。書故遺於虜營，虜得牓與書，故自相疑。遁明年，景泰紀元之秋，往迎英廟回鑾於居庸關，草詔稱旨，賜酒果馬匹。既而，錦衣盧指揮妄言南内事，窮治不已。公言此不足信，獄遂不竟。壬申，初議易儲。公謂此國大事，有皇太后在上，臣下誰敢議此。明日，有旨，會多官議，附和者衆。公争不可。踰歲，鍾同、章綸相繼請復儲下獄，禍不測。公因召對，力救綸，竟得免。丁丑春，景皇帝不豫，公即與陳公循倡請復儲，以繫人心，不允。繼具疏，公援筆增二語：『陛下爲宣宗章皇帝之子，當立宣宗章皇帝之孫。』擬詰旦進，至期變作，正月十七日也。先帝復辟，首召慰諭，且問改元。公對：『當同循等具請裁定。』又明日，權奸嗾言官捃摭再劾，坐免。朝廷尋知非辜，欲復用，不果。公家居怡然，養母訓子，杜門不出。及復起，首疏八事，舉切時弊。戊子，以地震乞罷，諭以方託調燮，豈宜去。是夏，詔議慈懿皇太后葬禮。公同彭文憲公力言附陵祔廟，理不可易。至率廷臣伏闕泣請，卒從。尋因彗見，言官有所誣詆，公力求退，奉旨：『朕用卿不疑，何恤人言。』至詰責言者，唐太宗用王魏，朕用商輅，何不可。』欲加譴調，公言：『臣嘗勸優容，言官已荷嘉納，如脩撰羅倫復請召用，今因論臣而反責之，如公論何。』特允所言，召公至榻前，勉慰再三。尋升尚書，仍兼學士。蕃酋滿四瓶，官軍往討，未下。廷臣規再出師邀功，有危語，公與同官執不從。未幾，捷至。上喜，賜公等俘奴各一。己丑冬，燠公陳時政之弊。辛卯冬，彗見，復疏八事。壬辰，以天下水旱相仍，請省科歛，減力役，寬兩税，弛利禁。悉從之。是冬，奉敕修《續資治通鑑綱目》。乙未夏，進兼文淵閣大學士。丙申，加太子少保，改吏部，賜冠帶一品服。時禁中建玉皇閣，公論毀之。又請建儲，尋因黑眚見極，陳時弊。丁酉，兼□□殿學士。時内臣汪直創西廠刺事，權傾中外。公與同寅指斥激切，即爲革罷。公亦决於去，遂得辭。公配盧氏，封夫人，先卒，敕葬邑西山之原。子男三。長良臣，第進士，仕至翰林侍講，先公兩月卒於京。次良輔，以公蔭，授禮部主事。孫男四。汝謙，國子生。汝順，邑庠生。汝晉、汝泰。女四。曾孫男四。良輔，將以卒之明年□月□日奉公柩啓盧夫人之封而葬焉。前事以太常卿兼學士王臣所述《事狀》屬銘。直，公門生，素承愛重。方聞訃，悲慨不勝，銘何敢辭。惟公豊儀山上，襟度淵澄，詞氣温徐。平居敬慎不懈，接人恭遜。早擅三元，旋登内閣，以經濟爲己任，以薦賢爲首務。間論古今，治亂事機，得失賢否，亹亹不倦。文牘盈案，裁决如流。中遭誣間，夷然不校。權奸既敗，事白復起，倚毗益切，建明良多。一時憸壬構傾，舉無能爲，卒之身退名完，德業著于當時，風聲聳于後世，視古名相碩輔，如勃之重厚，崇之應變，旦之沉静，亦何忝哉。先後蒙賞賚，金幣、冠服、書籍、鞍馬、飲食之類，頻腆而自處泊然。嘗一主考會試，五爲廷試讀卷官，皆稱得士。於書無所不讀，爲文渾厚雅贍，詩主平淡不雕刻，有集若干卷，傳于家。盖一代偉人宗工，銘以昭之宜矣。銘曰：

天佑皇明，川嶽鍾靈。篤生魁傑，爲時偉人。有偉文毅，早擅三元。薦登内閣，參秉衡鈞。展志行道，克濟中興。尋遭變故，東歸角巾。坦懷泊慮，訓子奉親。蠅玷自白，寵命更新。匪躬匪懈，弼亮經綸。
因天仁愛，讜言屢陳。宸衷孚契，海宇乂寧。明良魚水，今昔奚頻。群比醜正，力辯以貞。松柏挺秀，
陰霾廓清。倚毗方切，其如功成。辭盈戒滿，奉身完名。涼風曝日，洛社耆英。慶延哲嗣，澤在斯民。
諸福克備，始終哀榮。流芳百世，視此銘文。

青溪素菴詩集卷第一

明商輅弘載甫著

後學禹航鮑楹選録

禹航嚴啓燿、孫錫璨、邵匡時仝訂

九鷺圖〔一〕

晴煙曉散垂楊堤，垂楊裊裊臨青溪。〔二〕風景依稀二三月，〔三〕蘭苕杜若含風漪。〔四〕溪頭紛然集群鷺，〔五〕形影相隨復相顧。翹沙戲沽咸自適，〔六〕界水銜風更飛舞。〔七〕飢則窺魚飽則棲，弋羅不到無嫌猜。参差九鷺態度別，〔八〕緑楊深處共徘徊。〔九〕孤高風格瀟灑性，不逐烏鳶與鵰隼。〔一〇〕平生雅趣雲水俱，一片閑心煙雨静。毿毿毛羽勝霜雪，數聲叫徹滄波月。宛如野隺出塵埃，回視凡禽總殊絶。誰人巧奪造化工，〔一一〕九鷺寫入丹青中。〔一二〕非惟潔白堪比德，所貴體物存心胸。乘時高奮摶風翮，〔一三〕充廷久向鵷行立。〔一四〕遥看洲渚渺茫茫，日近蓬萊天咫尺。並收入隆慶本《商文毅公集》卷四、萬曆本《商文毅公集》卷十、僞本《商文毅公全集》卷四、《石倉十二代詩選・明次集》卷十三《遼源集》《（康熙）淳安縣志》卷二十及《（乾隆）嚴州府志》卷二六。

【校勘記】

〔一〕九鷺圖：隆慶《集》卷四、萬曆《集》卷十、《全集》卷四、《石倉・明次集》卷十三、《（康熙）淳安縣志》卷二十及《（乾隆）嚴州府志》卷二六題『九鷥圖』。

〔二〕裊裊臨青溪：隆慶《集》卷四、萬曆《集》卷十、《全集》卷四、《石倉・明次集》卷十三、《（康熙）淳安縣志》

卷二十及《〔乾隆〕嚴州府志》作「嫋嫋臨清溪」。

〔三〕二三月：底本作「三三月」，據隆慶《集》卷四、萬曆《集》卷十、《全集》卷四、《石倉·明次集》卷十三、《〔康熙〕淳安縣志》卷二十及《〔乾隆〕嚴州府志》卷二六改。

〔四〕含風漪：隆慶《集》卷四、萬曆《集》卷十、《全集》卷四、《石倉·明次集》卷十三及《〔康熙〕淳安縣志》卷二十作「連芳蹊」。

〔五〕紛然：底本誤作「粉然」，據隆慶《集》卷四、萬曆《集》卷十、《全集》卷四、《石倉·明次集》卷十三、《〔康熙〕淳安縣志》卷二十及《〔乾隆〕嚴州府志》卷二六改。

〔六〕戲沽：隆慶《集》卷四、萬曆《集》卷十、《全集》卷四、《石倉·明次集》卷十三、《〔康熙〕淳安縣志》卷二十及《〔乾隆〕嚴州府志》卷二六作「戲渚」。

〔七〕更飛舞：隆慶《集》卷四、萬曆《集》卷十、《全集》卷四、《石倉·明次集》卷十三、《〔康熙〕淳安縣志》卷二十及《〔乾隆〕嚴州府志》卷二六作「飛更舞」。

〔八〕參差九鷺態度別：《〔康熙〕淳安縣志》卷二十同；隆慶《集》卷四、萬曆《集》卷十、《全集》卷四及《〔乾隆〕嚴州府志》卷二六作「參差九鷥態度別」；《石倉·明次集》卷十三作「參差態度形殊別」。

〔九〕共徘徊：《〔康熙〕淳安縣志》卷二十同；隆慶《集》卷四、萬曆《集》卷十、《全集》卷四、《石倉·明次集》卷十三及《〔乾隆〕嚴州府志》卷二六作「恣徘徊」。

〔一〇〕與鵰隼：《〔康熙〕淳安縣志》卷二十同；隆慶《集》卷四、萬曆《集》卷十、《全集》卷四、《石倉·明次集》卷十三及《〔乾隆〕嚴州府志》卷二六作「不逐隼」。

〔一一〕誰人：隆慶《集》卷四、《全集》卷四、《石倉·明次集》卷十三、《〔康熙〕淳安縣志》卷二十及《〔乾隆〕嚴州府志》卷二六同；萬曆《集》卷十作『伊誰』。

〔一二〕九鷺寫入：隆慶《集》卷四、《〔康熙〕淳安縣志》卷二十同；萬曆《集》卷十、《全集》卷四、《石倉·明次集》卷十三及《〔乾隆〕嚴州府志》卷二六作『九鷥寫入』。

〔一三〕搏風翮：隆慶《集》卷四、《全集》卷四、《〔康熙〕淳安縣志》卷二十及《〔乾隆〕嚴州府志》卷二六同；萬曆《集》卷十、《石倉·明次集》卷十三作『搏風翮』。

〔一四〕充廷：隆慶《集》卷四、《〔康熙〕淳安縣志》卷二十同；萬曆《集》卷十、《全集》卷四、《石倉·明次集》卷十三及《〔乾隆〕嚴州府志》卷二六作『充庭』。

題山水〔一〕

江上群山翠欲流，扁舟閑繫渡東頭。抱琴遠訪知音去，載酒同招野老遊。一段風流如洛社，四時佳致勝瀛洲。太平到處人行樂，〔二〕何用蘭亭禊事修。並收入隆慶本《商文毅公集》卷四、萬曆本《商文毅公集》卷十、僞本《商文毅公全集》卷七、《〔康熙〕淳安縣志》卷二十、《〔乾隆〕淳安縣志》卷十五。

【校勘記】

〔一〕題山水：隆慶《集》卷四、《御選明詩》卷七四題『山水圖』；萬曆《集》卷十、《全集》卷七、《〔康熙〕淳安縣志》卷二十及《〔乾隆〕淳安縣志》卷十五題『山水二首』；《石倉·明次集》卷十三題『山水』。

〔二〕到處：萬曆《集》卷十、《全集》卷七、《〔康熙〕淳安縣志》卷二十及《〔乾隆〕淳安縣志》卷十五同；隆慶《集》卷四作『處處』。

其二

雲山疊疊樹高低，〔一〕景色蒼茫望欲迷。江上有舟人盪槳，〔二〕林間無路石成蹊。柴門晝掩車塵杳，茅屋春來野鳥啼。昭代欲賢勤束帛，〔三〕高人未可學幽棲。〔四〕並收入隆慶本《商文毅公集》卷四、萬曆本《商文毅公集》卷十、僞本《商文毅公全集》卷七、《〔康熙〕淳安縣志》卷二十、《〔乾隆〕淳安縣志》卷十五、《石倉十二代詩選·明次集》卷十三《遼源集》及《御選宋金元明四朝詩·明詩》卷七四。

〔校勘記〕

〔一〕疊疊：萬曆《集》卷十、《全集》卷七、《〔康熙〕淳安縣志》卷二十、《〔乾隆〕淳安縣志》卷十五、《石倉·明次集》卷十三及《御選明詩》卷七四同；隆慶《集》卷四作『重疊』。

〔二〕盪槳：底本誤作『盪漿』，據隆慶《集》卷四、萬曆《集》卷十、《全集》卷七、《〔康熙〕淳安縣志》卷二十、《〔乾隆〕淳安縣志》卷十五、《石倉·明次集》卷十三及《御選明詩》卷七四改。

〔三〕欲賢：隆慶《集》卷四、萬曆《集》卷十、《全集》卷七、《〔康熙〕淳安縣志》卷二十、《〔乾隆〕淳安縣志》卷十五、《石倉·明次集》卷十三及《御選明詩》卷七四均作『徵賢』。

〔四〕高人未可：隆慶《集》卷四、萬曆《集》卷十、《全集》卷七、《〔康熙〕淳安縣志》卷二十、《〔乾隆〕淳安縣志》卷十五、《石倉·明次集》卷十三及《御選明詩》卷七四均作『高才未許』。

贈梁醫

雲掩柴門常不開，午窗横夢少人推。形如病鶴風前立，口似懸河天上來。觀色已知銀海吐，放情何惜玉山頽。窮園春遠無車馬，紅杏多因董奉栽。並收入《青溪詩集》卷五。

牧隱圖〔一〕

風雪嚴凝草木腓，〔二〕何人酌酒掩柴扉。一溪流水清堪掬，幾抹寒雲凍不飛。弄笛牧童歌寗戚，抱琴野叟訪玄暉。清時賢俊俱登用，莫向山中採蕨薇。並收入《青溪詩集》卷五、《〔順治〕淳安縣志》卷四及《〔乾隆〕嚴州府志》卷二六。

【校勘記】

〔一〕牧隱圖：《青溪詩集》卷五、《〔順治〕淳安縣志》卷四及《〔乾隆〕嚴州府志》卷二題作『題牧隱圖』。

〔二〕草木腓：《青溪詩集》卷五、《〔順治〕淳安縣志》卷四及《〔乾隆〕嚴州府志》卷二題作『草木肥』。

梅花

玉骨冰肌不染塵，雪山深處倍精神。〔一〕衆芳摇落無尋處，〔二〕南北枝頭占斷春。〔三〕並收入隆慶本《商文毅公集》卷四、萬曆本《商文毅公集》卷十、僞本《商文毅公全集》卷十二、《青溪詩集》卷六及《〔康熙〕淳安縣志》卷二十。

【校勘記】

〔一〕雪山：《青溪詩集》卷六同；隆慶《集》卷四、萬曆《集》卷十、《全集》卷十二及《〔康熙〕淳安縣志》卷二十作『雪霜』。

〔二〕衆芳摇落無尋處：《青溪詩集》卷六同；隆慶《集》卷四、萬曆《集》卷十、《全集》卷十二及《〔康熙〕淳安縣志》卷二十作『莫言歲晚無生意』。

〔三〕占斷春：《青溪詩集》卷六同；隆慶《集》卷四、萬曆《集》卷十、《全集》卷十二及《〔康熙〕淳安縣志》卷二十作『總是春』。

墨竹〔一〕

淡墨何年寫此君，窗前彩鳳見來頻。虚心不改歲寒意，爲有清風是故人。並收入隆慶本《商文毅公集》卷四、萬曆本《商文毅公集》卷十、僞本《商文毅公全集》卷十二及《〔康熙〕淳安縣志》卷二十。

【校勘記】

〔一〕墨竹：《〔康熙〕淳安縣志》卷二十同；隆慶《集》卷四題『墨竹爲戴震先生題』。

商輅集補遺卷第二

五言古詩

甘露

達人明至理，佳城預卜築。彼美東甌隅，山青水仍緑。松柏種滿林，翠色連岡麓。挺特干雲霄，中有鸞凰宿。和氣能致祥，甘露凝珠玉。纍纍綴枝葉，縱觀悦衆目。醞釀由造化，非比餳飴屬。達人忠孝士，報國心逾篤。公餘無外慕，詩書時展讀。仰懷北闕尊，萬歲頻遥祝。休徵天報喜，〔一〕式兆邦家福。萬曆本《商文毅公集》卷十；並收入隆慶本《商文毅公集》卷四、僞本《商文毅公全集》卷三。

【校勘記】

〔一〕天報喜：《全集》卷三同；隆慶《集》卷四作「天報善」。

淡味

大禹惡旨酒，仲尼甘蔬食。飯糗與羹藜，聖賢不我鄙。云胡百世下，風俗日侈靡。五斗解宿酲，萬錢資一饋。賴有君子心，汪汪淡如水。遭時逢聖主，所欲無不遂。顧乃安澹泊，膏粱非所嗜。立志在廉潔，飽德惟仁義。咀啜經書腴，玩索菽粟味。人言咬菜根，百事皆可理。偉哉清白士，端由味淡始。於焉慎厥終，芳名垂信史。

萬曆本《商文毅公集》卷十；並收入隆慶本《商文毅公集》卷四、僞本《商文毅公全集》卷三。

蘭蕙圖

蘭以比君子，蕙比士大夫。〔一〕人物雖云異，氣味乃不殊。〔二〕托根深林下，不與桃李俱。〔三〕妖艷任紛紛，貞姿恒自如。共言王者香，宜爲禁苑居。一朝移植後，雨露恣霑濡。芬芳異凡卉，馥郁盈天衢。採擷足紉佩，把玩堪怡娛。發舒似遲晚，蠲潔無終初。誰將幽静意，寫此蘭蕙圖。對之遂清賞，〔四〕塵慮焉能紆。呼童出門巷，止回俗士車。萬曆本《商文毅公集》卷十；並收入隆慶本《商文毅公集》卷四、僞本《商文毅公全集》卷三、《石倉十二代詩選·明次集》卷十三《遼源集》及《御選宋金元明四朝詩·明詩》卷二一。

【校勘記】

〔一〕蘭以至大夫：隆慶《集》卷四、《全集》卷三及《御選明詩》卷二一同；《石倉·明次集》卷十三作『蘭蕙比君子其德爲不孤』。

〔二〕不殊：隆慶《集》卷四、《全集》卷三及《御選明詩》卷二一同；《石倉·明次集》卷十三作『匪殊』。

〔三〕不與：隆慶《集》卷四、《全集》卷三及《石倉·明次集》卷十三同；《御選明詩》卷二一作『羞與』。

〔四〕遂清賞：隆慶《集》卷四、《全集》卷三及《御選明詩》卷二一同；《石倉·明次集》卷十三作『逐清賞』。

至日

佳節當長至，相遇值休假。三人重愛客，開宴乘閑暇。香醪發新篘，〔一〕時殽供美炙。獸炭擁巨爐，銀燭照高樹。宗伯與司寇，豊采殊醖藉。同浙更同朝，同命嵇吕駕。于時一昜復，群陰漸退舍。皓月清光流，此景天所借。杯行不停手，坐久寧問夜。主賓管鮑儔，才思李杜亞。劇談意轉新，勝味如啖蔗。幸兹際熙洽，皇風遍夷夏。顧予菲薄資，職業慚造化。良會感知己，素懷盡傾瀉。醉後惜分携，留詩一相謝。萬曆本《商文毅公集》卷十；並收入隆慶本《商文毅公集》卷四、僞本《商文毅公全集》卷三及《石倉十二代詩選·明次集》卷十三《遼源集》。

【校勘記】

〔一〕新篘：原書作『新蒭』，文意不通；《全集》卷三作『新芻』，亦誤。隆慶《集》卷四、《石倉·明次集》卷十三作『新篘』。據隆慶《集》及《石倉·明次集》改。

大椿樹

亭亭大椿樹，欝欝高堂前。高堂有老親，對此增長年。於焉壽七旬，初度當秋天。賢郎官近侍，阻拜心懸懸。分題索我詩，爲賦大椿篇。古人云此樹，春秋閲八千。滋培承雨露，喬秀凌雲煙。根深末愈茂，歲久天自全。君子善體物，操修勤且專。優游懷道義，咲傲甘林泉。烏紗籠白髮，帶綰金花鮮。皇恩方浩蕩，自視惟欿然。存仁壽斯在，處静年可延。台背復兒齒，遐算何綿綿。願言從今始，歲歲開華筵。嘉賓共稱觴，慶此人中仙。萬曆本《商文毅公集》卷十；並收入隆慶本《商文毅公集》卷四、僞本《商文毅公全集》卷三。

榮壽堂

高堂屹崔巍，簷檻俯清灣。長橋跨其東，廣濟徒涉艱。名坊峙乎西，科第連躋攀。緊彼堂中人，白髮暎朱顔。

詩書啓後昆，聞譽重鄉關。賢郎擢春魁，列職趨朝班。三載蒙推恩，封誥昭回鸞。錦衣烏紗新，銀帶腰圍寬。老年逢盛事，喜氣溢門闌。因茲榮壽美，揭扁尚楣端。榮爲君貺侈，壽爲親帷歡。既榮亦已壽，兼之誠所難。榮如川方至，壽比南山安。壯哉榮壽堂，芳名永不刊。萬曆本《商文毅公集》卷十；並收入僞本《商文毅公全集》卷三。

送鄭僉憲

南服苦凋瘵，民物思來蘇。明公早脱穎，衣綉躡亨衢。持節佐烏府，秋月照冰壺。清濁奮激揚，仁恩益覃敷。黎庶賴休養，奸豪絶根株。軺車一已到，〔一〕老稚咸懽呼。至今江浙間，下吏無貪汙。儜期膺峻擢，同步丹墀趨。云何遽行邁，離思紛鬱紆。往矣慎勉旃，功業誰能逾。〔二〕隆慶本《商文毅公集》卷四；並收入《御選宋金元明四朝詩·明詩》卷二一。

【校勘記】

〔一〕一已到：《御選明詩》卷二一作『一以到』。

〔二〕誰能逾：《御選明詩》卷二一作『詎能逾』。

太平樂

玉帛來王會，山河拱帝京。日行黄道正，星列泰階平。人醉笙歌地，山圍錦綉城。宮花留舞燕，御柳着啼鶯。蠻貊全歸化，羌胡已罷兵。願書封禪藁，虎拜頌河清。《〔乾隆〕淳安縣志》卷十五。

五言律詩

贈郴陽唐刺史

甲第才名重，郴陽政令新。東朝瞻舜日，南土播堯仁。秩視諸侯貴，人稱刺史循。他時登法從，〔一〕志不負經綸。萬曆本《商文毅公集》卷十；並收入隆慶本《商文毅公集》卷四、僞本《商文毅公全集》卷六。

〖**校勘記**〗

〔一〕他時：隆慶《集》卷四同；《全集》卷六作「它時」。

挽胡忠安公

五紀朝廷上，〔一〕巋然鶴髮疏。望尊周太保，職重漢尚書。捧日心常在，〔二〕包荒量有餘。門墻儀範遠，空自望懸車。萬曆本《商文毅公集》卷十；並收入隆慶本《商文毅公集》卷四、僞本《商文毅公全集》卷六及《石倉十二代詩選·明次集》卷十三《遼源集》。

〖**校勘記**〗

〔一〕朝廷上：隆慶《集》卷四、《全集》卷六同；《石倉·明次集》卷十三作「朝廷士」。

〔二〕常在：《全集》卷六、《石倉·明次集》卷十三同；隆慶《集》卷四作「長在」。

偕壽堂

奕奕高堂上，雙親共白頭。靈椿長挺秀，萱草自忘憂。綵服庭前舞，潘輿花下遊。嗟君得真樂，此外復何求。

萬曆本《商文毅公集》卷十；並收入僞本《商文毅公全集》卷六。

五言排律

贈畢僉憲提督山東學校

甲第登名日，詞林進學年。才華人共羨，德行獨推先。粉署馳清譽，霜臺荷美遷。承恩辭帝里，奉勑下天邊。憲佐威聲肅，師模責任專。儒官資表率，士子賴陶甄。不但詩書富，相期道義全。文風從此振，再詠作人篇。

萬曆本《商文毅公集》卷十；並收入隆慶本《商文毅公集》卷四、僞本《商文毅公全集》卷九。

題春景山水

愛此佳山水，春來景更妍。四郊青嶂合，孤岫白雲連。〔一〕地迥輪蹄絶，峰危石磴懸。小橋臨曲澗，遠浦接平田。欝欝林間寺，潺潺竹下泉。桑麻凝暮藹，榆柳繞晴川。寶殿凌千尺，茅堂敞數椽。僧歸西嶺月，漁釣北溪煙。倒浸沉波塔，閑横古渡船。樓高平見日，松老不知年。鳥度浮嵐外，鷗飛落照邊。吟笻芳草徑，酒旆杏花天。隔岸聞鶯語，開軒待鶴旋。砌苔深染黛，林籟細鳴絃。有路通仙境，無塵遠市廛。終依丹鳳闕，未結赤松緣。家山在圖畫，觸目思飄然。

萬曆本《商文毅公集》卷十；並收入隆慶本《商文毅公集》卷四、僞本《商文毅公全集》卷九、《石倉十二代詩選·明次集》卷十三《遼源集》、《明詩綜》卷二十及《御選宋金元明四朝詩·明詩》卷九二。

〔校勘記〕

〔一〕孤岫：《全集》卷九、《石倉·明次集》卷十三、《明詩綜》卷二十及《御選明詩》卷九二同；隆慶《集》卷四作『孤嶼』。

題程進士味道軒

道原於賦畀，率循在乎人。舍之而不由，焉知味之真。中庸示明訓，道本不離身。静存并動察，所貴功相因。杏林有髦士，軒以味道名。嗜之如飲食，求之忘苦辛。遺言究六經，行實登五倫。孜孜仍汲汲，日新又日新。味此如啖蔗，膏粱奚足珍。勗哉慎終始，期與聖賢隣。萬曆本《商文毅公集》卷十；並收入僞本《商文毅公全集》卷三。

七言古詩

應制西洋駒

天生駿骨真奇哉，貢之遠自西洋來。西洋神駒何所致，雲霧晦冥初降胎。〔一〕身簇丹砂蹄削玉，月鏡夾瞳耳批竹。追風掣電氣如虹，裔夷得此那敢畜。當時皇祖御宸極，德化覆冒西南國。海不揚波條不鳴，〔二〕重譯來朝靡虚日。豈無犀象與珠貝，〔三〕不貴異物貴良驥。玉階控獻聖情怡，振鬣驕嘶如有意。天閑自此識龍種，駑駘一見覺神悚。孳生歲歲蕃且息，廐櫪充牣如雲湧。郊壇有事備威儀，錦韉寶絡光陸離。和鑾前道恣容與，凡馬不許争馳驅。〔四〕萬曆本《商文毅公集》卷十；並收入隆慶本《商文毅公集》卷四、僞本《商文毅公全集》卷四、《石倉十二代詩選・明次集》卷十三《遼源集》及《御選宋金元明四朝詩・明詩》卷四一。

【校勘記】

〔一〕晦冥：隆慶《集》卷四、《全集》卷四及《御選明詩》卷四一同；《石倉・明次集》卷十三作「晦暝」。

〔二〕條不鳴：《全集》卷四、《石倉・明次集》卷十三同；隆慶《集》卷四、《御選明詩》卷四一作「風不鳴」。

〔三〕犀象：《全集》卷四、《石倉・明次集》卷十三同；隆慶《集》卷四、《御選明詩》卷四一作「象犀」。

〔四〕馳驅：《全集》卷四同；隆慶《集》卷四、《石倉・明次集》卷十三及《御選明詩》卷四一作「驅馳」，依韻脚當是。

山水四首〔一〕

浮雲積翠山稜層，煙波浩渺滄江橫。就中風景如武陵，又疑方壺與蓬瀛。高人妙得丹青趣，展素揮毫若神助。巖嶢峭絶瀉飛流，〔二〕嵐岫溟濛鎖雲霧。楓榆夾岸羊腸遶，漁舟蕩漾忘昏曉。人間何處有此景，〔三〕願一登臨散懷抱。萬曆本《商文毅公集》卷十；並收入隆慶本《商文毅公集》卷四、僞本《商文毅公全集》卷四、《石倉十二代詩選・明次集》卷十三《遼源集》及《御選宋金元明四朝詩・明詩》卷四一。

【校勘記】

〔一〕山水四首：《全集》卷四同；隆慶《集》卷四、《御選明詩》卷四一題「山水圖四首」；《石倉・明次集》卷十三題「山水」。

〔二〕巖峣峭絶：《全集》卷四、《石倉·明次集》卷十三同；隆慶《集》卷四、《御選明詩》卷四一作『巖崖峭絶』。
〔三〕此景：《全集》卷四、《石倉·明次集》卷十三同；隆慶《集》卷四、《御選明詩》卷四一作『此境』。

其二

蒼崖萬仞高插天，銀河直與南溟連。畫工繹思寫縑素，天崖地角來筆端。〔一〕晴巒曉嶂空翠濕，水色湖光渺無極。依稀遠樹含紫煙，隱隱平林帶秋色。夢中忽向君山遊，君山一髮青如蚪。〔二〕覺來披圖賦新句，瀟湘雲夢清氣浮。萬曆本《商文毅公集》卷十；並收入隆慶本《商文毅公集》卷四、僞本《商文毅公全集》卷四、《石倉十二代詩選·明次集》卷十三《遼源集》及《御選宋金元明四朝詩·明詩》卷四一。

〔校勘記〕
〔一〕天崖地角：隆慶《集》卷四、《全集》卷四、《石倉·明次集》卷十三及《御選明詩》卷四一作『天涯地角』。
〔二〕青如蚪：底本、《石倉·明次集》卷十三作『青如蚪』，據《御選明詩》卷四一改。

其三

天下幾人畫山水，王維之畫世無比。生綃一幅垂中堂，咫尺應須論萬里。十日五日一山水，水雲飛動山盤欝。孤峰絶壑結茅茨，漁舟出入秋江夕。〔一〕問君何從得此圖，愛之不啻如拱璧。還君圖兮贈君作，白雲回首暮山碧。萬曆本《商文毅公集》卷十；並收入隆慶本《商文毅公集》卷四、僞本《商文毅公全集》卷四及《御選宋金元明四朝詩·明詩》卷四一。

【校勘記】

〔一〕出入：《全集》卷四同；隆慶《集》卷四、《御選明詩》卷四一作「出没」。

其四

誰寫江山妙莫比，遠岫危峰向天起。想當濡墨揮灑時，無限風光歸筆底。若濃若淡山嶙峋，欲斷不斷雲縱横。萬壑千巖勢幽絶，羅浮姑射徒爲名。青林遠近不知數，林下山房啓晴户。今君鵠立雲霄端，疑是當年讀書處。萬曆本《商文毅公集》卷十；並收入隆慶本《商文毅公集》卷四、僞本《商文毅公全集》卷四及《御選宋金元明四朝詩·明詩》卷四一。

小圖四景

春

聖王御極仁政新，〔一〕斡旋造化回陽春。淑氣先從大地至，和風披物資陶鈞。〔二〕不須羯鼓催花發，上林已覺生意津。千紅萬紫匪雕刻，群芳庶類隨天真。四郊遊樂足歌舞，擊壤豈獨稱堯民。

【校勘記】

〔一〕聖王：《全集》卷四同；隆慶《集》卷四作「聖皇」。

〔二〕和風披物：《全集》卷四同；隆慶《集》卷四作「和風被物」。

夏

祝融南來日初長，火輪迸熖紅旗張。暑氣蒸人如坐甑，纖絺翻汗誰能當。聖情孜孜垂惻惻，仁風及物咸阜昌。憶昔武王蔭暍者，至今千載名猶彰。殿閣生凉炏熇遠，〔一〕清陰願施均四方。

【校勘記】

〔一〕炏熇：《全集》卷四作『焱熇』；隆慶《集》卷四作『炎熇』。

秋

梧飄金井天下秋，璚樓玉宇輕煙浮。長空澄清月色皎，對此可以忘百憂。登場築圃農事畢，老稚鼓腹聞歌謳。風雲慶會良不偶，匡時欲使庶政修。致君堯舜邁千古，功烈豈肯卑微休。

冬

往聞天氣當嚴冬，朔風凜冽寒冰重。裂膚墮指膠欲折，小民無褐憂年凶。于今聖主崇邦本，思艱圖易勤三農。賜衣發廩意恐後，温詔數下寬租庸。太平景象逐春轉，坐令萬國躋時雍。萬曆本《商文毅公集》卷十；並收入隆慶本《商文毅公集》卷四、僞本《商文毅公全集》卷四。

春景山水

春山蘢嵸净如掃，楊柳依依春正好。山頭不斷飛白雲，山下時聞叫黄鳥。高人卜築山水間，樓居面面皆青山。捲簾日長看圖畫，〔一〕閉門無夢來塵闤。闤中紅塵深没馬，馬蹄不到青山下。兩翁何處抱琴來，良晤尋常共傾瀉。東風入指拂桐絲，高山流水誇絶奇。千古遺音足清賞，黄金何必鑄鍾期。幸逢四海雍熙日，才俊登庸皆遺逸。弓旌行見下朝廷，未許斯人永泉石。萬曆本《商文毅公集》卷十；並收入隆慶本《商文毅公集》卷四、僞本《商文毅公全集》卷四及《石倉十二代詩選·明次集》卷十三《遼源集》。

【校勘記】

〔一〕日長：《全集》卷四、《石倉·明次集》卷十三同；隆慶《集》卷四作「長日」。

龍

神龍神龍天下奇，爪牙鱗甲光陸離。潛藏顯現各有時，〔一〕頃刻變化誰能知。有時鼓鬣青冥端，風雲慘黯白晝寒。有時揚鬐入海底，奔濤翻浪摧群山。馮夷海若愁欲逸，鼉鼉膽落蛟螭泣。固知靈異乃如此，豈比尋常池中物。畫師巧奪造化工，揮毫染素有神通。須臾又出真頭角，便覺煙霧飛空濛。耳底轟轟聞震霆，簷外颯颯疑雨聲。古來張繇擅奇絶，衆史紛紛奚足評。嗟公好古尤好畫，得之不復論高價。相看自足豁心目，萬里滄溟在堂下。邇來暑氣旱爲雹，〔二〕安得致之昇碧落。捲水作霖被八荒，收却神功入寥廓。萬曆本《商文毅公集》卷十；並收入隆慶本《商文毅公集》卷四、僞本《商文毅公全集》卷四及《御選宋金元明四朝詩·明詩》卷四一。

【校勘記】

〔一〕顯現：隆慶《集》卷四、《全集》卷四同；《御選明詩》卷四一作「顯見」。

〔二〕邇來暑氣旱爲雹：《全集》卷四同；隆慶《集》卷四作「邇來盛夏旱爲雪」；《御選明詩》卷四一作「邇來盛夏旱爲雲」。

虎

壯哉於菟豪且雄，猛氣不與凡獸同。吞牛伏豹爪牙利，空谷一嘯來天風。黑爲文兮白爲質，光彩斑斑炫晴日。〔一〕妥尾横行不畏人，百獸滿山皆股慄。渡河負子一何仁，銜符化石亦已神。〔二〕藜藿因之不敢採，固知鷙悍無與倫。天生英物真奇特，庸史如林貌不得。此圖分明意態新，絶似南山真白額。心閑氣定神揚揚，眼如夾鏡雙瞳光。向非筆端巧如此，此物安得來高堂。卒然一見驚心目，勢若負嵎誰敢觸。聽之不聞聲咆哮，但覺躭躭徒躑躅。〔三〕吁嗟此獸名山君，狐兔屏跡難爲群。五雲深處陪蒼麟，〔四〕餘威自足清妖氛。萬曆本《商文毅公集》卷十；並收入隆慶本《商文毅公集》卷四、僞本《商文毅公全集》卷四及《御選宋金元明四朝詩·明詩》卷四一。

〔校勘記〕

〔一〕斑斑：《全集》卷四、《御選明詩》卷四一同；隆慶《集》卷四作『班班』。

〔二〕亦已神：《全集》卷四同；隆慶《集》卷四、《御選明詩》卷四一作『亦以神』。

〔三〕躭躭：隆慶《集》卷四、《全集》卷四同；《御選明詩》卷四一作『端端』。

〔四〕蒼麟：《全集》卷四同；隆慶《集》卷四、《御選明詩》卷四一作『蒼鱗』。

馬

房星夜落月支窟，化作驊騮真駿骨。背凝紫汗氣成雲，鐵踣高蹄雪翻白。番酋得之不敢騎，重譯牽來獻中國。雄姿夭矯七尺强，騕褭驌驦皆辟易。等閑論價值千金，食粟應須盡一石。有時蹴踏煙霧開，萬騎追犇豈能及。〔一〕古來良馬不易逢，一出終當空冀北。〔二〕緑楊陰裏東風柔，獨立驕嘶氣偏逸。遭逢何幸太平時，素飽無由効材力。待君千里掃胡塵，爲君汗血酬君德。萬曆本《商文毅公集》卷十；並收入隆慶本《商文毅公集》卷四、僞本《商文毅公全集》卷四。

【校勘記】

〔一〕追犇：《全集》卷四同；隆慶《集》卷四作『追奔』。

〔二〕驥北：《全集》卷四同；隆慶《集》卷四作『冀北』。

山水圖三首〔一〕

畫師盤礴作筆勢，寫出江山數千里。〔二〕崔嶢絶巘欲摩空，〔三〕彷彿高巖起雲氣。浮雲開處見山骨，紫翠重重净如洗。飛泉落澗聽無聲，幽谷含春如有意。武陵此去疑不遠，似有桃花出流水。隔江依柳起凉亭，〔四〕開窗面此雲山青。〔五〕客來相對坐忘倦，似説平生遺世情。〔六〕我觀斯圖重太息，〔七〕清時誰肯終泉石。桑弧蓬矢作男兒，竹帛千春照芳績。君不見，當年伊尹耕有莘，幡然一出安斯民。萬曆本《商文毅公集》卷十；並收入隆慶本《商文毅公集》卷四、僞本《商文毅公全集》卷四及《石倉十二代詩選·明次集》卷十三、《遼源集》。

【校勘記】

〔一〕山水圖三首：《全集》卷四同；隆慶《集》卷四作『題山水圖三首』。

〔二〕寫出：《全集》卷四、《石倉·明次集》卷十三同；隆慶《集》卷四作『掃出』。

〔三〕欲摩空：隆慶《集》卷四、《全集》卷四同；《石倉·明次集》卷十三作『如摩空』。

〔四〕凉亭：隆慶《集》卷四、《全集》卷四同；《石倉·明次集》卷十三作『凉風』。

〔五〕開窗：隆慶《集》卷四、《全集》卷四同；《石倉·明次集》卷十三作『高窗』。

〔六〕遺世情：隆慶《集》卷四、《全集》卷四同；《石倉·明次集》卷十三作『遁世情』。

〔七〕重太息：《全集》卷四、《石倉·明次集》卷十三同；隆慶《集》卷四作『坐嘆息』。

其二

生綃一幅高堂上，彷彿名山勢千丈。雲霞變態不可名，掩暎長流萬古青。〔一〕層岡疊岫斷復續，〔二〕怒虎奔龍起還伏。廓然天雨放初晴，萬壑千崖漱寒玉。〔三〕雲山峨峨何壯哉，珠林物外無纖埃。長松百尺出幽澗，飛橋橫跨山之隈。携琴曳杖者誰子，疑是山中招隱回。君不聞，蓬萊山，三峰夐絶非人寰。〔四〕計來三千餘萬丈，惟有飛仙日往還。龍眠畫筆奪造化，仙界移來指顧間。公餘杜門無一事，坐對斯圖心自閑。萬曆本《商文毅公集》卷十；並收入隆慶本《商文毅公集》卷四、僞本《商文毅公全集》卷四及《石倉十二代詩選·明次集》卷十三《遼源集》。

〔**校勘記**〕

〔一〕長流：《全集》卷四、《石倉·明次集》卷十三同；隆慶《集》卷四作『長留』。

〔二〕層岡：隆慶《集》卷四、《全集》卷四同；《石倉·明次集》卷十三作『層江』。

〔三〕萬壑千崖：隆慶《集》卷四、《全集》卷四同；《石倉·明次集》卷十三作『萬壑千巖』。

〔四〕蓬萊山三峰夐絶非人寰：隆慶《集》卷四、《全集》卷四同；《石倉·明次集》卷十三作『蓬萊三山峰夐絶非人寰』。

其三

前山磊磊攢蒼翠，後山疊疊連峰起。〔一〕古木千章不記年，亭臺隱約清陰裏。誰人樂隱碩且寬，山林泉下成盤桓。〔二〕幽尋不見山路遠，回首身在青雲端。微茫遠水接天際，扁舟一葉横江干。得魚沽酒向何處，遺此萬頃玻璃寒。倏然雲散天風静，山色如藍水如鏡。良工墨妙如有神，布出其中無限景。名山勝水殊天然，此地疑與天台連。採山釣水各忘慮，斯人莫是桃源仙。與君同爲江南客，萬里迢遥住京國。江南山水慣追尋，披圖恍然親曾歷。〔三〕勸君斯圖好珍惜，異日還來訪真跡。萬曆本《商文毅公集》卷十；並收入隆慶本《商文毅公集》卷四、僞本《商文毅公全集》卷四。

〖**校勘記**〗

〔一〕連峰起：《全集》卷四同；隆慶《集》卷四作「連空起」。

〔二〕山林泉下：《全集》卷四同；隆慶《集》卷四作「山根林下」。

〔三〕恍然：《全集》卷四同；隆慶《集》卷四作「恍若」。

獵騎圖四首

春

林松濕露翠華重，仙桃醉日凝香夢。芳草叢生緑樹陰，落花盡補蒼苔空。完顏躍馬當青年，戎袍照日何鮮妍。玉鞍錦韉黄金勒，〔一〕紅纓紫鞚珊瑚鞭。雕弓滿張面如赭，氣捲黄河掌中瀉。仰天一箭中飛禽，委翅欲逐迴風下。〔二〕角鷹鈎爪目如電，利吻淬若龍泉劍。番韝掣斷緑絲繮，狡兔妖狐膽驚顫。群駝露出紫茸峰，金鈴擊犬犇長風。〔三〕旌纛搖紅日光薄，鴈門金鼓聲鼕鼕。君臣演舞飽韜略，〔四〕範我馳驅在獵較。要知見者舉欣欣，庶幾與民能同樂。萬曆本《商文毅公集》卷十；並收入隆慶本《商文毅公集》卷四、僞本《商文毅公全集》卷四。

【校勘記】

〔一〕錦韉：《全集》卷四同；隆慶《集》卷四作『錦韀』。

〔二〕委翅：《全集》卷四同；隆慶《集》卷四作『委翅』。

〔三〕犇長風：隆慶《集》卷四、《全集》卷四作『奔長風』。

〔四〕演舞：《全集》卷四同；隆慶《集》卷四作『演武』。

夏

遠山近山翠欲滴，溪柳沙柳青如織。薰風扇凉自南來，旌旆搖撼邊雲濕。〔一〕羽林征馬鳴蕭蕭，角弓在手箭在腰。畫戟煌煌輝白日，黃沙漠漠連青霄。海東之青偏豪爽，鐵作毛衣金作掌。聳身跨霧轉招搖，駕鵝灑血隨草莽。紫衣控着白玉鞭，萬騎馳突相後先。貔貅仰視復拍掌，〔二〕歡呼動地聲駢闐。香騰雞舌煙縹緲，飛入鮫綃輕裊裊。紫塞關頭日欲晡，賀蘭山下天還曉。胡笳一曲興未足，帳裏葡萄酒新熟。齊宣遯矣不可追，推恩始自牛觳觫。萬曆本《商文毅公集》卷十；並收入隆慶本《商文毅公集》卷四、僞本《商文毅公全集》卷四。

【校勘記】

〔一〕搖撼：《全集》卷四同；隆慶《集》卷四作『遥撼』。

〔二〕拍掌：《全集》卷四同；隆慶《集》卷四作『指掌』。

秋

薊門霜落悲秋草，葉飛滿地無人掃。鑾輿曉出明光宮，揚鞭走馬關東道。天閑十二分鴈行，虎蹲豹躑爭低昂。戎袂吹風日杲杲，陣雲横塞天茫茫。免奔鹿馳何迫速，長劍短戟相追逐。肅肅響徹雲影寒，〔一〕呦呦鳴透空山緑。野雉嘎嘎原頭飛，〔二〕錦毛五色光陸離。翻身抽矢將欲射，巧力恐逐冰弦移。〔三〕丹青一幅監前代，幾度桑田變滄海。靈囿靈沼尚可徵，金城湯池將安在。東龍行日西龍雨，乾坤已属大明主。當今偃武更修文，世際雍熙侔舜禹。萬曆本《商文毅公集》卷十；並收入隆慶本《商文毅公集》卷四、僞本《商文毅公全集》卷四及《石倉十二代詩選·明次集》卷十三《遼源集》。

【校勘記】

〔一〕肅肅：隆慶《集》卷四、《全集》卷四同；《石倉·明次集》卷十三作「蕭蕭」。

〔二〕嘎嘎：隆慶《集》卷四、《全集》卷四同；《石倉·明次集》卷十三作「戛戛」。

〔三〕冰弦：隆慶《集》卷四、《全集》卷四同；《石倉·明次集》卷十三作「冰絃」。

冬

連日同雲陰匝地，昜鳥濕翅飛不起。〔一〕翠華遥指太行山，獵騎悉渡漳江水。君王獨控玉花驄，欲動不動偏豪雄。冰弦雕弓白羽箭，精神炯炯明雙瞳。將軍呼獒躑躅來，左右咆嘯聲如雷。山羊野鹿紛交馳，俛首落膽悲鳴哀。〔二〕勇士持挺擊奔兔，壯氣如山力如虎。扶桑樹折玉關開，宇宙颯颯寒風度。貂裘斜擁半酣醺，轅門撾鼓聲殷殷。笳吹遥番瀚海波，〔三〕旌旆遠蔽天山雲。〔四〕嗟哉湯王恩浩蕩，〔五〕仁愛及物見祝網。贏得芳名照汗青，至今千古令人仰。萬曆本《商文毅公集》卷十；並收入隆慶本《商文毅公集》卷四、僞本《商文毅公全集》卷四。

〔校勘記〕

〔一〕易鳥濕翅：《全集》卷四同；隆慶《集》卷四作「陽鳥濕翅」。

〔二〕悲鳴哀：《全集》卷四同；隆慶《集》卷四作「鳴悲哀」。

〔三〕遥番：《全集》卷四同；隆慶《集》卷四作「遥翻」。

〔四〕旌旂：《全集》卷四同；隆慶《集》卷四作「旌旗」。

〔五〕湯王：《全集》卷四同；隆慶《集》卷四作「成湯」。

題夏珪山水圖二首

夾江山勢如削玉，夾岸人家茅結屋。屋頭挺挺多修竹，〔一〕屋外垂垂楊柳緑。漁舟欸乃聲相續，得魚沽酒聊自足。就中高人美如玉，〔二〕策騎前來訪幽躅。〔三〕萬曆本《商文毅公集》卷十；並收入隆慶本《商文毅公集》卷四、僞本《商文毅公全集》卷四及《石倉十二代詩選·明次集》卷十三《遼源集》。

〔校勘記〕

〔一〕修竹：隆慶《集》卷四、《全集》卷四同；《石倉·明次集》卷十三作「脩篁」。

〔二〕美如玉：隆慶《集》卷四、《全集》卷四同；《石倉·明次集》卷十三作「敧席帽」。

〔三〕前來訪幽躅：《全集》卷四及《石倉·明次集》卷十三同；隆慶《集》卷四作「時來訪幽獨」。

其二

石壁當年天琢成，石逕迢迢縱復横。近山松柏如列屏，遠山紺宇何峥嶸。方壺蓬萊終杳冥，未若此境堪怡情。一見令人塵慮清，乃知禹玉筆法精。萬曆本《商文毅公集》卷十；並收入隆慶本《商文毅公集》卷四、僞本《商文毅公全集》卷四。

山水

遠山濛濛雲作堆，近山蒼蒼高崔嵬。長林煙樹渺何極，飛流轉壑如奔雷。石蹊通徑羊腸迴，〔一〕虹橋跨波何雄哉。仙人家住白雲下，門無俗履問蒼苔。不知何處有此境，疑是匡廬泰華及天台。又疑方壺弱水與蓬萊，突然移向圃中來。高堂素壁絶纖埃，對此令人心眼開。主人愛山復愛畫，得之價重不啻瓊與瑰。萬曆本《商文毅公集》卷十；並收入隆慶本《商文毅公集》卷四、僞本《商文毅公全集》卷四。

〔**校勘記**〕

〔一〕羊腸迴：《全集》卷四同；隆慶《集》卷四作『羊腸遠』。

山水

憶昔夢入蓬萊島，鶯花滿地春光好。長松落落山水清，但見一咲即傾倒。覺來不復記何處，曉起朝向玉堂署。誰人寫此丹青圖，盡是當年夢中趣。淋漓墨汁煙霧濃，四山勢欲淩蒼空。泉聲清灑紫蘿雨，雲氣晝散玄巖風。松篁偃盖枝屈鐵，桃李開遍多奇絶。豊姿宛似李謫仙，箕踞忘形相對酌。玉壺滿泛金盤鮮，醉中一斗詩百篇。何須獻納麒麟殿，何須歌舞玳瑁筵。携琴歸去日正暮，〔一〕關門半掩山前路。盃行到手且盡歡，家僮失咲還相顧。筆端造化如此真奇哉，使人一見心眼開。披圖爲君歌此曲，天風颯颯恍疑挾我登蓬萊。萬曆本《商文毅公集》卷十；並收入隆慶本《商文毅公集》卷四、僞本《商文毅公全集》卷四。

【校勘記】

〔一〕正暮：《全集》卷四同；隆慶《集》卷四作『欲暮』。

馬

穆王巡遊遍天下，乘風躡雲同羽化。直從王母宴瑶池，寧知八駿爲之駕。穆王歸去幾千年，至今此騎令人憐。兩目夾鏡口噴玉，四蹄削鐵又連錢。黄金絡，白玉鞭，瑶階閶闔頻留連。飢飡玉山禾，渴飲天淵泉。陪龍上下同飛騰，不須王良與造父，雲車鶴馭莫敢爲之先。我皇乘龍御九天，輯寧海宇無風煙。咲殺明皇縱游獵，還卑武帝輕開邊。伏櫪天閑皆此種，淴肥苜蓿戀華軒。綵仗金門隨日下，錦鞭丹陛遶花旋。〔一〕天生神物不易得，寫入丹青與世傳。萬曆本《商文毅公集》卷十；並收入隆慶本《商文毅公集》卷四、僞本《商文毅公全集》卷四。

【校勘記】

〔一〕錦鞭：《全集》卷四同；隆慶《集》卷四作『錦鞍』。

七言律詩

送吴希賢歸省〔一〕

及第登朝事聖明，十年今始遂歸榮。忠臣孝子平生志，冀北江南兩地情。祖道分攜冠蓋盛，鄉山入望馬蹄輕。懸知戲綵承懽後，又促行裝上帝京。萬曆本《商文毅公集》卷十；並收入隆慶本《商文毅公集》卷四、僞本《商文毅公全集》卷七。

【校勘記】

〔一〕送吴希賢歸省：《全集》卷七同；隆慶《集》卷四題『送吴希賢』。

輓朱少卿

蚤歲詩書費琢磨，廿年游宦侍鑾坡。〔一〕才高會慶風雲早，天近恩承雨露多。〔二〕自信丹心懸北闕，寧知清夢到南柯。託交愧我情偏厚，忍向涼秋續輓歌。萬曆本《商文毅公集》卷十；收入隆慶本《商文毅公集》卷四、僞本《商文毅公全集》卷七。

【校勘記】

〔一〕廿年：《全集》卷七同；隆慶《集》卷四作『廿年』。

〔二〕恩承：隆慶《集》卷四同；《全集》卷七作『恩成』。

送龍孔目歸省

曉辭天陛出金臺，仗劍分携亦壯哉。玉署已看書最績，江亭暫共對離杯。秋經冀北霜初凛，冬去江南梅正開。掃遍松楸無久戀，〔一〕都門指日候重來。萬曆本《商文毅公集》卷十；並收入隆慶本《商文毅公集》卷四、僞本《商文毅公全集》卷七及《石倉十二代詩選·明次集》卷十三《遼源集》。

【校勘記】

〔一〕無久戀：《全集》卷七、《石倉·明次集》卷十三同；隆慶《集》作「毋久戀」。

送李綉衣督學

臺端久矣著蜚聲，啣命新從冀北行。政教已看歸掌握，師生深喜得宗盟。軺車到處秋風凛，〔一〕藻鑑懸時夜月明。收拾棟梁應有待，好抒忠赤答昇平。〔二〕萬曆本《商文毅公集》卷十；並收入隆慶本《商文毅公集》卷四、僞本《商文毅公全集》卷七及《石倉十二代詩選·明次集》卷十三《遼源集》。

【校勘記】

〔一〕秋風凛：隆慶《集》卷四、《全集》卷七同；《石倉·明次集》卷十三作「秋風冷」。

〔二〕好抒：《全集》卷七、《石倉·明次集》卷十三同；隆慶《集》卷四作「好攄」。

香山歸隱

陽羨峰前竹數椽，搆來知己幾經年。宦游不負平生志，〔一〕老去重尋郭外田。三徑菊松存舊隱，一門詩禮擅家傳。香山洛社今猶昨，高會行看繼昔賢。萬曆本《商文毅公集》卷十；並收入隆慶本《商文毅公集》卷四、僞本《商文毅公全集》卷七。

【校勘記】

〔一〕平生志：《全集》卷七同；隆慶《集》卷四作『平生願』。

送吕廷和之餘干

甲第青春早著名，拜官大邑荷榮恩。雞窗不負三年學，鵬路終搏萬里程。緑野春畊民樂業，花村夜静犬無聲。政成指日膺超擢，簪筆螭頭侍聖明。萬曆本《商文毅公集》卷十；並收入隆慶本《商文毅公集》卷四、僞本《商文毅公全集》卷七。

送陸公致仕歸四明

鑑湖人去幾經春，幽躅誰能踵後塵。〔一〕間氣生才當盛世，遐齡歸老属芳辰。位登八座聲華遠，忠在三朝事業新。仁恕寬平多厚積，會看福壽更駢臻。萬曆本《商文毅公集》卷十；並收入隆慶本《商文毅公集》卷四、僞本《商文毅公全集》卷七。

【校勘記】

〔一〕踵後塵：《全集》卷七同；隆慶《集》卷四作「繼後塵」。

挽吴編修母

堂北凄風捲素帷，萱花一夕竟凋衰。詞林有子登清秩，機杼無人理斷絲。鏡掩香塵鸞影寂，窗含明月鶴聲悲。〔一〕平生見説多賢行，銘勒何慚太史碑。萬曆本《商文毅公集》卷十；並收入隆慶本《商文毅公集》卷四、僞本《商文毅公全集》卷七及《石倉十二代詩選·明次集》卷十三《遼源集》。

【校勘記】

〔一〕窗含：《全集》卷七、《石倉·明次集》卷十三同；隆慶《集》卷四作「窗涵」。

壽江學士母八十

年登八袠孰能同，况復高堂禄養豊。天上蟠桃方結實，堦前丹桂已成叢。壽筵喜值三秋景，鸞誥還期一品封。萬里無由陪賀客，緘詩願效祝華嵩。萬曆本《商文毅公集》卷十；並收入隆慶本《商文毅公集》卷四、僞本《商文毅公全集》卷七。

瑞蓮亭爲建寧張太守賦

蓮亭瀟灑瞰清漪，嫩緑新紅種滿池。並蔕倚風嬌欲語，雙花凝露浄還欹。遠追周室禾同穎，近似漁陽麥兩岐。和氣致祥應有自，佳聲從此播明時。萬曆本《商文毅公集》卷十；並收入隆慶本《商文毅公集》卷四、僞本《商文毅公全集》卷七及《石倉十二代詩選·明次集》卷十三《遼源集》。

送鄭御史按江淮

芳年衣綉早蜚聲，按節東南下帝京。月色兩淮隨去棹，霜威千里逐行旌。埋輪要使豺狼殄，攬轡期看海宇清。古道于今甚寥寂，願攄素赤答皇明。萬曆本《商文毅公集》卷十；並收入隆慶本《商文毅公集》卷四、僞本《商文毅公全集》卷七。

遊楊鴻臚南園次韻二首〔一〕

别墅同追一餉歡，喜陪車騎出朝端。〔二〕花飄紅雨三春暮，麥熟黄雲四野寬。醽醁杯傾鸚鵡滑，櫻桃盤薦水晶寒。遊歌何幸逢全盛，仰祝鴻圖萬世安。

【校勘記】

〔一〕遊楊鴻臚南園次韻二首：《全集》卷七、《石倉·明次集》卷十三同；隆慶《集》卷四題『遊楊鴻臚南園次習侍讀王侍講韻』。

〔二〕車騎：隆慶《集》卷四、《全集》卷七同；《石倉·明次集》卷十三題『車駕』。

其二

咫尺南園接上林，共娱風景聚朝簪。花因春後開還落，水自溪分淺復深。綵筆倚欄題樂事，冰絃當座助歌音。主賓歡洽難勝醉，何用臨岐酒更斟。萬曆本《商文毅公集》卷十；並收入隆慶本《商文毅公集》卷四、僞本《商文毅公全集》卷七及《石倉十二代詩選·明次集》卷十三《遼源集》。

題王御史簡命行春卷

才名籍籍播中臺，按節滇南荷帝裁。詔獄每憐人命重，遐方今喜綉衣來。九重雨露隨車騎，〔一〕萬里恩波被草萊。便道不妨歸獻壽，高堂有待笑顔開。萬曆本《商文毅公集》卷十；並收入隆慶本《商文毅公集》卷四、僞本《商文毅公全集》卷七。

【校勘記】

〔一〕九重：《全集》卷七同；隆慶《集》卷四作『九天』。

送張太守之建寧

分符千里撫黎民，遠近俱稱太守循。嘉譽喜書三載績，休光深荷九重仁。朱旛皂盖重爲客，碧水丹山舊結鄰。懸想到時當盛夏，蓮塘花發錦雲新。萬曆本《商文毅公集》卷十；並收入隆慶本《商文毅公集》卷四、僞本《商文毅公全集》卷七。

贈陳侍講

此去南都握院章，知君孝念在萱堂。板輿迎養鄉山近，綵服承歡愛日長。玉署有才堪著述，金陵多暇足徜徉。九重側席思賢舊，超拜行看荷寵光。萬曆本《商文毅公集》卷十；並收入隆慶本《商文毅公集》卷四、僞本《商文毅公全集》卷七。

送顧教授之嚴州

錢塘西去是嚴陵，士服詩書俗化敦。黌舍倚天塵不到，皐比擁座道還尊。横經久擅《春秋》學，拜命重霑雨露恩。此後也應非遠别，超遷指日會金門。萬曆本《商文毅公集》卷十；並收入隆慶本《商文毅公集》卷四、僞本《商文毅公全集》卷七。

贈蕭郎中還安成〔一〕

太學從師憶壯年，共看華髮漸盈顛。玉堂事業慚予拙，粉署才名羨子賢。解組曉辭丹鳳闕，歸裝夜泛潞河船。到家若過忠文里，好把椒觴奠墓前。萬曆本《商文毅公集》卷十；並收入隆慶本《商文毅公集》卷四、僞本《商文毅公全集》卷七。

〖**校勘記**〗

〔一〕贈蕭郎中還安成：《全集》卷七同；隆慶《集》卷四題『贈蕭郎中致仕還安成』。

贈胡二守之武昌

青年領薦上神京，太學從游業更精。詮試登名先衆彦，〔一〕專城佐政荷榮恩。〔二〕薊門曉日雙旌遠，鄂渚秋風一棹輕。當寧憂民心正切，好施仁惠及蒼生。萬曆本《商文毅公集》卷十；並收入隆慶本《商文毅公集》卷四、僞本《商文毅公全集》卷七。

【校勘記】

〔一〕詮試：《全集》卷七同；隆慶《集》卷四作『銓試』。

〔二〕榮恩：《全集》卷七同；隆慶《集》卷四作『殊榮』。

雪

朔風吹雪滿林端，頃刻青山變玉山。湔履尚思東郭趣，蹇驢應向灞橋還。寒生短棹滄江闊，光映疏櫺卷帙閒。三白豐年今有兆，農家從此盡歡顔。萬曆本《商文毅公集》卷十；並收入隆慶本《商文毅公集》卷四、僞本《商文毅公全集》卷七及《石倉十二代詩選·明次集》卷十三《遼源集》。

輓沭陽伯尚書金公

老成凋謝獨傷神，文武全才見幾人。萬里出師勞贊畫，三邊供餽費經綸。匡時已罄平生術，歸路俄驚旅襯新。身後恩榮誰得似，褒封有爵在麒麟。萬曆本《商文毅公集》卷十；並收入隆慶本《商文毅公集》卷四、僞本《商文毅公全集》卷七。

題山水圖

山間景物四時同，松柏森森紫翠中。案上書編閑白日，簾前花影動清風。小橋静看行人過，野寺遥從曲逕通。辟穀他年如有分，〔一〕肩輿還擬覓仙蹤。萬曆本《商文毅公集》卷十；並收入隆慶本《商文毅公集》卷四、僞本《商文毅公全集》卷七及《石倉十二代詩選·明次集》卷十三《遼源集》。

【校勘記】

〔一〕他年：隆慶《集》卷四、《石倉·明次集》卷十三同；《全集》卷七作『它年』。

送方蒙城致政還淳安

芸窗曾共對韓檠，幾度相逢在上京。窮養達施酬素志，急流勇退見高情。半肩行李青氊舊，千里歸舟綵鷁輕。洛社香山頻入夢，何時尊酒叙同盟。萬曆本《商文毅公集》卷十；並收入隆慶本《商文毅公集》卷四、僞本《商文毅公全集》卷七。

送徐巡宰之莆田〔一〕

與君兄弟意綢繆，不惜離筵重勸酬。紅葉馬前牽别恨，白雲江上動鄉愁。舟移劍水腥風遠，春到閩山瘴雨收。况是莆陽文獻地，宦情詩思兩悠悠。萬曆本《商文毅公集》卷十；並收入隆慶本《商文毅公集》卷四、僞本《商文毅公全集》卷七、《石倉十二代詩選・明次集》卷十三《遼源集》及《御選宋金元明四朝詩・明詩》卷七四。

〔**校勘記**〕

〔一〕送徐巡宰之莆田：隆慶《集》卷四、《全集》卷七同；《石倉・明次集》卷十三題「送徐巡宰莆田」；《御選明詩》卷七四題「送巡宰之莆田」。

送孫學士還河南

甲第魁名屬壯年，詞林職業更超先。編摩筆削存中秘，啓沃謀猷在講筵。何事思親心獨切，也應行道志還堅。田園未必成真趣，會見徵書下日邊。萬曆本《商文毅公集》卷十；並收入僞本《商文毅公全集》卷七。

復初亭

恒性由來天所賦，那看外誘苦相縈。〔一〕知行兩盡中扃湛，德業俱崇萬里明。〔二〕緑野莠芰苗自秀，滄浪泥浄水還清。復初亭上觀仁處，〔三〕不愧風雲樂道情。〔四〕萬曆本《商文毅公集》卷十；並收入僞本《商文毅公全集》卷七及《蜀阜小志》「静樂書院、復初亭」條。

〔**校勘記**〕

〔一〕那看：《全集》卷七同；《蜀阜小志》作「那堪」。

〔二〕萬里：《全集》卷七同；《蜀阜小志》作「萬理」。

〔三〕觀仁：《全集》卷七同；《蜀阜小志》作『觀心』。
〔四〕風雲：《全集》卷七同；《蜀阜小志》作『風雩』。

送吴司務出使貴陽

才思飄飄沂水英，冬官贊政著賢聲。九重深軫邊氓念，千里遥持使節行。王化祇今無遠近，殊方從此荷昇平。懸知别後成功易，早把佳音達帝京。萬曆本《商文毅公集》卷十；並收入僞本《商文毅公全集》卷七。

汪教諭之官舞陽

分教萍鄉已有年，諸生深喜得師傳。天官最績登優選，學諭清高荷美遷。闕下衣冠多舊識，擔頭行李半青氈。朝廷正爾崇儒術，會見飛騰下日邊。萬曆本《商文毅公集》卷十；並收入僞本《商文毅公全集》卷七。

送傅春坊省親還嚴陵

封敕頒恩慰二親，高堂歸拜錦衣新。風雲慶會人争羡，父子同官世罕倫。玉署馳名推碩學，青坊兼職際昌辰。鄰翁若問朝家事，四海昇平荷帝仁。萬曆本《商文毅公集》卷十；並收入僞本《商文毅公全集》卷七。

挽黄廷廣二親

椿萱凋謝幾經年，時物傷情倍黯然。里巷至今談厚德，椒漿無處薦重泉。簡編零落存遺澤，機杼凄凉瑣暮煙。有子青霄曾進步，褒封擬待賁雙阡。萬曆本《商文毅公集》卷十；並收入僞本《商文毅公全集》卷七。

挽楊夫人

師臣仙去幾經秋，鸞鏡孤懸嘆白頭。零落機杼虚夜月，凄凉石獸掩荒丘。母儀婦道稱賢淑，錫誥推恩荷寵優。令子唧哀千里道，鄉山觸目不勝愁。萬曆本《商文毅公集》卷十；並收入僞本《商文毅公全集》卷七。

送楊大尹之官吴縣

九載江村善撫循，〔一〕聲華從此動朝紳。東吴剸劇須賢尹，北闕疇咨用老臣。耕鑿會看民樂業，絃歌有待俗還淳。耒陽豈足淹龐統，〔二〕超擢懸知沐寵新。萬曆本《商文毅公集》卷十；並收入僞本《商文毅公全集》卷七、《石倉十二代詩選·明次集》卷十三《遼源集》。

【校勘記】

〔一〕善撫循：《全集》卷七同；《石倉·明次集》卷十三作『喜撫循』。

〔二〕耒陽：原書及《全集》卷七均作『來陽』，據《石倉·明次集》改。按《三國志·龐統法正傳》：『先主領荆州，統以從事守耒陽令，在縣不治，免官。吴將魯肅遺先主書曰：「龐士元非百里才也，使處治中、别駕之任，始當展其驥足耳。」諸葛亮亦言之於先主，先主見與善譚，大器之，以爲治中從事。』

贈達知縣赴官金陵〔一〕

蚤歲才華動縉紳，拜官正喜際昇平。雲開旭日辭金闕，帆掛秋風渡石城。政有餘閑心自逸，案無留牘訟常清。考功他日應書最，〔二〕超拜還期沐寵榮。萬曆本《商文毅公集》卷十；並收入僞本《商文毅公全集》卷七。

【校勘記】

〔一〕赴官：《全集》卷七作『之官』。

〔二〕他日：《全集》卷七作『它日』。

題鷺洲書舍

分符出鎮幾經秋，結屋還依白鷺洲。萬點霜花藏遠近，四時緑水共清幽。詩書滿架存遺澤，〔一〕事業潛心繼遠猷。自是故家文物盛，子孫賢達異常流。萬曆本《商文毅公集》卷十；並收入僞本《商文毅公全集》卷七、《石倉十二代詩選·明次集》卷十三《遼源集》。

【校勘記】

〔一〕存遺澤：《全集》卷七同；《石倉·明次集》卷十三作『藏遺澤』。

送周學士赴任

皇家根本重金陵，列職諸司總俊英。内相久虚鰲禁席，遷官争慕石溪名。登瀛自昔稱嘉會，拜命於今荷寵榮。愧我才疏蒙導迪，祖筵追送不勝情。萬曆本《商文毅公集》卷十；並收入僞本《商文毅公全集》卷七。

挽杜朗中母

霜砌萱花怯曉寒，高堂無復覩慈顔。機杼零落人何在，塚樹凄凉月滿山。三徙芳鄰追往躅，五花封誥錫迴鸞。平生淑德應難泯，誌石新鎸墓隧間。萬曆本《商文毅公集》卷十；並收入僞本《商文毅公全集》卷七。

送葉御史提調學校

綉衣啣命出神京，一道霜威逐使旌。學校久爲當道重，綱維須體聖君情。刑無鞭扑從寬典，士有絃歌藹頌聲。自古賢才關治化，也知此舉任非輕。萬曆本《商文毅公集》卷十；並收入僞本《商文毅公全集》卷七。

贈田隱翁吉水藍君永清

聞説林泉有洞天，惟君托隱在藍田。開雲種璧連城價，過雨看苗穗頴堅。既醉詩成志帝力，嘉魚宴集慶豐年。高風雅趣誰能似，况復盈庭子姓賢。萬曆本《商文毅公集》卷十；並收入僞本《商文毅公全集》卷七。

贈申僉憲之官江右

兩拜除書佐外臺，蜚聲籍籍重瓊瑰。鷺車按部奸豪懾，驄馬行春淑氣回。江右古來稱善地，憲臣今喜得奇才。故人握手情難别，暫向離筵對玉杯。萬曆本《商文毅公集》卷十；並收入僞本《商文毅公全集》卷七。

挽姚處士

樵李聲華舊有傳，兩居京邑遂喬遷。琴樽對客渾忘倦，〔一〕惠愛周貧不計錢。夢入邯鄲人已遠，鶴歸遼海恨堪憐。詩書世業今何似，蟄蟄兒孫總俊賢。萬曆本《商文毅公集》卷十；並收入僞本《商文毅公全集》卷七。

【校勘記】

〔一〕琴樽：《全集》卷七作「琴尊」。

贈王掌教考滿

座擁皐比飽一經，芹宮九載播芳名。詩歌棫樸功堪述，化被菁莪教有成。已喜銓曹書最績，更看超擢沐恩榮。方今聖主崇儒術，好展才華贊治平。萬曆本《商文毅公集》卷十；並收入僞本《商文毅公全集》卷七。

送曲阜孔大尹

令尹才華逈出群，烏紗銀帶荷君恩。應知聖澤同天地，致使餘波及子孫。學道可能忘祖訓，推仁先欲庇同根。公恂進士如相過，好説深居遠俗喧。萬曆本《商文毅公集》卷十；並收入僞本《商文毅公全集》卷七、《石倉十二代詩選·明次集》卷十三《遼源集》。

挽鄭夫人

八十餘年樂且康，一朝長逝竟漫漫。秋風寂寞萱堂静，夜月凄凉蕙帳寒。鄉里徒能談懿德，賢郎猶自泣熊丸。仕途喜有青雲裔，褒寵行看賁壟巒。萬曆本《商文毅公集》卷十；並收入僞本《商文毅公全集》卷七。

貧樂窩

人生得失總前緣，無忮無求樂晏然。道在簞瓢真有味，趣存琴瑟不須絃。鶉衣可讓重茵暖，斗室粗安一覺眠。多謝東風似知己，吹嘘時上草廬顛。萬曆本《商文毅公集》卷十；並收入僞本《商文毅公全集》卷七。

送龍太守之毘陵

早從春試見雄文，駐馬山中識使君。京闕趨朝承寵命，〔一〕客窗叙舊對爐熏。〔二〕也知撫字多仁政，〔三〕應有聲華達帝聞。〔四〕自是高才難久滯，超遷還擬立殊勳。萬曆本《商文毅公集》卷十；並收入僞本《商文毅公全集》卷七、《石倉十二代詩選·明次集》卷十三《遼源集》。

〔校勘記〕

〔一〕京闕趨朝承寵命：《全集》卷七同；《石倉·明次集》卷十三作『曉闕承恩沾仗彩』。

〔二〕客窗：《全集》卷七同；《石倉·明次集》卷十三作『寒窗』。

〔三〕也知：《全集》卷七同；《石倉·明次集》卷十三作『晉陵』。

〔四〕應有聲華達帝聞：《全集》卷七同；《石倉·明次集》卷十三作「江表聲華達上聞」。

送周憲副赴任陝西

奕世衣冠重貴溪，登科況自少年時。郎官閱歷馳清譽，憲佐超遷荷寵私。按節豈徒資餽餉，巡方有待肅綱維。極知此後相逢處，榮捧徵書覲玉墀。萬曆本《商文毅公集》卷十；並收入僞本《商文毅公全集》卷七。

壽周母七十

寶婺光華映碧天，慈闈慶誕啓芳筵。七旬共訖人間少，五鼎爭誇福禄全。貴主供來珍饌美，諸郎舞擬綵衣鮮。題詩每效南山詠，爲祝瑶池不老仙。萬曆本《商文毅公集》卷十；並收入僞本《商文毅公全集》卷七。

春

陽和煦煦回山川，千紅萬紫争芳妍。草亭翼然隱喬木，幽人咲傲甘林泉。携童策蹇踏春色，抱琴遠訪知音客。料應相見無一言，流水高山心自適。萬曆本《商文毅公集》卷十；並收入僞本《商文毅公全集》卷五、僞本《商文毅公全集》卷七。

夏

屋外群山青如葱，〔一〕屋頭翠柳清陰濃。松根白鶴起欲舞，藕花香散西湖風。愛花少年顔如玉，畫槳輕搖浪紋簇。羽扇凉生香袖飄，恍在若耶溪水曲。萬曆本《商文毅公集》卷十；並收入僞本《商文毅公全集》卷七及《石倉十二代詩選·明次集》卷十三《遼源集》。

【校勘記】

〔一〕青如葱：《全集》卷五、卷七同；《石倉·明次集》卷十三作「如削葱」。

秋

一片秋光素如練，滿山黄葉霜初染。斯人巾履晉風流，松竹閑依白雲斂。笻杖兒童不暫離，筆牀酒竈相追隨。好似柴桑陶靖節，歸來孰與同襟期。萬曆本《商文毅公集》卷十；並收入僞本《商文毅公全集》卷五、僞本《商文毅公全集》卷七及《石倉十二代詩選·明次集》卷十三《遼源集》。

冬

千山萬山雪壓雪，翠微失却尤奇絶。屋頭銀砌掩松關，獨有孤梅幹如鐵。推蓬舉棹興何如，剡曲王猷迹豈殊。何處有山如此圖，老年欲問山中居。萬曆本《商文毅公集》卷十；並收入僞本《商文毅公全集》卷五。

贈王大尹之如皋

如皋縣属維楊郡，人尚耕桑俗頗淳。茂宰之官逢舜日，絃歌爲治樂堯仁。安成詩禮推華俗，奕世賢才表縉紳。百里豈能淹驥足，還看超拜展經綸。萬曆本《商文毅公集》卷十；並收入僞本《商文毅公全集》卷七。

送李編修歸省

始蘇自古多賢地，忠厚應從間氣來。史館編摩資正學，詞林制作得真才。雙親共沐皇恩重，千里争看晝錦回。此處肯教乖闊久，衣冠指日會蓬萊。萬曆本《商文毅公集》卷十；並收入僞本《商文毅公全集》卷七。

送毛二尹之官江都

蒲東家世舊簪纓，諸父聲華重月評。經學獨承庭訓早，除書新拜寵恩榮。潞河曉發孤帆遠，淮海秋高一鶚横。撫字他年多善政，〔一〕儜看清譽達神京。萬曆本《商文毅公集》卷十；並收入僞本《商文毅公全集》卷七。

【校勘記】

〔一〕他年：《全集》卷七作『它年』。

送喬編修歸省

玉雪清姿出衆才，詞林聲價重瓊瑰。高堂菽水馳情久，遠道風雲得意回。誥錫龍章恩典重，詩歌春酒壽筵開。親賓若問朝家事，爲説皇仁遍九垓。萬曆本《商文毅公集》卷十；並收入僞本《商文毅公全集》卷七。

挽友義畢居士

名家詩禮著淮安，應詔曾聞累拜官。穀帛每因貧者施，琴樽多爲故人懽。平生友義誰能及，没世聲聞定不刊。令子青雲方貴顯，行看褒贈出朝端。萬曆本《商文毅公集》卷十；並收入僞本《商文毅公全集》卷七。

贈李其章還官

桐鄉二尹西昌彦，爲喜居官有政聲。農樂耕桑勞勸相，士躭詩禮藉陶成。九重奏最恩榮重，〔一〕千里歸裝去路輕。懸想到時秋正熟，紛紛老稚盡懽迎。〔二〕萬曆本《商文毅公集》卷十；並收入僞本《商文毅公全集》卷七、《石倉十二代詩選·明次集》卷十三《遼源集》。

【校勘記】

〔一〕恩榮：《全集》卷七同；《石倉·明次集》卷十三作「恩光」。

〔二〕懽迎：《全集》卷七同；《石倉·明次集》卷十三作「相迎」。

贈御史徐君按廣東

烏府才華獨老成，又看啣命出神京。九重耳目資臺憲，萬里風霜逐使旌。攬轡定須追往躅，埋輪應不負平生。極知驄馬經行處，老稚歡呼藹頌聲。萬曆本《商文毅公集》卷十；並收入僞本《商文毅公全集》卷七。

挽王布政

曾持使節過嚴陵，謁我山中道舊情。上國重來聞峻擢，雄藩薦歷播芳聲。游從每念賢昆季，訃報俄驚失俊英。賴得故人敦友義，爲求哀挽表平生。萬曆本《商文毅公集》卷十；並收入僞本《商文毅公全集》卷七。

送唐員外赴南都

芳春甲第早登名，出刺西川藹頌聲。報政不辭千里道，遷官深荷九重情。薊門餞別朋簪盛，淮甸經行暑氣清。比歲恤刑頻有詔，好將仁恕答皇明。萬曆本《商文毅公集》卷十；並收入僞本《商文毅公全集》卷七。

送兄弟歸省

安成文獻君家最，兄弟連年擢甲科。三載儀曹聲望重，二難玉署寵恩多。使華暫向親藩去，閭里行看晝錦過。回首都城秋正好，對牀風雨意何如。萬曆本《商文毅公集》卷十；並收入僞本《商文毅公全集》卷七。

送某歸省

賢郎承詔日邊回，正值椿翁壽宴開。甲子一週期再數，蟠桃千歲擬重栽。錦衣誰似華宗盛，珠履争看賀客來。懸想高堂稱慶處，弧南光彩暎三台。萬曆本《商文毅公集》卷十；並收入僞本《商文毅公全集》卷七。

贈徐主事赴任

尊翁擢第我同年，喜見雲霄令子賢。楚楚豊姿凝湛露，滔滔才思注源泉。恩霑北闕登科早，官拜南都得意先。順道不妨歸獻壽，錦衣掩映慶華筵。萬曆本《商文毅公集》卷十；並收入僞本《商文毅公全集》卷七。

挽劉方伯父

梅莊居士五忠孫，隱處林泉道義尊。教子一經成令器，封章兩幸拜君恩。故山人去煙霞遠，高塚雲歸草樹昏。餘慶積來渾未已，又看褒典出金門。萬曆本《商文毅公集》卷十；並收入僞本《商文毅公全集》卷七。

送羅翰撰歸省

三年史館已遷官，千里親闈缺問安。子告暫辭天上去，〔一〕承恩遥向日邊還。〔二〕到時春酒堪爲壽，舞處斑衣足盡歡。侃侃每聞懷直道，會將民隱奏金鑾。萬曆本《商文毅公集》卷十；並收入僞本《商文毅公全集》卷七、《石倉十二代詩選·明次集》卷十三《遼源集》。

〔校勘記〕

〔一〕子告：《全集》卷七同；《石倉·明次集》卷十三作『予告』。

〔二〕日邊還：《全集》卷七同；《石倉·明次集》卷十三作『日邊寬』。

送陶進士出宰魏縣

制科得士總賢英，百里居官豈稱情。爲是聖明崇字牧，期將仁政慰蒼生。春農綠野安耕耨，夜犬花村絶吠聲。三載奏功書最績，定應超擢沐恩榮。萬曆本《商文毅公集》卷十；並收入僞本《商文毅公全集》卷七。

送劉二尹考績還淳安

積學成均幾歲寒，官爲佐令嘆棲鸞。蜀川弭盜功堪紀，淳邑臨民政尚寬。請謁無私人事簡，催科弗擾衆心安。他年述職重書最，〔一〕擬向朝陽振羽翰。萬曆本《商文毅公集》卷十；並收入僞本《商文毅公全集》卷七。

【校勘記】

〔一〕他年：《全集》卷七作『它年』。

送王太守還三衢

專城分閫見才賢，籍籍聲名遠近傳。千里化行民樂業，九重奏最政超先。朱幡皂盖還官日，白叟黃童滿道前。喬木若存清獻宅，幾番憑式恩悽然。萬曆本《商文毅公集》卷十；並收入僞本《商文毅公全集》卷七。

送鄭彥成之廣信

信州南去近鄉山，便道争看衣錦還。蓮幕多才勞擘畫，〔一〕玉峰有暇稱躋攀。〔二〕半生勤苦虀鹽味，〔三〕千里歌謡撫字間。〔四〕別後要知重會處，天香兩袖覲龍顔。萬曆本《商文毅公集》卷十；並收入僞本《商文毅公全集》卷七、《石倉十二代詩選·明次集》卷十三《遼源集》。

【校勘記】

〔一〕蓮幕多才勞擘畫：《全集》卷七同；《石倉·明次集》卷十三作『蓮幕得賢資畫諾』。

〔二〕有暇：《全集》卷七同；《石倉·明次集》卷十三作『多暇』。

〔三〕虀鹽：《全集》卷七同；《石倉·明次集》卷十三作『鹽虀』。

〔四〕撫字：《全集》卷七同；《石倉·明次集》卷十三作『井臼』。

送齊憲副之山東

鴈塔曾同題姓字，烏臺誰似振綱維。九重耳目資賢哲，數載聲名播玉墀。佐憲已承新寵渥，乘驄不改舊威儀。豺狼當道應須問，莫使蒼生苦怨咨。萬曆本《商文毅公集》卷十；並收入僞本《商文毅公全集》卷七。

送陳綉衣出按江右

綉衣啣命出楓宸，欽恤當推聖主仁。江右威名聞遠邇，臺端風節動簪纓。獄無枉滯資明決，人樂更生仰化鈞。驄馬到時春正好，幾多枯槁倍精神。萬曆本《商文毅公集》卷十；並收入僞本《商文毅公全集》卷七。

題重恩堂

青年佐憲際昌辰，兩拜恩封及二親。父母俱存能有幾，衣冠濟美更誰倫。華堂共享千鍾禄，眉壽齊看百歲人。籍籍聲名振朝野，還應天寵錫來頻。萬曆本《商文毅公集》卷十；並收入僞本《商文毅公全集》卷七。

雙壽

七十高年世所稀，况今齊壽介繁禧。仙翁矍鑠顔如玉，阿母康强鬓未絲。果獻蟠桃來閬苑，酒斟瓊液宴瑤池。遐齡願祝同嵩嶽，日沐褒封向盛時。萬曆本《商文毅公集》卷十。

送徐君廷傑還淳安

弟兄情好本同然，兩地相思歲屢遷。夜雨連牀方北聚，春風鼓棹又南旋。離筵暫醉都門道，行李遥歸錦水邊。和樂一門誰得似，讀詩三復鶺鴒篇。

余邑士徐君廷傑，職方郎中原一之兄。爲人和易，讀書尚義，篤於友道。兹以視弟來京師，居數月，詣余告旋。特賦近體一律爲贈，以寓愛重之意云。賜進士及第通議大夫兵部左侍郎兼翰林院學士知制誥經筵官商輅書。《蜀皁文獻》。

七言絶句

聞皇子誕生三首（一）

聖祖神宗慶有餘，祥開椒掖誕皇儲。司天昨夜頻占候，熚熚紅光遶帝居。萬曆本《商文毅公集》卷十；並收入隆慶本《商文毅公集》卷四、僞本《商文毅公全集》卷十二。

【**校勘記**】

〔一〕聞皇子誕生三首：《全集》卷十二同；隆慶《集》卷四題『聞皇子誕生喜而有賦』。

其二

朝來瑞氣藹彤庭，宮掖傳宣聖子生。福壽天齊宗社永，謳歌處處動歡聲。萬曆本《商文毅公集》卷十；並收入隆慶本《商文毅公集》卷四、僞本《商文毅公全集》卷十二。

其三

聖德巍巍契上蒼，虹流華渚降禎祥。本支繁衍天潢盛，共祝鴻圖萬世昌。萬曆本《商文毅公集》卷十；並收入隆慶本《商文毅公集》卷四、僞本《商文毅公全集》卷十二。

山水二首〔一〕

別墅樓臺俯碧灣，柳陰深處隔塵寰。主人無限登臨趣，都在煙雲出没間。萬曆本《商文毅公集》卷十；並收入隆慶本《商文毅公集》卷四、僞本《商文毅公全集》卷十二及《石倉十二代詩選·明次集》卷十三《遼源集》。

〔校勘記〕

〔一〕山水二首：《全集》卷十二同；隆慶《集》卷四題『題山水』；《石倉·明次集》卷十三題『山水』。

其二

緑柳成陰化日舒，扁舟出水勝安車。高人罷釣沉思處，志在經綸不在魚。萬曆本《商文毅公集》卷十；並收入隆慶本《商文毅公集》卷四、僞本《商文毅公全集》卷十二。

梅二首

挺挺新枝冒雪開，江南此種號花魁。〔一〕天公有意憐幽獨，特遣陽和到早梅。萬曆本《商文毅公集》卷十；並收入隆慶本《商文毅公集》卷四、僞本《商文毅公全集》卷十二及《石倉十二代詩選·明次集》卷十三《遼源集》。

〔校勘記〕

〔一〕號花魁：隆慶《集》卷四、《全集》卷十二同；《石倉·明次集》卷十三作『冠花魁』。

其二

玉骨冰肌不染塵，雪霜深處倍精神。〔一〕莫言歲晚無生意，〔二〕南北枝頭總是春。〔三〕萬曆本《商文毅公集》卷十；並收入隆慶本《商文毅公集》卷四、僞本《商文毅公全集》卷十二、《青溪詩集》卷六及《〔康熙〕淳安縣志》卷二十。

【校勘記】

〔一〕雪霜：隆慶《集》卷四、萬曆《集》卷十、《全集》卷十二及《〔康熙〕淳安縣志》卷二十同；《青溪詩集》卷六作『雪山』。

〔二〕莫言歲晚無生意：隆慶《集》卷四、萬曆《集》卷十、《全集》卷十二及《〔康熙〕淳安縣志》卷二十同；《青溪詩集》卷六作『衆芳摇落無尋處』。

〔三〕南北枝頭總是春：隆慶《集》卷四、萬曆《集》卷十、《全集》卷十二及《〔康熙〕淳安縣志》卷二十同；《青溪詩集》卷六作『南北枝頭占斷春』。

山水圖〔一〕

青山緑水望中寬，牧豎樵童任往還。不慕功名慕畊釣，此生赢得幾多閑。萬曆本《商文毅公集》卷十；並收入隆慶本《商文毅公集》卷四、僞本《商文毅公全集》卷十二。

【校勘記】

〔一〕山水圖：《全集》卷十二同；隆慶《集》卷四題『山水圖爲方斐然題』。

墨竹三首〔一〕

一林蒼玉發新梢，彷佛朝昜見鳳毛。勁直不隨霜雪變，也應素節養來高。萬曆本《商文毅公集》卷十；並收入隆慶本《商文毅公集》卷四、僞本《商文毅公全集》卷十二。

〔**校勘記**〕

〔一〕墨竹三首：《全集》卷十二同；隆慶《集》卷四第一、第三首題『墨竹爲戴震先生題』，第二首題『墨竹爲李都督賦』。

其二

直節真心異衆葩，數竿蒼翠拂窗紗。嚮來歲晚冰霜少，〔一〕日報平安達帝家。萬曆本《商文毅公集》卷十；並收入隆慶本《商文毅公集》卷四、僞本《商文毅公全集》卷十二。

〔**校勘記**〕

〔一〕嚮來：《全集》卷十二同；隆慶《集》卷四作『江南』。

其三

淡墨何年寫此君，窗前彩鳳見來頻。虚心不改歲寒意，爲有清風是故人。萬曆本《商文毅公集》卷十；並收入隆慶本《商文毅公集》卷四、僞本《商文毅公全集》卷十二及《〔康熙〕淳安縣志》卷二十。

〔**附**〕**隆慶本《商文毅公集》卷四：**

墨竹爲戴震先生題

一林蒼玉發新梢，彷彿朝陽見鳳毛。勁直不隨霜雪變，也應素節養來高。

淡墨何年寫此君，窗前彩鳳見來頻。虛心不改歲寒意，爲有清風是故人。

〔附〕隆慶本《商文毅公集》卷四：

墨竹爲李都督賦

直節真心異衆葩，數竿蒼翠拂窗紗。江南歲晚冰霜少，日報平安達帝家。

題仲昭竹

數竿修竹倚雲栽，雨過春林翠作堆。勁節不隨桃李變，芳叢有待鳳凰來。萬曆本《商文毅公集》卷十；並收入僞本《商文毅公全集》卷十二。

桐江獨釣圖

拂袖長歌入富春，滄江深處獨垂綸。短蓑不换軒裳貴，千載高風有幾人。萬曆本《商文毅公集》卷十；並收入隆慶本《商文毅公集》卷四、僞本《商文毅公全集》卷十二、《釣臺集》卷上、《〔乾隆〕嚴州府志》卷二六及《御選宋金元明四朝詩·明詩》卷一百四。

山水四首〔一〕

春

樓閣嵯峨遠岫明，此中風景似蓬瀛。抱琴未遇知音客，閑倚銀鞍信馬行。萬曆本《商文毅公集》卷十；並收入隆慶本《商文毅公集》卷四、僞本《商文毅公全集》卷十二。

〔校勘記〕

〔一〕山水四首：《全集》卷十二同；隆慶《集》卷四題『山水圖四景』。

夏

十里芳塘景最幽，藕花香裏水光浮。望來不識人間暑，羽扇綸巾樂自由。萬曆本《商文毅公集》卷十；並收入隆慶本《商文毅公集》卷四、僞本《商文毅公全集》卷十二。

秋

青山遠近白雲重，誰識當年把釣翁。千載嚴陵灘上路，令人猶自憶高風。萬曆本《商文毅公集》卷十；並收入隆慶本《商文毅公集》卷四、僞本《商文毅公全集》卷十二及《石倉十二代詩選·明次集》卷十三《遼源集》。

冬

同雲黯黯雪漫山，繫却扁舟傍水灣。被擁蘆花酣睡後，不知身世在人寰。萬曆本《商文毅公集》卷十；並收入隆慶本《商文毅公集》卷四、僞本《商文毅公全集》卷十二。

鴈

春去秋來似有情，海天空闊恁飛鳴。〔一〕翀霄擬作鸞凰侶，肯逐鷗鳧過此生。萬曆本《商文毅公集》卷十；並收入隆慶本《商文毅公集》卷四、僞本《商文毅公全集》卷十二。

【校勘記】

〔一〕恁飛鳴：《全集》卷十二同；隆慶《集》卷四作「恣飛鳴」。

金梅爲瞿廷用賦〔一〕

羅浮仙子逞精神，幻出金衣不染塵。商鼎調羹終有待，東風且占一枝春。萬曆本《商文毅公集》卷十；並收入隆慶本《商文毅公集》卷四、僞本《商文毅公全集》卷十二。

【校勘記】

〔一〕金梅爲瞿廷用賦：《全集》卷十二同；隆慶《集》卷四題「金梅爲瞿廷用題」。

柳塘三鸞圖〔一〕

素質飄飄絶點埃，幽棲常傍水雲隈。自從篴羽鵷班後，時逐仙禽上苑來。萬曆本《商文毅公集》卷十；並收入隆慶本《商文毅公集》卷四、僞本《商文毅公全集》卷十二及《石倉十二代詩選·明次集》卷十三《遼源集》。

【校勘記】

〔一〕三鸞：隆慶《集》卷四、《全集》卷十二作「三鸞」；《石倉·明次集》卷十三作「三鷺鸞」。

魚圖

聖澤深涵四海清，萬方民物遂安生。江湖機網從人設，魚躍魚潛自稱情。萬曆本《商文毅公集》卷十；並收入僞本《商文毅公全集》卷十二。

觀音

佛不負人人負佛，我心即佛佛即心。平生忠信貫金石，俯仰無愧觀世音。萬曆本《商文毅公集》卷十；並收入僞本《商文毅公全集》卷十二。

附

洪璵字宗器，號雪城。永樂辛丑進士，吏部侍郎。

〔附〕徐楚《青溪詩集》卷首：

洪璵，字宗器，號雪城。本邑人。吏部左侍郎。

〔附〕《〔嘉靖〕淳安縣志》卷十一：

洪璵，字宗器，小溪人。由進士第授刑部主事，改工部都水司，所在有聲。正統初，充經筵講官，預脩宣廟《實録》。轉翰林侍講，主考京闈鄉試，人服其公。少師楊文貞公士奇薦之，陞吏部右侍郎，毅然以進退人材爲已任，人不敢以私謁，朝廷重之。卒于官。

送胡存潤致政歸淳安

憶昔胡君見我於歐鄉，〔一〕歡然一笑俱相忘。酒酣大呌山月白，舉頭四顧天蒼蒼。只今別來幾經載，〔二〕華髮蕭蕭更精采。况復天恩許賜歸，林猿野雀遥相待。謾有殘書解滿牀，〔三〕松花落處微聞香。〔四〕課兒誦讀神欲倦，〔五〕芳醪時復陶一觴。門外催租耳莫聽，青山爲畫白雲屏。怡顔適意了生計，虛名未必垂千齡。並收入《青溪詩集》卷二、《〔嘉靖〕淳安縣志》卷十七、《〔康熙〕淳安縣志》卷二十、《〔乾隆〕嚴州府志》卷二六及《〔乾隆〕淳安縣志》卷十五。

〖校勘記〗

〔一〕歐鄉：《青溪詩集》卷二、《〔嘉靖〕淳安縣志》卷十七同；《〔康熙〕淳安縣志》卷二十、《〔乾隆〕淳安縣志》卷十五及《〔乾隆〕嚴州府志》卷二六作『歙鄉』。

〔二〕幾經載：《青溪詩集》卷二、《〔嘉靖〕淳安縣志》卷十七、《〔康熙〕淳安縣志》卷二十、《〔乾隆〕淳安縣志》卷十五及《〔乾隆〕嚴州府志》卷二六作『經幾載』。

〔三〕殘書：《青溪詩集》卷二、《〔嘉靖〕淳安縣志》卷十七、《〔康熙〕淳安縣志》卷二十及《〔乾隆〕嚴州府志》卷二六同；《〔乾隆〕淳安縣志》卷十五作『藏書』。

〔四〕微聞香：《青溪詩集》卷二同；《〔嘉靖〕淳安縣志》卷十七、《〔康熙〕淳安縣志》卷二十、《〔乾隆〕淳安縣志》卷十五及《〔乾隆〕嚴州府志》卷二六作『紙微香』。

〔五〕誦讀：《青溪詩集》卷二同；《〔嘉靖〕淳安縣志》卷十七、《〔康熙〕淳安縣志》卷二十、《〔乾隆〕淳安縣志》卷十五及《〔乾隆〕嚴州府志》卷二六作『讀誦』。

洪璵詩補遺

送盧太守希正

盱江謝事已多年，此日猶傳太守賢。袍笏賣來供國税，〔一〕詩書留得當山田。清貧自得平生志，〔二〕素節應爲識者憐。惟我思君情最□，青溪萬里隔雲煙。《青溪詩集》卷五。

〔校勘記〕

〔一〕國稅：《〔萬曆〕續修嚴州府志》卷十三『盧義』條引作『國賦』。

〔二〕自得：《〔萬曆〕續修嚴州府志》卷十三『盧義』條引作『自遂』。

〔附〕《〔萬曆〕續修嚴州府志》卷十三『盧義』條：

吏部侍郎洪璵嘗寄詩，有云：『袍笏賫來供國賦，詩書留得當山田。清貧自遂平生志，素節應爲識者憐。』非溢美也。

過錢塘

秋風江上駕輕□，萬里雲開月正高。錢氏有靈留一箭，伍員遺恨壓洪濤。毒龍潛迹海波静，彩鳳刷毛天漢號。今古有情增感慨，羞將事業付兒曹。《〔嘉靖〕淳安縣志》卷十七。

釣臺〔一〕

當年漢主共鄉閭，萬里應煩使者車。束帛豈能回素節，公卿莫爲降除書。朝廷自此知名重，草木從教入夢疏。火德中興文武備，老夫急放隱江魚。《釣臺集》卷下，臺圖一四四二八。

〔校勘記〕

〔一〕釣臺：題目爲整理者自擬。

胡拱辰字共之，號敬所。正統己未進士，工部尚書。謚莊懿。

〔附〕徐楚《青溪詩集》卷首：

胡拱辰〔整理者按：注文漫漶不清。〕

〔附〕《〔嘉靖〕淳安縣志》卷十一：

胡拱辰，字共之，號敬所，别號亦拙齋，梓桐鄉雙桂里人。登正統己未進士。越明年，出知黟縣，事甫三載，刑清訟簡，民俗以淳。黟之民念念于公，既生祠之，又於祠下立田四十畝以充祭享脩葺之需。又建循良、去思二坊以誌不忘。遂試御史，尋以人望所属，入侍經筵，爲英廟所注目。尋丁外艱歸，逾年己巳，也先犯順，英廟北狩，兩遣使臣蔣文等造廬奪情。拱辰堅守制不起，侍者懇詞諭以時事，始翻然改曰：『君父，一道也。今朝廷危急，存亡之秋，寧忍泄泄。』於是上京師，圖所以歸上皇之策。景泰庚午，改江西道。因聖駕未復，國事多艱，凡四上章，累千萬言，無非亟以復大讐、安宗社爲心，上皆嘉納之。拱辰在内臺七載，日惟左右楓宸，與聞機務大政，蓋不特以肅僚，貞度爲職而已。既而，陞貴州左參政，檄土官宣慰安隴富，宣布恩威，開示禍福，以其所善王遜往諭之。隴富感服，躬率土兵徼厥弗用命者，送往迎來，防護惟謹。金鷄、劄佐等驛自此通行無滯。成化乙酉，陞廣西右布政。會兩廣猺人作耗，削職殺賊。尋協同總兵官征荔浦，兼閱視紀功。拱辰躬率諸軍冒險深入，卒平荔浦，遂乘勝軍分兩哨，水陸並進，以平斷藤峽。未幾，陞南京都察院右副都御史，掌院事，復奉勅兼提督操江巡江。遞年劫掠渠魁，皆設法以次得之。乙未，改南京兵部侍郎。時孝廟春秋已盛，儲位尚虛，天下皆以言爲諱。拱辰不勝激切，首與侍郎倪謙、崔恭昧死上言，而在京大臣舉驚懼失色，具本同進。幸蒙憲廟嘉納而舉行之，遂陞南京都察院左副都御史。辛丑，入賀聖壽，禮成，賜金織緋袍一襲。又上章乞休，召至便殿慰留再四。甲辰，親擢南京工部尚書。議脩内府之九五殿所需之材，葺之，則用五十一萬一千有奇，支之則什一耳。拱辰顧惟江南旱澇相仍，民力弗堪，請支焉朝陽門外桐漆棕三園，各設百户一員，軍丁一百名看守外，每年仍於各處行取工匠開漆剥棕打油，絡繹於道，供應糜費。拱辰乃上章，乞委部屬會同巡視。屯田御史親詣三園，通量地畆，分栽樹株，責以成效。止令各園軍丁事事，人甚便之。本部虞衡、營膳二司防禦事重，物料數多，俱難兼管。拱辰奏請各添設一主事，責專而事集焉。兩上章，乞休致，始得遂歸田願。孝廟歲賜禄米二十四石，輿隸四人應用。正德丙寅，拱辰壽届九十，時遣行人王奎齎勅至家存問。戊辰，以疾卒于家。知府孟春以其訃告于御史。史鑑且有『拱辰死之日，身無以爲歛，祭無以禮。棺槨助於有司，孝帛資於親黨。似此廉貧，實可憐憫』等語。史鑑乃轉聞于朝，上深加痛悼，追贈太子少傅，謚莊懿。

松濤軒〔一〕

僧房伏枕旅魂驚，一派長江洶湧聲。自是萬山天籟發，誰疑八月海濤生。〔二〕猿過別樹腸堪斷，〔三〕鶴在高枝夢不成。惟有老禪心似洗，蒲團獨坐夜三更。並收入《青溪詩集》卷五。

【校勘記】

〔一〕松濤軒：《青溪詩集》卷五題『題恒上人松濤軒』。

〔二〕海濤：《青溪詩集》卷五作『海潮』。

〔三〕腸堪斷：《青溪詩集》卷五作『堪腸斷』。

胡拱辰詩補遺

三月燕子來

一去寧辭路渺茫，歸來正遇日偏長。吾徒第宅幸常在，爾主恩情能暫忘。芳草池塘清漲暖，落花門逕紫泥香。依棲且向西堂舊，更有雕簷與畫梁。《青溪詩集》卷五。

和拱璧弟九日口占韻

病氣頻將藥水淋，重陽節到病加深。登高不用勞雙足，望遠何能遂存心。萸少一人思遍插，酒添三伴自孤斟。胡溪白鴈傳清響，引動西塘蟋蟀鳴。《青溪詩集》卷五。

野菜薦新

□怪園丁懶病人，晚菘早韭不□□。□蓄枸杞兼灰□，□採盈筐自薦新。《青溪詩集》卷六。

徐貫字原一，號□□。天順丁丑進士，工部尚書。謚康懿。

〖附〗《〔嘉靖〕淳安縣志》卷十一：

徐貫，字原一，蜀阜人。生而明敏，長從姚文敏公受《春秋》學，大異之。領景泰癸酉鄉薦，登天順丁丑進士。授兵部職方主事，陞郎中。才猷茂著，練達事體。尋擢福建右參政，奉勑巡視海道，分守延、邵四府。值民饑，多方設法，及出官廩，減價以拯恤之。追擢本省右布政使，閩中大疫，死者相枕籍。又出公帑，給棺以葬之。既而，擢山東左布政使，陞都察院右副都御史，巡撫遼東。至則首劾參將佟昱不職，黜之。鎮守總兵多占軍丁爲佃户者，貫悉革之。處置邊方，綽有條緒，兵將畏服，夷虜帖然。陞工部左侍郎，于時蘇、松一帶連遭水患，廷議推貫奉勑往治之。貫至，簡有司分理，授以方略，水患以弭，三吴之民至今頌之。遷本部尚書，累加太子少保，寵賚優渥。以疾懇疏乞歸，敕加太子太傅，令馳驛還鄉。有司月給米叁石，歲撥夫四名優其老考。終于家，朝廷聞而哀之，制贈太保，謚康懿，遣官營葬，諭祭九壇。兵部劉大夏狀其行曰：公之功在廟堂，澤究生民，德行足以表彝倫，文章可以傳士類。至於心術操履，可以對越天地鬼神，誠足徵云。

贈别張世禎〔一〕

故人成久别，邂逅客都城。夜雨方論舊，春風又送行。鄉園頻入夢，〔二〕雲樹遠含情。迢遞青溪上，〔三〕相思對月明。並收入《徐康懿公餘力稿》卷二、《石倉十二代詩選·明次集》卷二八《公餘集》、《明詩綜》卷二二及《御選宋金元明四朝詩·明詩》卷五三。

【校勘記】

〔一〕贈别張世禎：《明詩綜》卷二二、《御選明詩》卷五三同；《徐康懿公餘力稿》卷二、《石倉·明次集》卷二八題『贈張世禎别』。

〔二〕鄉園：《徐康懿公餘力稿》卷二、《石倉·明次集》卷二八、《明詩綜》卷二二及《御選明詩》卷五三作『鄉關』。

〔三〕青溪：《徐康懿公餘力稿》卷二、《石倉·明次集》卷二八、《明詩綜》卷二二及《御選明詩》卷五三作『清溪』。

同上虞陳若無飲〔一〕

西風尋舊約，佳釀復新開。微雨簷前歇，清風席上來。祇憑文字飲，不用管絃催。暝色起山際，留連未忍回。〔二〕並收入《徐康懿公餘力稿》卷二、《石倉十二代詩選·明次集》卷二八《公餘集》。

【校勘記】

〔一〕同上虞陳若無飲：《徐康懿公餘力稿》卷二、《石倉·明次集》卷二八題『三月十九日同上虞陳若無飲偶成』。

〔二〕未忍回：《徐康懿公餘力稿》卷二、《石倉·明次集》卷二八作『未擬回』。

送吴天保侍御〔一〕

柏府歸來謾濯纓，波瀾飜覆付閑情。時違便覺行當止，道在應知去亦榮。世事乾坤雙老眼，〔二〕宦情江海一浮萍。〔三〕故園三徑依然在，〔四〕黄菊蒼松好結盟。〔五〕並收入《徐康懿公餘力稿》卷四、《青溪詩集》卷五。

【校勘記】

〔一〕送吴天保侍御：《徐康懿公餘力稿》卷四題『寄吴天保綉衣』；《青溪詩集》卷五題『寄吴天保』，後闕。

〔二〕世事乾坤雙老眼：《徐康懿公餘力稿》卷四作『路隔青山紅日遠』；《青溪詩集》卷五作『路隱青山紅日遠』。

〔三〕宦情江海一浮萍：《徐康懿公餘力稿》卷四作『家連緑野白雲平』；《青溪詩集》卷五作『家連緑水白雲

平』。

〔四〕故園三徑：《徐康懿公餘力稿》卷四、《青溪詩集》卷五作『懸知三逕』。

〔五〕好結盟：《徐康懿公餘力稿》卷四、《青溪詩集》卷五作『且結盟』。

徐鑑字克明，號鈍齋。天順庚辰進士，廣東參議。

〔附〕徐楚《青溪詩集》卷首：

徐鑑，字克……〔整理者按：注文漫漶不清。〕

〔附〕《〔嘉靖〕淳安縣志》卷十一：

徐鑑，字克明，蜀阜人。登天順四年進士第，授南京户科給事中。克舉厥職，賜勑褒嘉。累官至廣東布政司參議，在任綽有能聲。卒于家。

山寺〔一〕

登登石徑入禪關，望望溪山咫尺間。瀟灑更無塵土到，〔二〕卷舒惟有白雲閑。〔三〕長藤屈曲縈芳樹，〔四〕飛瀑琤琮響碧灣。坐久不知天欲暮，數聲啼鳥促人還。並收入《青溪詩集》卷五、《〔萬曆〕續修嚴州府志》卷二一及《蜀阜文獻新集》。

【校勘記】

〔一〕山寺：《青溪詩集》卷五、《〔萬曆〕續修嚴州府志》卷二一題『寺游閒咏』；《蜀阜文獻新集》題『遊寺閒咏』。

〔二〕瀟灑更無塵土到：《青溪詩集》卷五、《〔萬曆〕續修嚴州府志》卷二一同；《蜀阜文獻新集》作『灑洒更無塵客到』。

〔三〕惟有：《青溪詩集》卷五、《〔萬曆〕續修嚴州府志》卷二一及《蜀阜文獻新集》作『任有』。

〔四〕屈曲：《青溪詩集》卷五、《〔萬曆〕續修嚴州府志》卷二一及《蜀阜文獻新集》作『屈折』。

程愈字節之，號味道。成化辛丑進士，山東參議。

【附】徐楚《青溪詩集》卷首：

程愈，字節之，號味道，本邑人。山東參議。

【附】《〔嘉靖〕淳安縣志》卷十一：

程愈，字節之，號味道，邑之西隅人。魁成化辛卯鄉薦，登辛丑進士。授工部都水主事，督濟河道，原田依湖爲利，而湮塞病焉。愈以時疏之，稼賴以稔。轉禮部主客員外，適夷人入貢，風聞有異。愈承命至大同宣示德威，竟效順而去。孝廟賢之，特進郎中。陞山東參議，適闕里廟災，愈董工興建，經畫布置，皆已就緒。不幸遘疾而逝，然實有功於是役焉。愈操行清謹，問學優長，士出其門，多所造就，號爲『味道先生』。殁，當道祀於鄉賢。註小學鄉約政訓，行於世。

溪山秋霽圖〔一〕

滄江八月風雨惡，萬壑千林氣蕭索。朝來洗出青芙蓉，〔二〕寒陰忽捲山頭幙。〔三〕紅樹丹崖錦幛開，飛流峭壁銀虬落。平湖萬頃鏡光寒，快哉天地何寥廓。山翁曉起喜新晴，杖藜路滑時防躩。天空雲净見飛鴻，〔四〕木落青江迴高閣。歸帆久滯快風便，〔五〕籬菊知時吐新蕚。忽憶坡仙赤壁時，臨風欲跨南飛雀。並收入《青溪詩集》卷二。

〔校勘記〕

〔一〕溪山秋霽圖：《青溪詩集》卷二題『溪山秋霽圖爲陳克忠題』。

〔二〕朝來：《青溪詩集》卷二題『胡來』。

〔三〕山頭幙：《青溪詩集》卷二題『千山幙』。

〔四〕鴻：《青溪詩集》卷二題『虹』。

〔五〕快風：《青溪詩集》卷二題『慶風』。

程愈詩補遺

題應廣文古城書屋

封君結屋舊宫墻，不貯囊金號墨莊。曉對南山雲散彩，夜看西郭月生光。朝儀盡説青箱氏，詩夢頻回緑埜堂。〔一〕莫道廣文官獨冷，池芹猶並紫微香。〔二〕《青溪詩集》卷五；並收入《〔康熙〕淳安縣志》卷二十。

〔校勘記〕

〔一〕緑埜堂：《〔康熙〕淳安縣志》卷二十作『緑草堂』。

〔二〕紫微：《〔康熙〕淳安縣志》卷二十作『紫薇』。

王宥

字敬之，號約菴。成化辛丑進士，湖廣參政。

〔附〕徐楚《青溪詩集》卷首：

王宥，字敬之，號約菴。静菴公弟。湖廣參政。

〔附〕《〔嘉靖〕淳安縣志》卷十一：

王宥，字敬之，别號約菴，永平鄉横塘人，静菴之弟也。以《春秋》領成化丁酉鄉薦，登辛丑進士。授刑部雲南司主事。丁内艱，服闋，補兵部武選司主事，歷車駕職方員外郎，郎中，陞湖廣德安府知府。操履端潔，莅政嚴縝，吏畏民懷。尋以疾上章乞休，進階湖廣右參政致仕。歸老林下，惟杜門集古方書，十餘年而卒。

和林尚書瀚同甲會詩爲邵大參復初余兄静庵公作用文潞公原韻

邵大參名新，成化己丑進士。静菴公名寘，成化丙戌進士，韶州太守。約菴公即徐吾溪外祖也。

耆英同甲筵重設，〔一〕冠盖相從祝大年。〔二〕二老竝如尊泰華，〔三〕三山安用覓神仙。〔四〕酒酣擊節詩裁錦，興滿歸輿月在肩。〔五〕試寫青溪入圖畫，〔六〕香山洛社總堪傳。〔七〕並收入《青溪詩集》卷五。

〔校勘記〕

〔一〕耆英：《青溪詩集》卷五作『二公』。
〔二〕冠盖相從祝大年：《青溪詩集》卷五作『冠盖如雲慶壽年』。
〔三〕二老竝如尊泰華：《青溪詩集》卷五作『不向此中尋樂地』。
〔四〕三山安用覓神仙：《青溪詩集》卷五作『更於何處覓神仙』。
〔五〕興滿：《青溪詩集》卷五作『興盡』。
〔六〕入圖畫：《青溪詩集》卷五作『圖畫裏』。
〔七〕香山：《青溪詩集》卷五作『耆英』。

王宥詩補遺

黃光潭

水落黃江石，孤舟倚棹看。浪花浮島嶼，日影動綸竿。合沓千峰集，蕭森萬木寒。狂歌對煙景，遥接子陵灘。

《〔乾隆〕淳安縣志》卷一。

送外甥徐楚進京會試

朔風吹雪滿江城，雙屐扶藤送汝行。萬里山河皆禹跡，九重宫闕是神京。正人當路言無諱，聖主虚懷聽亦清。來歲杏花三月裏，老夫林下待飛聲。《蜀阜文獻新集》。

王子言字如行，號琴山。弘治丙辰進士，廣東左布政使。静菴公子。

〔附〕徐楚《青溪詩集》卷首：

王子言，字如行，號琴山。静菴公長子。廣東左布政。

〔附〕《〔嘉靖〕淳安縣志》卷十一：

王子言，字如行，别號琴山，永平鄉横塘人，静菴之冢子也。以《春秋》領弘治乙酉鄉薦，登丙辰進士。授刑部山西司主事，審刑南畿，克體欽恤。三載考績，陳情養親，改南京刑部，陞廣東司郎中。丁外艱服闋，擢福州知府。時逆瑾蠹政厚斂，子言不怵權勢，惟愛民節財。民懷其德，有兒童竹馬之謡，備載於去思碑。陞本省參政，轉貴州廉使。丁内艱服闋，補廣東，進左右布政使。開誠布公，名實茂著。尋陳情致仕，既歸林下，朝廷録奬其軍功，賚以金帛。子言端重縝密，廉明仁恕，歇歷中外，所至有聲。功成知退，出處分明，而士論攸歸焉。

蛟池書院成示諸孫

草堂卜築喜初成，一派雲山勝畫屏。簾外飛花翔舞燕，簷前高樹語流鶯。林泉賸得容吾老，〔一〕風月争如此地清。莫謂傳家無長物，詩書萬卷案頭盈。並收入《青溪詩集》卷五、《〔順治〕淳安縣志》卷四及《〔康熙〕淳安縣志》卷二十。

【校勘記】

〔一〕吾老：《青溪詩集》卷五、《〔順治〕淳安縣志》卷四同；《〔康熙〕淳安縣志》卷二十作『我老』。

程文楷字守夫，號春崖，味道公子。弘治□□舉人。

〔附〕徐楚《青溪詩集》卷首：

程文楷，字守夫，號春厓，味道公子。鄉進士。

〔附〕《〔嘉靖〕淳安縣志》卷十一：

程文楷，字守夫，號春崖，參議愈之子也。自少潁敏，好讀書。比長，慎交遊，聞見日益廣。時提學吴公伯通歲校稱賞不置，欲授室浙東，爲學者師，文楷揖遜而去。壬子，與鄉解上春官不偶，遂講學京師，從者甚衆。與今陽明王先生諸老上下議論，賡和盈几，爲一時縉紳所重。竟不得售，齎志以没。所著有《方丈集》《松柏稿》《春崖雜録》，藏於家云。

聞蟬

喬木陰陰水閣清，孤蟬忽聽趂新晴。〔一〕初離舊壘鳴猶怯，〔二〕漸上高枝翼已成。便覺園林添夏景，〔三〕可堪風露變秋聲。紛紛正亂遊人耳，隔葉螳螂總未驚。並收入《青溪詩集》卷五。

〔**校勘記**〕

〔一〕趂新晴：《青溪詩集》卷五作「起新晴」。

〔二〕鳴猶怯：《青溪詩集》卷五作「啼猶怯」。

〔三〕添夏景：《青溪詩集》卷五作『添慕景』。

程文楷詩補遺

絲瓜歌

六月絲瓜蔭且凉，清風拂拂來高堂。四郊赤地金石烈，朱簾華屋如探湯。我家賴爾重陰蔽，如在冰壺秋月傍。嘉客聞之日繼至，豪吟酌酒羅冠裳。有時摘蘂削瓜烹，海錯山肴滿座香。絲瓜此日人欽愛，玻瓈不及過瓊瑫。一朝寥泬天風變，黄葉蕭蕭兩架霜。下蔽籬根花雨露，上頭遮我明月光。吁嗟萬物各有時，開落榮枯那可常。君不見，去年湖邊封萬户，今年已入湖邊墓。又不見，江頭無數羡魚人，今來盡跨天邊鯨。盈虚倚伏有如此，撤爾絲瓜何慘神。留取芳仁珍拾襲，來年還占京華春。《〔康熙〕淳安縣志》卷二十。

和人郊行

面面荷花度短橋，騷人題玩景偏饒。雨收野沼龍湫沸，風匝林筠鳳尾翛。天外鳥聲催句急，湖邊花色映人嬌。攀援我獨無前分，落得荒齋憶鳳標。《〔康熙〕淳安縣志》卷二十。

寄胡司空

退傅蕭閒樂太平，詩壇文價日星明。衣冠儒雅耆英會，几杖逍遥真率盟。翠竹黄花秋雨霽，青山緑水曉風輕。浮華盡付流塵外，一飯猶懸老去情。《〔乾隆〕淳安縣志》卷十五。

徐楚集

青溪萬花草堂詩集卷首

青溪兩徐先生傳

吾溪先生徐楚，字世望，淳之蜀阜人，太保尚書康懿公貫從孫也。嘉靖戊子，以《春秋》舉於鄉。戊戌，登進士高第，授工部都水司主事。庚戌，由屯田司郎中出守辰州。擢廣西按察副使，以山東副使銜巡歷薊邊，復補雲南，遷四川布政司左參政，守内江道，罷歸。公才識明敏，歷任皆著聲績。然以不肯媚事權貴，屢至齟齬。其在工部也，奉命治衡邸葬事，正其兆域，清還民田。治泉山東運艘以濟建九廟，營繕事咸倚辦焉。及治孝烈皇后山陵，上幸閱工，猝治行廠，大司空罔所措。公白用山陵殿材，廠不日成，費甚省，司空以是奇公。會湖、貴之間苗民逆命，朝命中丞張公静菴討之，開府辰、沅，而難其守。冢宰閔公石塘擇公往。公蒞辰，諸土衛兵咸集，公令圍城五里而營，〔一〕擾及民者，寘軍法。有土酋殺人，縛至庭下，送軍門，立斬之以狥，諸軍肅然。時尅期進兵，而餉未辦，督府命公傾帑買糴。公曰：『大軍十萬，而取給於彈丸小郡，雖盡括民間粟，軍儲不虞匱乏乎。且事迫矣，即買之他處，緩急無所濟。今合省南糧應輸留都者，綱運已成，弟以金代輸而留餉軍，一轉移間，十萬石粟可立具，不過煩一紙檄耳。』如議徵之，軍以飽騰。時分宜相當，國以絶餽，問失其意。苗平，止加欽賞，而以年資擢副廣西臬，分巡府江。冢宰李公古衝遺之書曰：『麻陽兵興數歲，足下勞伐居多，僅以資格遷一官，可謂有天乎。』至府江，以鎮静爲治，與御史議不合，奉調歸京師。公去，而猺獞釁啓，攻殺長吏，廣右擾，御史甚慚公。及勘薊邊牆工，偕一給事、一御史行。公不避險阻，講切利弊，條上六事，繪圖獻。給事、御史交薦，公猶以資俸未及，復補雲南。三年，始晉秩川右。公自郡守歷外藩獠峒瘴徼，所至以廉明强幹著稱，理冤發奸，鋤强宗，殪劇盜，具有事跡。滇中理屯田事，奪黔國所占田數百頃，還之民類。衡邸治葬時事，而因殿材以構皇廠，用南糧以充急餉。其不畏强禦，轉圜應機，皆此類也。蜀省歲貢扇，例有餉問儀餉諸貴要人。公署藩篆，謂：『蜀民膏血竭，奚堪此。』祇以扇往，要人益嗛公。會京師風霾晝晦，言者謂：『風霾自西北來，應在川陝，宜罷方面官一員，以塞天變。』遂以公名上。蜀撫按將保題論救，公曰：『風霾之變，吾不能舉扇自障，何厘使者章耶。』竟拂袖去。歸里後，惟督耕課子，絶跡城市。所居蜀阜，溪山最勝，築萬花草堂，賦詩徜徉其中。子應簧，登進士。孫鵬程，捷鄉闈。康樂壽考，澤遍邦族，人望之陸地行仙人也。比寢疾，語人曰：『吾仕宦三十年，生平未嘗道一欺心語，未嘗行一損人事。惟子孫世植陰德，還證我心，我乃瞑矣。』索筆作詩，有云『孺子元非塵世客，神翁真是洞中仙』，蓋絶筆也。外祖父大參王公約菴宦楚中，誕公德安郡署，故名楚。所著有《吾溪詩文集》《蜀阜小志》《山居雜志》《杜律解易》《睦州詩派》，藏於家。

鳳谷先生應簧，吾溪公第六子，字軒卿，生於冬官邸舍。吾溪公夢游軒轅臺，聆笙簧之奏，遂以命公。弱冠，入邑庠，兩冠七學生試。舉萬曆乙酉鄉榜，己丑進士。試政工部司空四署，吾溪公舊所翱翔宣力，爲賦詩，喜之。尋丁二艱。服闋，補大理評事。甲午，轉工部都水司主事。公思先澤，益勵清慎。三殿兩宮大工興，内官監坐，派琉璃窯、黑窯官鏹各十餘萬，中貴人與主守者因緣蠹冒。公主司黑窯，多方裁抑。比竣工，纔支二萬七千金，而琉璃窯銷支已盡矣。及管理六科廊，掌貢使賞賚袍絹，營沙河行宮，所嚴核節縮稱是。戊戌，陞虞衡司員外郎郎中，出爲武昌郡守。時稅璫陳奉者暴横甚，武、漢商民弗忍其塗毒，且羅織無辜，誣以剽上供金，勒兩府械繫比併。公知其冤，爲出贖鍰償之，而釋五十餘人於獄。璫不得逞，陰齮齕公資滿匆遷。甲辰，宗孽猝變，賊殺中丞趙□，全楚震驚。公經畫防守，楚賴以寧，民感德建祠者三。守鄂凡七年，陞本省郵傳副使。戊申，陞糧儲右參政。清裁濫冒，釐剔姦弊，矢不染指耗羨，歷任一節。然以抗直行意，忤兩藩司，遂以前典郡日不能脱逆宗典法爲公罪，嗾言者中公，罷職去。論者謂：『斯役也，大吏告戕，會城鼎沸。微公彈鎮，事且決裂滋蔓。』昔府江之擢中朝，猶以功大賞薄爲吾溪公扼腕，謂爲無天功罪舛，施於理滋悖。即公父子間，世變可知矣。既家居二十餘年，與寒畯無異，惟著書樂道弗輟。詩文清麗淳古，近其爲人。有《岝崿山堂集》《棲霞洞史》《尺牘私存》《山越紀聞》等編。公繼吾溪公而起，名位出處，子系壽考，大略相埒。吾溪公七子，二十二孫，壽九十一，洪淑人壽八十有四。公亦七子，孫若干人，壽九十，王恭人壽九十有五。其子孫世傳家業，多才畯士，工詩文筆札，今未艾云。嘗聞之國家當重熙累洽，人文化成，士大夫含章挺生，與天之卿雲，地之器車，榮光休氣，參兩叶應，非偶然也。吾溪公父子以清才長德際昇平之世，歷膴仕，享大年，子孫繁衍，箕疇之福萃於其家，自非太和休洽，鍾美於是，豈易得哉。嗚呼！其可感也已。

【校勘記】

〔一〕圍城：底本誤作『違城』，據文意改。

青溪萬花草堂詩集卷第一

明徐楚吾溪著
後學禹航鮑楹選録
曾孫獻宸、獻猷，玄孫希邈仝訂

五言律

登照山

此日登臨興，春山酒一盃。蒼崖懸樹杪，流水抱村隈。鳥韻風吹落，花香蝶帶來。回頭歌舞地，翠擁白雲堆。

並見《蜀阜小志》「照山」條。

金陵别童上舍道甫

疋馬丹陽道，行行望故鄉。雞聲催去旆，鶯語惜離腸。共事秋曹暫，相思午夜長。看花還有約，顒展玉蹄霜。

諭内

弱質憐多病，閒愁漫自由。年光駒過隙，人事水浮舟。静裏頻看鏡，吟邊共倚樓。翟冠宜緑鬟，莫遣白盈頭。

臨書

積雨迷塵路，幽芳襲小亭。叢添莎草緑，茵長石苔青。對客談茶茗，調身味朮苓。玉池清水沃，濡筆寫黄庭。

納凉長安旅邸

晚酣時露幘，凉納北窗虚。細雨斜侵硯，流螢暗點書。宦情疏客邸，卿語熟鄰居。天外青溪月，遥憐照倚閭。

沅汀雲樹題三首贈同寅李静齋别駕

楚客閩中去，其如别思何。長雲丁水合，芳樹酉山多。飛蓋迎司馬，離筵敞伏波。千年題鉅蹟，銅鼓共嵯峨。

丹陽舟中清明癸丑北歸作

柳暗丹陽道，回舟一葉輕。光陰何荏苒，客裹又清明。芳草憐人意，東風悦鳥情。還家尚千里，江上暮雲平。

入都下問舊居已三易主人矣感而賦此

粉署十年别，今來故友稀。停車尋舊館，對郭啓新扉。墻外槐仍在，庭前花自輝。鄰翁話夙昔，惆悵主人非。

秋閨詞

天外關山遠，征人久未歸。凉風吹旅鴈，疏柳掛斜暉。幽夢愁中得，歡情覺後非。滿庭梧葉下，夜夜擣寒衣。

奉命之滇南潞河發舟

潞渚秋天净，晴沙散白鷗。江風初静浪，帆影正中流。使節承霄漢，仙槎望斗牛。寧辭萬里道，爲國愧無謀。

夜過茶城

夾溝浮畫舫，星夜達茶城。過淺舒篙力，乘流快櫓聲。天垂南斗近，地轉北河平。魚鱉從歸□，郊原尚困征。

採茶女

陌上誰家女，春來鬭採茶。纖纖矜玉指，粒粒羡金芽。露草沾裙濕，山花插鬓斜。傾筐不盈掬，携手笑還家。

嵩明海子

高岡迎出日，海色照松明。山抹煙光静，林涵霜氣清。水雲天作畫，魚鳥客含情。過馬穿奇石，嶙峋琢句成。

與客登武擔

錦水臨花節，春山一振衣。煙雲團翠蓋，桃柳映丹扉。日莫歌聲藹，天風酒力微。賞心還未已，明月共忘歸。

閒吟

閑來無一事，談笑共青山。伐石開雲竇，題詩上竹斑。池平初映户，花滿不須關。倚杖斜陽外，餘酣帶月還。

白沙春晚舟中即事

虚舟映芳渚，旋棹白沙村。林轉山移翠，溪深浪息喧。江湖頻夢想，雲水信乾坤。處處開桃李，東風散滿園。

淳安八景

龍岡春色

山城臨錦水，奕奕起龍岡。秀淑含元化，鴻蒙接大荒。雨晴看香露，雲滃倏鱗藏。萬象回春馭，光流帝澤滂。

雉岫晴雲

江上峰巒秀，巋然一雉蹲。青天浮澹爽，彩羽絢曦暾。城市煙花合，樓臺蜃氣屯。文明開景象，瞻望啓朝昏。

鐵井寒泉〔一〕

古井何年鑿，芳香玉藻同。範圍成物象，陶鑄自天工。素綆千家汲，清流百尺通。光涵山月冷，明鏡入奩中。

並收入《吾溪公詩集》《〔乾隆〕淳安縣志》卷三「鐵井」條。

〔校勘記〕

〔一〕鐵井寒泉：徐楚《吾溪公詩集》題「鐵井」。

青溪古渡

江水新安緑，〔一〕晴虹百丈浮。〔二〕乘槎何處客，題柱昔年遊。市近人喧渡，〔三〕煙空月上樓。〔四〕臨高頻望遠，魚鳥思悠悠。並見《〔萬曆〕嚴州府志》卷七「青溪渡」條、《〔乾隆〕淳安縣志》卷三「青溪橋」條。

〔校勘記〕

〔一〕新安緑：《〔萬曆〕嚴州府志》卷七同；《〔乾隆〕淳安縣志》卷三作「新安渡」。

〔二〕百丈浮：《〔萬曆〕嚴州府志》卷七同；《〔乾隆〕淳安縣志》卷三作「百尺浮」。

〔三〕市近：《〔萬曆〕嚴州府志》卷七、《〔乾隆〕淳安縣志》卷三作「近市」。

〔四〕月上樓：《〔萬曆〕嚴州府志》卷七同；《〔乾隆〕淳安縣志》卷三作「月照樓」。

金山梵宇

青溪浮翠玉，四望現龍宮。差擬金山小，何殊砥柱雄。〔一〕爐煙團竹色，巖露繞花叢。〔二〕時有臨江雀，盤旋下碧空。並收入《〔順治〕淳安縣志》卷四、《〔乾隆〕淳安縣志》卷四「龜石菴」條。

〔校勘記〕

〔一〕何殊：《〔順治〕淳安縣志》卷四、《〔乾隆〕淳安縣志》卷四作「中流」。

〔二〕繞花叢：《〔乾隆〕淳安縣志》卷四同；《〔順治〕淳安縣志》卷四作「小花叢」。

石峽儒林

峽水含清碧，琤琮出石間。林迴精舍合，境杳白雲閑。夜色瞻星斗，春風樂孔顔。尋源不可到，仰止在高山。

赤岸朝霞

路遶青溪曲，洲連赤岸平。曈曨初日上，爛熳彩霞生。鳥過迷山翠，帆開映水明。近城佳麗地，騎馬踏花行。

風潭夜月

緬想高人韻，風潭潭上風。月華開霽景，潭影浸遥空。弦漾簾鈎動，圓浮玉鏡融。扁舟可乘興，移棹碧溪東。

並收入《吾溪公詩集》《〔乾隆〕淳安縣志》卷二「風潭」條。

嚴陵山水名郡，淳居上游，封疆百里，奇峰邃壑，爲一郡最。醴泉芝草之祥，尚含靈秀而吐奇氣，况焕爲人文者乎。且邑俯青溪，江山映帶，不可無述。姑拈八題，分紀四韻。嘉靖丙寅季夏，邑人吾溪楚識。

春初睡起偶有人送花至

簾外春風動，樓前歲事新。鳥驚軒睡客，犬吠送花人。簷溜消殘雪，池紋起凍鱗。山光漸迎日，和氣襲衣巾。

谷口

谷口久不至，真成隱者家。覆墻多竹葉，繞屋盡藤花。洗藥疏清澗，流杯戲淺沙。坐來幽興愜，松嶺度飛霞。

前溪

獨扶卭竹杖，散步出前溪。秋水浮蘋渚，凉風動葛衣。明霞千片落，白鳥一雙飛。興洽滄浪晚，長松伴釣磯。

〔附〕**徐楚《蜀阜小志》『後塢灘』條：**

在前溪之下，與水西亭對岸，觀山玩水，此處尤宜。予有詩云：

獨扶筇竹杖，散步出前溪。秋水浮蘋渚，凉風動葛衣。明霞千片落，白鳥一雙飛。興洽滄浪晚，長松伴釣磯。

南園玉君

有美南園竹，清虚號玉君。寒聲山雨過，凉味酒杯分。勁節龍蟠窟，長身鳳拂雲。相知無用早，心跡永交欣。

石中玉竹

南山餘片石，移至老夫家。渾朴無纖翳，清虚吐玉華。托根存勁直，結葉任横斜。自得天然趣，瀟湘入詠賒。

九日新園小坐

懶着登山屐，窺園興不妨。雨青鋤菜甲，露紫摘萸房。就近供厨膳，隨呼得酒漿。石泉初展鏡，敧坐愛池塘。

曉登萬松閣

石壁淩飛閣，丹梯上幾重。雲生三峽阜，濤湧萬株松。隱几渾無事，看山意獨濃。樓臺森聳處，天際有奇峰。

築圃

垂老學爲圃，乘秋課築場。編筠聊覆屋，疊石更圍墻。蔓草芟宜凈，嘉蔬刈可嘗。親朋時一過，漫説午橋莊。

並收入《明詩綜》卷四二、《御選宋金元明四朝詩·明詩》卷五七。

八旬三百會詩有序

萬曆戊寅七月一日，余八旬初度。巵酒爲壽者三百餘人，皆吾宫保堂中人也。𡶶七峰翁八十一歲，其七十九、七十二三者四人，六十以上者十人，五十以上者則又倍之。舍下蓄釀頗多，猶恐不繼，先期于婺州載酒數十罌待之，又黄江網得巨魚數十頭充庖，賓主盡懽而散。是日，歙人吴紫山繪《壽域九如圖》爲壽，因名三百會云。

同堂三百會，吾老八旬初。瀫水缸傾醖，江潭網得魚。列筵多綺皓，合集盛襟裾。碧落長庚見，群酣誦九如。

夢舊寅高雲川少參漫筆志感

萬里雲川叟，中宵入夢頻。蒼山君自老，屏石我相親。高，雲南大理人，嘗贈予點蒼石屏。末路誰知己，哀年想故人。幾番裁尺牘，何處覓鴻鱗。

園亭閒咏

簷溜妝殘潤，庭花接曙暉。颺絲蛛綴網，翻露蝶沾衣。晝榻吟偏愜，春襟願不違。捲簾佳氣合，馴雀任交飛。

三峽樓觀漲赴七峰翁之請

溪邊雙皓叟，此日共嬉游。舊讀書窗在，新添水檻幽。時移多變態，身老得閒愁。〔一〕自識浮生理，何妨咏濁流。

【校勘記】

〔一〕閒愁：底本作『間愁』，據文意改。

池閣看梅

池上初逢臘，梅花已報春。園林看暮景，時序任閒身。遶檻喧寒鵲，〔一〕迴波起凍鱗。却憐山月影，還照弄珠人。並見《蜀阜小志》『吾溪書院』條。

【校勘記】

〔一〕寒鵲：《蜀阜小志》作『寒雀』。

園中

獨得園中樂，無勞會洛英。移花酬晚節，種竹聽秋聲。老樹墻頭出，浮雲屋角生。相看如傳舍，安用辟疆名。

志在樓爲明經鄭肖巖題

鄭子談經處，名題志在樓。坐中開户牖，皮裏識春秋。明月青溪水，寒泉石峽流。百川成巨海，寧獨問何休。

復初亭完搆姪壁得奇石一片竪之亭前漫賦

一片冷瓏石，元從蒼莽來。不煩千仞陟，寧仗五丁開。地脉通玄竅，雲根擁翠臺。亭皐時拄笏，呼丈此徘徊。

戊子季秋得鵬孫鄉試捷報太守鄭雲石公親書三代聯芳表予門第詩以謝之

憲府崇文化，賔興式我閭。風雲攄麗藻，翰墨重璠璵。接武亭衢近，聯芳積慶餘。百年歌壽考，光炤錦村居。

萬花臺外江漲瀰天隔岸人望見樓中有一老叟凭闌摇白羽扇俄而不見

高浪拍層臺，虚無擁翠堆。隔江凝望處，飛閣詫仙來。奇事人争説，新詩我獨裁。臨風成一笑，莫向岳陽猜。

青溪萬花草堂詩集卷第二

明徐楚吾溪著

後學禹航鮑楹選録

玄孫運昌、運昇、天衢、希勉仝訂

七言律

釣臺懷古督學劉五清先生試

身着羊裘隱姓名，一絲江上弄清泠。但知丘壑容狂客，不逐衣冠擁漢庭。遠水悠悠春渚緑，高臺寂寂晚山青。平生誤識劉文叔，千載令人訝客星。並收入《太參吾溪詩集》。

〔附〕**徐楚《太參吾溪詩集》：**

釣臺懷古二首督學劉五清先生試

身着羊裘隱姓名，一絲江上弄清泠。但知丘壑容狂客，不逐衣冠擁漢庭。遠水悠悠春渚緑，高臺寂寂晚山青。平生誤識劉文叔，千載令人訝客星。

其二

停舟獨上子陵臺，習習清風江上來。太史曾聞天象奏，君王端爲故人猜。不思爰立崇商鼎，却笑狂奴陋漢才。煙水茫茫仍七里，春山千古並崔嵬。

彭城吊古〔一〕

目梁風送片帆來，〔二〕水國平臨四望開。月滿覆輪彭祖井，江奔戲馬項王臺。千年人去山川在，〔三〕五夜秋高鸛鶴回。遐想不堪頻北望，〔四〕城頭畫角逐砧哀。並收入《太參吾溪詩集》。

〔**校勘記**〕

〔一〕吊古：《太參吾溪詩集》作『懷古』。

〔二〕目梁：《太參吾溪詩集》作『吕梁』，當是。

〔三〕山川：《太參吾溪詩集》作『山河』。

〔四〕遐想：《太參吾溪詩集》作『遐思』。

登天津樓

天津樓下擁行舟，萬里歸人一上樓。流水連雲歸大海，危城棲日拱皇州。縱觀春色凭闌處，忍聽啼聲徹市頭。坐客有懷憂國志，肯躭碁奕等閒遊。並收入《太參吾溪詩集》。

〔附〕**徐楚《太參吾溪詩集》**：

登天津樓

天津樓下擁行舟，萬里歸人一上樓。流水連雲歸大海，危城棲日拱皇州。縱觀春色憑欄處，忍聽啼聲徹市頭。坐客有懷憂國志，肯躭棋奕等閒游。

過德州次前韻

千里奔茫一葉舟，誰憐王粲賦登樓。清宵鼓角連窩驛，薄暮孤城古德州。處處小兒來唤食，家家愁婦不梳頭。荒村月落空啼鳥，搔首臨風泣壯遊。

耕齋卷

託跡南陽結草廬，蕭然興味復何如。一犁膏雨鳩鳴候，半壠晴雲犢飯餘。日共老人歌擊壤，閒看童子灌園蔬。柴門月色花陰静，燈火重開掛角書。並收入《太參吾溪詩集》。

新安漁梁館中夜聞笛

山城蒼翠雨初收，風散人煙滿市樓。梁下水聲孤枕夜，峰前月色半江秋。誰家横笛吹羌調，無限離情對客愁。擁被小窗渾不寐，捲衣明日又扁舟。並收入《太參吾溪詩集》。

送邵中洲之任蓬州

蜀客蕭蕭征馬鳴，郡符分牧近蓬瀛。聲傳紫禁鐘初動，律轉青陽雪後晴。車雨隨添巫峽水，旌雲遥接錦官城。公餘邀月琴臺上，尊酒何妨寄宦情。並收入《太參吾溪詩集》。

過小金山見日前邑博叢海涯盧勝岡諸公登覽之作次韻一律寄之〔一〕

客散江亭獨倚闌，龜圖雉錦映青灘。隔林風度松聲遠，傍岸雲生野色寒。〔二〕流水四邊浮古刹，樓臺十里見淳安。扁舟何日堪乘興，共倒金鐏〔三〕更細看。〔四〕並收入《太參吾溪詩集》《〔順治〕淳安縣志》卷四。

【校勘記】

〔一〕過小至寄之：《太參吾溪詩集》題『過小金山見日邑博叢海涯盧勝岡諸公登覽之作次韻寄之』；《〔順治〕淳安縣志》卷四題『小金山』。

〔二〕傍岸：《太參吾溪詩集》同；《〔順治〕淳安縣志》卷四作『兩岸』。

〔三〕金鐏：《太參吾溪詩集》作『金尊』；《〔順治〕淳安縣志》卷四作『金鐏』。

〔四〕更細看：徐楚《太參吾溪詩集》後附注云：『淳安之景，小金山爲最。前有龜石蹲飲，急湍其下，雉山俯臨溪上，而兹山特屹立於錦水之中。竹樹亭臺，縈紆掩映，信有如吴子華、胡達卿諸公所賦咏者。予每過，必一留題，竊恐唱和雖多，不能爲兹山增重也。』

都下送唐池嶼復補辰州通判

別駕淮陽又五溪，馬啼應惜錦障泥。蒹葭渺渺明秋水，楊柳依依拂曉堤。銅柱雲連辛女外，龍標月照夜郎西。莫言萬里勞行色，到處棠陰滿舊蹊。並收入《太參吾溪詩集》。

登辰郡陽明樓

龍宫高矗更高樓，有客登臨最上頭。秋色露團黄菊徑，晚香風送白蘋洲。千峰秀向樽前落，二水清迴檻外流。何處飛來江上笛，浮雲天際思悠悠。並收入《太參吾溪詩集》。

鄭家驛再和壁間韻〔一〕

翠壁幽禽哢好音，一溪煙水浸橋深。避秦漫説桃源隱，憂國遥憐楚澤吟。芳草路旁知世味，白雲天際識閒心。孤亭暫結雙松伴，撫景徘徊待月臨。並收入《太參吾溪詩集》。

【校勘記】

〔一〕鄭家驛再和壁間韻：《太參吾溪詩集》同，後注云『時己酉五月十八日』。

懷化驛次韻

滿林紅葉照溪邊，莎草離離遍野田。鳬鴨浴喧秋水岸，牛羊牧下夕陽天。宦囊裹藥行常戀，〔一〕客枕抛書倦欲眠。此地丹砂無處覓，祇應清素學瞿仙。瞿童煉丹于辰溪。〔二〕並收入《太參吾溪詩集》。

【校勘記】

〔一〕宦囊：《太參吾溪詩集》作『官囊』。

〔二〕辰溪：《太參吾溪詩集》作『辰溪洞』。

宿船溪驛和壁間韻

輕車迢遞入沅山，夜色微茫草樹間。二水遥分銅柱界，千峰如度玉門關。郵亭蝶夢驚笳鼓，畫省雞聲想珮環。〔一〕聞説中原多虎豹，群狸安問五溪蠻。並收入《太參吾溪詩集》。

【校勘記】

〔一〕畫省：《太參吾溪詩集》作『畫角』。

全州曉發

花落繽紛水急流，天風吹客送行舟。詩書亂捲愁仍喜，案牘封還去便休。翠竹蒼梧朝舜野，幽蘭芳芷暮湘州。〔一〕嚴灘七里家山在，試把長竿繫釣鈎。並收入《太參吾溪詩集》。

【校勘記】

〔一〕湘州：《太參吾溪詩集》作『湘洲』。

山堂唫

曲徑盤迴屋數楹，依山疊石費經營。雲來翠竹林中宿，〔一〕人在青松嶺外行。花影半窗籠月淡，茶香滿座透風清。憑高正讀《山居賦》，老鶴飛來相對鳴。並收入《太參吾溪詩集》。

【校勘記】

〔一〕林中宿：《太參吾溪詩集》作「中林宿」。

戊午視墨峪關回至水峪關被雨下山有述〔一〕

日日高峰頂上行，白雲隨處鎖邊城。半天風雨寒生骨，萬里關山遠繫情。瘦馬臨崖愁欲墮，〔二〕輕輿就道意還驚。頻年戍卒知多少，雪滿烽臺夜唱更。〔三〕並收入《太參吾溪詩集》。

【校勘記】

〔一〕戊午至有述：《太參吾溪詩集》題「戊午四月廿六日視黑峪關回至水峪關被雨下山有述」；「述」，底本作「迷」，據《太參吾溪詩集》改。

〔二〕瘦馬臨崖：《太參吾溪詩集》作「痩馬陵崖」。

〔三〕烽臺：《太參吾溪詩集》作「峰臺」。

辛酉冬月予叨轉蜀藩滇中諸寮長送行是夜宿歸化寺明晨陳敬亭學憲復餞于金馬關賦此留別

蕭寺孤吟坐夜闌，曉辭金馬却盤桓。行雲不碍巫山遠，倦鳥應愁蜀道難。〔一〕郭外迴風吹別袂，林間斜日照征鞍。中宵下榻知何日，明月相將兩地看。並收入《太參吾溪詩集》。

【校勘記】

〔一〕應愁：《太參吾溪詩集》作『應思』。

蜀中春日有懷溪堂

勝日尋芳錦水西，吟邊遥憶萬花溪。晴峰歷歷排仙闥，春水溶溶繞釣磯。松雪灑庭初下鶴，竹煙籠塢正鳴鷄。池塘春草知多少，一夜東風緑已齊。並收入《太參吾溪詩集》。

萬花草堂初成漫述

試向山中剪草萊，小堂新築萬花開。營巢燕雀窺人下，出谷鶯鸝喚友來。引水僅留容膝地，邀雲同上讀書臺。橋邊一曲横斜逕，更與鄰翁覓竹栽。並收入《太參吾溪詩集》。

宿歸州寫懷〔一〕

長途繚繞到歸州，日暮停驂宿市樓。山雨飛來巫峽暗，風煙隔斷楚雲愁。茫茫樹色當窗映，〔二〕滚滚江聲傍枕流。夜半烏柄還未定，〔三〕鄉心和夢聽更籌。並收入《太參吾溪詩集》。

〔校勘記〕

〔一〕宿歸州寫懷：《太參吾溪詩集》題『宿歸州寫懷時州治改徙對岸尚未迄工』。

〔二〕茫茫：《太參吾溪詩集》作『悠悠』。

〔三〕烏柄：文意不通；《太參吾溪詩集》作『烏棲』，『柄』宜爲『栖』字形訛。

丙寅初夏重過邵石感而賦此

最愛清和屬此辰，況逢此地遠城闉。林間對客惟幽鳥，石上題詩有故人。江闊涵虚雲氣净，竹窗流影月華新。山僧底事逃禪去，〔一〕空憶趹跏話宿因。〔二〕並收入《太參吾溪詩集》。

〔校勘記〕

〔一〕逃禪：底本誤作『逃禅』，據《太參吾溪詩集》改。

〔二〕趹跏：底本誤作『趺跏』，據《太參吾溪詩集》改。

九日登高感懷漫賦

菊遇重陽不肯開，且携萸酒上層臺。漁磯水遶黄江下，鳥道雲從白石來。却病已知多藥力，登高更奈乏詩才。浣花溪上經年别，萬壑清秋獨鶴迴。並收入《太參吾溪詩集》。

重遊靈瑞院赴明府鄭龍岡公之約昔翁二水太參觴予于此今十六年矣〔一〕

瑞靄龍山結蜃樓，靈標松閣偈壇幽。潮音風度青溪曲，色界虹開赤岸洲。去馬復來尋舊約，停雲相與話前遊。山僧一榻涼如水，坐閱浮生雪滿頭。並收入《太參吾溪詩集》。

【校勘記】

〔一〕重遊至年矣：《太參吾溪詩集》題『重遊靈瑞院赴明府鄭龍岡之約昔翁二水大參觴余於此今十六年矣』；『今十六年』，底本誤作『令十六年』，據《太參吾溪詩集》改。

壽櫟詩有序

吕鳳山作《融堂新亭記》，謂此櫟乃百季前物。〔一〕今去融堂又四百餘年，尚無恙也。殆莊生所稱壽櫟與。古櫟參天幹獨存，靈根應護老人村。風霜自耐山林性，廊廟何勞斧鑿痕。遠影全低窗外月，高雲時覆席前樽。聯翩鸛鶴乘秋便，〔二〕歲歲營巢長子孫。並收入《太參吾溪詩集》。

【校勘記】

〔一〕百季：《太參吾溪詩集》作『百年』；原文或作『百秊』，因以誤識。姑兩存之。

〔二〕乘秋：《太參吾溪詩集》作『乘風』，於意爲長。

題海公祠〔一〕

垣屋蕭蕭錦水涯，舟人指點海公祠。風波自不驚三黜，暮夜誰能枉四知。虎口脱離瀕死日，龍顏回顧再生時。百年借寇天閽遠，惟有棠陰繫去思。〔二〕並收入《太參吾溪詩集》《〔萬曆〕續修嚴州府志》卷五『海公祠』條、《〔順治〕淳安縣志》卷四、《〔乾隆〕嚴州府志》卷二六、《〔乾隆〕淳安縣志》卷三『海公祠』條及《〔康熙〕淳安縣志》卷二十。

【校勘記】

〔一〕題海公祠：《太參吾溪詩集》同；《〔順治〕淳安縣志》卷四、《〔乾隆〕淳安縣志》卷三及《〔乾隆〕嚴州府志》卷二六題『海公祠』。

〔二〕繫去思：底本作『係去思』，據《太參吾溪詩集》《〔順治〕淳安縣志》卷四、《〔乾隆〕淳安縣志》卷三及《〔乾隆〕嚴州府志》卷二六改。

題三潭

分得崑崙一勺泉，函三成象吐雲煙。綸垂素綆渾無底，鍊徹青銅別有天。仙掌獨宜玄鶴舞，幽宮直任老龍眠。足窮莊浪神遊徧，不羡丹鉛水墨篇。並收入《太參吾溪詩集》。

九日登山樓〔一〕

年年常醉登山酒，今歲喜登山上樓。三峽出雲秋水浄，千林如畫晚楓稠。江湖久已蓬雙鬢，萸菊還應插滿頭。對酒掀髯舒獨嘯，可人明月上簾鈎。並收入《太參吾溪詩集》。

〔校勘記〕

〔一〕九日登山樓：《太參吾溪詩集》題『九日登山樓擬杜』。

向梅詩有序

向梅者，向梅花峰也。隔水又有梅塢寒芳之景。余弟世魁庠彦自以爲號，〔一〕援筆賦之。

遠山排闥獻梅花，數點晴浮碧落斜。色借飛霙飄硯席，影隨明月上窗紗。兔園標景驚春早，江閣懷人寄興賒。〔二〕須識歲寒真味在，由來調鼎出山家。並收入《太參吾溪詩集》。

〔校勘記〕

〔一〕余弟：《太參吾溪詩集》作『諸弟』。

〔二〕寄興賒：底本作『寄興除』，前後音律不協。《太參吾溪詩集》作『寄興賒』，『賒』字同斜、紗、家均屬麻韻，當是，據改。

八十二生辰自述

七月秋風處暑餘，老翁八十二旬初。高年頗得田園樂，晚歲從渠鬓髮疏。盈甕酒漿傾北斗，滿堂賓客盡南徐。國恩尺寸何由報，頻囑兒孫讀舊書。並收入《太參吾溪詩集》。

辛巳九月子良良卿二侄置酒澗松亭預訂九日登高之約席間漫賦〔一〕

秋色遥空肅太清，萬峰羅列似層城。沙迴石峽風煙浄，水落郊原草樹平。白髮幾人能共老，黄花於我獨關情。明朝更近重陽節，茱菊東山莫負盟。〔二〕並收入《太參吾溪詩集》。

【校勘記】

〔一〕辛巳至漫賦：《太參吾溪詩集》題『辛巳九月七日子良良卿二姪置酒澗松亭預訂九日登高之約席間漫賦一律』。

〔二〕茱菊：《太參吾溪詩集》作『萸菊』。

過前溪讀書處簡七峰翁

小齋當日讀芸編，亥子重經六十年。一派溪聲時共聽，半窗燈火夜無眠。羊腸峻阪塵蹤遠，駒隙流光暮景懸。步屧還陪長嘯咏，〔一〕澗松亭畔石橋邊。並見《蜀阜小志》『前溪書院』條。

【校勘記】

〔一〕步屧：《蜀阜小志》作『步履』。

與諸弟侄泛舟虹橋潭下〔一〕

漁舟蕩槳入虹橋，〔二〕急峽飛流亂眼飄。水鳥磯頭喧晚照，石烏峰頂立寒霄。〔三〕樓臺煙暝千家集，山郭風清一笛遥。老我無心出城市，村童鄰叟任招邀。〔四〕並見《蜀阜小志》『石山潭』條。

【校勘記】

〔一〕與諸弟侄泛舟虹橋潭下：《蜀阜小志》題『石山潭與諸弟姪泛舟即事一律』。

〔二〕蕩槳：底本誤作『蕩漿』，據《蜀阜小志》改。

〔三〕石烏峰：底本誤作『石烏峰』，據《蜀阜小志》改。

〔四〕鄰叟：《蜀阜小志》作『林叟』。

和東樵戴明府遊吾溪别業韻

春滿園林霽色開，忻陪使節一登臺。香留屐齒花前出，影動池痕月下來。〔一〕白雪咏歌成絶唱，緑波揮灑識清才。相逢不盡王猷興，一棹山陰未擬回。並見《蜀阜小志》『吾溪書院』條。

【校勘記】

〔一〕影動：《蜀阜小志》作『影逐』。

【附】徐楚《蜀阜小志》『吾溪書院』條：

明府戴東樵詩

别業遥連宅第開，春風緑野起亭臺。看花流水池邊過，挹酒青山席上來。長健百年龜鶴算，象賢諸子鳳麟才。思公掃榻能相待，醉後扁舟帶月回。

予和詩

春滿園林霽色開，忻陪使節一登臺。香留屐齒花前出，影逐池痕月下來。白雪詠歌成絶唱，緑波揮灑識清才。相逢不盡王猷興，一棹山陰未擬回。

詠園中花〔一〕

牡丹三色吐奇葩，芍藥薔薇取次華。剪就春羅紅勝錦，簪抽碧玉瑩無瑕。〔二〕陶潛菊種分瑶砌，安石榴枝照絳紗。昨夜海棠開遍了，曉來猶詠漢宫斜。並收入《太參吾溪詩集》。

【校勘記】

〔一〕詠園中花：《太參吾溪詩集》題『詠花』。

〔二〕瑕：底本誤作『無瑕』，據《太參吾溪詩集》改。

溪上

何處閑花逐水濱，朝來又見一番新。蓮舟載酒浮仙渚，錦瑟和雲落玉津。欄鴨莫驚馳驛使，庖鮮頻唤打魚人。山公自信疏狂甚，倒着接䍦休任真。並見《蜀皋小志》『項家潭』條。

【附】**徐楚《蜀皋小志》『項家潭』條：**

潭繞水西亭至後塢灘頭，緑映山光，其深不測。予造舟二隻，時遨遊其中，題咏頗多。偶溪上戲題一首，漫書於此：

何處閑花逐水濵，朝來又見一番新。蓮舟載酒浮仙渚，錦瑟和雲落玉津。欄鴨莫驚馳驛使，庖鮮頻唤打魚人。山公自信疏狂甚，倒著接䍦休任真。

近山樓

巢居重搆近山樓，老矣經營意未休。虚閣遥吞三峽水，飛甍高架一天秋。臨風自發孫登嘯，玩月還追庾亮遊。〔一〕今古浮雲多變態，〔二〕頻搔鶴髪思悠悠。並收入《太参吾溪詩集》。

【校勘記】

〔一〕庾亮：《太参吾溪詩集》作「謝朓」。

〔二〕多：底本脱漏，據《太参吾溪詩集》補。

壬午元旦書懷是年八十有四〔一〕

明星雞報履端初，玉燭光熒鶴髪疏。綸綍累朝承帝命，〔二〕衣冠萬里覲宸居。律回閶闔陽春早，思藉帡幪慶澤餘。晚節所思惟抑戒，齋心仍復誦丹書。並收入《太参吾溪詩集》。

【校勘記】

〔一〕壬午至有四：《太参吾溪詩集》題「壬午元旦早起書懷是年八十四」。

〔二〕承帝命：《太參吾溪詩集》作『陳帝命』。

田間雜詠

澗水奔湍漫作洲，沿堤鳩石護平疇。候占晴雨催耕僕，時向晨昏閱飯牛。禾黍秋成豊子粒，菜花春老賸膏油。〔一〕居官每爲民財惜，垂老能無日食謀。並收入《太參吾溪詩集》。

【校勘記】

〔一〕春老：《太參吾溪詩集》作『夏實』。

贈羅小渠審理

南國王官號小渠，投簪還向富春居。翩翩白鳥看垂釣，點點青山對結廬。習静已知成半隱，躭書寧爲廢三餘。杜門更戀東山老，每望雲林便下車。並收入《太參吾溪詩集》。

詠雙硯

奇鐫玄璧範規圓，棐几雙陳滴露研。總爲金星珍古歙，誰知青鐵重于闐。墨華旋吐煙雲氣，筠管分披水竹篇。韞櫝已知違世用，玉堂仍欲待心傳。並收入《太參吾溪詩集》。

七峰翁移尊過我爲二老會賦得知字

一堂二老髮垂絲，嘯倚雲天百歲期。繞膝共歡如意舞，傳盃更和太平詞。蒲蘆�管從渠長，野馬塵蹤任自馳。石上高松雙白鶴，舊遊頻與説心知。並收入《太參吾溪詩集》。

乙酉重陽諸弟姪携酒登雲嶺寓慶

山居秀嶺慶重陽，群從扶携共舉觴。几杖先登矜獨步，茱萸遍插喜分行。天香遠襲青雲路，綵帳新標緑野堂。樂事總堪酬晚節，賞心何惜醉爲鄉。時鳳谷先生登科。並收入《太參吾溪詩集》。

斑竹投壺

燕射裁成翠竹壺，〔一〕何煩陶鑄費工夫。〔二〕雲光外見仍膚節，靈竅中圓自範模。〔三〕巧力由人分勝負，〔四〕賓朋對耦共懽娱。從知律吕通天地，成器能教嶰谷無。並收入《太參吾溪詩集》。

【校勘記】

〔一〕燕射：底本脱『燕』字，據《太參吾溪詩集》補。

〔二〕何煩：《太參吾溪詩集》作『何須』。

〔三〕中圓：《太參吾溪詩集》作『中圓』。

〔四〕巧力：《太參吾溪詩集》作『巧拙』。

書院賞花

池光隱約浸樓臺，遥見東山疊翠來。雨後群花開爛熳，風前修竹舞徘徊。凭欄覓錦添詩句，舉網烹鮮佐酒盃。〔一〕主客唱酬懽未已，坐移石几藉蒼苔。並收入《太參吾溪詩集》。

〔校勘記〕

〔一〕佐酒：《太參吾溪詩集》作『進酒』。

〔附〕徐楚《太參吾溪詩集》：

書院賞花二首

花吐園林綴錦標，主人置酒恣歡邀。看書不惜流年邁，對酒翻驚物候新。奇彙盈盈仙露墜，群芳裊裊異香飄。山中天景依然在，遠道何須訪洛橋。

二

池光隱約浸樓臺，遥見東山疊翠來。雨後群花開爛熳，風前修竹舞徘徊。凭欄覓錦添詩句，舉網烹鮮進酒杯。主客唱酧懽未已，坐移石几藉蒼苔。

送明府鍾見岡還雲夢

公，德安雲夢人，先外祖太參王公曾守德安，楚生是郡，〔一〕於公有故土通家之好云。

使君何遽别還淳，菽水高堂戀老親。忠孝百年徵宦績，〔二〕波濤滿眼薄風塵。烏棲月照青溪上，鴈度雲開漢水濱。耄矣此身懷舊邸，故人千里一沾巾。並收入《太參吾溪詩集》。

〔校勘記〕

〔一〕楚生：《太參吾溪詩集》作「予生」。

〔二〕宦績：《太參吾溪詩集》作「宦跡」。

江村曉發過赤石嶺

宿霧浮空水氣昏，〔一〕籃輿冒涉過前村。〔二〕沙堤行處成新隴，野渡吟邊失舊痕。〔三〕一路黄花迷石徑，幾家紅葉暗柴門。山翁兀坐無餘事，〔四〕目送横江野雀騫。〔五〕並見《蜀阜小志》「江村」條。

〔校勘記〕

〔一〕浮空：《蜀阜小志》作「空浮」。

〔二〕籃輿：《蜀阜小志》作「肩輿」。

〔三〕野渡：《蜀阜小志》作「古渡」。

〔四〕無餘事：《蜀阜小志》作「觀元化」。

〔五〕目送横江野隺騫：《蜀阜小志》作『野鶴臨江徹曉墩』。

〔附〕**徐楚《蜀阜小志》『江村』條：**

予江村詩

三月江村春事幽，看春陌上散春愁。菜花香徑翩翩蝶，楊柳晴川汎汎鷗。野燒入雲蒼靄斷，鄉煙團樹翠光浮。閒情寄與東風道，莫遣飛英逐亂流。

江村曉發過赤石嶺詩

宿霧空浮水氣昏，肩輿冒涉過前村。沙堤行處成新隴，古渡唫邊失舊痕。一路黄花迷石徑，幾家紅葉暗柴門。山翁兀坐觀元化，野鶴臨江徹曉墩。

春卿姪設席爲予慶祝九十預演四景部曲侑觴賦謝〔一〕

欣欣佳木被丘園，雪月風花媚景鮮。競逐陽春排宴會，儘將歌舞慶長年。〔二〕投簪久作山中相，抱朴元非物外仙。〔三〕直恐夜遊躭秉燭，〔四〕憑窗還復綴新篇。並收入《太參吾溪詩集》。

〔校勘記〕

〔一〕春卿至賦謝：《太參吾溪詩集》題『春卿姪設席伶人預演四景部曲侑觴賦謝』。

〔二〕儘將：《太參吾溪詩集》作『儘教』。

〔三〕元非：《太參吾溪詩集》作『原非』。

〔四〕直恐：《太參吾溪詩集》作『甚恐』。

送鵬孫北行同六郎叔姪會試

兒孫羅立讀遺編，念爾驅馳早着鞭。〔一〕萬里風雲需彙進，九重宮闕聽臚傳。奮庸何幸逢虞典，熙載行看屬舜年。時論同歸諧夙望，東山齊出有安玄。並收入《太參吾溪詩集》。

【校勘記】

〔一〕驅馳：《太參吾溪詩集》作『馳驅』。

六月初得六郎京邸書知試政工部

司空四署昔翺翔，試政分曹喜六郎。畫省舊看題字在，錦袍新襲舞衣香。百年忠孝傳家國，奕葉絲綸重典常。望望台階頻晉接，君平何暇卜行藏。並收入《太參吾溪詩集》。

青溪萬花草堂詩集卷第三

明徐楚吾溪著
後學禹航鮑楹選録
玄孫作楫、桂蕁、驊仝訂

五七言古詩

觀沈約李白青溪詩用正韻〔一〕

青溪碧沄沄，徹底無纖塵。下有嚴陵瀨，遥連新安津。休文寄幽好，〔二〕白憶同懷人。高蹈每如此，清風誰與鄰。予亦躭山水，抱膝青溪濵。愛此青溪水，〔三〕濯纓袪垢紛。〔四〕興來駕扁舟，長嘯弄煙雲。手持一竿竹，直鈎釣游鱗。白鷺隨我立，沙鷗爲我群。明月東山上，皎皎來相親。一葉凌太虛，萬景渾無垠。滿江落星斗，銀河浮崑崙。〔五〕並收入《吾溪公詩集》《〔順治〕淳安縣志》卷四及《〔乾隆〕淳安縣志》卷一『南山潭』條。

【校勘記】

〔一〕觀沈約李白青溪詩用正韻：《〔順治〕淳安縣志》卷四題『觀沈約李白青溪詩用正韻漫賦』；《〔乾隆〕淳安縣志》卷一題『南山潭』；《吾溪公詩集》凡兩收，一題『觀沈約李白青溪詩用正韻漫賦一首』，一題『南山潭』。

〔二〕幽好：《〔順治〕淳安縣志》卷四、《〔乾隆〕淳安縣志》卷一及《吾溪公詩集》作『游好』。

〔三〕青溪水：《〔乾隆〕淳安縣志》卷一、《吾溪公詩集》同；《〔順治〕淳安縣志》卷四作『青清水』。

〔四〕祛垢紛：《吾溪公詩集》同；《〔順治〕淳安縣志》卷四、《〔乾隆〕淳安縣志》卷一作『却垢紛』。

〔五〕銀河：《〔順治〕淳安縣志》卷四、《〔乾隆〕淳安縣志》卷一及《吾溪公詩集》作『銀海』。

閑過東麓草堂國賢叔留飲時國順叔及實夫世功諸弟在堂紀興一首〔一〕

幽久愛深谷，乃在東山東。寒聲落飛澗，竹樹環青葱。池鱗依細藻，游泳天光中。抱膝寄長吟，撫琴心融融。〔二〕策蹇過前村，時復穿林蓁。采茶喧野婦，汲水出林翁。山居忘歲月，世路等飄蓬。我携二三子，咏賞落花風。飛觴不停手，醉眼雙矇矓。恠哉詩思豪，緑尊頻復空。〔三〕小橋重回首，車馬促匆匆。功成賦歸與，杖履還相從。〔四〕並收入《吾溪公詩集》、《蜀阜小志》『東麓草堂』條。

〔校勘記〕

〔一〕實夫世功諸弟在堂：《吾溪公詩集》作『實夫世宗世功世沐諸弟在坐』。

〔二〕撫琴：《蜀阜小志》同；《吾溪公詩集》作『撫瑟』。

〔三〕緑尊頻復空：《吾溪公詩集》作『争乃緑尊空』；《蜀阜小志》作『争奈緑尊空』。

〔四〕杖履：《蜀阜小志》同；《吾溪公詩集》作『杖屐』。

春遊〔一〕

芳春寄幽賞，駕言臨東皐。輕煙散晴旭，和風動柔條。乃偕二三侶，振衣恣遊遨。壇宇參寥廓，〔二〕絲竹舒□陶。景光良足愛，留連懼溜慆。〔三〕詠歸舞雩樂，千載希賢豪。並收入《吾溪公詩集》。

【校勘記】

〔一〕春遊：《吾溪公詩集》題『春遊紀興酬新安江會水見招并簡同遊諸君子』。

〔二〕壇宇：《吾溪公詩集》作『墠宇』。

〔三〕溜慆：《吾溪公詩集》作『滛慆』。

辰郡贈陳經歷還鄉

落花滿庭幕，有客問歸程。莫雨三湘外，一江春浪生。鄉心何渺渺，蹤跡如浮萍。相送武陵道，狂歌爾獨行。並收入《吾溪公詩集》。

過長溝柳林一帶蒼茫如畫〔一〕

長溝接濟水，分出龍王宮。垂楊夾隄岸，遥遥舟檝通。乘風轉飛旆，繚繞迷西東。〔二〕湖光暗雲雨，鴈吗黄蘆蓑。漁舟逐鷗鷺，出没煙波中。迴沙相蕩漾，遠樹浮空濛。臨池誰灑墨，天趣幻無窮。〔三〕安得卷此圖，絶壁掛崆峒。並收入《吾溪公詩集》。

【校勘記】

〔一〕過長溝柳林一帶蒼茫如畫：《吾溪公詩集》題『過長溝柳林一帶蒼茫如畫漫爾成篇』。
〔二〕西東：底本作『東西』，前後韻脚不協，據《吾溪公詩集》改。
〔三〕天趣：《吾溪公詩集》作『大趣』。

九月七日北河大風舟中〔一〕

疾風從何來，四野聲悲壯。拍岸揚塵沙，河流蹴高浪。千層捲飛雪，舟檝誰能抗。榜人計莫施，客子心惆悵。造化渺難窺，江海不可量。少焉呼吸定，波濤息蕩漾。綵鷁逐雲帆，翩翩隨所向。吾道貴卷舒，喟然發孤唱。並收入《吾溪公詩集》。

【校勘記】

〔一〕九月七日北河大風舟中：《吾溪公詩集》題『九月七日北河大風舟中漫述』。

登蒼虬峰

清晚躡蒼虬，〔一〕摩挲雲松頂。〔二〕遥見東山岑，適與兹峰並。珠叢獻寶花，丹厓呈古鼎。巾舄雲霞生，衣裳風露迥。玄秘抉神機，〔三〕劃然心目醒。〔四〕俯看山下人，〔五〕悲哉塵冥冥。並見《蜀阜小志》『蒼虬峰』條、《〔乾隆〕淳安縣志》卷一『蒼虬峰』條。

【校勘記】

〔一〕清晚：《〔乾隆〕淳安縣志》卷一、《蜀阜小志》作「清曉」。

〔二〕雲松：《〔乾隆〕淳安縣志》卷一同；《蜀阜小志》作「鶴松」。

〔三〕神機：《〔乾隆〕淳安縣志》卷一作「神藏」；《蜀阜小志》作「神奇」。

〔四〕劃然：《〔乾隆〕淳安縣志》卷一同；《蜀阜小志》作「豁然」。

〔五〕俯看：《〔乾隆〕淳安縣志》卷一作「俯首」；《蜀阜小志》作「俯視」。

〔附〕徐楚《蜀阜小志》「蒼虬峰」條：

照山之子峰也，古松蟠出其上，因名蒼虬。欲觀蜀阜一方之勝，不必更陟最高處，只此已見其大半矣。下即澗松亭。予登此峰，詩云：

清曉躡蒼虬，摩挲鶴松頂。遥見東山岑，適與茲峰並。朱叢獻寶花，丹崖呈古鼎。巾舄雲霞生，衣裳風露迥。玄秘抉神奇，豁然心目醒。俯視山下人，悲哉塵冥冥。

又重陽登蒼虬峰詩：

長嘯立峰頂，遠天生暮霞。摶風雙健翮，颺水一浮槎。錦樹吟楓葉，金英醉菊花。登臨餘興在，吹笛下平沙。

水竹居

悠哉水竹居，伴我溪山主。獨獨屋三楹，蕭蕭墻數堵。有田近我廬，有山當我户。下榻惟白雲，卷幔無塵土。

時聞風雨聲，恍入清虚府。嶺外夕陽明，池塘奏蛙鼓。並見《蜀阜小志》『吾溪書院』條。

緑净亭

昔賢咏江亭，緑净不可唾。兹亭竟何如，〔一〕峽水絶塵涴。波迴潭影澄，峰高松色墮。〔二〕時有白雲來，〔三〕悠悠鏡中卧。並見《蜀阜小志》『雲松臺』條。

【校勘記】

〔一〕兹亭竟何如：《蜀阜小志》作『予亦愛兹亭』。

〔二〕峰高：《蜀阜小志》作『風高』。

〔三〕時有：《蜀阜小志》作『更有』。

水西巖

道人坐卧處，映水一壺天。上有翡翠石，下有珍珠泉。翡翠不改色，珍珠常自懸。谷神藏道氣，性定無俗牽。此身復何如，静中啓玄筌。〔一〕並見《蜀阜小志》『翡翠巖、珍珠泉』條、《〔順治〕淳安縣志》卷四。

【校勘記】

〔一〕静中啓玄筌：《蜀阜小志》作『一味静中玄。誰能啓玄鑰，訬在黄庭編』；《〔順治〕淳安縣志》卷四作『一味静中玄。誰能啓玄籥，妙在黄庭篇』。

予八十誕辰奉詔進階三品兼賜絲綫米肉郡守楊公親臨存問賦成二十四句〔一〕

萬曆六季秋，七月朔初吉。臣愚適八旬，天詔雲中出。衣帛賜冬温，庖廩羨充溢。官階崇上尹，恩波何蕩潏。有美邦君臨，存問儀文悉。萬里覲宸旒，三台動良弼。自慚樗櫟材，本無經濟術。田園丐早歸，羹墻敢豫逸。逡巡耄耋年，榮光照蓬蓽。殷勤顧童子，〔二〕丹心秉秩秩。明時虚報答，生爾多何益。爰陳感遇篇，永天懸弧日。〔三〕並收入《吾溪公詩集》。

【校勘記】

〔一〕奉詔進階三品：《吾溪公詩集》作『詔進階三品』。

〔二〕顧童子：《吾溪公詩集》作『示童子』。

〔三〕永天：《吾溪公詩集》作『永矢』，當是。

白雲吟〔一〕

白雲何處來，入我溪上閣。〔二〕晴光映虚無，八窗敞寥廓。湘簟水紋生，坦腹一伸脚。心賞獨泠然，冰絃瀉松壑。〔三〕並見《蜀阜小志》『涵虚閣』條。

【校勘記】

〔一〕白雲吟：《蜀阜小志》題『閣上白雲吟』。

〔二〕溪上閣：《蜀阜小志》作『溪山閣』。

〔三〕瀉松壑：《蜀阜小志》作『寫松壑』。

九日東山閣讌集是日七峰翁在坐弟姪輩及諸子俱待宴遊數年來此一佳會也〔一〕

昔人得佳句，〔二〕風雨近重陽。此日東山閣，何須千仞岡。青天散煙霧，四壁生輝光。參差亭榭出，萬景集池塘。有客翩翩來，攝衣共徜徉。論年連耄耋，黄綺鬚眉龐。群從喜同遊，頒白半成行。不墮孟嘉帽，且傾陶令觴。茱珠噞墜露，菊蘂浪清霜。新聲不入耳，舊事話偏長。日月滚天球，浩蕩誰能量。古今齊一軌，陶然歌醉鄉。並收入《吾溪公詩集》。

【校勘記】

〔一〕九日至會也：《吾溪公詩集》題『九日東山閣燕集是日七峰翁在坐弟侄輩世功世烈子敬子静及符策箕簣籲五子俱待宴遊數年來得此一佳會也』。

〔二〕佳句：《吾溪公詩集》作『佳句』。

賦得明月出東山

明月出東山，照我池上樓。池光與月影，併入清尊浮。尊中之酒飲不竭，明月留人還未歇。明朝扶醉上南樓，更與青天借明月。並見《蜀阜小志》『吾溪書院』條。

【附】**徐楚《蜀阜小志》『吾溪書院』條：**

吴紫山明月樓詩

淅淅松風枕簟凉，徐看明月上虚堂。主人猶倚繩牀坐，却訝南樓是武昌。

予詩云

明月出東山，照我池上樓。池光與月影，併入清尊浮。尊中之酒飲不竭，明月留人還未歇。明朝扶醉上南樓，更與青天借明月。

水西别業

有山不必疊崇岡，有水不泛西湖航。懸厓倒影幾千尺，樓臺遠映參差光。水西别業予所喜，興屬濠梁讀《莊子》。雲穿兩屐駐青峰，月掛一瓢三峽涘。草堂倚崎龍門津，珠泉迸出石嶙峋。〔一〕斑斑翡翠太古色，化工點綴何精神。水西道人發大呋，此中荒落誰顧眺。我來搜出寄幽棲，剩水殘山總佳妙。龍門之水來天池，洋洋終日可忘饑。況有千鱗浮水面，揚鬐鼓鬛漾漣漪。琅玕萬挺淇園緑，昔人嗜此寧無肉。〔二〕窗前幾樹開碧桃，軒中對此興逾豪。〔三〕少焉移步照山下，澗畔一亭松浪瀉。〔四〕亭臯之滸滄浪淵，〔五〕長石一橋緑澗跨。〔六〕濯纓濯足任爾爲，水清水濁亦隨宜。道元不出有形外，〔七〕樂亦無過自得時。返棹扁舟旋後塢，灘頭斜日鳴簫鼓。呋談樽俎皆惠連，十景山川窮步武。衆樂何如家樂真，不妨游衍聚天倫。我今歸來及時樂，詣君黽勉趂青春。

並見《蜀阜小志》『水西别業』條。

【校勘記】

〔一〕迸出：《蜀阜小志》作『並出』。

〔二〕琅玕至無肉：《蜀阜小志》作『琅玕萬挺淇園緑，日報平安繞吾屋。膚色瑩瑩趣味清，昔人嗜此寧無肉』。
〔三〕軒中對此興逾豪：《蜀阜小志》作『軒中對酒興逾豪』。又後一句有：『抱琴却上涵虛閣，素絃撫弄羲皇陶。』
〔四〕松浪：《蜀阜小志》作『松風』。
〔五〕滄浪淵：《蜀阜小志》作『滄浪橋』。
〔六〕長石一橋緑澗跨：《蜀阜小志》作『長石一條緑澗跨』。
〔七〕道元：《蜀阜小志》作『道原』。

〔附〕**徐楚《蜀阜小志》『水西别業』條：**

水西别業

予致政歸來，姪子良置酒溪園草亭，謂予曰：『照山之麓，叔父地也，何不結數椽爲别業？』予欣然成之。其涵虛閣、碧桃軒、小石池、翡翠石諸景以次而出，坡下有大杞木數十株，桃竹垂楊，芙蓉映水，有瀟灑之趣。繫以長歌云：

有山不必疊崇岡，有水不泛西湖航。懸厓倒影幾千尺，樓臺遠映參差光。水西别業予所喜，興屬濠梁讀《莊子》。雲穿兩屐駐青峰，月掛一瓢三峽涘。草堂倚峙龍門津，珠泉並出石嶙峋。斑斑翡翠太古色，化工點綴何精神。水西道人發大咲，此中荒落誰顧眺。我來搜出寄幽棲，剩水殘山總佳妙。龍門之水來天池，洋洋終日可忘飢。况有千鱗浮水面，揚鬐鼓鬣漾漣漪。琅玕萬挺淇園緑，日報平安繞吾屋。膚色瑩瑩趣味清，昔人嗜此寧無肉。窗前幾樹開碧桃，軒中對酒興逾豪。抱琴却上涵虛閣，素絃撫弄羲皇陶。少焉移步照山下，澗畔一亭松風瀉。亭皐之滸滄浪橋，長石一條緣澗跨。濯纓濯足任爾爲，水清水濁亦隨宜。道原不出有形外，樂亦無過自得時。返棹扁舟旋後塢，灘頭斜日鳴簫鼓。咲談樽俎皆惠連，十景山川窮步武。衆樂何如家樂真，不妨游衍聚天倫。我今歸來及時樂，詣君黽勉趂青春。

附録

四庫全書總目

青溪先正詩集無卷數，浙江巡撫採進本。

國朝鮑楹編。楹，字覺庭，餘杭人，康熙丙子舉人，官知縣。是編採淳安之詩，合爲一編，以淳安古青溪地，故以爲名。凡唐一人，宋六人，元五人，明十人，國朝二人。其《總目》所列宋之方一夔，元之方道叡、〔一〕夏溥、洪震老、徐貫，國朝之徐士訥等七人，《總目補遺》又有宋方有開等六人，元汪雲留等二人，〔二〕明余溥等七人，皆有録無書，非完本也。《四庫全書總目》卷一九四《總集類存目四》，武英殿本。

【校勘記】

〔一〕方道叡：底本作『方道堅』，天圖本、浙本亦誤，徑改。

〔二〕汪雲留：底本脱『留』字，天圖本、浙本亦誤，徑補。

續鐫青溪詩集序

李高〔一〕

頃余不佞，蒞睦郡，久慕青溪文獻之盛，迺攝壽後旋復攝淳簿書。稍暇，即取諸先達集讀之。先代如同館聯及第方蛟峰、黄謹齋、何潛齋三公集，嗣近者，如商文毅公《三元集》，徐康懿公《餘力藁》，胡莊懿公《仕優録》，下逮彔彔名家，率斌斌乎質有其文矣。至閲《青溪詩集》，秃没者幾半。且自嘉靖丙寅七十餘年以來及今不續，後將何攷。爰屬汪生獻圖彙訂成帙，捐俸鐫刻。工竣，周生人瑞、徐生紹官偕汪生請余叙弁首。

夫古者諸侯采詩，貢於天子，列於樂官，於以考俗尚而知政治，至用之閨門、鄉黨、邦國，而化天下，其風厲豈尠小哉，則詩教所從來已。迨傳漢、唐、宋，或藉詞賦晉用，或顓詞賦試士，或易詞賦以經義，總之不遺乎詩教。比入國朝，明經取士，大約如宋制。肆放榜錫宴，文舉則歌《鹿鳴》，武舉亦歌《彤弓》，功令之重詩教若此。它如宇内諸郡邑學士家各摭其部内賦詠，并外郡之有關地方者，用表文獻，豈不囂然争雄第。秉筆纂輯者，夸侈則涉浮，徇情則妨直。即孔氏删詩，僅僅三百餘篇，詎今日我爲政，而可漫無取裁乎。惟是參知徐吾溪公所輯舊集一字不敢增减，其餘後賢諸名家則廣爲蒐而嚴爲選，寧簡毋繁，寧質毋餙，或庶幾哉。參知公慎重遺意耶，矧汪生者修文砥行，斤斤醇謹，更以餘力善詩，余固敦琢屬之耳。抑余又憶吾鄉先達楊文襄公馬上口占，奉旨恭和，諸集至今海内傳誦，督學關陝，躬授經傳，一時人文遂盛。媿予不韻，奚敢竊比楊公。儻此集一行，淳士之能興於詩者必多，安知疇昔之文獻不可復振。即余不佞，且藉以不朽也已。《〔乾隆〕淳安縣志》卷十四。

〔校勘記〕

〔一〕李高：作者姓名爲整理者所加。

青溪詩集序

徐楚〔一〕

青溪者，本歙東鄉永平新定里地，淳安之舊名也。建安之世，吴將賀齊平定山越，乃置始新之縣，隷郡新都。暨晉平吴，郡改新安，而縣仍舊治。隋開皇間，郡廢，而縣以新安名。仁壽三年，郡稱睦州。大業之初，改邑雉山之下。唐武德後，郡復爲睦。文明元年，州號新安。厥後州治徙於建德，縣名還淳，或名青溪，或名淳化，而後始改爲淳安矣。蓋歙、睦二州，昔嘗並建，既廼歙屬徽州，并於直隷，而睦更爲嚴，淳屬如故。雖建置沿革，時代不同，然江山人物見於名賢賦詠，如劉長卿之爲司馬，杜牧之之爲刺史，羅江東之登縣樓，邢歙州之寄長卿，皆睦州新安，而實淳安之故地。第文翰事類，《志》多闕略，觀者不察，徒知今之歙郡〔二〕爲淳安，〔三〕而不知睦州之在新定，青溪一帶之爲新安江也。夫淳西界街口遂名黄江，直達青溪，接桐廬，皆所謂新安江，李白詩稱『青溪勝桐廬』者是已。竊觀《淳志凡例》，謂『詩文不關於淳者，一切削去』。然沈約《渡新安江》詩，《一統志》載在淳安之下，《縣志》果何所據而竟削之。昔程篁墩志《新安文獻》，恐未免有彼此牽制處。今姑以今昔名賢篇什及其人其事，凡有關於淳者，則采録類分，以紀其實。其《志》中不可存者，亦稍删之。間有所得，敢竊附於諸篇之末，用志遺忘，以備采擇。集名『青溪』，存舊史也。

於乎！孔子觀夏、商之禮，而嘆杞、宋之無徵，以文獻不足故爾。愚生文獻之邦，而不能存什一於千百，可不爲深懼乎。尚冀我同志精擇而嗣葺之，庶前輩流風餘韻爲不泯也。

旹嘉靖丙寅仲夏既望，淳安後學吾溪徐楚謹識。《吾溪公詩集》；並收入《〔乾隆〕淳安縣志》卷十四。〔四〕

〔校勘記〕

〔一〕徐楚：作者姓名爲整理者所加。

〔二〕歙郡：《〔乾隆〕淳安縣志》卷十四所載同；《青溪詩集》卷首作『徽郡』。

〔三〕淳安：《青溪詩集》卷首、《〔乾隆〕淳安縣志》卷十四均作『新安』。

〔四〕旹嘉至謹識：原書及《〔乾隆〕淳安縣志》卷十四無，據《青溪詩集》補。

〔附〕徐楚《青溪詩集》卷首：

〔國圖本前闕〕安矣。盖歙、睦二州，昔嘗竝建，既廼歙屬徽州，并于直隸，而睦更爲嚴，淳屬如故。雖建置沿革，時代不同，然江山人物見于名賢賦詠，如劉長卿之爲司馬，杜牧之之爲刺史，羅江東之登縣樓，邢歙州之寄長卿，皆睦州新安，而實淳安之故地。第文翰事類，《志》多闊略，觀者不察，徒知今之徽郡爲新安，而不知睦州之在新定，青溪一帶之爲新安江也。夫淳西界街口遂名黄江，直達青溪，接桐廬，皆所謂新安江，李白詩稱『青溪勝桐廬』者是已。竊觀《淳志凡例》，謂『詩文不關於淳者，一切削去』。然沈約《渡新安江》詩，《一統志》載在淳安之下，《縣志》果何所據而竟削之。昔程篁墩志《新安文獻》，恐未免有彼此牽制處。今姑以今昔名賢篇什及其人其事，凡有關於淳者，則采録類分，以紀其實。其《志》中不可存者，亦稍删之。間有所得，敢竊附於諸篇之末，用志遺忘，以備采擇。集名『青溪』，存舊史也。於乎！孔子觀夏、商之禮，而嘆杞、宋之無徵，以文獻不足故爾。愚生文獻之邦，而不能存十一于千百，可不爲深懼乎。尚冀我同志精擇而嗣葺之，庶前輩流風餘韻爲不泯也。

旹嘉靖丙寅仲夏既望，淳安後學吾溪徐楚謹識。

參考文獻

《晉書》，中華書局點校本，一九七四年。
《元史》，中華書局點校本，一九七六年。
《明史》，中華書局點校本，一九七四年。
《〔弘治〕嚴州府志》，明弘治六年刻嘉靖增補本，上海圖書館藏。
《〔弘治〕休寧志》，明弘治四年刻本。
《〔嘉靖〕淳安縣志》，上海古籍書店影印明嘉靖刻本。
《〔萬曆〕嚴州府志》，明萬曆刻本，國家圖書館藏。
《〔萬曆〕續修嚴州府志》，明萬曆四十二年刻天啓修清順治六年補刻本，日本内閣文庫藏。
《〔崇禎〕松江府志》，明崇禎四年刻本，上海圖書館藏。
《〔順治〕淳安縣志》，清順治十五年刻本，國家圖書館藏。
《〔康熙〕淳安縣志》，清康熙二十二年刻本，國家圖書館藏。
《〔乾隆〕淳安縣志》，清乾隆二十一年刻本，上海圖書館藏。
《〔乾隆〕嚴州府志》，清乾隆二十一年刻本，國家圖書館藏。
《〔光緒〕龍泉縣志》，清光緒四年刻本，國家圖書館藏。
《〔光緒〕淳安縣續志》，清光緒十年刻本，國家圖書館藏。

徐楚、徐應簧《蜀阜小志》，民國十六年木活字印本。
仇俊卿編修《海塘録》，清刻本。
《蜀阜徐氏文獻》，民國十六年木活字印本。
《蜀阜徐氏文獻新集》，民國十六年木活字印本。
《厚屏福派徐氏宗譜》，民國十三年活字印本，淳安縣圖書館藏。
《韓楚二溪汪氏家乘》，清宣統二年木活字印本，上海圖書館藏。
《四庫全書總目》，清乾隆間武英殿刻本；並天津圖書館藏四庫館臣批校稿本。
陶宗儀《南村輟耕録》，中華書局標點本，二〇〇四年。
蘇軾《畫記》書卷，臺北故宫博物院藏。
汪砢玉《汪氏珊瑚網名畫題跋》，清初抄本，國家圖書館藏。
張珩《木雁齋書畫鑒賞筆記》，上海書畫出版社，二〇一五年。
王逢《梧溪集》，元至正明洪武間刻景泰七年陳敏政重修本。
鄭玉《師山先生文集》，明嘉靖刻本。
徐尊生《贅叟遺集》，民國二十三年淳安威坪鎮德又新石印本，國家圖書館藏；並徐遠龍整理本，題《贅叟詩文集》，中共淳安縣委黨史研究室、淳安縣地方志辦公室，二〇一七年。
何景福《鐵牛翁遺稿》，八千卷樓丁氏、李之鼎遞藏清前期抄本，南京圖書館藏；民國三年李之鼎宜秋館校刻本；清雍正六年蔣繼軾抄本，國家圖書館藏；民國間張蔥玉適園抄本，上海圖書館藏；杭州楊復豊華堂抄本，上海圖書館藏；文瀾閣《四庫全書》本，臺北『國家圖書館』藏；四庫遞抄本，南京圖書館藏；

文淵閣《四庫全書》本；文津閣《四庫全書》本；民國十二年張宗祥補抄文瀾閣《四庫全書》本。
姚璉《姚叔器先生集》，清丁氏正修堂抄本，南京圖書館藏。
商輅《商文毅公文集》，明隆慶刻本。
商輅《商文毅公文集》，明萬曆三十年劉體元刻本。
商輅《商文毅公全集》，明末刻本，日本内閣文庫藏。
徐貫《徐康懿公餘力稿》，明嘉靖刻本。
徐貫《餘力稿》，民國十六年木活字印本。
徐楚《太參吾溪詩集》，民國十六年木活字印本。
徐楚《吾溪公詩集》，民國十六年木活字印本。
朱彝尊《曝書亭集》，《四部叢刊》影印清康熙刻本。
方象瑛《健松齋續集》，清康熙刻本，湖北省圖書館藏。
袁説友《成都文類》，中華書局點校本，二〇一一年。
顧瑛《草堂雅集》，中華書局點校本，二〇〇八年。
賴良《大雅集》，清初曹氏倦圃抄本，國家圖書館藏。
劉仔肩《雅頌正音》，明洪武三年王舉直刻本，國家圖書館藏；並文淵閣《四庫全書》本。
程敏政《新安文獻志》，明弘治十年刻本。
徐楚《青溪詩集》，明嘉靖刻本，國家圖書館藏。
龔弘《釣臺集》，明萬曆十三年刻本，臺圖藏。

龔弘《釣臺集》，明萬曆十三年刻二十六年桐廬知縣孫梗續刻本，臺圖藏。
錢謙益《列朝詩集》，中華書局點校本，二〇〇七年。
顧嗣立、錢希彦《元詩選》，中華書局點校本，二〇二一年。
顧嗣立《元詩選癸集》，稿本，上海圖書館藏。
朱彝尊《明詩綜》，中華書局點校本，二〇〇七年。
《御選宋金元明四朝詩》，清康熙四十八年内府刻本。
《兩宋名賢小集》，文淵閣《四庫全書》本；並北圖甲庫舊藏四庫底本，臺北故宫博物院藏。
劉應李《新編事文類聚翰墨大全》，明初刻本，國家圖書館藏。
劉應李《新編事文類聚翰墨大全乙集》，明刻本，國家圖書館藏。
朱彝尊《詞綜》，上海古籍出版社，二〇一四年。
朱彝尊《静志居詩話》，人民文學出版社點校本，一九九〇年。
朱琰《金華詩録》，清乾隆三十八年金華府學刻本，天津圖書館藏。
陶元藻《全浙詩話》，中華書局點校本，二〇一三年。
謝伯陽《全明散曲〔增補版〕》，齐魯書社，二〇一六年。

圖書在版編目（CIP）數據

青溪先正遺集七種 / 張良整理. -- 杭州 ：浙江古籍出版社, 2024. 7. -- ISBN 978-7-5540-3055-4

Ⅰ. I22

中國國家版本館 CIP 數據核字第 2024VL1759 號

青溪先正遺集七種

張　良　整理

出版發行　浙江古籍出版社

（杭州市環城北路 177 號　電話：0571-85068292）

網　　址　https://zjgj.zjcbcm.com

責任編輯　祖胤蛟

責任校對　吴穎胤

封面設計　吴思璐

責任印製　樓浩凱

照　　排　杭州立飛圖文製作有限公司

印　　刷　浙江新華印刷技術有限公司

開　　本　880mm × 1230mm　1/32

印　　張　15.5

字　　數　473 千字

版　　次　2024 年 10 月第 1 版

印　　次　2024 年 10 月第 1 次印刷

書　　號　ISBN 978-7-5540-3055-4

定　　價　98.00 圓
